新时代文学批评丛书

吴义勤 主编

批评的镜像：
历史、虚构与形式

房伟 著

山东文艺出版社

图书在版编目（CIP）数据

批评的镜像：历史、虚构与形式 / 房伟著. -- 济南：山东文艺出版社，2024.3
（新时代文学批评丛书 / 吴义勤主编）
ISBN 978-7-5329-7091-9

Ⅰ.①批… Ⅱ.①房… Ⅲ.①中国文学—当代文学—文学评论—文集 Ⅳ.① I206.7-53

中国国家版本馆 CIP 数据核字（2024）033794 号

批评的镜像：历史、虚构与形式
PIPING DE JINGXIANG: LISHI、XUGOU YU XINGSHI
房 伟 著

主管单位	山东出版传媒股份有限公司
出版发行	山东文艺出版社
社　　址	山东省济南市英雄山路 189 号
邮　　编	250002
网　　址	www.sdwypress.com
读者服务	0531-82098776（总编室）
	0531-82098775（市场营销部）
电子邮箱	sdwy@sdpress.com.cn
印　　刷	山东华立印务有限公司
开　　本	710 毫米 ×1000 毫米　1/16
印　　张	17.5
字　　数	203 千
版　　次	2024 年 3 月第 1 版
印　　次	2024 年 3 月第 1 次印刷
书　　号	ISBN 978-7-5329-7091-9
定　　价	69.00 元

版权专有，侵权必究。如有图书质量问题，请与出版社联系调换。

开辟文学批评的新时代

——"新时代文学批评丛书"总序

吴义勤

党的十八大以来,中国特色社会主义进入新时代,中国文学也翻开了崭新的一页。置身新时代新征程,面对丰富的史诗性伟大实践,广大作家胸怀"国之大者",牢记初心使命,深入生活,扎根人民,与时代共振,与人民共情,用心用情用功书写新时代的中国故事,展现中国人民昂扬的精神风貌,谱写了新时代文学的辉煌篇章。

文学批评与文学创作是文学发展的车之两轮、鸟之两翼,一个时代的文学发展既需要广大作家的笔耕不辍、创新创造,也需要批评家的积极呼应、理论引领。在新时代文学不断攀登高峰的历史进程中,新时代文学批评也发挥了至关重要的作用,取得了丰硕的发展成果,形成了独特的新时代文学批评景观。习近平总书记高度重视文学批评工作,近年来就繁荣新时代文学批评发表了一系列重要讲话,做出了一系列重要指示批示。我们策划这套"新时代文学批评丛书",就是要全面学习贯彻落实总书记关于文学批评的讲话与指示批示精神,一方面旨在呈现新时代文学批评的基本样貌、发展成果,另一方面也希望从中获得推动文学批评发展的经验和启示,为推动新时代文学理论批评建设和新时代文学繁荣提供有益的镜鉴。

本丛书遴选的作者都是长期持续坚守在新时代文学批评现场并卓有成就的优秀批评家。从年龄结构上，他们涵盖了"60后""70后""80后"，这也是当下文学批评的主力军；从批评对象的文学门类上，覆盖了小说、诗歌、散文等多个当下最具影响力的艺术门类，可以说是对新时代文学的全面阐释和研究。通过这套批评丛书，读者一方面可以深入了解新时代文学批评的丰富实践，同时可以通过文学批评了解新时代文学发展的基本风貌和历史特征。

在内容上，本丛书侧重于遴选研究新时代文学的评论文章，以对新时代十年来具有代表性的作家作品、有广泛影响的新文学现象、引人关注的文学热点事件以及文学发展中存在的症候性问题为主要研究对象，是对围绕新时代文学展开的文学批评成果的一次全面梳理和集中展示。我们希望以出版批评丛书的方式，深入总结文学批评发展的历史经验，同时吸引更多研究力量来增强对新时代文学研究的力度和深度。

本丛书的出版要感谢山东出版传媒股份有限公司副总经理李运才、山东文艺出版社社长徐迪南，他们提供了非常多的支持和帮助，也提出了许多富有建设性的意见和建议。新世纪之初，我曾和山东文艺出版社共同策划出版了一套"e批评丛书"，在学术界产生了良好的反响。今年，又再次在山东文艺出版社出版这套"新时代文学批评丛书"，可谓是一种极为特殊也极为难得的缘分，也体现了山东文艺出版社多年来一直积极参与、支持中国当代文学批评事业发展的出版精神。在此，我代表丛书编委会向山东文艺出版社表示衷心的感谢并致以崇高的敬意。

两套丛书虽然出版时间不同，但在内容上又有着一种延续性和整体性。"e批评丛书"着力呈现的是二十世纪九十年代文学批评的发展成果，也是当时年轻的"60后"批评家的一次集体亮相。"新时代文学批评丛书"更侧重于展现新世纪尤其是新时代以来的文学批评成果，参与作者既包括了"e批评丛书"中的部分作者，又吸纳了"70后""80后"等新生批评力量。两套丛书虽然侧重点不同，但形成了一种巧妙的呼应，构成了一种互补关系，具有了批评史意义上的"整体性"，某种意义上，它们就是一种特殊形态的近三十年来中国文学批评的发展史。

当然，对于新时代文学批评成果的总结展示并不意味着我们回避当下文学批评存在的问题。新时代以来，随着时代语境和文学生态的不断变化，文学批评面临着更为复杂严峻的形势和挑战，文学批评如何更好地发挥作用，真正成为助推文学发展的"磨刀石"和"利器"？这是所有文学批评者面临的共同课题和任务。出版这套丛书，我们一方面意在梳理总结这一时段文学批评发展的成果和经验，同时也希望能够从中析出当下文学批评发展存在的一些问题，以史为镜，为未来更好地推动中国文学批评发展，更好地发挥文学批评引导创作、推出精品、提高审美、引领风尚的作用提供启示和帮助。

新征程是充满光荣与梦想的远征，新时代文学正在我们面前浩浩荡荡地展开，作为文学发展的重要一翼，中国文学批评也正在砥砺前行，积极开辟一个文学批评的新时代。

是为序。

批评的镜像：
历史、虚构与形式

目录

第一辑　长篇小说研究

001

002　在虚构与历史之间的"文心"
　　　　——评王尧长篇小说《民谣》

013　"文人抒情"小说：另一种当代中国都市书写
　　　　——评王方晨的系列小说《老实街》

027　一种历史理性精神的建构
　　　　——评冯骥才的长篇小说《单筒望远镜》

033　"历史反复"阴影下的虚构之谜
　　　　——评田中禾的长篇小说《模糊》

039　纵横于历史与虚实之间
　　　　——论范小青的长篇小说《灭籍记》

049　由实返虚，由境化神
　　　　——评范小青的长篇小说《战争合唱团》

054　"乡土传统"的解体与"新现代性"的乡土重塑
　　　　——重读贾平凹的长篇小说《秦腔》

074　一种叫做"秦岭"的小说精神
　　　　——评贾平凹长篇小说《秦岭记》

087　**第二辑　纸现场短评**

088　无惧"荒春"：以"爱"的名义
　　　　——评谢络绎中篇小说《荒春纪事》

090　"小天地"里的大世界
　　　　——评阿袁的小说《纵我不往》

093　当"千寻"遇到了"巨人"
　　　　——评郭爽的小说《消失的巨人》

095　一部现实主义的"海派"力作
　　　　——评蔡骏的长篇小说《春夜》

100　生命经验的"勘探"者
　　　　——简评艾伟的《敦煌》《乐师》《过往》

103　青春体验·改革创伤·成长史
　　　　——论郭海燕小说《异物志》

106　无故事时代的心灵捕手
　　　　——浅析郭平的小说

110　"先锋批评"的历史化及其时代担当
　　　　——评崔庆蕾的文学批评

117　**第三辑　诗歌与散文评论**

118　抒情的创造与新诗史的反思
　　　　——席慕蓉诗歌的文学史问题研究

129　融情翰墨思"不群"
　　　　——评思不群的诗集《对称与回声》

133　从乡土想象到乡土的再现实化
　　　　——评吴佳骏系列散文《雀舌黄杨》

137　历史、自然与现实生活中的探索与创新
　　　　——第八届鲁迅文学奖散文杂文奖综述

148　历史与现实之间的"江南品格"
　　　　——评徐风的散文集《江南繁荒录》

158　朴素的物语与灵韵的乡土
　　　　——评郭立泉的散文集《黄河口的庄稼》

161　"花期"里的诗意人生
　　　　——评丁及的诗集《花期》

165　**第四辑　文坛现象与思潮探索**

166　"大湾"有"大美"：如何建构多元融合的"文学共同体"

177　"苏州想象"地域书写的现状与未来

183　混沌状态·空间裂缝·异质生产的可能性
　　　——文学史视野之中的《黄金时代》

193　女性的"世界"与世界的"女性"
　　　——近期女性生存题材小说扫描

200　在历史化中重寻批评的现实品格
　　　——由"新伤痕文学"想到的

210　当代文坛与王小波的经典化

225　论当代小说经典化的"异端"问题

237　第五辑　学术书评

238　一部新颖的"文学史视野"下的作家论
　　　　——评王金胜的专著《陈忠实论》

244　反思视域下的中国"纯文学精神"
　　　　——评《纯文学的历史批判》

251　散文艺术中的抒情现代性
　　　　——评《现代抒情与抒情的现代性》

256　一部"坦率"又"严肃"的传记
　　　　——评小谷野敦的《川端康成传：双面之人》

260　重铸"参与"与"对话"的批评力量
　　　　——评何平的《批评的返场》

264　跟随夏烈看网文趋势
　　　　——评夏烈的《中国网络文艺的常识与趋势》

批评的镜像：
历史、虚构与形式

第一辑

长篇小说研究

在虚构与历史之间的"文心"

——评王尧长篇小说《民谣》

2020年年末,著名批评家王尧在《收获》杂志发表了长篇小说《民谣》,成了一个令文坛瞩目的事件。近些年来,批评家从事小说创作的现象已逐渐增多。然而,王尧的小说的创作,依然引发了众多"期待"。这种"期待"有几个层面,一是王尧能够给当代小说界带来什么?二是王尧的批评实践对他的小说创作有何影响?三是王尧的小说创作和其他"批评家小说"有何不同?这也许是我们探究《民谣》独特价值的重要思路。

一

有的学者说,批评家小说是一个"无效"命题,小说必须回到小说本身。王尧也反对批评家小说的提法。这样的判断,有其合理性。小说创作有自身的艺术规律,不等同于批评,而感性和审美能力对于一个批评家也同样重要。王尧同时也承认:"批评家的身份,让我在语言、形式、结构上有了更自觉的意识,让我在讲故事的同时在意故事背后的思想、文化和历史含量。"[1]但是,我们也看到,随着小说艺术的高度发展,其文体意识的内涵和类型的外延都发生了非常大的改变。学者小说、批评家小说虽然数量不大,但也有着相当的文学辨识度和文体特征,即鲜明的哲学意味和较

---

[1] 白雁、王尧:《王尧:我不能把大历史强加给他们》,《现代快报》(读品周刊)2020年12月27日。

强的知识性，创作者们注重对小说文体和语言的探索。《民谣》发表之前，第六届郁达夫小说奖审读委会议上，王尧曾发出倡议，倡导新"小说革命"。他表达出对当下小说创作的不满："九十年代以后小说写作的历史表明，'写什么'固然是一个问题，但'怎么写'并没有真正由形式成为内容。这样的蜕变与小说家和现实、历史之间失去广泛而深刻的联系有关。……'个人主义话语'被庸俗化后，暗渡为单薄自伤的'我自己'的'故事'，广袤的世界被缩减成为极为逼仄的'一隅'。我并不是以崇高和宏大叙事的名义质疑其他写作的合法性，而是担心久而久之丧失了'我与世界'的连接能力。"① 理解这段发言，有助于理解"批评家王尧"与"小说家王尧"之间的隐秘联系与各自的不同面向。

《民谣》发表之前，王尧的学术研究与散文创作，都在文学界有着重要影响。他做当代文学批评缜密睿智，又有着敏锐的洞见；同时他又以"文革"研究著称，进而在当代文学史、散文史等领域建树颇丰。他提出的"扩大的解放区""文学史关联性""过渡状态""无作者写作"等概念，得到了学界的普遍认可。他还积极参与了 21 世纪以来"重返 80 年代"等一系列学术热点问题的研究。理解王尧学术思想的核心关键词是"关联性"。中国现当代文学史研究的一个难题在于，各种意识形态和观念左右着文学史写作。"断裂"不仅是摆脱影响的焦虑的艺术创新冲动，也体现为强烈的意识形态干预性，以至于"重写文学史""回到纯文学"等提法也不可避免地被意识形态化，难以形成权威经典体系。加上中国现当代文学史"矛盾重重"（王尧语）的复杂性，也使得"历史化"还是"在场化"问题长期困扰学科建设。王尧的"关联性"这一灵感，让他摆脱了"左/右""启蒙/革命"等诸多意识的困扰，建立了一种兼具复杂性与概括性、历史化与批评化的"综合态"模式。他提出的"过渡状态""关联性"等概念，能够有效地对当代文学史不同审美意识"你中有我、我中有你"的状态进行描述，且能在"历史的反复"等不同文学史发展逻辑层面，解读种种思潮和运动的生成结构，重新考量诸多作家和作品的价值。这种思维模式也

---

① 王尧：《新"小说革命"的必要与可能》，《文学报》2020 年 9 月 24 日。

能有效避免"文学史解构"导致的文学史本身的消解。比如,新时期文学之后,我们通过重建五四想象,重建了现代文学标准,并试图以此改造当代文学经典体系。但这并不意味着,"社会主义文学经验"的"关联性"在新时期文学之后消失了,它依然在主旋律文艺等概念中有着诸多发展和变异。无视这种"关联性",就无法进行科学客观的文学史描述。"关联性"思维让王尧的学术研究有了新思路,也使他有了一般批评家所没有的强烈的历史建构意识与现实介入感。他对"新小说"的呼唤,无疑也是因为看到了目前小说创作,特别是长篇小说创作的弊病,即"历史感的消失"。

同时,王尧和同时代批评家的不同之处在于,他虽有丰厚的理论修养、史料功夫和阐释能力、理性的学术岗位意识,但又是一个始终强调"文心"的批评家。他对批评家语言的限度有着清醒认识。他愿意在批评家的语言所不能及之处,用另一套笔墨表达对世界的理解。正如萨义德承认的那样:"用某一理论来认识、解释历史情境可能会有效,但是这种理论不可能'涵盖、阻隔、预言'本质上杂乱无章、无法驾驭的多元历史情境。批评家既要明白理论不可避免,同时务必意识到它的局限,也得学会抵制理论,向着历史现实、向着人类需要和利益开放。"[①]他在《收获》和《钟山》开设《沧海文心》和《日常的弦歌》两个散文专栏,前者写"陪都"重庆的文化人,后者写西南联大的教授,都表现出知识分子对历史的介入性。通过对现代知识分子命运的描述,他也写出了学术研究中没有被表达,或者说,没有得到淋漓尽致表达的情感和思考。这里有对传统文人人格修养的继承,也有对中国知识分子"现代品质"的反思。就这一点而言,王尧的小说《民谣》,也不同于很多当下的批评家小说。他不是借助批评语言的"越界"制造一种"批评化的小说"(如吴亮的《朝霞》),而是试图在广义的中国文学传统中寻找精神滋养和书写方式。他对中国古代文章学颇为青睐,除了严谨的学术论文,他还愿在广义的文章范畴之内表现创作者的观念、经验、志趣、人格和信仰。虽然王尧从散文创作转向了小说创作,但由写作散文生出的"文章之心",依然是他创作的重要支点。他曾在访

---

① 陆建德:《世界·文本·批评家》(序言),见《世界·文本·批评家》,李自修译,生活·读书·新知三联书店2009年版,第13页。

谈中说："我一直心仪中国的文章传统，也主张恢复和传承文章传统——我们现在缺少这种能力，这也是很多优秀小说家会讲好故事但没有好语言讲故事的原因之一。"①

二

对于"文心"的强调，最终让王尧走到创作前台，写下了精彩纷呈的《民谣》。表面上看，该小说四个正篇部分，以第一人称回顾性叙事与第一人称体验性叙事交叉，以个人化视角形成对20世纪70年代江南大队的追忆与重构。这期间交织着王家与胡家的兴衰，革命历史与地方记忆的交融，个人情感与时代的碰撞，残酷的历史记忆与温暖的地方伦理的并存。这种将家族故事与个人叙事结合的先锋表述，似乎没有超出新时期以来的历史叙事经验。然而，仔细阅读后，我们发现，其实既熟悉又陌生。一方面，王尧注重文体修养，他的文学语言呈现出淡雅节制的散文化风格，小说创作的内在结构与人物构造，也都呈现出自然行文的松弛状态；另一方面，这也使得他在《民谣》中表现的世界观、价值观和文学观，都有着很强的"文章学"痕迹，既能杂取日记、书信、文件等共同熔铸为小说（《民谣》正篇与杂篇、外篇的结合方式，隐现着中国子部的文学传统）而不显文体混乱，又表现出对"自我与世界联系性"的思考。这里包含着个人的记忆、经验和情感，也隐含着拒绝"戏剧化"的历史理性态度。如海登·怀特所言："历史就是将某一事件置于一个语境之中，并将其与某一可能的整体联系起来。"②所有人与事的纠葛，生离死别，斗争与合作，都表现出历史的存在语境。它们处于独立之中，彼此之间更有着隐秘的联系。也正是因此，《民谣》的故事不是因果情节式的，而是网状的，以人物和事件为节点，以彼此之间的联系为经纬，共同呈现出20世纪70年代特殊历史时期的风

---

① 王尧、牛煜：《未尽的问题与方法——王尧教授访谈录》，《当代文坛》2020年第5期。

② 〔美〕海登·怀特：《后现代历史叙事学》，陈永国、张万娟译，中国社会科学出版社2003年版，第186页。

貌。而《民谣》又不是完全空间化的小说，几条故事线索，比如胡鹤义的子孙、独膀子的秘密、村庄的权力变迁，都潜聚在水底，时隐时现，牵引着读者的阅读兴趣。阅读之后，会发现一股氤氲的水汽，神秘而忧郁，弥漫在文本之间，有散文韵味悠长的味道，又能表现小说深刻的主题。

言至于此，必须谈谈中国当代小说的历史叙事。新时期以来，中国小说的历史叙事经历了不断解构的过程，先是从革命叙事之中剥离，继而不断从民族国家叙事、启蒙叙事之中剥离。从《红高粱》《灵旗》到周梅森的《大捷》，再到先锋小说家苏童《我的帝王生涯》中的抽象暴力史景观；从余华的具有日常与民间意味的《活着》，到李锐既反思启蒙又反思革命的《无风之树》《万里无云》，莫言的民间史狂欢的《丰乳肥臀》，韩少功以民间词典形式解构大历史的《马桥词典》；从刘震云充满权力与黑色幽默的《故乡天下黄花》，张洁具有强烈女性主义精神的《无字》，迟子建以自然书写介入历史的《额尔古纳河右岸》，到阿来的少数民族史诗《尘埃落定》，李洱的带有哲学气质并反思历史的《花腔》，还有以家族秘史解构中国现代史的《白鹿原》等优秀作品，都在表现对抗大历史的解构思维。而以"文学"对抗"历史"，似乎成了现代以来世界范围内优秀作家的惯性思路。米兰·昆德拉就认为："一种艺术的历史之意义与历史的意义是对立的。一种艺术的历史，通过其自身的特点，是人对于无个性的人类的历史所作的报复。"①

然而，21世纪第一个十年之后，中国小说界历史叙事的突破，明显感觉乏力，更令人忧虑的是，历史叙事的退潮，历史意识的空洞化，带来了现实感的淡化，也就是王尧说的"我与世界的联系性的退化"。人无法在文学中想象自我与过去的关系，也就无法完整地理解现实的存在状态，进而进行有效的主体建构。搁置网络文学形态不谈，当下的中短篇小说创作轻小说化、琐碎化、粗鄙化，还伴随着中产趣味化等问题，使得作家满足于对趣味故事的精巧讲述。一种封闭的内在性挖掘，正在让小说丧失严肃探讨社会现实的能力。长篇小说也不容乐观，小说越来越厚，故事越来

---

① 〔捷克〕米兰·昆德拉：《被背叛的遗嘱》，余中先译，上海译文出版社2003年版，第112页。

越晦涩，人物越来越抽象，除了可怜的史诗雄心，只能看到单薄的故事和符号化的人物，以及思想贫乏导致的历史与现实的"焦虑"。新时期发轫，经过20世纪90年代到21世纪初的中国当代文学历史叙事，其启蒙化隐喻批判结构与解构性冲动，没有带来有效的历史影响力，反而日益走入语言实验的怪圈和虚无的历史意识解体。

由此，当下文学的历史意识问题，不是批判的历史或者说历史的批判，不是个人私历史对抗大历史，而是历史意识"消逝"的问题。随着互联网时代交互性的空前增强，地域性和历时性都变得越来具有平面化共时性，进而消除了历史时间的魅惑性与空间的陌生诗化。我在海南岛，可以通过互联网观看格陵兰岛的雪景，听网络上的朋友介绍其历史，并在游戏和美剧中体验维京海盗入侵英伦三岛的历史故事。而历史本身的残酷性、当时蕴含的结构性感情和意识形态对抗性，则可能在消费时代沦为符号的狂欢与巨大的经济量。历史蕴含的理性反思和批判性，则可能成为快速流动的现实所拒绝的深度表达。这种巨大的断裂，成为当下文学历史叙事的巨大危机。当下最火爆的历史叙事，并不是来自纯文学界，而是来自网络的历史穿越文学。而这个历史文学的亚类型最大的特点，即在于其中历史的虚拟性。这解放了文字的想象力，更彰显了历史意识的合法性危机。

三

因而，重建自我和历史的联系，首先就是要有一种相对个人化的，又摆脱了意识形态规定性的文字态度。这就要求将个人记忆与情感打开，冷静地应对大历史。这里的小说结构，就不再是抵抗与压制的结构，而是游走在断裂与非断裂之间的结构模态。20世纪90年代以来小说的历史意识，一个非常大的特点，就是以个人性形成与大历史的对抗关系，借以隐喻意识形态对抗性，以此建立"人性叙事"内在规定性。然而，《民谣》也许不是一篇彰显"个人历史叙事"的"私化历史"小说。王尧凸显的，更多的是一种个人历史与大历史的"联系性"。正如王尧所说："我不是写'我'的历史，是写'我'在历史之中。……如果说我有什么清晰的意识或者理念，那就是我想重建'我'与'历史'的联系，这个重建几乎是我中年以来在各种文体的写作中不间断的工作。"①只有理解了这一点，才能真正理解王尧的苦心孤诣。个人面对历史带来的疼痛与恐惧，激情与欢欣，不再是崇圣心态或解构心态，而是既看到大历史对个人的压迫，也看到大历史与个人的联系。第一人称个人化回忆视角，让个人情感记忆与历史产生了感性的关联，而亲历者的体验性视角，则在当下的角度，让个人的理性思维具有了历史的审美距离，批评家的隐含作者身份，则对前二者又形成了观察与评述。

悖谬的是，尽管有"重建自我与历史的联系性"的雄心，这篇以20世纪70年代江南大队为基本时空背景的历史小说，又有着巨大的文本分裂，即四个部分正篇与外篇和杂篇的分裂。王尧解释说："我想呈现曾经的分裂的语言生活。卷一至卷四的叙述和'杂篇'的注释是我今天的文字表达方式，'杂篇'和'外篇'则残存了另一种语言的状态。我尝试写作杂篇和外篇，既想还原我们曾经的语言生活，也想探究我们思想的来源。"②他谈到了20世纪60年代人的人生体验的分裂，进而谈到江南大队的语言演变史，"风"与"雅"的传统与"颂"的意识形态语言的分裂。我想，也许正是历史发展过程的断裂、碰撞、耗散和不断的反复，才造成中国当代作家历史表达上的"巨大焦虑"。王尧执着而清醒地对关联性的寻找，也就变成了对于历史"整体性"的意义塑造与主体建构。由正篇和外篇、杂篇构成的小说文本之中，我们看到了对分裂的历史记忆书写的"颠倒"，正篇主要写王厚平经历的"文革"中后期的个人化历史记忆，用的是节制干净的第一人称叙述语体；杂篇与外篇的零余部分，以第三人称客观视角呈现，却是用当时占据主流形态的语言，又与注释部分的第一人称叙事形成了相互印证或解构的关系。

然而，这种"颠倒"，不仅有批判意味，也有联系性。这种联系性表现在艺术形式上，首先是每个部分的文本内部应对个人与历史的方式。正篇之中，个人化视角串起诸多人物和事件，却在凝视与回顾之中，将理性

---

① 王尧：《我梦想成为汉语之子》，《扬子江文学评论》2021年第1期。
② 王尧：《我梦想成为汉语之子》，《扬子江文学评论》2021年第1期。

反思寄托于浓浓的人情。少年王厚平的记忆，串起从小镇到江南大队的历史变迁，包含地理的沿革、资产的变化。革命斗争、土地改革、"文化大革命"等重大历史事件，不是淡化成背景，而是成了一个接一个纷繁复杂的人物出场的节点，这些人物穿梭在历史中，通过王厚平的视角，不断上演着悲欢离合。这里有婚丧嫁娶、乡土人情、快乐的农村戏剧节，也有生死离别和残酷的斗争，比如收听敌台被抓的张老师以及为了证明清白割伤生殖器的余明。小说开头那一幕更具有隐喻性："我坐在码头上，太阳像一张薄薄的纸垫在屁股下。"① 码头离不开水，也离不开岸，这是一个水与陆地的分界，也赋予了叙事者"少年大头"独特的观察视角。"太阳像一张薄薄的纸"的比喻，既有化虚为实的灵妙，也通过隐喻表达了时代记忆分裂的痛楚。正篇之中，在对声音和气味的回忆里，独膀子、外公和王二大队长等前辈的革命往事，成为20世纪70年代前史，却暗自镶嵌在时代背景之中。而勇子哥放弃前途与爱人结合，钻井队和村庄的人事纠葛，少年王厚平的几段深深浅浅的恋爱，这些个人体验，在大时代之中，又在大时代之外。这些过去的记忆，又和第一人称"我"的当下体验（如对莫斯科先贤公墓的拜访）形成某种互文性关联。正篇部分也未回避大历史的残忍，它为我们铺陈出一场场令人惊悚的死亡，比如，王二大队长被还乡团杀死、大少奶奶悬梁自尽、房老头吊死桥头、三小吐血而亡、网小出车祸。小说还写到李先生的死、曾祖父的死、外婆的死、四爹的死、胡鹤义的死，等等。但是，无论是隐含作者还是叙事者，都在非常节制冷静的笔调中，将死亡和痛苦展现出来。最终，死亡和痛苦，反而变成历史星空中大大小小闪着光亮的星。它们一个个地亮起或熄灭，共同联结起对于历史的反思。文本中还有一些语焉不详的，充满悬疑色彩的历史黑洞，比如，到底是谁放走了胡家少爷？到底是谁出卖了王二大队长，是独膀子，还是胡鹤义？这些记忆与语言的"黑洞"，镶嵌在历史的星空，带着谜一般的诱惑，指引我们去思考。

---

① 王尧：《民谣》，译林出版社2021年版，第3页。

四

相对于正篇对个人记忆的彰显（吊诡的是，正篇呈现个人记忆的话语，并非历史语境实有，乃是当下回忆话语重构的结果。而这种重构，今天也未必具有完全的合法性，这又形成历史与个人的新的分裂），外篇和杂篇则更多展现了历史时代主流话语文本中的个人状态，在对诸多历史文本的仿真书写中，形成了返场般的"穿越效应"。之所以说是仿真，一是因为这不是真实历史档案；二是因为在作者对于历史文本的模仿中，又有着无限逼近的真实感；三是这种无限逼近的真实感，又形成对当下的某种质询，即当下语境中，历史真实感和深度的消失。文学的作用，不在于意识形态的某种建构，而是通过个人情感结构和思想结构的唤起，形成新的审美陌生化效果。那些曾活生生地镶嵌在我们生活中的意识形态，并没有真正消失，只是被我们"遗忘"了。无论好的还是坏的，伦理层面还是思想层面，它们还对我们当下的生活发生着潜在影响，巨大的断裂和遗忘，无疑也令人担忧。因为它会让我们丧失历史时间上的存在感，进而丧失现实反思能力和对未来的探索能力。

在这里，正篇的讲述，形成了与外篇和杂篇的互文性，外篇和杂篇对历史的抚摸和介入，也成为重建历史联系的某种强有力的凝视。所有的悲伤与愤怒、沮丧与疼痛，都像曾经的欢乐与理想的激情，给人以理解的宽容和再次出发的勇气。被打捞的历史能指被再次擦亮，却因为所指本身的断裂和消失，反而更暴露了虚构行为本身的意义，即文化实践的延续。这些能指符号，有些已彻底消失，有些还活跃在主流语言中。但王尧对它们盛行于民间的历史语境的回溯，无疑也让我们看到这些符号能指在当下晦暗不明的状态。江南大队图书馆建立的报告、入团申请书、毕业留言，这些或官方或个人的文本，都带有浓浓的时代气息。对儿时作文的仿写，烈士墓前对王二大队长的怀念，又形成了对注释部分王二队长牺牲事件的补充，甚至还与之产生了冲突。表姐的来信，许玲和王厚平的约会通信，也有着长长的注释，进一步对正篇中个人的情感体验进行解释和补充。对于王厚平在校政治表现的介绍信，仿写的"揭发信"，既让我们看到时代政治对个人的粗暴介入，也勾连起对当下语境中尚未完全消失的政治文体的晦暗体验。杨网小控诉未婚夫变心的信件中，我们看到"文革"末期，伴随高考恢复而来的剧烈社会变动。通过对历史细节的仿真，我们重新回望这种社会变动对个人的影响。又比如，对"检讨书"的仿写，让我们看到了 20 世纪 70 年代末期，个人以应对"文革"的方式应对计划生育国策。外篇对杨老师未完成的小说文本《向着太阳》的仿写，不是一个简单的后现代"戏仿"，而更近乎充满历史同情的"重返"。"未完成状态"是对历史焦虑的隐喻。无论对错或贤愚，历史与个人的紧密关系，在历史感渐渐消失的今天，却诡异地成为某种陌生又熟悉的体验。杂篇第十二小节，更具有隐喻意义的，是四首对民谣儿歌的仿写。中国古代社会，有以童谣为"风"，甚至为谶纬，传递民间疾苦和怨恨的做法，如"千里草，何青青，十日卜，不得生"为诅咒董卓而作。中国近现代历史上，随着现代性的渗透，民谣也变异为寄托意识形态的文体，"风"只能以残存的状态被结合进"颂"，如第四首"催眠歌"。然而，在当下的历史语境之中，这些民谣也已变成"记忆的化石"，展现出几代人艰难的"自我的确立"过程中的分裂与痛楚、彷徨与沮丧。如何在当下语境之中，通过记忆的呼唤与质询，形成个人与历史之间有效的联系，进而更好地建立真正的历史理性主体，让历史悲剧不再重演，让个人成为真正有意义和价值的个体，让历史更富于情感、宽容和理性，王尧的这些意图，令人动容。

五

"历史的光影，破碎地散在了他们身上，他们本身是微小的存在，而不是我把他们碎片化了。"[①] 阅读《民谣》，在重返历史现场时，让我们看到了种种微观历史细部。在这些重返之中，虚构的想象热情与非虚构的真实逼近，同样激活着我们的阅读欲望。读这部小说，仿佛让我找到阅读勒华拉杜里的名著《蒙塔尤》的感觉。《民谣》既是"时堰"村庄史，江

---

① 白雁、王尧：《王尧：我不能把大历史强加给他们》，《现代快报》（读品周刊）2020 年 12 月 27 日。

南大队大队史,更是革命时期的"生活史"与"心灵史",包含着很多微观记忆。比如,个人文学阅读史与写作史,个人成长史,村民恋爱史,阶级斗争史,村民死亡史,村庄财富史,村庄婚丧嫁娶的民俗史。《民谣》不是一部个人主义碎片化之作,相反,这是一部将记忆的彩陶碎片重新凝结成"大历史"的诚心之作。它既是一部写给同时代人的记忆唤起之书,让他们在断裂、批判与遗忘之后,有了重新检视的可能,也是一部写给当下青年的未来之书。王尧将历史的结构纹理,再次呈现在了当下语境之中。《民谣》也呈现出现代性意义的历史与文学的复杂关系:当大历史笼罩一切,文学的抵抗性拯救人性;当历史意识颓败,文学的审美则拯救历史,进而为人性重塑历史精神。

由此,我们也可说,《民谣》是一部在当下历史意识颓败之际,重新呼唤历史建构精神的诚心之作。有学者指出:"如何在尊重个人主体地位的基础上,在漂移的甚至碎片化的现实中,重建个人与历史之间的有效关联,并为这一关联寻找有效的文学表述,是现时代文学所共同面临的紧迫课题和难题。"[①]《民谣》是在延续至今的新历史主义解构思潮之外,当代小说界的重要收获之一。正如历史学家卡尔所言,一切历史书写,都在于历史与现实的永恒的、不间断的对话之中。《民谣》以先锋的感觉结构,结合节制典雅的语言,既有历史的虚构,又蕴含着更深层次的"非虚构"努力。对虚构历史的想象,来自真实性的诱惑,也来自对"历史终结"的反思。而非虚构的努力,则蕴含着重建真实感、重建历史与现实联系的热情。这种双向的努力,不仅是"批评家王尧"学术理想的寄托所在,也表现了"小说家王尧"的文学雄心和境界。当然,这可能还有一层意义,即历史呈现出悲剧性的同时,也表现出更多的宽容与理解,以及毛茸茸的历史复杂性;而对复杂性的呈现,不仅是颠覆和解构,也蕴含着建构的热情与野心,包含着同情与思考。《民谣》对中国当代小说历史意识的突破,值得文学界去研究。

[①] 王金胜:《"总体性"困境与宏大叙事的可能——论房伟〈猎舌师〉兼谈当代小说的相关问题》,《中国当代文学研究》2020年第6期。

"文人抒情"小说：
另一种当代中国都市书写

——评王方晨的系列小说《老实街》

王方晨的小说创作，始自20世纪80年代。漫长的创作生涯中，他建构了"塔镇"乡土世界。进入21世纪，王方晨"中年变法"，不断探索艺术道路，发表了"老实街"系列短篇作品（结集为长篇小说《老实街》），引起文坛广泛关注。他以拆迁大潮为背景，创造了一种"文人抒情"式的都市书写笔法，将现实批判与人性书写相联结。小说不以情节取胜，笔法留白疏朗，善于运用意象，注重营造意境。这些作品既是抒情传统在当代小说中的继承，又对其有所发展创新，反映了"中国故事"主体性思维在城市题材上的成熟。

一、突破"单向度的城"：弥补中国城市题材作品的缺陷

理查德·利罕揭示都市与文学发展的奇妙互文性关系时说："城市是都市生活加之于文学形式和文学形式加之于都市生活的持续不断的双重建构。"[①] 都市与文学的互动，更多呈现为"都市→文学"的形态。在利罕看来，城市兴起、市民意识的形成与五花八门的文学运动有割不断的联系。假如"都市→文学"的介质是现代性物质内涵，那么"都市←文学"形态的介质便是在文学作品（主要是叙事性作品）与都市时空中流淌的现

---

① 〔美〕理查德·利罕：《文学中的城市：知识与文化的历史》，上海人民出版社2009年版，第3页。

代都市意识。这种"都市文学文体"必能表现出当代都市生活的某些本质性体验。很多研究者认为,中国都市文学的顶峰是以施蛰存、穆时英等为代表的新感觉派小说。此后很长时间,中国文学在"革命"星空下拥抱"乡土",对"城市"抱以本能怀疑。20世纪80年代,"工业题材文学"和"改革文学"出现短暂兴盛,但依然不是现代民族国家意义上的"现代都市文学"。进入20世纪90年代,都市小说基本分化为三个类型:一是世俗日常写作,以琐碎情感关系作为日常都市生活的替代物,比如,池莉、张欣的创作;另一类是欲望化写作,将都市情感夸张为纵欲的性爱故事与拜金堕落的罪恶故事,比如,卫慧、棉棉的"新人类故事"与邱华栋的《时装人》《城市战车》等;第三类表现都市迁徙,反映底层、农民工等特定漂泊人群的体验,如很多"底层文学"或"迁徙文学"都表现都市与乡土二元对立意识,如贾平凹的《高兴》、尤凤伟的《泥鳅》。

  这些类型虽然为读者创造了阅读奇观效应,但面对越来越发达的现代都市关系,它们的格局和视域越来越表现出"单向度"的局限性。这种"单向度"是由于我们的都市书写无法突破西方文学的都市想象制囿,展现独特的中国都市性所致。陈晓明认为:"到目前为止,我们历数了那么多的城市文学作品,事实上,……它们只是涉及城市,只是写到城市里的生活。我们依然无法确立一种类型,一种题材,一种主题可以完完全全称之为'城市文学'。'城市文学',只是一种永远的他者,只是我们需要的涌动着欲望和身体的他者而已。"① 这种难度背后,恰是"都市"与"文学"的双向尴尬,即文学难以深度表现都市,都市也难以深刻影响文学。这些文本大多模仿西方都市文学的腔调,描述都市某些被"他者化"和"概念化"的体验,如欲望与道德的冲突、乡土与城市的冲突、无根漂泊感、情感背叛等已被"约定俗成"的都市体验。它们的语言和文体缺乏个性,也缺乏独特性与辨识度。只有作家创作主体真正"内在于"城市,血脉精魂融入城市文化,并植根于本民族的精神血脉之中,才能写出城市经验与自我的碰撞和反思。很多所谓都市文学,大都只是"城市故事",缺乏独特体验,也没有独特的"都市文体",更无法成为真正的"中国故事"。

---

① 陈晓明:《城市文学:无法现身的"他者"》,《文艺研究》2006年第1期。

从另一个角度讲，都市书写的主体性匮乏，也是当下文学未能摆脱西方影响，未能在中国文化语境下反映都市现实情况所致。很多"城市与乡土"的理论预设，都蕴含西方的强势文化定位，以及对其他都市文明形态（如中国东方都市文化传统）的遮蔽。雷蒙·威廉斯认为，所谓"乡村与城市"价值对立想象，也是一种"历史性"产物："我们不仅仅要问一个时期当中关于乡村和城市的观点有了什么样的发展，也要问这些观点在一个更广泛的结构当中同哪些观点有联系……16世纪和17世纪有关城市的观点同金钱和法律稳定地联系在一起；18世纪时同财富和奢侈联系在一起；自始至终有关城市的观点还同暴徒和群众联系在一起，而该联系到了18世纪末和19世纪达到了顶峰；19世纪和20世纪则是同流动性和孤立性联系在一起。"①相应地，乡土也曾在不同时代被赋予为"朴实的成长"与"孤立的大自然"等不同含义。因此，"城市与乡土"的价值对立并不存在天然的合法性。现代都市发展之中，不同文明形态，包括西方文明，也对过分都市物质化、缺乏文化个性的情况提出了不同的应对方案。中国的都市文化发展，既受到西方现代性乃至后现代思维的影响，又有着千百年来自己的文化传统，这种中国都市特质，无疑被当下写作所忽视。进入21世纪以来，我们的都市书写依然延续着20世纪90年代城市文学的基本格局与叙事模式，但也不乏突破性进展。比如，承接韩邦庆、张爱玲、王安忆的海派传统，金宇澄以沪上方言为基础，以上海都市传统文化韵味为基调，塑造了一个妖娆多姿的"繁花"世界，写尽了上海的风流蕴藉，也写足了现代与传统之间的情感张力；王方晨则承接刘鹗的《老残游记》、老舍的散文等"济南叙事"传统，由复杂的乡野经验出发，结合自己的现代城市生活体验，独调别弹，致力于"北方都市"书写。与金宇澄的书写方式显然不同，王方晨表现现代化转型过程中都市带有道德意味的人情之美，展现都市空间的神秘幽微，也彰显出对人性的宽容与反思。他的写作形成了一种独特的文人抒情笔调与情感节奏，典雅华瞻，创造出了一个独具魅力的"老实街"艺术空间。

---

　　① 〔英〕雷蒙·威廉斯：《乡村与城市》，韩子满等译，商务印书馆2013年版，第394页。

二、"抒情济南":"文人抒情小说"都市题材新探索

抒情小说作为小说类型的变异,表现出"诗化"与"散文化"的外在表征,中国现代文学史上,周作人在介绍爱罗先珂的《马尔加的梦》与库普林的《晚间来客》时,曾最早将抒情诗与小说联系在一起,意指那些抒情味道浓,脱离了叙事情节性的局限,重在传情而非讲故事的小说。①这里所谓"散文性"和"诗性",大意都是指不再注重叙事情节性,而注重其情感特质的小说形态,二者呈"你中有我""我中有你"之势。用杨义的话说,散文化小说和诗化小说,都是抒情小说发展的不同倾向,情节淡化与叙事疏散,则称之为散文化;谈到语言,意境,情调,情感节奏,浓郁的主观情感,象征隐喻内涵,则将之归结为"诗的艺术的渗入"②。从陈世骧、高友工到普实克、王德威,很多海外学者都谈及中国文学抒情传统的影响。陈世骧标举"兴与怨"的抒情功用,认为这是中国文学的又一个道统。普实克则考察中国现代文学之中"诗与史"的结构张力。高友工提出"中国美典"的说法,将抒情上升到中国文学本质论的高度。王德威则着眼于"有情的历史",提议在"革命、启蒙之外,'抒情'代表中国文学现代性——尤其是现代主体建构——的又一面向"③。而这里所说的文人抒情小说,则特指在文人趣味观照之下的"抒情小说"。其实认真考察,中国现代以来的抒情小说,大多带有文人味道,比如,汪曾祺在《受戒》之中展示出的苏北水乡风貌,沈从文的边城世界。中国文人以传统的审美情趣应对现代性的剧烈转型,从而展现出"中国化"的抒情味道。少了峻急的批判、抽象的反思,多了情感介入和应对;少了叙事严整和宏大的理性世界,多了传统趣味的审美气息,也就形成了对现代性的反拨。

可是,考察新时期以来的城市书写,会发现叙事性压倒抒情性,意识

---

① 吴晓东:《现代"诗化小说"探索》,《文学评论》1997年第1期。
② 杨义:《中国现代小说史·第一卷》,人民文学出版社1998年版,第543页。
③ 王德威:《抒情传统与中国现代性:在北大的八堂课》,生活·读书·新知三联书店2010年版,第3页。

形态化话语建构刻意将都市与现代化物质性链接起来，排斥诗性抒情。陆文夫式的"小巷文学"被认为是传统中国的"当代遗韵"，作为"价值补充"自然是风韵多姿，但不足为中国现代都市书写的标识性符号。为此，范伯群教授提出"都市的乡土文学"的说法，反思现代都市书写过分注重物质性、遮蔽抒情性的问题，认定其为熔铸民俗风情、稳定地域传承与市民消费心理的独特文学样貌："现代通俗文学作家却以描述都市民间生活为其主要内容，擅写独特而浓郁的都市民风民俗，构成了一道'都市乡土小说'的风景线。"① 这种"都市乡土"概念，说明了中国城市发展的独特性，即城市美学与乡土美学有颇深渊源和关联。施战军认为，中国现代乡土文学，其实是"城市性"的。② 何平谈论"我城"如何"文学"的问题时也提到，"中国作家的乡村想象其实是可以借鉴的。作家应像对'乡'一样将自己的灵魂灌注进'城'"③。城市与乡村之间有千丝万缕的联系，这在中国几千年以农业为主的社会形态里表现得非常突出。所谓"都市民俗"，其实是对某种乡土习性与心理定势的延续，它们深深地影响了中国都市的发展。中国与西方都市的起源与发展不同。西方都市是工业革命的产物，商业繁荣推动都市的发展，都市与乡村相对立，"自由在中世纪是与一个城市的公民资格不可分割的属性"④。中国都市有悠久的农业历史传承，形成多出于政治需要，大都呈现为封闭状态，经济依靠赋税维持，"中国传统都市文化基本上呈现出乡村文化特色。近代以降，情况虽有所改变，但并没有根本性变化，传统的以农为本的国情，使现代中国都市很大程度上仍具有浓厚的传统色彩"⑤。

同时，乡土影响都市的一大特征，就是"抒情性"的表现。抒情小说对都市题材的介入，也是对"中国故事"独特表现途径的有效探索。王方

---

① 范伯群：《论"都市乡土小说"》，《文学评论》2002年第3期。
② 施战军：《论中国式的城市文学的生成》，《文艺研究》2006年第1期。
③ 何平：《何为"我城"，如何"文学"》，《探索与争鸣》2011年第4期。
④ 〔比〕亨利·皮雷纳：《中世纪的城市：经济和社会史评论》，陈国樑译，商务印书馆1985年版，第119页。
⑤ 张鸿声：《都市文化与中国现代都市小说》，河南大学出版社1997年版，第10页。

晨的"老实街"系列小说,就是带有都市乡土气息的文人抒情小说。王方晨将老实街建筑在老济南,与现实的"道德街""宽厚所街"相呼应,极具市井气息与地域色彩。"宽厚所里宽厚佬,老实街上老实人"①,延续千年的传统作为文化基因深入每个居民的骨髓。他们从出生之日起就学老实,比老实,这已成为他们必备的人生训练与生存法则。王春林甚至认为:"与其把《大马士革剃刀》理解为城市小说,倒不如把它视为乡村小说的一种变体更具合理性。在这个意义上,我更愿意把王方晨的'老实街'与他的'塔镇'视为同种性质的表现对象。"②不论书写乡村还是城市,王方晨努力的方向都是以文学的方式表现生存的时空,本质上都是表现人的生活。他关心济南城,挖掘其中的传统文化内涵,关注民风民俗,使得他能高度还原济南韵味,描绘出一幅市民生活图景。

济南是一座历史悠久的古城。它既是史前文明龙山文化发祥地,也有北魏灵岩寺、隋代四门塔、齐长城等名胜古迹。就文化而言,它养育过李清照、辛弃疾等著名文学家。近代以来,济南作为山东省府非常繁盛,一直是山东的经济、政治与文化中心,也形成了宽厚养德、舒适散淡的市民文化。"老实街"系列小说也给我们提供了隐喻抽象的"济南时空"。老济南有小街胡同、温润泉水、护城河、明媚垂柳、秀丽的大明湖和连绵的小山,还有咸甜沫、把子肉、心里美萝卜,及忠厚安逸的老派市民。老实街既有莫家大院、黄家大院、穆家大宅这样的高门深宅,也有竹器匠一家这样的普通小户。王方晨笔下的济南,正在经历中国城市飞速发展导致的巨大裂变,很多美好的市民文化习性正在消失或转变,取而代之的是现代大都市的理性逻辑。如何留住美好城市记忆,传承悠久城市文明,继而在现代化语境下使得都市文化重新焕发生机,形成中国特色都市,是王方晨一直考虑的事。王方晨书写了从市井济南到现代济南裂变的痛苦。在现代性冲击下,老实街市民一方面自由率真,另一方面又受到旧有文化与伦理道德的约束,表现出各种与时代潮流既相合又相悖的复杂情感。这不仅是

---

① 王方晨:《大马士革剃刀》,《天涯》2014年第4期。
② 王春林:《乡村政治生态与现代性隐痛——对王方晨小说的一种理解与分析》,《文艺报》2015年11月23日。

文化转型，而且是一个城市面对现代化的挣扎、呻吟和抵抗。《竹器店》写鹅面对老实街被拆时的沧桑情景："她猛地想起什么来，忙又跑出去，看到店门旁的墙壁上的确只是写着个白色的'拆'字。老实街上，已有很多这样的'拆'字，无不涂画着个白色大圈。'也就这样了。'她小声叹了口气，轻轻说一句，然后将竹器店的门一掩，就去了正屋。跟许多老实街居民一样，她也一夜未眠。躺在老编竹匠留下的竹榻，像男人似的抱着自己"。① 读来令人潸然泪下。

三、老实街：文人抒情小说的审美空间

具体而言，王方晨通过"老实街"写"大济南"。王方晨将"老实街"构筑在这座古城的中心，使其地处旧军门巷与狮子口街之间，并设以"涤心泉"，这一地理位置建构赋予了"老实街"深厚的文化底蕴，使得老实街成为城市文化性格的隐喻。他通过都市乡土味的"人情之美"的道德魅力，对都市人性的宽容与反思，对都市深处诗性的"神秘幽微"气息的展现，写活了一个神奇的"抒情济南"。"老实"成为内涵复杂的符号能指，悖论般地包含很多"不老实"因素。它既可以是真诚，也可以是虚伪；既有对"道德坚守"的褒扬，也有对"懦弱颟顸"的批判；既可指传统的人品方正，也可理解为现代的讲信用；既可是卑微的无奈抗争，也可是自我的生命绽放。王方晨选择这样一个带有"土味"的词汇，却形象精准地表现了现代大潮冲击下北方都市普通市民丰富复杂的生活形态与情感世界。

首先，"人情之美"的道德魅力，表现在老实街居民互帮互助、相濡以沫的美德上，也表现在他们对道德底线的坚守、对尊严与正义的争取上。《大马士革剃刀》中，左门鼻是老实街的道德标杆，他恪守古风遗训，面对莫大律师赠予的大宅子始终不肯据为己有，默默等待律师的归来。面对"外来者"陈玉伋，不吝对于其高超技艺的赞赏，并两次赠送剃刀，传统道德风尚在左门鼻身上表现得淋漓尽致。《八百米下水声大作》中，能听八百米地下水声的"小耳朵"，是老实街公认的神异之人，他能靠听觉找

---

① 王方晨：《竹器店》，《作家》2019 年第 7 期。

到各种不知所终的遗失物,对于老实街居民的一举一动了如指掌,但一直坚守着自己的立场,决不干奸淫偷盗之事。《鹅》《花事了》《世界的幽微》等作品之中,都不断出现一个叫"鹅"的女性。她却是一个"不老实",甚至有些奇怪的女子。她未婚产子,却不见悲戚愤怒。她喜欢和不同的男性交往,却不求婚嫁。这样一个"太不老实"的女子,却成了老实街最令人难忘的人物。她独特的生命光彩,为老实街的道德魅力赋予了更大的情感容量与道德阐释维度。小说中有一个高潮,鹅让她的私生子喊每个情人"爸爸"。在那一声声理直气壮的呼唤中,鹅实现了一个女人最大的生命抗争。同样,《歪脖子病不好治》中,朱大头的女儿、电视台女记者小葵,为了维护老实街的利益和权贵做斗争,被撤了栏目和政协委员职务,直到最后失踪,依然坚持道德底线,无怨无悔。《弃的烟火》之中,为了伸张正义,也为了爱情,小葵的男友、排爆警察邰浩,不顾遭受着人身威胁,执着地寻找小葵,并破获了爆炸案,将权贵绳之以法。

其次,王方晨不仅展现了老实街的道德魅力,也展现了这种文化结构之下的"反讽"。他以不动声色的细节展现人性的复杂,既宽容人性的多变,也批判人性的阴暗。这也就使得他的写作中的抒情味道不仅是牧歌式的赞美,而且有着深切的现代理性反思。《大马士革剃刀》中的左门鼻与陈玉伋是一对颇有意味的人物。左家开杂货铺,陈家开理发铺,两人遭遇类似:都是老鳏夫,都有一个女儿;甚至脾气秉性都类似:都以老实著称。一把剃刀成就了两人友谊的佳话,也让他们结下了心结。互相推让本是传统美德,但美德一旦有了虚名的负担,则成了"较劲"。小说高潮,左家的老猫"瓜"不知被谁剃光了毛,羞愤投水而死。这成了左和陈友谊破裂的见证,也寄寓着作家对传统文化的反讽性思考。左、陈两人,性格有差异,却都有要面子、爱虚荣的传统性格弱点,又在更高层面,统一于老济南文化的浸润。那把锋利名贵的大马士革剃刀,在你推我让之中,最终没了用武之地,只能被深深地埋于地下。这无疑也隐喻中国传统道德含蓄太过的弱点。《八百米下水声大作》中的奇人小耳朵,因为街坊邻居的妒忌,被儿子剪了耳朵。《花事了》中的花老头,在古道热肠的背后,隐藏着龌龊的心思。他背叛了老实街,第一个领了拆迁款,并对鹅怀着欲念。《世界的幽微》中的暴发户高杰,为了暴利,逼迫老实街搬迁,用心险恶。《大宴》中苗家大院的厅级干部张树，最后为了私利，也悄悄地搬走了，甚至不通知邻居。在王方晨含蓄幽默的反讽之中，透露着他的道德义愤和对人性自私的无奈与伤感。

再次，王方晨为我们塑造了"神奇幽微"的老实街人物群像。"神奇"是指这些人物，他们看似并不起眼，却各怀本领，各有特异之处；"幽微"则是指这些人物性格的丰富复杂。《歪脖子病不好治》中，芈芝圃老先生反复强调"一动不如一静"的处世哲学："多年了，老先生不大走远。磕着，碰着，都是大事。我们敢说，他出了老实街就得迷路。""别说芈老先生不喜走远，大伙儿也都不喜。走得再远，也总要想法回来。"[①] 这种封闭却怡然自得的生活态度颇有老庄哲学意味。老实街系列作品，人物有"对称"和谐的结构美，往往是"一对对"出现，却尽显奇人奇事的神秘气息。比如，《大马士革剃刀》中的左门鼻与陈玉伋。《阿基米德的一天》中的"阿基"与"米德"。他们虽住在老实街，却从来不和街道打交道。他们是被大律师穆先生遗弃的孩子。兄弟俩互相护持，过着隐士般的生活。最后，兄弟俩死在一处，屋子却意外冒出清泉。这两兄弟不是《大马士革剃刀》中陈、左的对立结构，而是复调式的"反复加强"结构。他们的精神世界神秘复杂，也成就了市井文化的独特魅力。"成对"的人物，也包括男女，如小葵与小邰，还有着墨颇多的"鹅"与"高杰"。鹅是叛逆女性，未婚生子，与多个男人有暧昧关系，但这并不妨碍她坚守做人原则，不出卖街坊利益。高杰是临街的"逆子"。他成为富豪后回到故里，却为房地产利益拆掉老实街。他是老实街的终结者。他喜欢鹅，却不娶她。他以冷酷的资本意志，打碎了老实街的爱情镜像。配角小人物，也各有令人过目不忘的光彩。如嚷着"无敌"的摄影师白无敌，喜欢谈论别人是非的马二奶奶，斯文精细、手艺绝伦的老锁匠卢大头，急躁鲁莽的小丰，豪爽痴情的老干部老常，善解人意的老邰，幽默冷酷的机关领导张树，洞察世事的老寿星芈芝圃，都有鲜明的个性。这些凡尘俗世里的小人物，有喜怒哀乐，也有稀奇古怪的脾气秉性。阿基和米德兄弟，足不出户，坐井观天，在孤独自闭中维持神秘高人形象。左门鼻与陈玉伋，一对老鳏夫，以保持忠厚老实

---

① 王方晨：《歪脖子病不好治》，《北京文学》（精彩阅读）2017年第11期。

为荣,心底却有着阴暗的角落。畸人艾小脚,身为五尺男儿,却喜欢扮女装,尤其喜欢裹脚。奇人小耳朵,有异常聪敏的耳朵,能听到地下八百米水下的声音。

四、悲欣交集:独树一帜的小说审美风格

对照普实克"抒情"与"史诗"的论述,王方晨的"老实街"系列区别于茅盾以广阔城市社会为描述中心的"史诗"叙事,虽然拆迁作为标志性历史事件贯穿故事始终,但却是作为背景存在,小说的重点在于表现人的情感。王方晨形成了"悲欣交集"的"王氏文人抒情"短篇小说美学风格。这种风格既继承了相关文学传统,又表现出"以短篇连缀而成长篇"手法的微妙之处。这里说的短篇抒情"传统",一是《聊斋》等古典文人短篇小说传统,能在平中见奇,凡中显神;二是来自沈从文、汪曾祺、孙犁的现代文化抒情小说传统。王方晨的抒情小说,将文化反思与思想再造结合,将现实批判与追求人性真善美结合,既悲伤于人性的残酷与冷漠,也赞叹人性的美好,他将之巧妙地统一到了艺术世界的逻辑之中。

具体而言,首先,是意象与意境的运用与营造。王方晨善于运用意象,注重营造意境,语言上富含诗意而又表现得精练准确。"老实街"系列讲述市民社会,展现市井人物平凡人生,这样的题材很容易由于太写实而显得黏滞。王方晨以对已逝老实街的追忆为开篇,有温度的回忆笔调使小说充斥着诗意氛围。他在《世界的幽微》中这样描写鹅:"但我们知道第二天她把花草簪了满头,一个人在她家那些旧竹椅上蹦来跳去,就像一脚蹦进了趵突泉,又一脚跳进了大明湖。一脚泉一脚湖,一脚湖一脚泉,很多人都从街上听到那些竹椅在她脚下吱哇作响。"[①]一个活灵活现、充满生活情趣的少女立马映入眼帘。他善于选用有审美意蕴的意象为内核展开叙述。他运用"街道"这一意象,将其命名为"老实街"。如同上海书写中的弄堂代表着上海的生命,北京书写中的胡同传递着北京的文化,老实街则承载着济南城的精神文化内涵,深居其中的居民们从出生之日起

---

① 王方晨:《世界的幽微》,《天涯》2016年第2期。

就学老实、比老实,世代以老实自居,传承着这种传统道德风尚。除街道之外,贯穿全文的意象还有"涤心泉"与"青石板路"。济南以泉闻名,涤心泉不仅是全街老少生活的源泉,更是他们心灵的寄托。"青石板路"是老实街发生的大事小情的见证者,它不言不语,却洞察一切,似乎是作为旁观者而存在。另外,王方晨还在单个篇章中设有各种意象,《大马士革剃刀》中的剃刀是贯穿全文的意象,它是左门鼻与陈玉伋友谊的见证,也是撕破老实街道德外衣的工具。另外几篇如《化燕记》《世界的幽微》《弃的烟火》,其各自的主题意象到文章的最后才正式出场。《化燕记》结尾两只燕子凌空而去,象征石头跟随搓澡工暂时脱离老实街的束缚,获得片刻自由。《世界的幽微》中,"幽微"这一意象迟迟没有出场,但自始至终都包裹着老实街。高杰作为幽微的化身,一点点吞噬了老实街;"幽微"也代表现代化进程对于传统的冲击,整篇文章都在为"幽微"的出场积蓄力量,最后终于爆发。《弃的烟火》以那漫天的烟火象征复仇,同时,小葵也如同这烟火一般烟消云散了。

其次,留白与节制。留白是中国古典绘画中的常用手法,极具中国美学特征,在许多领域也都有所运用。汪曾祺曾提出,"中国画讲究'留白','计白当黑'。小说也要'留白',不能写得太满"①。王方晨将"留白"的手法运用到小说创作之中,产生了很好的审美效果。他特别注重语言的精练,善用短句,惜字如金,没有一字多余,也没一字欠缺,该说到的,字字打要害,精准至极;该含糊的,处处留白,处处悬念,既藕断丝连,又收拢着劲儿,处处透着含蓄蕴藉,处处显现着一股独特的文风、思想和气度,力求用简洁节制的语言准确表达出意思。小说故事性不强,不以情节取胜,显得含蓄内敛。王方晨选取相对简单的情节,使文本有更大空间融入丰富的道德文化内涵。《大马士革剃刀》讲述左门鼻与陈玉伋对于剃刀的"两赠两还",整篇文章以此为中心展开,一方面左门鼻与陈玉伋的交往传为老实街的美谈,彰显了老实街"老实"的美德,另一方面又引出"虐猫事件",简洁节制的故事蕴含着复杂的情感。同时,简单的故事还意味着情节的淡化及对于关键点的隐藏,给予读者无限的想象空间。《化燕记》

---

① 汪曾祺:《晚翠文谈新编》,生活·读书·新知三联书店2002年版,第86页。

中，全篇围绕石头对于火车的痴迷展开叙述，对于石头如何跑去火车站，又为什么执着于看火车都没有详细描述，重点是弥漫于整篇小说的氛围，给我们留下了巨大的想象空间。其实石头的出生本身就是对于老实街所谓"老实"信条的挑战，他的存在如同幻影，打破了老实街的道德桎梏。《大马士革剃刀》中，对于"虐猫事件"的真凶始终没有明确交代，是陈玉伋还是左门鼻？抑或另有其人？文中没有直指凶手，真正的意图是表现隐藏在事件背后的东西，不论谁剃了猫毛，发生在老实街的虐猫事件本身，就已表明老实街的道德开始崩塌，至于事实真相是什么，已不重要了。他在叙述中设置这种"空白"，给读者留有想象余地，同时也更增加了小说的表达空间。在人物刻画上，他采取白描手法，少有心理描写，在平淡叙述中将人物形象塑造出来，在情感的表达上较内敛，显现出节制性。王方晨对世界恶的一面始终怀着悲悯之心，因此他的愤怒也是节制的，有着理性的一面。这也使他的作品暗含黑色幽默，并在不动声色中迸发出来。

再次，"悲欣交集"的艺术风格。苍凉温润的抒情和不动声色的反讽并存在这组小说之中，形成了"悲喜交集"的独特风格，既悲人物之苦难与卑鄙，又喜人物之可爱与善良，既悲且喜，就是命运的"无常"之感了。王方晨不仅写老济南"老实"的温厚淳朴，也写这种文化的内在缺陷，及其在现代大潮冲击下的衰落。他写街道的命运，写的更是城市的命运、人的命运。老实街的每个人看似悠然自得，但各自都有内心的隐痛和创伤，怀抱不为人知的隐秘心结，活在大时代变迁的角落。对王方晨而言，所谓"文人抒情"，不仅是雅致含蓄的语言，抒情的笔调，更是一种对世间万物不动声色的"大爱"。只有节制的抒情，感悟了人生沧桑后的抒情，才能将理性与感性结合为一体。这种有情的"大爱"也连接着对人生命运的"大感悟"，爱恨情仇，对错曲直，高贵与猥琐，卑微与成功，丑恶与善良，都被作家真实又节制地表现了出来。《鹅》中的鹅，和老实街很多男人相好，但没有一个男人实心实意地娶她为妻。《八百米下水声大作》中的居民，听说小耳朵"听宝"的本领，千方百计地引诱小耳朵帮自家发财。《阿基米德的一天》中的老实街居民，出于自私的愿望，阻止阿基的儿子寻找生父。《花事了》中的老花头，表面是保媒拉纤的老鳏夫，内心却涌动着对鹅的欲望。小说结尾，老花头趴在鹅遗弃的旧竹床上，于黑暗中尽情释放自己对鹅的爱欲。这个出人意料的小细节,暴露了人性的复杂和多变。小说也写了现代化社会对老实街的冲击。比如,《歪脖子病不好治》里敢于追求正义的小葵,被电视台解聘,她和排爆警察小邰的爱情也成了悲剧。《世界的幽微》中的高杰,当年追求鹅未果,远走他乡。多年后,他功成名就,占有了鹅,却想彻底拆掉老实街。小说以"野人幽微"来象征高杰彻底失控的欲望。

王方晨的这组小说,大多在开端或结尾奠定了悲欣交集的艺术风格,展现出不动声色又暗含大悲悯的叙事旋律感。如《大马士革剃刀》开头,"我们这些老实街的孩子,如今都已风流云散"①。一下子就将沧桑蕴藉的味道表现了出来。《化燕记》结尾写两只燕子:"影影绰绰,我们看那远未燃尽的夕阳里,有两只燕子扑簌簌凌空而去。"②以燕子写出卑微生活中,孤独的孩子和智障中年搓澡工的感人友谊。《弃的烟火》结尾也以烟火象征小葵的复仇:"数日前,于此地,其曾与一无名女子委弃一地的残肢断体……而今漫天起烟火,如同盛大的节日,整个济南城都看得到。"③这组小说最后一篇《大宴》,也是一曲悲怆的挽歌。老实街的居民,天真地以为被赶出了自己的地盘,地产商会在高档餐厅宴请他们,但这不过是一个自欺欺人的辛酸笑话。王方晨满怀悲悯地通过卢大头这个技艺精湛的老锁匠完成了对老实街最后的哀悼,老锁匠送了每个居民一把老式锁。"锁"隐喻着老街的封闭保守,也隐喻着居民们的安稳本分,更显示了他们的尊严与骄傲。小说结尾写了卢大头仰卧于泉水看星空的感受:"于是,从古今幽明,从天上人间,我们一起目光炯炯地看着一个正派人,仿佛了去了一桩大心事,拽动渐趋疲懈散驰之躯,夜幕下踽踽行去,一步步离却了最终发现自己无比卑微的幸许之地。"④总体而言,这组小说以"剃刀"开头,以"大宴"结束,开头明为赞美,实是暗含讽刺,结尾却表面写大宴的热闹,实写曲终人散的荒凉。正反相合,阴阳相融,对错交织,无不包蕴着"悲

---

① 王方晨:《大马士革剃刀》,《天涯》2014年第4期。
② 王方晨:《化燕记》,《大家》2019年第5期。
③ 王方晨:《弃的烟火》,《山花》2017年第9期。
④ 王方晨:《大宴》,《芙蓉》2017年第6期。

欣交集"式中国传统的、含有佛教思想的人生观和世界观，也表现出了一种独特的文人都市抒情小说美学建构。

对 21 世纪以来的小说创作来说，王方晨的《老实街》不仅意味着对汪曾祺一脉抒情传统的继承发扬，也佐证了以传统手法写当下都市生活的可能性。他在简单与繁复之间闪展腾挪，匠心独运，让老实街各色人等从纸面走出，展现了一个丰富无比又精细幽微的艺术世界。王方晨笔下的老实街居民是一群凡夫俗子，却又有"不同凡俗"之处。这些各自怀着七情六欲、无奈和孤独的人们，这些在平凡中隐藏秘密的普通人，让我们想起安德森的《小城畸人》和奈保尔的《米格尔街》。老实街作为市井济南的缩影，承载着历史与文化的意义。王方晨站在历史与现实之间，将诗意与生活融合，以文人抒情的手法为我们讲述了变迁的人与城，展示了一幅市民社会图景，建构了一方专属的文学领地。

一种历史理性精神的建构

——评冯骥才的长篇小说《单筒望远镜》

冯骥才的长篇历史小说《单筒望远镜》，一经发表出版，就引起了广泛关注。1977年，冯骥才就曾出版长篇小说《义和拳》。多年来，冯骥才对晚清津门历史、义和团运动，一直保持着关注。冯骥才之后创作的《神鞭》《三寸金莲》等历史小说，可以归为"市井历史传奇"小说，既有着寻根文学的影响，也与20世纪80年代的世俗日常叙事有着内在联系。20世纪90年代之后，冯骥才转向民俗学研究领域，但文学一直是他关注的艺术门类。这部《单筒望远镜》无疑是冯先生不忘初心，多年来对津门历史独特思考的结晶，也是基于他多年来艺术沉淀的一次爆发。与此同时，这部历史小说，也能对当下历史小说的创作起到积极的指导作用。

历史与文学的关系非常复杂，好的历史文学应该是历史理性与历史想象力的融合与再造。亚里士多德说，历史是过去发生的事，文学则是可能发生的事，鲜明地点出了文学对想象力、情感判断的追求。中国传统之中，文学与历史的纠葛更复杂。《史记》被称为"无韵之离骚"。很多文人的创作，也都以能入史为极大荣耀。司马光写作《资治通鉴》，却认为"文学对资治无益"。金圣叹也曾说，历史乃以文运事，文学则为因文生事。文采对于历史而言，不过是帮助其更好叙述的工具，而对文学而言，想象力与情感的因素则是根本，事件不过由此而生而已，真假莫辨。佛学思想的引入，更让中国的古典小说甚少追求理性的真实，而更多注重相对论、循环论的非理性史观。因此，中国古代历史小说有传奇和演义两类，说到底，还是虚构大于真实，追求"好玩的历史"。让人担忧的是，意识形态的权威性，又迫使历史与道德结盟，遮蔽了人本身的丰富性与复杂性。与这种道德化的意识形态企图共存的，还有借助民族国家叙事，将历史"铁血化"的倾向。这种做法，始于晚清小说，大盛于网络小说的创作之中。

进入新时期，历史小说也有一个大爆发期，《少年天子》《皖南事变》《白门柳》《曾国藩》等一系列优秀作品，都在追求历史真实性与历史理性上有了长足进步。但这种倾向，因为新历史主义的出现遭到了颠覆。不可否认，新历史主义在破除意识形态偏见，追求人性解放上的意义不可忽视，但它的重要缺陷在于，它毁掉和颠覆的还包含中国人来之不易的历史理性意识。它的狂欢化叙述，其实又回到了中国古代的"传奇"传统。这种情况，因为消费时代介入，变得更加扑朔迷离。在对新历史主义的赞扬声中，不是没有清醒的反思，但都被一概指责为"阶级化的僵化历史思维"，跟不上后现代历史潮流。而某些海外华人作家也深受后殖民思维的影响，刻意迎合西方视角，重新打量中国历史，特别是中国的近现代史。这无疑使得中国历史在文学书写中变形扭曲，乃至丧失了主体性，沦为西方后殖民化的奇观想象。

如果分析中国当下的历史文学创作，我们会发现，一方面过于严肃，一方面过于轻佻。这两种做派导致历史叙事欠缺理性的历史精神，也缺乏现代民族国家意义上的真正的爱国精神。我们太想在历史中包裹意识形态企图，从而导致概念压倒了性格，意识压倒了存在。历史对人类的作用，除了教化裨益，也许还在于它能给我们展现出不同生存形态、行为动机和文明发展的可能性。同时，我们的历史叙事，还有"戏说"的脸谱化做法，这些都与我们对历史的道德主义态度有关。

由此而言，《单筒望远镜》则是中国历史小说对新时期以来历史小说的反思和发展。首先，冯骥才对于历史真实的关注，有一种理性精神层面上的积极意义。格兰特将所谓真实分为"应合的真实"与"内聚的真实"，所谓"应合的真实"[①]，以逼真与精确表达现实，追求客观真实，是对现实的有效捕获；"内聚的真实"则以心灵的主体真实为基准，是对现实的某种释放。我们曾经有过左拉式的写实主义，我们也有过以幻象与想象激

[①] 达米安·格兰特：《现实主义》，周发祥译，昆仑出版社1989年版，第12页。

活现实的"魔幻现实主义"、强调浪漫主义与现实主义结合的中国式的"社会主义现实主义"。我们对现实主义的诉求，往往在这两种美学倾向之间摇摆。真正优秀的现实主义作品，应兼具这两种特点。我们以此考察冯骥才的《单筒望远镜》就会发现，他对历史的观照和书写，既不同于传统的现实主义笔法，也与新历史主义和先锋写作大异其趣。这部小说甚至与他早期的《神鞭》等"津门历史传奇"系列作品相比也有很大变化。冯骥才注重历史的真实语境，同时也强调了创作主体的重要性和历史小说创作的当下意义："当代人写历史小说，无非是先还原为一个历史躯壳，再装进昔时真实的血肉，现在的视角，以及写作人的灵魂。"[①]可以说，他将历史的客观真实与历史的"心灵真实"进行了有效的融合。我们既对当时的历史氛围情境有了很深的了解，也能通过欧阳觉的悲欢离合，更好地反思我们当下的历史意识，更好地树立理性的爱国主义观念和多种文明交流发展的文化观。

其次，正是由于冯骥才对历史真实的关注，在《单筒望远镜》之中，我们随处可见民俗学研究对他小说创作的影响，这也是这部小说的独特之处。这让他的历史小说比一般的小说家的创作多了一层学术功力，也多了一层对于"细部真实"的炉火纯青的历史还原功力。而这种以民俗学介入历史叙事，高度还原历史真实的思维方式，我们可以在现代文学之中李劼人的《死水微澜》《大波》等作品中看到。20世纪90年代以来，在新历史主义小说的冲击之下，这种历史写作方法在文坛变得甚为沉寂。而冯骥才的《单筒望远镜》，无疑为中国的历史小说恢复历史理性思维提供了很好的借鉴。这本《单筒望远镜》，无疑是一张晚清津门庚子事变的"工笔画卷"，为我们原生态地复原了那个惨烈的历史事件。小到晚清天津人的日常生活，天津过节的讲究，建筑的特点，衣食住行的风俗，纸店的种种生意门道，纸张类型特点，大到义和团的典章制度、后勤军需、服装设置、切口惯用语、真假团民轶事，八国联军的装备、人员组成等事宜。冯骥才将这种种历史的细节全都细细密密地缝织进了津门纸店二少爷欧阳觉的爱情悲剧之中，虽然线头很多，但不蔓不枝，全都紧凑地依附于欧阳觉的

[①] 冯骥才：《单筒望远镜》，人民文学出版社2018年版，第1页。

视角之下，读来清晰准确，在某种程度上增强了历史叙事的情节有效性，同时又有着强大的历史现场感。这种对于晚清津门历史的民俗学式还原，不仅有利于增强小说的叙事魅力，也有利于让我们深入地理解中西方文化交融碰撞的"晚清津门"在中国近现代独特的历史意义，进而更好地思考中国的近现代发展史。

再次，这部小说充满了象征与隐喻意味。正是这种象征性的存在，让这部历史小说变成了对历史精神与历史心灵的把握。对于"单筒望远镜"的意义，有批评家指出，世界是单向的，文化是被放大的，现实似乎遥不可及。这里提出了一个文化交流的"焦虑"问题。我们总在被放大的现实之中，无所适从。然而，在我看来，这架单筒望远镜，既是欧阳觉与莎娜爱情悲欢的见证，也是一种"文化主体距离"的象征。距离产生美，也产生隔阂与冲突，关键是如何看待与处理这种距离。同时，"单筒望远镜"既是对不同文明的交流存在距离的隐喻，也更像是对真实逼近历史的"理性精神"的象征。透过这架望远镜，一切真实发生的残酷历史事件，都被冯骥才忠实地记录下来。而那棵"大槐树"，则既象征着中国传统的家庭文化，也象征着以"家国"为核心的中华传统文明。有"大槐树"的"材"，欧阳家才能聚财发家，才能协调团结家庭。而大槐树更象征着传统文明赋予晚清中国的文化根底。大槐树的毁灭，是历史的悲剧，更孕育着重新出发、重塑中华现代文明的历史契机。

最后，冯骥才对"文明冲突"的思考，有着积极的建设意义。该小说积极探索了东西方两种不同文明碰撞产生的融合、罪行、抵抗和想象。冯骥才对"历史之恶"抱有清醒的认识。文明的碰撞之中，"历史之恶"在主体与客体之间是双向的。爱德华·吉本曾言，人类的历史，乃是由血、火、眼泪与人类的愚蠢写成。欧阳觉与莎娜的爱情，起于不同文明的相互吸引，了结于文明的隔阂与冲突。欧阳觉对莎娜的蓝眼睛和白皮肤着迷，而莎娜则喜欢这位二少爷东方式的优雅。尽管两人语言不通，但这并不妨碍爱情的火焰熊熊燃烧。那张写有"明天"的纸片，仿佛是一个巨大的符号，充满了血泪的质问。这既是对那些以历史的名义残忍地剥夺个体的生命和财产、践踏他人尊严的所谓"历史主体"的质问，也是对人类历史本身强有力的反思。欧阳觉的家人死于那些以"惩罚暴支"为口号的八国联军手中，莎娜也被以"扶清灭洋"为口号的义和团虐待至死。莎娜的父亲，到死时手中还拿着那只单筒望远镜。仿佛是潘多拉的盒子打开了盒盖，在面对战争的威胁时，人类的贪婪和暴行被无情地释放出来，而大历史之中的"恶"，其实不分种族、国家和文明。

  对于历史之恶，冯骥才更注重反思精神。冯骥才在前言中说："中国人眼中的西方人，不是西方人眼中的西方人，西方人眼中的中国人，也不是中国人眼中的中国人。"①我们的历史小说创作，有很多借助西方视角看待中国历史的文本，也有也不少纯粹从中国人视角出发，丑化西方人、漫画化西方人的文本，而真正表现中国与西方两种文明之间相互了解、交流的文本，能同时尊重"他者"与"自我"的历史小说文本，则非常匮乏。这无疑需要柯林伍德所说的"历史反思"精神："历史哲学关怀的并非思想本身，而是思想对客体的关系，它既关怀着客体，又关怀着思想。"②小说批判了西方世界对中国的入侵，也毫不留情地批判了义和团运动的愚昧无知和残忍。2019年，欧洲发生了好几起恐怖袭击。那些投掷向穆斯林的炸弹，让人触目惊心。犯罪分子甚至以新十字军东征的"白人基督教卫道士"的身份自诩。这一切似乎在重新验证着亨廷顿有关"文明冲突"的论断，也在一个多元与全球化的时代提醒我们，种族、文明之间的关系，也许并非像我们想的那么乐观。因此，这也更需要我们反思历史，在宽容、理性与人性化的基础上，追求不同文明之间的理解，让欧阳觉和莎娜的悲剧不再重现。

  但是，冯骥才既没有刻意书写后殖民视角下的东方奇观，也没有以戏谑的历史狂欢，以价值的消解最终归于历史的虚无，而依然在文明的冲突与人性的冲突之中，坚持了"正义"的伦理原则和人性的救赎。这无疑是这本小说更深刻的价值意义和叙事魅力之所在。小说结尾写道，欧阳觉向着侵略者勇敢地冲去，"他继续向前走着。在对面的喝令中，又一片密集

---

① 冯骥才：《单筒望远镜》，人民文学出版社2018年版，第1页。
② 〔英〕柯林伍德：《历史的观念》，何兆武、张文杰译，商务印书馆1997年版，第28页。

的子弹呼啸而来"①。虽然，这只是无望的自杀式报复，但冯骥才无疑也为小说抹上了一笔亮色，即所有的文明融合与交流，必须建立在平等自愿与共存共荣的基础上，而无论侵略者如何美化自己的行为，都不能改变侵略的非正义本质。这种历史的道德态度，让冯骥才对历史复杂性的探索没有陷入虚无主义的陷阱。

历史学家卡尔说："不能因为一座山横看成岭侧成峰。就说该山实际上根本无外形可言，或者说，它有无穷的外形。"②这无疑提醒我们，历史文学的探索，不能脱离历史的相对真实。中国历史文学如果要发展，必须在反思后现代主义、新历史主义基础上，进行更勇敢的民族文化主体性探索，这也是中国文化真正讲述"中国故事"，塑造理性历史心灵主体的必要方法。正如艾文斯所说："当一个后现代作者提出声明——历史的线性时间乃是过去的东西，她似乎没有意识到在这个描述之中存在的反讽，因为声称某个东西是过去的产物，其自身就是在利用时间的历史概念。"③西方希望通过后现代再次解放历史动能，但代价是，后现代再次毁灭了中国的现代——我们沦为后现代的"边缘"。我们必须在现代和后现代之中，寻找到属于自己的建构历史的力量。周立民指出，冯骥才的这部小说，"通过人物命运的安排，体现作者超越狭隘的道德、民族要求的人类意识，实现小说文字之上的精神超越"④。这种"精神超越"，其实也正体现了更为宽广的文化主体意识，这也正是《单筒望远镜》给我们带来的启示。

---

① 冯骥才：《单筒望远镜》，人民文学出版社2018年版，第248页。
② 〔英〕E.H.卡尔：《历史是什么》，商务印书馆2007年版，第93页。
③ 〔英〕理查德·艾文斯：《捍卫历史》，广西师范大学出版社2009年版，第235页。
④ 周立民：《一树槐香飘过历史——评冯骥才长篇小说〈单筒望远镜〉》，《中国当代文学研究》2019年第2期。

"历史反复"阴影下的虚构之谜

——评田中禾的长篇小说《模糊》

从反右派斗争到"文革"时期知识分子受难的故事,不仅成为当代文学的重要叙述模式,而且成就了一大批作家,比如从维熙、张贤亮、王蒙、尤凤伟、李洱、刘庆等。那么进入21世纪近二十年之后,作家田中禾创作类似题材的长篇小说《模糊》,其意义何在?这种对历史的执着,那种激荡丰沛的重写历史的激情,到底源自何处?又在多大程度上是有效的?小说之中,"模糊"不仅是形容张书铭懒散的性格和处事风格,更是"历史无法言说的暧昧"的代名词。然而,小说之外,我们对小说又多了一重意义层面的思考,那就是这种历史的重返和重写,在当下21世纪已过去二十年的语境之中,又意味着什么?创伤,在这里成了"模糊"的隐喻,也是一个"永远重返",但永远也无法真正在场的真相之谜。

相对于建国神话系列史诗性长篇小说、对革命记忆的抒情颂歌和作为不断革命激进象征的革命样板戏,伤痕文学的文学史意义,也许是以突如其来的断裂指明历史发展的转折点。但也许它的意义更在于以一个"模糊"的共识结束激进的革命幻象,走向现代性民族国家叙事的另一重"镜城"之中。因此伤痕既属于中国当代文学,也属于中国当代历史。20世纪80年代,伤痕文学叙事凸显的是崇高的苦难感与走向现代化的希望。伤痕文学,连同反思文学,都成为国家文学新形式——改革文学——的逻辑准备。正是改革文学抚平了伤痕,结束了反思,使得小说中的国家迈向了更光明的未来。类似《血色黄昏》《晚霞消失的时候》《将军,你不能这样做》这类过于批判激进或阴暗感伤的小说或诗歌,则被排斥在"伤痕"表现的主流范围之内。中国当代文学也在文学场域对自身形式和独特文体意识的追求中进行语言转向，走入先锋性与国际性视野的表述语境。而"革命历史"问题，则成为一种被超越的文学遗产，被文坛所遗忘与遮蔽。

前几年《南方文坛》《文艺争鸣》等杂志开设专栏，探讨伤痕文学和文学史的多维复杂关系。一种看法是，伤痕文学是"十七年"文学某种惯性的延续，比如，李陀认为："它基本上还是工农兵文学那一套的继续和发展，作为文学的一种潮流，它没有提出新的文学原则、规范和框架，因此伤痕文学基本上是一种'旧'文学。"① 程光炜也认为："'伤痕文学'是直接从'十七年文学'中派生出来的。它的核心概念、思维方式甚至表现形式，与前者都有这样那样的内在联系。"② 另一种看法是，存在不同形态的伤痕文学，一种是主流和官方的伤痕文学，如《班主任》《伤痕》等，另一种是"异端"意义上的伤痕文学，形成对主流伤痕文学的质疑，甚至溢出新时期叙事规则。"'文革'伤痕"变成广义的"革命伤痕"，如礼平的《晚霞消失的时候》、刘心武的《醒来吧，弟弟》、刘克的《飞天》、遇罗锦的《一个冬天的童话》等。甚至有论者认为，即使是主流化伤痕文学，如《天云山传奇》，叙事者也以知识分子受难者形象的"不在场"，建构另一种叙述"异质"伤痕的话语范型。③ 这些对"新时期文学起源"的反思，都反映了学界对当代文学意识形态化线性逻辑的质疑。

"伤痕"并没有被抚平，而是以"历史幽灵"的形式，在不经意处不断地闪回，不断地以"反复"的姿态，强制性地从记忆空间回到现实生活。这也是对中国现代性历史发育、革命历史"创伤"的某种隐喻。某种程度上讲，历史的反复与以断裂为表征的历史线性发展、历史连续性并存，成为第三种历史时间形态。马克思在《路易·波拿巴的雾月十八日》中谈到"历史的亡灵"："当人们好像刚好在忙于改造自己和周围的事物并创造前所未有的事物时，恰好在这种革命危机时代，他们战战兢兢地请出

---

① 李陀、李静：《漫说"纯文学"——李陀访谈录》，《上海文学》2001年第3期。
② 程光炜：《"伤痕文学"的历史局限性》，《文艺研究》2005年第1期。
③ 章涛：《"伤痕文学"及其文学史地位的再思考：以知识分子为考察中心》，《南方文坛》2015年第5期。

亡灵来为自己效劳，借用它们的名字、战斗口号和衣服，以便穿着这种久受崇敬的服装，用这种借来的语言，演出世界历史的新的一幕。"①在马克思看来，盛装返场的历史亡灵暴露了反动者虚弱的本质，形成对真正历史进步的纠缠，也反映了黑格尔的"理性诡计"。在鲍德里亚等后现代哲学家那里，历史则被看作反向永恒："历史的终结，意识形态的终结，没有一样是真正发生了的，最糟的恰恰就是什么东西都不会终结，一切都会滞后，所有这些东西都会不断慢慢地、无聊地、反复地展开。"②在鲍德里亚看来，历史是历史死亡后的残余衍生。对柄谷行人而言，他则试图以"结构性反复"为理性认知，探讨重塑历史主体的可能性。③

因此，中国当代文学史上的"伤痕"问题，不仅是一个针对"革命"的反思性话题，更是一个后发国家现代性发育过程中，现代性历史造成的人性伤痕问题。中国人民大学杨庆祥先生还将之延续到当下，提出"新伤痕"问题，即改革开放之后，现代性历史的野蛮发展是否存在"伤痕"，及其如何展现的问题。对于创伤，心理学上有一种 Exposure Therapy（暴露疗法），就是在一个安全的治疗装置中，让患者面对令人害怕的刺激，直至焦虑降低。习惯化——当同一个刺激被反复呈现，机体对该刺激的反应降低——是降低焦虑的最简单和直接的方法。④伤痕文学，就是在不断的伤痕暴露与创伤倾诉中，寻求解脱、升华与超越的文学。在小说《模糊》中，"伤痕"具体所指的一个非常重要的历史主题，就是"背叛"。小说中的"章明/张书铭"不断被别人"背叛"。他被友谊背叛，同学关山出卖了他。他又不断被爱情背叛。上海女孩倾心于他，被告密后，女孩被迫跳渠自杀。新婚妻子李梅被上级老耿勾引，他又被发配到了劳改队。第二任妻子小六受不了艰苦的生活，与工地的工人勾搭成奸。第三任妻子倒是称心，却被他的儿子强拉回去。他被单位的女同事监视，被工友折磨。那

---

① 赵敦华：《马克思哲学要义》，江苏人民出版社2018年版，第167页。
② 〔英〕克里斯托夫·霍洛克斯：《鲍德里亚与千禧年》，王文华译，北京大学出版社2005年版，第63—64页。
③ 〔日〕柄谷行人：《历史与反复》，王成译，中央编译出版社2018年版，第21页。
④ 施琪嘉主编：《创伤心理学》，中国医药科技出版社2006年版，第77页。

个单纯的、充满理想的知识青年，最后精神异常，不知所终。这其实是一个我们熟知的历史创伤故事，然而，对于"背叛"主题的抽象总结，与中国历史发展的"悖反性"相映衬，更加凸显了作家的深度历史思考。小说之中没有真正无辜之人，这与伤痕文学自认为正确的历史人道主义形成对照，即使是写受害者张书铭，作者也丝毫没有回避他的浅薄虚荣、意志薄弱、放纵欲望、生存能力差、容易随波逐流，缺乏自我塑造的意识和反抗精神等弱点。他的善良，有一种"愚蠢的单纯"的成分，这恰对"理想主义新人教育"形成了讽刺。

同时，作家既巧妙再现了当时环境之下人们内心的黑暗与狰狞，又将之与现实相联系。"背叛"引出的，也是另一个现实主题，就是"真相"。小说联系着一个个谜题，却无法真正找到真相。不仅无名书稿的作者无法确定，而且张书铭的最终去向也无法确定。"模糊"不仅是张书铭懒散性格的写照、严酷社会关系下人的生存状态的写照，也流露出对历史深处"真相"无法探求的悲哀。因此，对背叛的"创伤"与对真相的"寻找"，也就构成了一个被动、一个主动，一个负面、一个正面的两种情绪的立体物。现实语境之中，小路对于闯入者"我"的警惕，对真相的无法接受，更反思了寻找真相所面临的残酷考验。谁说"忘记过去就是背叛"？如果过去一直无法忘却，总以"梦魇"的形式无数次进行历史反复，宿命论结局将不可更改。这是一部把"真相"还给历史的小说。它告诉我们，历史总会存在谜团，不可能所有秘密都因为时间的流逝出现一个偶然性真相。被时间淹没在历史尘埃之中，将是我们大多数人无可奈何的命运。无论当时多么刻骨铭心，有多少爱恨情仇，终将追随流水般逝去的时间一去不返。我们对历史的尊重，有时就是对"历史之谜"的尊重。

"模糊"也指向了另一重含义，即"对世界的和解"。这种和解针对创伤，也针对真相，更针对中国现代性历史。这种和解之力，是推动小说叙事，帮助读者理解小说主题的重要途径。小说没有谴责小六等女性对于张书铭的背叛，而是将之放置于历史语境之下，再现历史整体悲剧感。粗犷蛮荒又神秘浪漫的新疆边地，也形成了这种反思的整体异时空氛围。小六对张书铭的谴责，是她在极端年代产生了恐慌心理，从而进行自我保护的本能反应。而从整部小说荡漾开来，这种和解之力，又是对于"启蒙"

与"革命"和解的某种尝试。作者借用叙事者"我"的眼光，传达对当年历史之中诸多人等的宽容与原谅。这种和解之力，也是对历史本身的原谅和体贴，对未来中国社会发展的一种多元化倾向的建构。当然，这种努力，在王蒙的"季节系列"小说之中就有了。然而，王蒙的小说"少共情结"很深，表现历史的残酷，反而没有显现出应有的历史理性反思。而小说《模糊》没有因为和解之力而丧失掉批判力。

这部小说的深刻之处在于，"嵌套结构"和"缠绕式叙事"恰恰又消解了"和解"的伦理激情和主观意志，赋予了其深深的人性怀疑和沉重的生命叹息。《模糊》存在一个"嵌套"式结构，小说开端，即以外在的第一人称限制性视角展开，介绍了一包书稿的来历。这种"间离式"的书写方式并不罕见，书稿以虚构的方式，讲述了右派章明在新疆下放的悲惨生活。这篇小说的奇特之处在于，这种"嵌套"其实又是两个故事"叠合式"的接龙。现实生活之中，"我"的二哥张书铭的故事与无名作者的无名书稿有很多"互文性"叠合，二者既能相互印证，又有错位和矛盾。而且，小说三分之二的地方，也就是无名书稿的故事结束处，我又续写了"章明"（或张书铭）平反之后的生活，及其失踪之谜。究竟谁是"梭梭草"？又是谁写了"无名书稿"？张书铭最后的归宿究竟在何处？"无名书稿"是虚构的，章明是虚构的，但是他又和作家笔下的另一个虚构人物——张书铭形成了内在纠缠。如果说，"张书铭"是小说以真实的口吻进行的虚构，那么，"章明"就是小说文本之内"第二文本"的虚构。这种多重虚构叠加，导致现实能指"模糊"的手法，无疑有着更大的"元小说"象征性解构的意味。这种怀疑和叹息，甚至与小路、梭梭草等青年历史记忆的伤痕一起，形成了更为冷峻的历史理性批判。

小说《模糊》对于"虚构与历史"的处理方式，让我们想起小说大师萨拉马戈的《里卡尔多·雷耶斯离世那年》。里卡尔多是佩索阿的笔名之一，是小说中的虚构人物，然而，萨拉马戈虚构了这个虚构人物的生活，并使其与佩索阿本人、欧洲文化现实形成了多重隐喻关系。无论是章明，还是张书铭，抑或小说之中更大的虚构者，张书铭的弟弟"我"，也都与隐含作者、中国当下的文化现实一起，发挥了多重的反思效果。它无疑在提醒我们，在"历史的反复"之中，存在与历史和解的契机，也存在深度反思历史的契机。而这一切，都必须建立在建构历史的勇气与解构历史的清醒这样双重的历史意识之中。萨拉马戈在《里卡尔多·雷耶斯离世那年》中，让虚构的里卡尔多写了一首诗，开头就写道："两手空空地行走，所谓智慧就是一个人满足于世界的幻景。"田中禾笔下，这片幻景既是美丽苍凉的新疆边地，也是一个"模糊"的、拒绝清晰化的，也必将留给我们更深层次思考的地方。

纵横于历史与虚实之间

——论范小青的长篇小说《灭籍记》

纵观范小青近四十年的创作,"变与不变"总是个绕不开的话题。一方面,范小青的创作总是处于不断变化、不断探索的自我"竞技"状态;另一方面,她的创作又有着相对稳定,甚至一以贯之的信念与价值。就小说《灭籍记》而言,乍一看似乎依旧是写苏州、写老宅,仍是关注小人物的辛酸悲苦,不脱地域书写、世情小说的老路。然而,这只是表象,内在精神气质却是已然与她过去的创作不同。范小青自己讲,是"用当下的眼光重新打量记忆中的和现实中的苏州老宅"①。换言之,小说《灭籍记》是种"变体",是对以往惯常的世情写作、日常生活书写的"升级",使之与作者对历史、现实、真实与虚构、人的自我确认等问题的思考相互勾连,从"形而下"的日常生活书写出发,不断提纯深化,最终归结为"人如何实现自我确证",这一"形而上"的人类存在之问。小说《灭籍记》具有丰富性、复杂性和不确定性。

一、先锋形式下的现实书写:"多声部"叙事的运用

《灭籍记》是有关身份确认的故事,更是关于追寻的故事。故事开始于主人公吴正好为结婚整修老宅,无意间发现父亲吴永辉的领养契约这一事件,由此踏上"替父寻父"的历程,引出有关郑见桃、郑永梅的往事和

---

① 范小青:《〈灭籍记〉的虚与实》,《文艺报》2019年1月30日。

一系列离奇曲折又不可思议的历史记忆。

所谓"替父寻父",实际上就是"寻祖""寻根"的过程,通过寻找个人在历史上的起源,以确立"我"在世界上的位置,最终指向个体自我的身份确认。这在中国当代文学中并不罕见,不论是20世纪80年代中期,以"新潮"姿态现身的显性寻根小说,如韩少功的《爸爸爸》,王安忆的《小鲍庄》,郑义的《老井》等;还是20世纪90年代直至21世纪以来,更普遍的隐性寻根小说,以王安忆的《纪实与虚构》《伤心太平洋》、刘震云的《一句顶一万句》为代表。《灭籍记》与当代以往的寻根书写有着明显不同:"寻根"故事只是表象,已然不是故事的全部,甚至只是起点,意在引出特殊的历史记忆和当下关于"身份"问题的思索。同时,"寻根"又始终是小说重要的情节线索和主要的叙事逻辑。"寻根"谜底的最终揭开,宣告小说叙事的圆满完成,由此形成一个闭合的圆环结构。小说起于"寻根",亦终于"寻根"。

《灭籍记》既呈现了如此丰富而复杂的形态,又难能可贵地保证了小说结构的相对清晰,这一切都要归于对"多声部"叙事的运用。所谓"多声部"叙事,即"复调小说"[1],文本内部存在"众多的各自独立而不相融合的声音和意识,由具有充分价值的不同声音组成真正的复调"[2]。不同声音间又存在潜在的"对话"关系。《灭籍记》里有三种不同的声音,对应小说的三个部分。第一部分是"真孙"吴正好的叙述,即"替父寻父"的故事,动辄便会出现,"故事在这里似乎有了一点破绽"[3],"其实这个故事是漏洞百出的,里面有许许多多值得怀疑的地方,我只是不想说出来"[4]。这类典型"元叙事"的痕迹,暗示着叙述的不可信,又在真实与

---

[1] "复调小说"的概念最早由巴赫金提出,用以分析陀思妥耶夫斯基的小说创作。关于"复调小说"更详尽的论述,可参见〔苏〕巴赫金:《陀思妥耶夫斯基诗学问题:复调小说理论》,白春仁、顾亚铃译,生活·读书·新知三联书店1988年版。

[2] 钱中文主编:《巴赫金全集·第5卷·诗学与访谈》,白春仁、顾亚铃译,河北教育出版社1998年版,第4页。

[3] 钱中文主编:《巴赫金全集·第5卷·诗学与访谈》,白春仁、顾亚铃译,河北教育出版社1998年版,第4页。

[4] 范小青:《灭籍记》,北京十月文艺出版社2018版,第53页。

虚幻之间，给小说叙事带来更多理解的可能。第二部分是"假奶奶"郑见桃的自述，这是假冒他人的一生，更是充满谎言的一生。一切既是命运的阴差阳错，但更多的是历史与时代的塑造。第三部分是由史上最"不可信的叙述者"讲述"父亲、母亲"的故事。叙述者郑永梅从未真正存在，他诞生于母亲的幻想，存在于各式各样的纸上，他的出现是对过往历史、过去时代最好的注释与说明。每个叙述者"不仅仅是作者议论所表现的客体，而且也是直抒己见的主体"①。三种声音如接力般交替展开，既符合纵向推进的时间逻辑，同时又有内在的秩序，是不断"升级"、层层深入的。以吴正好的"寻根"叙事为起点，经由郑见桃荒唐而辛酸的一生，最终在郑永梅这个不曾真正存在的叙述者处达到高潮。由此，对于"人如何确证个体自我"的思索，关于身份问题的历史与现实、前世与今生，都在小说中得到了前所未有的展现。

"多声部叙事"这种相对先锋的叙述技法，使整部小说如拼图般拼贴完整，实现整合，有效地将个体自我的身份确认这种形而上的哲学思索置于历史与现实、真实与虚幻的多重维度，并在最大程度上实现了小说叙事的清晰简洁。这种变换与尝试是范小青的有意为之，更不失为一次大胆的尝试和挑战。正如她所言："拼贴和重组是写作中我对自己改变文风路径的要求，是自我否定的结果。"②在相对复杂的小说声音背后，我们看到范小青试图以更加超越的视角，书写处于变动与恒定之间的现代"中国故事"的努力。③

《灭籍记》的表层故事，与西方传统"圣杯模式"没什么本质的不同，都是主人公通过"寻找圣杯"（替父寻父），经历艰难险阻，最终找到"圣杯"（完成"寻根"），实现自我成长。但深层逻辑上，《灭籍记》与这种模式又有明显差异，反倒是部"反成长"小说。虽然吴正好和英雄们一样，

---

① 钱中文主编：《巴赫金全集·第5卷·诗学与访谈》，白春仁、顾亚铃译，河北教育出版社1998年版，第5页。
② 范小青：《形而上的种子一直在形而下的泥土里》，《文学报》2019年4月11日。
③ 吴义勤、房伟：《穿越"人""鬼"洞穿历史：评范小青的长篇小说〈香火〉》，《扬子江评论》2012年第1期。

受到重重考验,不但装傻充愣还要扮演骗子,经历重重曲折才实现了"替父寻父"的目标,然而"寻根"历程一旦结束,吴正好便又回到了"寻根"前真实与虚幻不分的状态。换言之,"寻根"对他而言并未产生实质性影响,影响只是阶段性、暂时的。父亲吴永辉也曾踏上寻父历程。"寻根"对他的影响,微小到连他的儿子都不曾察觉。他不但没有因此成长,"寻根"后反而比常人还要消极怠世。那么吴永辉、吴正好父子在各自的"寻根"之路上都寻到了什么?是怎样的发现使他们走向了"寻根"之后的"反成长"?这一切都绕不开和"身份"相纠葛的历史记忆。

二、历史记忆的另类书写:以"含泪的笑"讲述辛酸往事

当代中国历史叙述层出不穷,呈现出多样化的面貌。从中华人民共和国成立初期的"十七年"文学到"文革"文学,这二十七年来历史叙事多是从主流意识形态出发,文学成为政治意识形态的注脚,用以确证共和国的合理性、合法性。当文学进入"新时期",新历史小说的历史书写对象不再是单一的革命史、建设史,私人叙事打破集体记忆的垄断,有效地消解了正统历史叙述的确定性、规定性。但由于都是出于对既定意识形态的叛逆,创作不免呈现出相似的面貌,难见作家对历史个人化的独特理解,反倒被其所抗争的对象制约。到了20世纪90年代,中国当代文学进入长篇小说的丰收期,历史书写呈现重建宏大叙事的倾向,出现了许多史诗性的创作,如陈忠实的《白鹿原》,王安忆的《长恨歌》,莫言的《生死疲劳》等。这一直延续到21世纪,历史叙事承续20世纪90年代宏大叙事的史诗式书写,又呈现出"前三十年/后三十年"的文本结构模式,在历史的变动与恒定之间,展现个体于时代洪流中的生存与挣扎。较为典型的要数余华的《兄弟》、莫言的《生死疲劳》,范小青自己在《赤脚医生万泉和》中也有类似尝试。面对"前三十年"和"后三十年"如此异质性的内容,实际上很难有一种历史叙述,能真正整合起这"六十年"的大历史。[①]这种

---

① 黄平:《"苦恼的叙述者"与当下历史叙述——细读〈赤脚医生万泉和〉》,《当代作家评论》2010年第6期。

难度不仅来自叙述本身,而且更源自被叙述的对象——这段宏阔而复杂的历史自身。文学该如何回顾、理解、叙述当代中国的历史经验?这无疑是个难题。面对如此丰富的历史书写传统,范小青在《灭籍记》里对当代中国历史的重述、重写本身,不能不说是一次勇敢的尝试,是对当代历史独特的理解与体察,更是范小青独有的"想象中国的方法"。小说《灭籍记》的历史叙述集中在小说第二、三部分,即郑见桃和郑永梅的自述。

郑见桃人如其名,"见桃"即是"见逃",她人生的大半时间都在逃亡奔波,是没有自我的一生,更是不断冒名顶替他人的一生。她人生的偏差与脱轨,则源于一场爱情。历史回到一九五八年,反右斗争如火如荼地开展,全国革命形势一片大好。郑见桃却忙于她那"不合时宜"的爱情,为追随"右派"未婚夫,竟骗走自己的档案,又在阴差阳错间丢失档案,成为没有身份的人,开始了假冒他人的一生。《灭籍记》中的爱情书写并未沿袭中国现代文学"革命+恋爱"的传统,"革命"与"恋爱"总被置于世界的两极。不是"为了革命而牺牲恋爱",便是"革命决定了恋爱",抑或是"革命产生了恋爱"。②但不论哪种,其内在逻辑都是:在"革命"与"恋爱"的对峙下,"革命"占据主导地位并决定恋爱的走向。主人公在"革命"与"恋爱"的双重矛盾里苦苦挣扎,最终毅然走上"革命"道路,同时完成了革命者的自我修养。《灭籍记》已然打破"革命+恋爱"的既定模式,是一种重写和再想象。在这里,"革命"与"恋爱"成为共时性的存在,尽管所面临的依旧是当"革命"到来了"恋爱"怎么办的问题。但郑见桃却和以往的革命者截然相反,毫不犹豫地选择了爱情。这也注定了她后来逐渐丧失个人身份,以至彻底失去自我,被抛出整个社会秩序之外,要靠假冒他人以维持生存。正如郑见桃自言:"我这个人的人生,就是两个字,两个相反的字,一个就是逃,一个就是追。逃我的人生。追我的人生。"③郑见桃对于"恋爱"与"自由"的渴望,带来的却是身份的永远缺位。《灭籍记》不似伤痕小说、反思小说,其叙事随历史

---

② 茅盾:《"革命"与"恋爱"的公式》,见《茅盾全集·第二十卷》,人民文学出版社1984年版,第337—352页。

③ 范小青:《灭籍记》,北京十月文艺出版社2018年版,第208页。

的中断戛然而止，留下的不过是难以消散的永恒伤痛。相反，郑见桃的仿冒人生，由历史一直延续到今天。范小青有效地处理了历史与现实的关系，历史与现实是同在的，又是相互指涉的。于郑见桃而言，历史的变迁并未呈现出进化论那般的逻辑。今天的郑见桃已然老了，她依旧要为生存而假冒嫂子叶兰乡，几乎没有重拾身份的可能。当郑见桃自陈道："我没法不骗人，我的人生的最大的也是唯一的习惯，就是信口开河……我成了一个惯骗。"[①]这不能不说是人生的一种辛酸，一种无奈。

郑永梅作为一个"不在场的在场"，一个从未真正存在的"不可靠的叙述者"，却在某种程度上讲出了历史的最大真实。他从自己从何而来讲起，引出父亲、母亲的故事。父亲郑见桥和母亲叶兰乡，为打仗，上前线，表达革命忠诚，竟将几个月大的亲生儿子送了人。他们写血书、发毒誓全不在话下，积极过了头，却没能北上打仗，很快南下转业。安定下来的父亲、母亲开始踏上"寻子"之路，他们撒泼赖皮，不要脸面，盯上了大宅院里所有符合条件的孩子。父亲、母亲因他们的寻子之旅成为大宅院最大的笑柄。最终，寻子未果而又生子无望的父亲、母亲，被人怀疑是特务。在母亲盯着户口本看了整整一天后，郑永梅出生了，他诞生于母亲的想象与虚构，就如郑永梅所言："我是从我母亲的想法中走出来的。"[②]所谓"不在场的在场"，"不在场"指出了郑永梅事实上的不存在；同时他又确确实实存在于各式各样的纸上和人们的历史记忆里，又是在场的。直到吴正好走上"替父寻父"的道路，寻找"郑永梅"其人，才揭开了真相，彻底解决了奶奶叶兰乡造成的"历史遗留问题"。

实际上，不论是在"革命"与"恋爱"的双重抉择里，因选择"恋爱"而失去身份的郑见桃；还是从能歌善舞、文采飞扬的纯情少女，变得神经兮兮又尖刻泼辣的母亲叶兰乡；甚至父亲郑见桥也由宽厚开朗的大家子弟，变得胆小怕事而懦弱卑琐。这一切无疑是历史对人的塑造，背后更是权力机制在发挥作用。他们每个人都是局外人，被抛出正常的生活轨道，被迫改变原有的人生轨迹。"这种放逐无可救药，因为人被剥夺了对故乡

[①] 范小青：《灭籍记》，北京十月文艺出版社2018年版，第134页。
[②] 范小青：《灭籍记》，北京十月文艺出版社2018年版，第237页。

的回忆和对乐土的希望。这种人和生活的分离,演员和布景的分离,正是荒诞感。"①经由这些人所呈现的当代中国历史,无疑辛酸荒唐甚至不乏沉重。这就解释了吴正好和父亲吴永辉何以走向"寻根"之后的"反成长",至少不是世俗意义上的成长。当他们寻到的竟是这样的历史,既往的人生经历和对历史的想象无法真正消化和承受,"寻根"的意义被悬置,作为代偿性的补偿,他们只有也不得不回到"寻根"之前的状态。更大的意义则在于,范小青找到了属于自己的历史书写方式:以喜剧手法书写悲情故事,以"含泪的笑"记述沉重历史。"在悲的时候,用喜剧手法,在喜的背后,掩藏悲情,在激动的时候,戛然而止。"②由此制造出"怨而不怒""哀而不伤"的历史书写效果,达到一种"平衡",在日常生活书写和尖锐、辛酸、无奈的大历史之间形成巨大张力。这种历史书写方式被范小青评价为"好玩","好玩的故事承载历史的命运"③。但"好玩"的背后显然是意味深长的,"'好玩'的背后,是对现实的剖析和生存的思考。这是我想做的事情"④。这种"好玩"更是种"谐趣","谐趣背后是有很多很沉重的东西的"⑤,这也是范小青努力的方向。

三、真实与虚幻之间:人的存在之问

不论是吴正好"替父寻父"的"寻根"故事,还是郑见桃和郑永梅的历史记忆,背后都关乎人的"身份"问题,最终指向对于人如何实现自我确证的思考。吴正好的"寻根"故事贯穿整部小说,他经历重重考验,只为追溯自己的历史来源。郑见桃和郑永梅则似一枚硬币的两面,彼此互成镜像,暗含内在"对话"关系。"实际存在于世的,却不能做真正的自己;

---

① 〔法〕加缪:《局外人 西绪福斯神话》,郭宏安译,译林出版社2011年版,第88页。
② 范小青:《形而上的种子一直在形而下的泥土里》,《文学报》2019年4月11日。
③ 范小青:《形而上的种子一直在形而下的泥土里》,《文学报》2019年4月11日。
④ 范小青:《形而上的种子一直在形而下的泥土里》,《文学报》2019年4月11日。
⑤ 范小青:《形而上的种子一直在形而下的泥土里》,《文学报》2019年4月11日。

并不存在于世的,却有着无比翔实的经历。"① 用"身份"来限定人生命的走向,乃至全部生命意义,显然是荒诞的、充满悖论的。"一张纸"能否真正认定、说明一个人?题目"灭籍记"显然有着多重意义的指涉。这里的"籍",是户籍、房籍、族籍等各种身份凭借,所谓"灭籍"就是要打破各种各样的纸、各式各样的身份对于人的界定,解构身份对人生命的限制。这看似简单,但曾经的"血统论""出身论""身份"问题对个体生命的影响之大,近乎不可想象。在这样的前提和历史语境里,"灭籍"又指向历史对于人的"灭籍",指出人的无根状态,恰恰是曾经各式的历史事件直观地造成了人身份的缺失,父亲吴永辉是如此,郑见桃亦是如此。

  纵观《灭籍记》,范小青看似在讲述"寻根"故事,既追溯历史又联想现实,呈现有关"身份"问题的悲欢离合。但在这些表象之外,小说真正的核心所指是当代中国人自我确认的巨大困境。《灭籍记》里几乎每个人都在努力实现对于自我身份的确认。吴正好和父亲吴永辉是通过"寻根"确立个体自我的,寻到的是如此辛酸荒唐的历史,"寻根"后的他们,或是在真实与虚幻间游戏人生,或是在消极遁世里了此余生。祖父母郑见桥、叶兰乡是以"革命"实现自我确认的,他们为"革命"捐献财产老宅,不惜抛弃亲生儿子,但却被告知"不准革命",在"寻子"和"虚构儿子"里虚度半生。郑见桃通过爱情来确证自我,在极端的革命语境里,反倒造成身份的丢失,最终彻底失去自我。《灭籍记》里几乎所有人的自我确认都以失败而告终。换言之,当代中国人无以真正实现自我身份的确认。这种关于个体自我的存在式思索,还是源于对"人"本身的关注。"文学最要关注和表达的是人类的命运和情感,写老宅,即是写人。老宅里的人,与老宅有关的人。"② 这种对"人"本身的关注源自"人的文学"的传统,它贯穿整个中国现当代文学的发展历程,从"五四"新文学之初"人的文学"始;20 世纪 30 年代,"普罗文学""大众文学"则是对"人的文学"的发展和具体化。但 20 世纪 40 年代,战争的极端环境打破了"新文学"的原有路径,让位于战时的需要。当解放区文学提出文学为大众服务、为

---

① 范小青:《从〈角色〉到〈灭籍记〉》,《文艺争鸣》2019 年第 2 期。
② 范小青:《〈灭籍记〉的虚与实》,《文艺报》2019 年 1 月 30 日。

工农兵服务的倡导,文学发生作用的对象被进一步明确,但这更是对"人的文学"的窄化。这一直延续到当代文学创作当中,在鲜明的政治先导下,对人自身的关注被逐渐淡化,近乎消亡,发展到极端便是"文革"文学。直到新时期文学,随着伤痕文学、反思文学,特别是"人道主义文学"的出现,写人情、写人性,文学关注的核心再次回到人本身。范小青恰逢其时登上创作舞台,她从创作之初就表现出对人的极大关注,写小人物,关注他们日常生活中的辛酸苦辣,书写百态人生。这既是对"五四"新文学传统——"人的文学"传统——的继承,也是对中国当代文学中曾一度被视为"异端"的某些声音,如孙犁、茹志鹃等"个体抒情"传统的延续,而非作为时代主流,以"诗史意识"呈现的"政治抒情"。① 在四十余年的创作历程里,范小青不断求新求变。在变与不变之间,却保持着相对恒定甚至一以贯之的信念与价值,那便是对人自身的关注。范小青在《灭籍记》里对个体如何实现自我确认的思考并不狭小,甚至是个大问题,它有关历史,更关乎现实,由个体出发放大到整个国家,将个体书写和家国思索融为一体。不论是以往的"革命历史"中,还是今时今日,当代中国人在个体自我的确认上都表现得异常艰难,甚至无以真正确证自我。范小青对这个问题的揭示是尖锐的,更是意义重大的,是整部《灭籍记》在种种现实书写之外,更深隐的核心要旨所在。

"当代中国人的个体自我确证"在小说里之所以相对深隐,是因为作家对文本进行了"加密",是以"虚"与"实"相结合的方式呈现的。不论是吴正好"寻根"路上遇到各种真实与虚幻的人,还是"寻根"前后那似真似幻的人生,甚至连吴正好未婚妻林小琼是否存在都很难说清。范小青此举意在以"轻"的方式,于"真实"与"虚幻"之间,表达沉重而深刻的现实思索。"梦幻只是一种手段,目的是不让人抓住把柄。因为历史早已经支离破碎,历史早已经面目皆非……这个历史,就是事物的真实性和完整性。"② 当以"虚"与"实"相结合的方式贯穿起整部小说,从"寻

---

① 王德威:《抒情传统与中国现代性》,生活·读书·新知三联书店2018年版,第58页。

② 范小青:《形而上的种子一直在形而下的泥土里》,《文学报》2019年4月11日。

根"故事出发引出一系列有关"身份"的历史记忆，随着"寻根"谜底的最终揭开，留下当代中国人何以真正实现自我确证的思索，就使相对沉重的现实思考，以相当"轻"的方式呈现了出来。这和卡尔维诺对新千年文学的期望"轻逸"很是接近，是"庄重的轻"，"文学是一种生存功能，是寻求轻松，是对生活重负的一种反作用力"①。范小青的《灭籍记》正是对这种观念的回应。

从《我的名字叫王村》《香火》到《赤脚医生万泉和》，再到《灭籍记》，范小青对"身份"问题的关注，可谓一以贯之。在对"身份"主题的不断书写里，是范小青对"身份"及"身份"背后内在本质理解的不断加深。于是，《灭籍记》从现实而世俗的"寻根"故事出发，经由荒唐可笑又无比苦楚的历史记忆，指出与"身份"有关的悖论与荒谬，以及"身份"对于个体生命的限定，终结于对当代中国人无以实现自我确认困境的思考，更是关于"我何以成为我自己"的存在之问。这既是出于作家对生活、现实和世界的敏锐感知，也源于范小青对"人"本身从未间断的关注，以及对"人的文学"传统的承继与发展，这些更是一个作家的良知所在。

---

① 〔意〕伊塔洛·卡尔维诺：《美国讲稿》，萧天佑译，译林出版社2012年版，第29页。

由实返虚，由境化神

——评范小青的长篇小说《战争合唱团》

　　长达几十年的创作生涯中，范小青求新求变，不满足于既有风格、题材和表现手法，既密切关注现实变化，又有着艺术上不断突破自我的雄心。她是一个不受地域与题材限制的优秀作家，也是一个有全景式视野的，对世情人心、现实沧桑和哲学思辨都有浓厚兴趣的"世界观察家"。从早期描写苏州市井风情，有小巷文学特质的《裤裆巷风流记》《顾氏传人》，描写苏南底层民众的《采莲浜苦情录》，带有魔幻和荒诞色彩的《在那片土地上》系列小说，到书写现代都市的《城市之光》，聚焦当代官场女性生存的《女同志》，关注农民工和城乡变化的《城乡简史》，具有哲学内涵和荒诞意味的《我的名字叫王村》，再到目光更为宏阔，跨越多个历史时期，容纳江南风物、乡土伦理与儒道释文化内涵的《赤脚医生万泉和》与《香火》。范小青如一位令人眼花缭乱的魔术师，总能给文坛带来惊喜。

　　近几年来，范小青的小说，思想愈加沉潜深刻，叙事艺术愈发炉火纯青，返璞归真。她所关注的问题，也集中于更深层次的人性自我冲突与对人类社会荒诞性的思考。这在长篇小说《灭籍记》中有清晰表现，而在最新的长篇小说《战争合唱团》（《大家》2021年1期）中又有着更抽象但也更尖锐的表达。这篇小说也让我们看到了范小青的不同创作面向，她既有温婉悲悯的情怀，也有冷峻严肃的批判和形而上的思考。

　　《战争合唱团》并不是"战争小说"。"战争"不仅是指军事冲突和国家斗争，更成了某种人类自我冲突的代名词，充满了宿命般的隐喻感。小说套用了一个科幻文学的壳子，设定在玄元4050年，克拉其国与利亚地国之间发生大规模军事冲突。然而，小说开头却耐人寻味地写到了人们对战争的遗忘："战争"来了，只是，人们已经记不得"战争"了。"战争"？它是什么？它在哪里？它会怎样？它从哪里来？它到哪里去？它要干什么？久违的"战争"一词，早已经从人类生存的词典中删除了。人类专家赶紧恢复对于战争的记忆，战争到底是游戏，是杀人，还是聚餐或消灭动物？人与人之间某些的关系，是否也可以称为战争？人类对于战争究竟是什么的讨论，支撑起了小说的第一个章节，直到这小节结束，人类会议也没有讨论出个确切的战争认识，反而导致了替代公共空间的"大屏"的瘫痪。作者为我们设计了科幻的大环境，即"雾墙"对于人类视线的阻挡，"大屏"对人类视觉内容的定义和操控，及"墙管"对于人类记忆的管理。这种设定，让我们很快联想到了奥威尔的《1984》。范小青在小说中对于人类权力的控制关系，也有着极高的敏感。

然而，对权力控制的描述，并不是范小青关注的重点，她更想考察的是，在一个科技发达的、微观的、寓言化的未来人类社区，人面对突发危机时的反应，以此观察人性内部某种千百年不变的痼疾：贪婪，自私，冷漠，残忍，纵欲，背叛，愚昧等。当病毒已被人类和诸神遗忘，它却突如其来地回到人间，以"天惩"的警示，既彰显了高贵的牺牲，也照见人类社会诸多丑陋的本质。由此而言，疫情也是一次突然的"战争危机"，是对和平日久，似乎远离战争历史很久的人类的警示。这种对战争的遗忘和战争的回归，似乎在验证着很多后现代主义者对于人类历史的悲观看法。比如，鲍德里亚就认为，人类历史的终结，不仅表现为某种现代民主化社会形态的凝滞，更表现为某种可怕的"反复"。这种"反复"，类似于"死人身上的指甲"，看似活跃，无限循环地展开，却没有任何进步意义可言。弗朗西斯·福山与麦克卢汉似乎更为悲观。福山认为，现代体制发展到极端的"最后的人"，极有可能变成原始野蛮的"最初的人"。没有任何理想抱负，只知道享受和服从的人类，"获得认可的冲动"（黑格尔语），就有可能让人类重新变成追寻肉体野蛮征服的原始人。"地球村"概念的提出者麦克卢汉，在保持对网络科技谨慎的乐观之后，也曾表示，媒介高度发达的人类社会，可能并不会变成一个真正美好的乌托邦，而是极有可能重新"聚落化"，变成一个个类似原始部落的、封闭保守的、老死不相往来的"人类部落"。而这个"人类部落",在范小青的笔下,就是高度隐喻化的梅城的"荣耀社区"。

"荣耀社区"是一个类似卡夫卡笔下的城堡那样梦魇般的存在。所有居民都沉浸在蝇营狗苟的自私盘算之中,没有亲情和爱情,也没有友谊,有的只是冰冷无耻的功利占有和彼此提防。他们能接收到的所有外界信息,就是"大屏"展示的内容。没有人愿意走出"雾墙"看看外面的世界,也没有人愿意主动接纳陌生人进入社区。战争来临的信息,加剧了社区居民内部的斗争。社区内部管理和人员身份确认,都需要通过"册子"来定义。小说叙事的展开,一方面是围绕着征兵令下"荣耀社区"居民的生活,另一方面,则围绕着寻找父亲"老球"的"球落伞"展开。两条线索互相交织,"战争"的来去又贯穿始终,作为一条潜在线索。王姨是社区管理者,却目光短浅,管理混乱,征兵计划让她一夜之间成为掌握着重要权力的人。第二章《王姨的战争》,首先从王姨抓住丈夫老关出轨开始,无可奈何的王姨,企图借助战争,将老关送上前线。而老关却偷了进入社区的陌生人"球落伞"的空白册子,将自己的年龄填大了两岁,而将原属于自己的写着"四十九岁"的册子鱼目混珠地塞给"球落伞",差点导致"球落伞"被征入伍。失去身份的"球落伞"不但无法寻找父亲,而且在真真假假的叙述中,迷失在了社区居民险恶的算计之中。很多居民都试图让他顶替自己入伍。"荣耀社区"的居民,都陷入了对战争的恐慌。这里有爱打听消息的老东西和小P,假装神经病的满天星,自杀逃避兵役的穷爷,饶舌的烂瓜。快刀的亲生父母撒谎说快刀是领养的,让他逃避兵役。民宿老板林美姿,认了假弟弟林西,盼望着让林西代替他们上战场。为了逃避兵役,荣耀社区的人们使用自杀、他杀、装死、装疯、卖惨、改年龄、假病、假人、曝隐私、逃走、搬家、改名等九十九类欺骗方式。更加扑朔迷离的是,AI设计员卓九君有一个看不见的哥哥"卓越",而卓九君的女友,护士关酱紫,始终没有见到过卓越……

在2019年出版的长篇小说《灭籍记》中,范小青就异常关注人的"身份"问题。《灭籍记》讲述主人公吴正好寻找祖辈,最终引出一段特殊的历史,以及叶兰乡、郑见桃、郑永梅等一系列人物在这段历史中的离奇境遇。由于档案的意外丢失,郑见桃丢失了身份,她不得不盗用别人的各种

"身份"，才能卑微艰难地生存下来。"身份"既是个人与社会关系的标签，也是社会管理对个人身体的管控。在有着千年户口管理历史的中国，身份问题更联系着公共权力干涉个人私领域的边界问题。而在现代社会之中，身份问题与科技问题结合，更凸显了全球化语境下个体生存的尴尬困境。《战争合唱团》中，"身份"问题则成了未来人类在高度发达的科技之下，被更紧密地结合进身体管控的证明。"球落伞"在荣耀社区失去了身份，便沦为了居民们利用的对象。他的父亲老球，则因为吞吃了说真话的药丸，也丢失了社会身份，被迫逃亡。卓越制造复制人"卓九君"，凭空变出一个假弟弟，最终仍难逃被征入伍、面对战争的处境。管理身份的"册子"，关乎荣耀社区居民的身份，更是他们千方百计地摆脱战争恐惧的工具。

　　小说写到这里，不断出现反转，也逐渐走入高潮。第九章《争先恐后》中，当人们发现，"大屏"上展示的战争，不是尸山血海的场景，而是"一派喜气洋洋，人人欢天喜地。各式场面感人至深，深情拥抱的，喜极而泣的，戴红花的，红包的，奖励别墅的，介绍美女的，提升官衔的，和先前的那些'战争'惨烈场面，形成巨大的鲜明的反差，抬头仰脸看大屏的人，淌着口水，摩拳擦掌，跃跃欲试"。人们完全被"大屏"上的宣传所左右，内心鼓荡着名利欲望，很多不想当兵的人也纷纷报名。第十章《出征》，范小青的描写愈加荒诞，充满了狂欢的戏谑意味，将各种所指名称杂糅，上演了一场出征大表演。武当派、华山论剑派、兵马俑方阵、花木兰方阵、吸血鬼方阵、气功方阵、弓箭手方阵、动物世界、生化方阵、无胆英雄方阵、蒙面战士方阵等的战争表演，让大家如痴如狂。然而，当出征队伍离开，"大屏"又开始播放残酷的战争画面，人们又开始涌向超市，疯狂抢购。第十二章《纪念碑》，阵亡人员的名单出现，活着的人们都在忙不迭地抢占死人的利益，甚至假惺惺地要为他们立碑。在小说结尾，原来所谓战争来了不过是一场"乌龙"，鸽子的死亡和战争无关，想当然的边境冲突也没有发生。所有出征人员消耗了大量物资，发了很多奖励，毫发无损地回到了梅城。为了欺骗居民，"大屏"上谎称那场战争不过是演习罢了："大家哄闹了一阵子，最后终于冷静下来了，仔细想想，说的也是，既然是演习，那就等于是演戏，现在戏演完了，我们就别再激动了，回归平静，该干什么干什么去吧。"

《战争合唱团》对于范小青来说，是一次新的尝试和创新。自晚清以来，寓言小说虽然数量不多，但一直存在。比如，陆士谔的《新中国》，老舍的《猫城记》，沈从文的《阿丽思中国游记》，张天翼的《金鸭帝国》，王蒙的《球星奇遇记》等。这类小说通常假托人物形象（动物、植物、无生命物等）和带有劝谕或讽刺性质的故事，阐明某种事理，既有寓言的特点，又有小说的艺术性。现代寓言小说，也往往与科幻小说、讽刺小说、童话小说、幻想小说等类别交叉融合。西方现代小说艺术的发展，使得加缪的《鼠疫》，卡夫卡的《城堡》等荒诞派小说作品，也带有了很强的寓言意味。《战争合唱团》既有中国寓言小说传统的"借物讽喻"的特点，也有着荒诞派小说追问人类生存的哲理思考。在当下的语境下，这部小说带给了我们很多思考。当人类文明高度发达之后，人性是否能克服本身的缺陷？人性的恶与伪善、愚昧，是否会在某个特定"历史奇点"（如遇战争或瘟疫），悖谬地导致文明塌陷，进而制造出循环式的福山意义上的"最初的人"？在当下美国强势历史地位衰退，政治、军事和文明冲突加剧的情况下，范小青将目光放置在全球化背景下人类的生存困境问题上，可谓是真正具有世界眼光的作家。小说结尾，所谓战争不过是一场虚惊，而这个充满讽刺意味的结尾，无疑是将忧虑留给了人们。假如有一天，残酷的世界大战真的到来，人类还能走出一个个封闭的小社区，走出一个个只重私利的自我，在文明共同体的感召下，再造人类的文明吗？

　　从《灭籍记》开始，范小青已经开始了新一轮的"文学变法"。从早年书写"苏州风味"的世俗生活风情和现实问题种种的笔法荡拓而出，从宗教与历史的谜团中"打出幽灵塔"，范小青已经走得很远了。她由实入虚，由境化神，逐渐更多地关注人类生存与救赎这些哲学性存在。当然，这对于范小青而言，并不是否定凡尘俗世生活的价值，而是在面对真实人生基础上，不断超越限制，站在更高的点上观察和思考人性、社会与人生。而无论范小青的文学疆土如何扩大，对个体生命的尊重，对真善美的热爱，对平凡人生的悲悯，始终是她一以贯之的价值态度。我们有理由期待她带给我们更多惊喜。

"乡土传统"的解体与"新现代性"的乡土重塑

——重读贾平凹的长篇小说《秦腔》

2005年，《秦腔》掀起了一阵"秦腔热"，学界对其评价虽不同于《废都》的两极分化，但围绕《秦腔》的争议依旧不断。《秦腔》被视为贾平凹乡土写作的集大成之作，甚至在叙事层面被指认为是中国乡土叙事传统的终结（陈晓明语），以至文本本身便构成了一种文学现象。《秦腔》引发争议的背后，隐含的是人们对20世纪乡土文学整体性的审视，是对乡土叙事传统在21世纪所发生变化的质疑，更是对乡土文学在未来如何发展的再度追问。

一

中国乡土文学的启蒙叙事传统，始终伴随着乡土文学的发展。20世纪新文化运动中，文学在"启蒙"的口号下，介入对国民的精神性改造。鲁迅的《故乡》《阿Q正传》等乡土作品，以极大的国民性批判力度，率先开启了对中国乡土农民的现代性精神启蒙。鲁迅从乡土传统文化的封建、落后、愚昧中剖析农民身上的劣根性，鲁迅笔下，乡土中国是《故乡》中破败、衰落的萧瑟乡村。鲁迅从作者的角度提出"侨寓文学"的概念，认为乡土文学是作者站在城市对乡土的回望。徐钦文等人的乡土创作师承鲁迅，作品中延续着对农民身上劣根性的批判，以写实笔法记录"水葬""冥婚""械斗"等传统乡土社会中的陋习，揭露封建文化对人精神和肉体的双重迫害。不同于鲁迅等人的冷峻，沈从文的乡土写作带有文化忧思，他对湘西的书写展现出乡土叙事的另一种可能。沈从文倾向于探索乡土世界中的自然之美和人性之善，以清新优美的叙事风格，书写乡土社会中至美至善的人性。在沈从文身上，我们看到的是隐现的文化乡愁，是对遭遇现代文明侵蚀后，不断衰落的乡村社会中自然和人性之美的眷恋和缅怀。

"九一八"事变后，国家的危难与民族的生存危机，使得新文化运动的启蒙者与倡导者转向革命道路。鲁迅和沈从文笔下对传统乡土社会的精神启蒙，受"救亡""图存"等政治话语的影响，衍生出政治意识下的革命意识。"东北作家群"中许多作家在精神上师承鲁迅，但他们的乡土书写并未完全延续鲁迅国民性批判的精神启蒙，更多的是在革命意识之下民族国家意识的彰显。萧红的《呼兰河传》《生死场》、萧军的《八月的乡村》、端木蕻良的《科尔沁旗草原》等作品，炽热的情感所生发出的战斗精神，引导人们关注东北大地上匍匐受难的生灵，更引导人们共同参与到决定民族命运和国家存亡的战斗当中："东北作家群"的乡土书写，虽未以精神启蒙的方式对人们进行国民性的改造，"然而北方人民对于生的坚强，对于死的挣扎，却往往已经力透纸背"①。他们以革命战斗的形式，揭示乡土大地受压迫者们反抗意识的觉醒，在革命的号召下完成对国民民族国家意识的启蒙。"像沈从文、萧红他们与故乡渐行渐远，'乡愁'融入了民族国家的宏大主题，沈从文具有民族精神再造的创作动机，流亡者萧红书写着没有家乡的'乡愁'。"②这一时期，解放区内乡土文学与政治策略紧密关联，革命的意义也从民族国家的宏大层面，凝聚到乡土社会中农民自我意识和阶级观念的觉醒。丁玲的《太阳照在桑干河上》、周立波的《暴风骤雨》，借助政治引导完成对乡土社会中阶级观念的激活。赵树理的《小二黑结婚》中小二黑和小芹两人的爱情并非故事主题所在，其核心在于宣传婚姻自主，反对封建迷信。《锻炼锻炼》《李家庄的变迁》等，是对政治革命下乡土生活的真实再现。对于解放区的乡土创作而言，政治性目的

---

① 鲁迅：《生死场》（序言），见《生死场》，花城出版社2009年版，第107页。
② 顾江冰：《"百年中国乡土文学经验：从鲁迅到莫言"国际学术研讨会综述》，《广西师范学院学报》（哲学社会科学版）2018年第3期。

才是最终目的。在特殊历史阶段,作家"希望看到的是农民精神的震醒、自觉,'肯定'的意向在他们创作中表现最为明显"①。

中华人民共和国成立后至"十七年"时期,政治话语越过文学表意外壳,成为时代的主导力量。在"十七年"时期,作家进行创作时预设的理想接受群体,便主要是"工农兵"群体。这种读者预设加速了这一时期政治主导下的"文学一体化"进程。柳青在《创业史》中以梁生宝为代表,塑造了一批典型的社会主义新人形象。相对于梁生宝等人身上鲜明的政治性特征,改霞作为现代解放女性的代表,勇敢地解除婚约,然而,最终她进城的选择却被视为思想落后的表现。相比之下,梁秀兰身上的乡土传统女性色彩被提升到更重要的层面。赵树理《三里湾》中的乡村建设场景,老梁的"现在的三里湾""明年的三里湾""社会主义时期的三里湾"三幅画卷,遵循线性发展逻辑,是"社会主义现实主义"理论下的乡土书写,带有强烈的政治理想主义乌托邦色彩。因此,浩然的《艳阳天》和《金光大道》中政治热情达到极致之后,便再也无法为继。这一时期文学创作的问题,在于统治阶层希望农民能够拥有自主意识,但集体性的道德与政治的双重制囿,又企图引导人们"自愿"抹去个体存在的独特性,共同汇聚成推动政治的动力。

"文革"结束,新时期迎来了思想解放。历经政治狂热的年代,乡土农民身上的劣根性、思想落后等问题依然严重,封建文化中那些钳制人的东西依然存在。20世纪80年代知识界提出"新启蒙"口号,精神上重返"五四"成为人们的共同追求,乡土叙事的启蒙传统,再次成为人们书写和反思的重点。"1979年,周克芹发表了《许茂和他的女儿们》;1980年,张弦发表了《被爱情遗忘的角落》、高晓声发表了《陈奂生上城》;1981年,古华发表了《爬满青藤的木屋》,再现了乡村中国依然处于蒙昧状态的不同景象。这些作品的发表,虽然有意识形态的因素,有思想解放的社会政治环境,但乡村中国文学叙述传统对文学内在规律的激活是其重要的

---

① 陈继会:《改造农民灵魂主题的多重变奏——现代乡土小说启蒙主题的考察》,《黄淮学刊》(社会科学版)1990年第1期。

原因。"①无论是对政治意识形态的摆脱,还是对鲁迅国民性批判的重申,新时期乡土文学将艺术性与精神性视为创作的核心。随着寻根文学的兴起,人们又希望从传统中寻找文化根脉。王安忆《小鲍庄》中早夭的捞渣、韩少功《爸爸爸》中幸存的畸形儿丙崽,象征着乡土社会中传统的文化之根无从依附;阿城的《棋王》中,在"中华棋道,毕竟不颓"的感叹下,王一生所代表的"道家"文化却渐渐消逝;莫言《透明的红萝卜》里的黑孩以超验的感官,一改传统乡土文学的正统视角,将目光转向民间化的乡土书写。

启蒙之外,新时期对改革开放的正面书写,对社会主义文化的重新想象和再建构,也一定程度上衔接了"十七年"的创作传统:"'八十年代'不过是对社会主义文化想象的另一种建构方式,它在利用'十七年'的社会主义资源的基础上,与"走向世界"的策略谨慎地并轨,在不损害社会主义根本价值系统的前提下,试图找到重新激活社会主义文化想象的历史活力和可能性。"②贾平凹《腊月·正月》秉承的是改革初期尚未遭到破坏的乡土社会价值观,呈现乡土社会中人们精神世界逐渐产生的裂隙,但在本质上对改革持有乐观的态度。路遥的《平凡的世界》中,无论是孙少安在乡村中顺应时代政策的个人发展,还是孙少平现代意识觉醒后对自我人生价值的追求,都体现着社会主义经验与启蒙诉求的融合与再生。贾平凹的《浮躁》,重点在于对改革开放中所遇到问题的关注,指出乡土社会在现代化进程中"人的改革"的重要意义。有论者指出,"正是从《浮躁》这个过渡性的文本开始,贾平凹对乡土的书写由赞歌变成了哀歌,他向商州文化遗物作最后的灵魂靠近,类似士大夫对传统文化的嗜好,不停地言说当下的商州与历史的商州,探索它命运的可能出路"③。可是,《浮躁》不是政治赞歌,它其实带有哀婉与亢进的双重情绪,显示了20世纪80年代对乡土启蒙的继承与对"十七年"乡土文化想象的质疑。而这种情绪在

---

① 孟繁华:《百年中国的主流文学——乡土文学/农村题材/新乡土文学的历史演变》,《天津社会科学》2009年第2期。

② 程光炜:《当代文学的"历史化"》,北京大学出版社2011年版,第43页。

③ 丁帆、傅元峰:《贾平凹:〈废都〉等》,《当代作家评论》2013年第6期。

20世纪90年代有了进一步发展。陈晓明认为,"80年代整体文学观念和创作方法,还是和十七年文学一脉相承的,以'现实主义'之名起规范作用的那种观念和方法,本质上并未超离十七年文学",而"90年代是中国传统文学复活重构的时代,这一潮流深刻影响到以乡村叙事为主导的当代文学。乡土中国叙事对20世纪的书写,从过去的激进变革的乌托邦转向对传统文化的眷顾回归,内里隐含了对20世纪激进现代性的反思"[①]。20世纪90年代,作家重新发现了乡土的重要性,关注个体生命中存在的普遍性特征。此时贾平凹、莫言等人的乡土叙事,正是以另类"历史"叙述,挑战了传统"政治正确"的乡土文学观念。

20世纪90年代,诞生了两部极为独特的作品。在新时期文学追求"纯文学"和"去政治化"浪潮之下,陈忠实的《白鹿原》以家族史的形式,颠覆政治性话语,将传统儒家文化作为文本叙事的文化核心,且在对白、鹿两大家族历史的建构中,再度审视民族历史的广度和深度,抽象出革命的延续性和历史发展的必然性。与之相对,贾平凹的《废都》则跳出乡土叙事空间,转向对城市空间的探索,表现知识分子精神世界的崩塌和对自我灵魂的叩问。通过以庄之蝶为代表的"西京四大名人",揭示出当时中国社会中知识分子所面对的精神迷雾。"四大名人"最终各自不同的悲惨结局,同样象征着知识分子心灵的萎缩与异化。贾平凹的创作意识中,"废都"不仅是整座西京城虚假而颓废现实的代表,更是对知识分子心灵废墟的精神隐喻。毫无疑问,《废都》标志着新时期以来的文学叙事策略的失效,同样标志着新时期文学精神启蒙意义的幻灭。

二

21世纪是贾平凹创作的一个节点,也是中国文学发展的一个节点。我国的发展正在努力为人们提供一种现代化的社会生活。这种具体且切实的发展目标,越过了革命化和富有启蒙色彩的精神生活,将物质和经济的

---

① 陈晓明:《无法终结的现代性——关于中国文学的"当代性"的思考》,《学术月刊》2016年第8期。

发展视为主要内容，落脚于现实生活本身。同样，文学对社会人生的关注，从新时期对精神和文化的探求，转向对现实生活的书写。随着现代文明不断发展壮大，乡土文学在城乡二元对立观念之下的创作趋势，已经成为一种"亚主流叙述"①。乡土文学的启蒙叙事传统，进入 21 世纪后陷入困境。乡土文学创作进入自我重复的怪圈，甚至不乏"乡土文学的终结"等悲观的声音。张未民曾做出"新现代性"的论断。他认为，新时期以来，中国乡土农民的"生活问题"已成为中国的"新现代性"，"'生活'不再是从前那样的仅作为艺术表现的材料，不再是为了表现主题的可分解的'成分'，而是整体性地、混浊莫名地、泥沙俱下地呈现在文学作品中，占据了文学的显要地位，对日常生活价值的肯定是对日常生活进行批判的前提"②。尽管评判 21 世纪以来的文学创作时，人们早已习惯性地将新时期作为参照，在文学整体结构中反观 21 世纪的文学文化与精神内核，但"新现代性"的指向，显然是 21 世纪文学关注的重点。无论是对物质的渴求、经济的发展，还是精神的异化，人们的"生活问题"才是乡土文学需要关注的问题。

21 世纪的乡土文学中，"《秦腔》正好是一个转折。贾平凹在这部小说中找到了一条反抗和突破乡土启蒙叙事传统的方式，找到了一条让'自我成为自我，乡土成为乡土'的方式"③。毫无疑问，《秦腔》是贾平凹对故乡"棣花街"的贴地书写，他真正地站在乡土大地，对乡村现实生活进行真实的再现。这种使"乡土成为乡土"的叙述方式，正是对"生活问题"之下中国乡土"新现代性"的另类呈现。贾平凹在《秦腔》中以"秦腔"这一民间艺术为核心意象，将乡土社会中的生活、文化、经济，乃至传统习俗和伦理道德等方面的变化，以碎片化的形式不厌其烦地一一呈现在文本之中。正如陈晓明所言，"乡土中国在整个现代性的历史中，是边缘的、被陌生化的、被反复篡改的，被颠覆的存在，它只有碎片，只

---

① 徐德明：《"乡下人进城"的文学叙述》，《文学评论》2005 年第 1 期。
② 张未民：《中国"新现代性"与新世纪文学的兴起》，《文艺争鸣》2008 年第 2 期。
③ 吴义勤：《乡土经验与"中国之心"——〈秦腔〉论》，《当代作家评论》2006 年第 4 期。

有片段和场景，只有它的无法被虚构的生活"①。贾平凹通过这种备受争议的叙事方式，将叙述视角深入乡土中国生活的本身，并对其进行全方位的呈现，书写人们在现代与传统的撕裂中如何生活。而秦腔所串联起的清风街"鸡零狗碎"的日常生活场景，让我们看到了真实的乡村。

贾平凹借助秦腔在乡土社会中逐渐消亡的过程，写出了在现代文明下，人们由于经济的不足与物质的匮乏而面临的生活困境。贾平凹让白雪与夏天智新旧两代秦腔爱好者相聚，是为了寻求使秦腔再次焕发生机的机会。夏天智沉迷于画"秦腔马勺"，这一爱好似乎并没有任何隐含意义，仅仅在夏风与白雪的婚礼上演出时，作为独特的礼物赠送给众人。此后，便在相当长一段时间里隐入日常琐事之中。但当夏中星就任剧团团长后，夏天智的"秦腔马勺"直接促成了剧团下乡巡演，使剧团迎来短暂的兴盛。夏中星的到来，似乎让人们看到了秦腔的生机，同样让人们看到了巡演带来的经济收益。可现实却是，夏中星将剧团作为自己政治道路上的跳板，所谓巡演也未能达到预期效果，更没有解决演员生活中现实的困顿。当剧团里的老一代艺术家逐渐退出历史舞台，当生活的压力逼迫着人们必须追求物质，当秦腔对人们而言已经不再具有精神价值，秦腔注定走向消亡，剧团也必然走向解体。"剧团大院里已没有了多少人，自从分开了演出队，财物也都分了，吵吵闹闹使一些人结了仇冤。分开的队也没钱再排演新戏，又互相关系好的聚在一起搭班子，多则十人，少则五人，不是在县城的歌舞厅里跳舞唱歌，就是走乡串村赶红场子。"②迫于生活压力，曾为人们敬仰的秦腔演员，最终只能在乡间"红白事"中吹拉弹唱，以此作为养家糊口生存手段。白雪也只能在别人婚丧嫁娶的喜怒哀乐之中，短暂地实现自己对于秦腔艺术梦想的追求。同样，王老师将一生的心血都投入在表演《拾玉镯》上，等待她的却是现实生活的悲剧，不仅需要继续为解决经济问题而奔波，甚至想要将毕生所学录成光碟，也不得不向现代资本低头，几次三番请求夏风帮忙。夏天智《秦腔脸谱》集的成功出版，看似顺利地

---

① 陈晓明：《乡土叙事的终结和开启——贾平凹的〈秦腔〉预示的新世纪的美学意义》，《文艺争鸣》2005年第6期。

② 贾平凹：《秦腔》，译林出版社2015年版，第251页。

实现了对传统文化的保存，但实际上不过是贾平凹对乡土传统文化所做的最后的精神挽留。毫无疑问，梦想与现实之间，"生活问题"才是最为迫切的问题。

此外，贾平凹还借助夏风的知识分子视角，在俯视乡土社会时，将生活背后的龃龉和不堪全部呈现了出来。当夏风回到清风街时，人们对他超乎寻常的亲近，不过是希望能从他那里获得看得见的好处。作为清风街唯一一个居住在省城的文化名人，夏风不仅仅是夏家，乃至清风街荣耀的代表，更是清风街现代资本的象征。当人们在乡村为了生活而苦苦挣扎时，夏风的成功为他们提供了一种全新的生活可能，更在无形中给予人们强烈的文化自信。人们之所以会如此渴望得到他的帮助，正是由于他们身处传统与现代的挤压下，无所适从。但解决生活问题的迫切性，又逼迫着他们必须以各种方式来获得足够生存的金钱与物质。于是，当他们看到功成名就的夏风，便有了具体的目标和模板，希望能够借助夏风的帮忙转向城市，以寻求新的生活方式。

虽然贾平凹在整部作品中以疯子引生作为主要叙述者，但秦腔始终是叙事逻辑中的核心意象，承担着推动情节发展的叙述功能。引生在叙述过程中所发挥的首要作用，便是赋予秦腔这一艺术形式显著的民间性特征。在文本中，除了引生、夏天智和白雪，清风街上几乎再找不出真正热爱秦腔的人。而以陈星为代表的年轻一辈，更是疯狂地迷恋着流行歌曲。在当下的乡村环境中，传统的民间艺术形式竟然近乎失去了生存的土壤。引生作为凝结着乡土传统文化色彩的象征性人物，他对秦腔态度的变化，以及以秦腔作为抒发内心情感方式的做法，不仅彰显了秦腔原始的艺术价值，而且在乡土生活的细节中赋予了其丰富的民间性。引生常常以不同风格的秦腔来表达自己情感的变化，当他得知自己暗恋的白雪嫁给夏风时，无法克制心中激荡的情感，便不由自主地通过唱秦腔的方式表达出来："我真不知道那阵我是怎么啦，喉咙痒得就想唱，也不知道怎么就唱：眼看着你起高楼，眼看着你酬宾宴，眼看着楼塌了……"[①] 我们无法求证疯子引生是否会像正常人那样心怀怨怼，但从他口中唱出来的秦腔却分明带有真实

---

① 贾平凹：《秦腔》，译林出版社2015年版，第8页。

的心酸与嫉妒。当他怀有对白雪热烈的思念而心情愉悦时，同样通过唱秦腔来释放情感，甚至在百无聊赖中，也会不经意间哼唱起来。秦腔之于引生最大的意义便是对自我内心情感的张扬，可以在任何时间、任何地点唱出心中所感，而且绝不受外界因素的干扰。在其他人眼中，疯子引生口中的秦腔不过是毫无韵律和美感的嚎叫，但事实上，却只有引生才真正接触到了秦腔艺术的本质，即生活中的困厄与悲喜。

就文本叙事意义而言，引生疯子的视角，本身便带有启蒙色彩。"我在烟雾里走，飘飘的，鬼抬了轿，一下子觉得街巷的房子全矮了下去，能看见了各家门窗里的男人女人，老人和小孩，还有鸡猪猫狗。"①贾平凹在文本中有意识地凸显引生这种非理性的生活经验，以此来表现乡土生活中那些超验的东西。这便是刘再复所言的"超验的维度"，以及"与'无限'对话的维度"。刘再复指出，"超验的现实"并非要与"鬼神对话"，而是要写出中国传统文化中独特的神秘感和死亡体验，在"超验的现实"之下要有"从哪里来，到哪里去"的哲学思辨。在七里沟，引生将对白雪的爱寄托在一根干枯的木棍上，"我说：你一定要活，一定要活！我的树，那根从木棚顶上抽下来的木棍，插在地上竟然真的就活了，生起芽，长出了叶。我就快乐地坐在树下唱秦腔曲牌《巧相逢》……我在七里沟里唱着秦腔曲牌，天上云彩飞扬，那只大鸟翅膀平平地浮在空中。但大清寺里的白果树却在流泪"②。贾平凹使引生强烈的心理暗示与现实生活中特殊的现象构成超验性的关联，从而丰富了乡土现实生活所包含的更为广泛的文化内涵。《秦腔》中这类描述十分常见，例如引生灵魂出窍到苹果园听刘新生和夏天义敲鼓、化作蜘蛛到村委会偷听、化作飞虫跟随白雪，以及早已死去的引生的父亲和老支书两个鬼魂的争吵等，以超现实的笔法和细致入微的叙事方式完成对乡土社会的文学想象。此时作为叙述符号的秦腔，在引生忽而正常、忽而疯癫的视角之下，被赋予了浓烈的文化象征性色彩。也正是借助疯子引生这一特殊视角，贾平凹对乡土超验经验进行了具象化的书写，呈现出乡土日常生活的背面，写出了那些无法用眼睛观看的文化

---

① 贾平凹：《秦腔》，译林出版社2015年版，第55页。
② 贾平凹：《秦腔》，译林出版社2015年版，第241—242页。

精魂，从而在"新现代性"意义上，完成了对乡土社会的另一种启蒙。

同时，引生自我阉割这一极具精神隐喻性的行为，同样以超验的经验象征着乡土社会的颓败和文化血脉"种"的断绝。引生的自我阉割，是以自戕的方式惩罚自己行为上的龌龊，是从精神上表达对自己流氓行为的羞耻。然而，当他在小河边碰到正在洗衣服的白雪时，强烈的心理暗示再次完成了对现实生活的干预。河水把白雪洗衣服的棒槌冲了下来，而棒槌这一意象又被引生强行赋予了性器官的色彩，"我把棒槌塞在裤裆里，裤子撑得那么高，那该是长在了我身上的东西。我开始唱秦腔，秦腔是你在苦的时候越唱越苦，你在乐的时候越唱越乐的家伙。我先是唱《祭灯》：'为江山我也曾南征北战。为江山我也曾六出祁山。为江山我也曾西域弄险。为江山把亮的心血劳干。'唱过了，还觉得不过瘾，后来就一边唱一边使劲地击打炕沿板"①。

在秦腔的精神鼓舞下，引生的自我阉割以另一种方式实现了弥补——畸形女婴的出现。而这又为乡土文化的传承提出了另一种可能。贾平凹借用清风街"认干亲"的习俗，强行将引生与女婴牡丹相关联，其目的便是将引生自我阉割后本应断绝的精神性在女婴身上传承下去。此时，畸形女婴牡丹如同韩少功《爸爸爸》中的畸形儿丙崽，尽管他们身上都有传统文化的血脉，但他们的血液又将如何流传？这无疑是贾平凹对乡土社会的发问，更是对现代文明之下乡土传统文化的发展发出的精神叩问。为此，贾平凹在文本中做出了挽救乡土颓势的尝试：夏天智让夏雨用写着"泰山石敢当"的巨石镇压乡土社会中正在消散的"精气"，显然赋予了现实行为超验性的意义，而他在房屋的四角埋下"大力补气丸"，更是一种绝妙的精神隐喻。但这样颇具象征意义的行为，能否真正阻止乡土社会的凋零？

贾平凹让夏天义以真实的行动来挽救乡土社会的衰败。夏天义带着引生、哑巴和狗在七里沟淤地的场景，构成了一幅似曾相识的画面：赵德发《缱绻与决绝》中封大脚夫妇以第一个孩子的生命为代价，在山顶"开"出一片"环形地"；关仁山《天高地厚》中的七爷爷，在土地被韩国商人

---

① 贾平凹：《秦腔》，译林出版社2015年版，第210页。

承包后，毅然选择到山上碎石开荒。这些令人动容的场景，在乡土社会的发展中屡次出现，都在宣告乡土农民对土地的执着，但同时又反证了乡土社会加速衰败的现实。夏天智渴望阻止乡土社会文化精魂的衰落，而夏天义和封大脚们，则以最原始的行为对抗着现代文明对乡村的侵蚀，他们的行动代表着传统农民对乡土社会所做的最后的努力。封大脚将他第一个孩子埋在"环形地"里，代表着他的希望和血脉的传承，夏天义将墓地放在七里沟，则是将土地作为最终的归宿。这种超验的经验书写，同样是对乡土社会中那些无法捉摸的现象进行的具象化呈现，也是对身处现代与传统夹缝中的乡土农民如何选择自己的生活方式进行的想象性书写。

贾平凹在《秦腔》中通过对清风街生活细节事无巨细的再现，最大程度上还原了乡土社会生活的原貌。他所要书写的不仅仅是简单的生离死别，更是对现代乡土社会中"新现代性"问题的关注。恰如陈晓明所言，我们能够在《秦腔》中"看到乡土叙事预示的另一种景象，那是一种回到生活直接性的乡土叙事。这种叙事不再带着既定的意识形态主导观念……而是回到纯粹的乡土生活本身，回到那些生活的直接性，那些最原始的风土人性，最本真的生活事相"[①]。贾平凹让我们看到，乡土社会中那些被认为具有恒久性的东西，也随着传统文化的衰亡发生了变化。面对逐渐崩塌的乡土社会，"贾平凹的哀叹并非出自偶然，失去演员、舞台和戏迷的秦腔远非戏曲本身的回天乏力，它象征着农民对土地的逃离与背弃，也预示着乡村走向绝境的无奈与无助"[②]。现代城市文化中涉及经济与物质的生活问题，要求乡土文学不再是简单地关注现实生活，而是要以现实精神完成对生活真相的探求，透过欲望表象，抵达生活真实。贾平凹在《秦腔》中对乡土社会中"生活问题"的再反思，无疑是对21世纪中国"新现代性"的探索。

[①] 陈晓明：《乡土叙事的终结和开启——贾平凹的〈秦腔〉预示的新世纪的美学意义》，《文艺争鸣》2005年第6期。

[②] 王华伟：《来自乡土的"呐喊"——兼论贾平凹的中国经验》，《当代文坛》2017年第6期。

三

　　新时期以来，贾平凹的乡土书写始终隐现着对20世纪乡土启蒙叙事传统的承继，乡土现代性在其笔下往往带有知识分子理性色彩。对此，吴义勤认为，"贾平凹新时期以来的写作，总体上看仍是这种乡土启蒙叙事传统的一部分，虽然，他自称是'一个农民'，但从新时期之初的《腊月·正月》等中短篇小说到20世纪90年代后期的《高老庄》等小说都无一例外地贯穿着对'乡土'和'农民'进行启蒙的叙事视角，因此，不管小说写的是什么'乡下事'，但知识分子话语系统不证自明的优越性和崇高感却总是天然地制造了其与真实的'乡土'之间的隔阂、矛盾与游离"①。这一情况在《秦腔》中发生了显著变化。在《秦腔》的创作中，贾平凹尽力摆脱知识分子的思维惯性，重新审视其自身的农民身份与乡土色彩，从而完成了对乡土社会现实状况的真实再现，并且试图在叙事上实现对乡土文学启蒙叙事传统的突破。

　　在对《秦腔》中的人物进行分析时，有学者认为，夏君亭代表政治、夏天智代表伦理、夏天义代表经济。这种放大人物象征意义的分析方式，有助于使读者在庞杂的故事线索中准确地理解作品的深层意义。但问题在于，研究者必须准确把握不同人物的文化身份，以及其在文本中所发挥的叙事功能，才能正确地理解人物被赋予的精神内涵。而以上这种分析，在人物的象征意义上存在明显的错误，《秦腔》中夏君亭代表的是经济，夏天义代表的才是政治。贾平凹塑造夏君亭这一人物，主要目的在于迎合改革开放的经济政策，借助夏君亭现代意识下对经济和物质的重视，推动乡土社会经济模式的转变。无论是重新分配苹果园、建立农贸市场、以七里沟换鱼塘，还是提出新型的土地承包制度，在夏君亭的意识中，经济始终是解决农村、农民发展问题的根本。与之相对，夏天义是革命年代的"遗老"。作为清风街曾经的领导者，夏天义始终坚持以政治意识为主导的乡

---

① 吴义勤：《乡土经验与"中国之心"——〈秦腔〉论》，《当代作家评论》2006年第4期。

村发展模式。夏天义、夏君亭两人在清风街如何发展方面展开的持续较量,象征着传统革命意识对现代经济模式的反抗。《秦腔》中,贾平凹几乎将夏天义塑造成了一个政治"工具人",他身上强烈的政治色彩,是对"十七年"时期政治秩序之下乡土想象的延续。"夏天义一辈子都是共产党的一杆枪,指到哪儿就打到哪儿。土改时他拿着丈尺分地,公社化他又砸着界石收地,'四清'中他没有倒,'文革'里眼看着不行了不行了却到底他又没了事。国家一改革,还是他再给村民分地,办砖瓦窑,示范种苹果。夏天义想干啥就要干啥,他干了啥也就成啥"[1]。为了实现政治理想,以及维护"老支书"在政治上的话语权力,夏天义始终以革命启蒙者的身份,一次次地干预和阻碍新一代乡村掌权者夏君亭建设清风街的计划。"水库事件"是夏天义最后一次真正意义上行使其政治话语权力。面对依旧延续着农业合作社时期管理制度的水库系统,新一代乡村政权体系无法发挥作用,必须要求代表传统革命意识的夏天义的介入。夏天义以老支书的身份,迫使水库站长为清风街开闸放水,最后一次为清风街贡献了自己的政治力量。他宁愿选择牺牲自己,也要与背离政治方向的行为做斗争。当夏君亭不顾村委会的反对,做出要在清风街建立农贸市场的决定时,夏天义便一再地站出来,极力阻止农贸市场的成立。他重新启动农业合作社时期的乡村治理办法,企图通过群众签名的方式,以集体的力量来反抗基层领导者的决策。然而,以夏天义为代表的革命政治话语同样无法约束当下的乡土社会。当夏君亭将继承夏天义政治意识的秦安从书记的位置上拉下,便已实现了身份的转变。"防护林事件"中受到强烈政治责任感驱动,夏天义主动前往乡政府,以令人称赞的政治智慧,将这一紧急恶劣事件的政治影响降到最低,但最终的意义不过是帮助县长顺利升级,对清风街的发展并未起到任何促进作用。新一任县长上任后,虽依然主动向夏天义询问相关政治情况,但这仅仅是一种象征性的形式。此外,在阻止以七里沟换鱼塘的计划中,夏天义虽然获得了最终胜利,却是利用人们在政治上的无知才得以成功的。不仅如此,在介入苹果园的承包、阻碍变压器的购买、影响电费的收缴等一系列事件中,夏天义始终试图通过自己的政治余力,来影

---

[1] 贾平凹:《秦腔》,译林出版社2015年版,第21页。

响清风街的发展。然而，对于需要靠现代经济来促进发展的乡土社会，此时的夏天义早已不再是梁生宝、魏天贵——"夏天义是 50 年代《创业史》中的梁生宝，是 80 年代《河的子孙》中的魏天贵，20 世纪末他却成了一个落在历史潮流之后的'梁三老汉'"①。

以夏天义为代表的"十七年"式的乡土想象在当下乡土社会中的失效，在"年终风波"中达到顶点。为了完成县里分配的缴税任务，清风街本就紧张的党群关系发生了激烈的碰撞。由于张学文等人所代表的外在政治力量的介入，越过了乡土社会内部的伦理秩序，将清风街转化为纯粹的政治空间，使得清风街长久积累的矛盾被迅速集中、放大。而张学文在征收税费过程中与瞎瞎、武林的冲突，又把单纯的征税行为上升到党群关系的矛盾冲突。当夏天义企图以其革命身份阻止事情继续发展时，张学文却用近乎警告的口吻说："老主任，你可别煽惑啊！我尊重你，你倒倚老卖老了。现在的社会不是你当主任的社会。"②这一声明直接宣告了夏天义革命启蒙者身份的无效。这无疑是新时期前后，不同政治观念交替时所积累的矛盾的集中爆发。乡土基层政治权力体系与群众之间矛盾的爆发，揭示了原有的乡土政治在乡土社会中的危机。然而，在全县范围内产生巨大影响的"年终风波"，最终却仅仅以乡政府所养的狗赛虎的死亡而结束，又增添了强烈的政治讽刺意味。

"年终风波"虽然直接宣告了夏天义身份的失效，但对于抱有狂热的政治理想的夏天义而言，这一系列遭遇似乎不过是革命过程中必然会遇到的阻力，未能撼动其政治理想。在与夏君亭的对抗中，夏天义曾多次强调，做清风街的掌权者必须舍弃私欲，所有措施的实行必须以清风街集体的利益为最终目标。这让我们想到赵德发的《天理暨人欲》（又称《君子梦》）中极力塑造"公字庄"的许景行。许景行始终秉承着父亲许正芝的观念，立志要做一个真正的"君子"，并且在农业合作社时期要求村里所有人时刻进行"斗私"的自我反省，"狠斗私字一闪念"，欲在乡土社会中建立

---

① 傅异星：《在传统中浸润与挣扎——论贾平凹的小说》，《文学评论》2011 年第 1 期。

② 贾平凹：《秦腔》，译林出版社 2015 年版，第 402 页。

一个"君子村",从而率先实现建设公有制乡村的政治理想。但所谓"公字庄",不过是个政治乌托邦。尽管夏天义并非许景行这般极端,但对社会的理想化想象,同样是导致其行为的内在原因。于是我们便看到,在对于清风街大量"撂荒"土地使用上,夏天义企图阻止夏君亭统一对外承包的计划,甚至提出将土地重新分配。然而,在一次次政治运动中,他早已将自己在清风街的政治权威消磨殆尽,以至于在重新分地的签名运动中,不仅没人支持,而且遭到了书正近乎嘲讽的质疑:"'文化大革命'的时候我签过名,现在什么社会了,你还搞运动呀!……你真个是土地爷么,一辈子不是收地就是分地。"① 最后,当调查组前来调查土地重新分配一事时,夏天义却已死于山体滑坡,这一计划注定没有结果。而夏天义的死,也象征着跨越时代的"十七年"式的乡土理想,在当下乡土社会走向了终结。

由此不难理解,《秦腔》并非在作家"个体性"或"主体性"的主导之下完成的,而是在文化、社会、时代等诸多外在因素的共同作用下才得以完成,其蕴含的内在文化意义与时代精神特征,为我们提供了分析文本的角度。诚如前文所述,贾平凹在《秦腔》中通过对中国"新现代性"的再呈现,实现了对乡土启蒙叙事传统的另类传承,但同时也宣告了乡土道德政治在当下的失效。这一方面,《秦腔》一定程度上与《创业史》和《白鹿原》具有互文性。不同的是,《创业史》和《白鹿原》中隐现着中国传统文化中的"父权"意识,李遇春将其视为民族文化意义上的"恋父情结",认为《创业史》体现的是迷恋民族集体无意识的道德父亲形象,《白鹿原》体现的是迷恋民族集体无意识的政治父亲形象。② 《秦腔》则通篇都体现出对"父权"的反抗,即文化上的"弑父情结"。以夏天义为代表的旧一代政权的没落与消亡,是对"政治父亲"形象的反抗,而以夏天智为代表的乡土伦理道德的衰落,则是对"道德父亲"形象的反抗。

梁漱溟在《中国文化要义》中指出,中国乡土社会本质上是伦理本位

---

① 贾平凹:《秦腔》,译林出版社2015年版,第367页。
② 李遇春:《陈忠实与柳青的文化心理比较分析——以〈白鹿原〉和〈创业史〉为中心》,《小说评论》2003年第5期。

社会。相对于夏天义的政治身份，夏天智身上更多的是伦理道德色彩。贾平凹根据两人的角色定位，决定了他们各自在清风街发挥的作用。夏天义身上的政治色彩体现在公共领域，其影响力主要针对清风街集体而言。夏风与白雪结婚时，以村委会的名义邀请了县剧团到清风街演出。因此，演出过程中出现的混乱，只有以政治身份出面的夏天义才能平息；夏庆金盖房子时多占用了集体的土地，同样需要曾经掌管清风街土地分配的"老书记"出面，将多占的土地退还给集体，才顺理成章。而夏天智作为道德秩序的管理者，其影响力主要表现在对个人及家庭的约束上。夏天义的五个儿子因为家庭琐事，一次次对彼此恶语相向甚至拳脚相加，这时作为革命启蒙者的夏天义便失去了作为家庭长者的道德约束力，只能依靠夏天智方能暂时平息儿子之间的矛盾；夏君亭迎接县领导，设熊掌宴，特意邀请夏天智而非夏天义出席，表明在伦理本位的乡土社会中政治的发展无法忽视道德伦理约束的同时，也体现出夏天智在清风街担任道德伦理秩序维护者这一身份的重要意义。

　　贾平凹在《秦腔》中将夏天智塑造为乡村道德长者、乡土中国维护伦理秩序的权威角色。他对人物的设定带有强烈主观色彩，以儒家传统文化核心中的"仁义礼智信"作为夏家孩子命名的方式，是对乡土传统文化不断衰落的暗喻。首先，"信"的缺位，从本源上就象征着乡土中国传统文化的残缺，意指传统文化流传至今已呈现出分化、破败的样貌。其次，代表儒家文化核心"仁"的夏天仁早早死去，以至于在整部作品中，传统家庭的长子始终处于缺位的状态，直接指向乡土文化传统本身的断裂和传统伦理秩序中无法弥补的裂隙。更显著的一点是，贾平凹对夏天义和夏天智两者叙事角色的置换，使得政治意识与道德伦理在更为抽象的层面上完成了精神意义上的错位。在乡土中国传统的道德伦理观念中，嫡长子意识几乎是不可撼动的。然而贾平凹不仅让长子直接在整部作品中缺席，甚至在夏天仁死后，直接越过夏天义、夏天礼两位长兄，将维护乡土伦理秩序的重任交给了年纪最小的夏天智。这一点与《白鹿原》有着本质差异。《白鹿原》的家族叙事结构中，作为长子的白孝文始终被视为继承白嘉轩族长地位的唯一人选。当他堕落以后，作为弟弟的白孝武才以继任者的身份，继续承担孝文未曾完成的使命。《秦腔》却恰恰相反，即便夏天仁早早死去，本应继承长子使命的二哥夏天义，却依然在扮演着革命者的角色，与乡土社会中的道德身份相分裂。夏天礼更是近乎隐身，丝毫未起到承担道德伦理责任的作用，反而是四兄弟中最小的夏天智，担负起了维护乡土中国伦理秩序的重任。这种人物角色分配，显然是贾平凹有意地对乡土中国传统嫡长子观念的颠覆。在贾平凹的笔下，无论是作为父辈的"仁义礼智"，还是作为子辈的"金玉满堂"和瞎瞎，以及雷、风、雪，在关键的历史过渡期，夏家全部都是男性子嗣。可见在贾平凹的创作潜意识中，对表现血脉的传承有极为强烈的创作倾向。而在此背景下，将夏天智设置为传统"道德父亲"的形象，本身便足以构成叙事功能上对传统的解构，具有鲜明的目的性和文化象征意义。

  对"道德父亲"形象的反叛，主要体现在乡土社会中伦理秩序对人们约束力的失效上，其中尤为重要的一点，在于子辈对父辈的反抗。小说中，清风街只有夏天义、夏天礼、夏天智三兄弟，无论是谁有了好吃的，有一口好酒，都一定要把另外两人叫到家里，三个人一起享用。这种典型的传统乡土生活方式，无疑是对传统伦理观念和家族意识的直观表现。然而，现在这也只存在于夏家的父辈之间了。从夏天义的"金玉满堂"和瞎瞎五个儿子的命名，便可见小说强烈的讽刺意味。"金玉满堂"的美好幻想注定无法实现，对生活的期待最终都不过是"瞎瞎"（意指美好的愿望落空，甚至是生活得一团糟）。文本中，他们五人不仅没能继承父辈亲善的相处方式，反而表现出对伦理秩序的挑战和破坏。五兄弟为了父母的赡养问题，常常因为极其微小的事情闹得不可开交。当庆玉得知夏天义将陈苞谷送给了卧病在床的秦安后，竟然不愿再给父亲送新打的苞谷。"庆玉不肯交，庆金、庆满和瞎瞎的三个媳妇也都学样，不肯交，说：爹能把苞谷送给秦安，却让咱们交，咱做儿女的倒不如个外姓秦安？"[1] 因为这一问题，哑巴还与作为叔叔的瞎瞎打了起来。类似的由琐事引起的矛盾，在夏天义的五个儿子间从未停歇，甚至因为两位尚且健在的老人死后葬礼的任务分配，一再爆发强烈的冲突。夏天义五个儿子之间的家庭矛盾，虽然是围绕着如何公平地进行金钱和物质分配展开的争论，但本质上而言，是

---

[1] 贾平凹：《秦腔》，译林出版社2015年版，第305页。

对夏天义伦理意义上父亲身份的蔑视。尤其是庆金，当他与黑蛾的奸情被公之于众后，不仅无视父亲的警告，甚至公然违背乡间道德伦理秩序，选择与黑蛾结婚，而且从此主动远离夏天义，不再受其约束。毫无疑问，在五兄弟那里，夏天义作为"道德父亲"在传统伦理意义上的道德约束力已经丧失。

作为维护乡土伦理秩序的权威人物，夏天智同样无法平息来自夏风和夏雨的精神反抗。顺利走出乡土社会的夏风，从最初返回清风街时，便以现代都市视角反观乡村。他作为现代城市文明的化身出现在清风街，对夏天智所喜爱的秦腔表现出极为强烈的反感和不屑。在他看来，秦腔只在底层贫苦农民群体中才有受众，流行音乐势必取代秦腔，成为年轻人喜爱的音乐形式。虽然二人只是对民间艺术形式持有不同态度，但夏风在新旧观念上的变化，已经显示出其意识中对夏天智的拒绝。尽管他并未与夏天智在语言上发生冲突，但在精神上早已摆脱了夏天智"道德父亲"的影响，而夏天智对夏风"才脱了几天农民皮"的批评，也不足以完成对夏风文化身份方面复杂性的涵盖。尤其是在对白雪的态度上，夏风始终反对夏天智让白雪继续表演秦腔的意见，不断地劝说白雪离开乡村前往城市。当白雪拒绝夏风的提议，怀孕并生下女婴牡丹后，面对夏天智一次次的语言威胁，夏风不仅提出将畸形的女儿扔掉，甚至选择与白雪离婚。进入现代城市后的夏风，早已跳出夏天智道德约束的范围，在精神上不断反抗着"道德父亲"伦理压迫。值得反思的是，当清风街的"文化之子"夏风以对"道德父亲"的反抗抛弃了文化故乡，他的灵魂将如何安放？夏天礼的葬礼上，夏风忙前忙后不过是为日后的创作积累现实素材，对于夏天礼的死亡却始终没有感到任何的哀伤或不舍，亲情的影响在他身上已经不再强烈。而夏天智突患绝症及至死亡，在精神意义上更是对夏风与白雪婚姻破裂之不可扭转具象化的极端表现。在夏天智的葬礼上，夏风的缺席也成为必然，因为"对乡村母体文化和乡村情感排斥、拒绝的夏风，也被自己的父亲死后的亡灵拒绝"①。夏风抛弃了清风街，清风街同样抛弃了夏风。当他越过

---

① 张丽军：《新世纪乡土中国现代性裂变的审美镜像——读贾平凹的〈秦腔〉与〈高兴〉》，《文艺争鸣》2009年第2期。

乡土传统伦理秩序的约束，完成对道德意义上父权的反抗后，身上早已不再具有清风街的文化根性。

与夏风的现代文明视角不同，夏雨在获取经济和物质的方式上，表现出对夏天智传统生存方式的反抗。由于夏雨浮躁轻飘的性格特征，夏天智从未对夏雨寄托过高的希望，只希望他能够成为一个传统的乡土农民。夏天智以传统农民的生存观念，要求夏雨要热爱土地，经常到田里干农活，不允许他参与不正当的事情，甚至连走路的方式也要加以管教。但夏雨却并未被父亲这一最低要求限制，他从未将土地视作自己生存的基础，反而对现代经济极为敏感。在农贸市场建立之前，他便悄悄和丁霸槽一起计划在市场旁开设酒楼。尽管夏天智一再反对，甚至对他发出警告，但丝毫没能阻止夏雨追逐现代资本的步伐。因为，在现代经济面前，乡土社会中的道德约束力无法生效，而作为"道德父亲"的夏天智，同样无法用伦理秩序对夏雨进行行为上的制约。于是，在马大中的诱导下，夏雨和丁霸槽的酒店里出现了赌博、卖淫等项目，这意味着传统乡土社会中道德伦理秩序的崩溃。而夏君亭和夏风的参与，更是在政治和文化上加速了这种崩溃。无论是夏风在现代文明视角下对传统父权的反抗，还是夏雨在现代经济的驱动下对精神父权的反抗，以夏天智为代表的"道德父亲"形象显然已经不再具有以往的精神力量，乡土社会中的道德伦理秩序也逐渐处于崩溃的边缘。

"十七年"式的政治话语方式，在 20 世纪 90 年代以来，特别是 21 世纪乡土社会中的失效，让夏天义的政治身份失去了存在的意义。对父权的反抗及传统伦理秩序约束力的消失，使得夏天智不再拥有道德权威性。在传统不断消失的清风街，一切都在脱离人们掌控，更超出人们的想象。如果说"《白鹿原》自始至终回响着一个沉重的叩问，儒家文化能否真的成为我们民族的定海神针"[①]，那么贾平凹在《秦腔》中则发出了更深沉的疑问，那便是乡土社会的文化传统还能否支撑起乡村的生存，传统道德伦理还能否继续成为我们民族精神的规约？吴义勤曾将夏天义评价为 21

---

① 周燕芬、马佳娜：《〈白鹿原〉：文学经典及其"未完成性"》，《西北大学学报》（哲学社会科学版）2018 年第 1 期。

世纪中国乡土大地上的"最后一位农民",夏天智则毫无疑问是 21 世纪中国乡土社会中最后一位道德伦理的守成者。

四

贾平凹希望从乡土社会"找到超越当代文化溃败的另一种更为本真的文化,是扎根于生命本体,通向文化和审美想象的存在。《土门》中的'仁厚村'、《高老庄》中的'高老庄'、《怀念狼》中的'狼'都是富有象征意涵的意象,它们整体表现为对现代'废都意识'下的'废都意象'的疗救。传统至今的那种文化精神的颓败和世纪末情绪是贾平凹城市文明批判造像的基础,庄之蝶、成义、子路的失败本身表明传统拯救现代的失败"①。不仅如此,贾平凹还关注乡土社会启蒙如何进行,乡土农民的生活问题如何解决,这不仅关乎拯救乡土传统文化,而且更是乡土社会如何继续生存和发展的问题。《秦腔》之后,乡土的哀歌已奏响,正如贾平凹所说:"我站在街巷的石碌子碾盘前,想,难道棣花街上我的亲人、熟人就这么很快地要消失吗?这条老街很快就要消失吗?土地也从此要消失吗?真的是在城市化,而农村能真正地消失吗?如果消失不了,那又该怎么办呢?"乡土社会中的现实问题依然严峻。传统乡土作家长久远离乡村,如何才能从记忆的乡土中走出,书写当下真实的乡土生活?现代城市文明下成长的后继作家,如何克服乡土经验的缺失,触碰到乡土生活的本质?陈晓明曾经从"乡土中国的历史""乡土文化的想象"和"乡土美学的想象"三个角度提出,《秦腔》是对 21 世纪中国乡土叙事传统的终结。更有人认为,在现代化的不断扩张下,未来中国城市必将取代乡村,城市文学也必然取代乡土文学。对于这类预言式言论,我们无法验证。但我深信,作为以农耕文明为文化核心,且拥有世界上最悠久的农业历史的华夏民族,无论如何发展,我们都会需要,也都会不断地创作出经典的、足以触动心灵的乡土文学作品。而这也是我们不断重新阅读《秦腔》等经典乡土作品的重要意义。

---

① 王亚丽:《贾平凹小说的文化建构与身份认同》,《小说评论》2019 年第 1 期。

一种叫做"秦岭"的小说精神
——评贾平凹长篇小说《秦岭记》

《秦岭记》是贾平凹最新的一部长篇小说,这也是一部集中反映作家文学观、文化价值观的集大成之作。小说虽以"笔记小说"示人,然则更多的是贾平凹多年来文学创作的一次集中升华。该小说有着沉郁的老年风格,故事短小随意,气象却愈发阔大神秘。可以说,"秦岭"更是一种"小说精神",贾平凹整合中国古典"小说"与"散文"文体特征,在现代转化基础上,展现了对自然、生命、文化等诸多命题的颖悟。

一

要理解《秦岭记》的重要性,就要搞清楚一个问题,贾平凹为何选择"笔记小说"作为突破口?"小说"需要放松的虚构精神,在中国古代,小说是一种边缘文体,"小说家者流,盖出于稗官。街谈巷语,道听涂说者之所造也"。古代小说驳杂多纳,文体不甚鲜明,体量并不宏大,然而,在正史之外,小说却洋溢着一种自由鲜活而又无拘无束的文体精神。古代笔记小说则短小精悍,近文人雅趣,体现文人志趣和审美心理。然而,现代小说的发展路径中,我们给予其启蒙、革命等诸多沉重使命,梁启超在《论小说与群治之关系》中赋予小说"新国新民"之重任。在陈平原看来,现代中国小说兴起,除了受西方影响外,也受到"史传"和"诗骚"双重传统的渗透。"史传"和"诗骚"都属于古代正统权威文体,现代小说与中国古代小说之间的关系,反而变得疏远了。久而久之,当代文学时期,小说成为受到现代思维影响的"巨型"现代文体。然而，这也带来了一系列问题。小说负载诸多意识形态领域的沉重命题，是否已经远离"小说的精神"？小说是否还能成为触及心灵、承载生命体验与世界记忆的文类？小说能否给灵魂带来真正安宁与幸福？小说还能否回到自由自在、随心随性的中国传统？《秦岭记》可以说在这方面进行了很好的尝试。贾平凹正是通过选择"笔记小说"这种非常"中国化"的小说文体，来传达自己的诸多思考。

理解《秦岭记》的生成，还要捋清贾平凹的小说创作道路。贾平凹的小说创作，始终和他的散文创作扭结在一起。早年贾平凹，选择近孙犁一派的抒情现实主义开笔，诸如《鸡窝洼里的人家》《腊月·正月》等，一直到长篇小说《浮躁》。这些作品反映现实问题，如改革开放给社会带来的冲击，也有抒情伦理意味和牧歌倾向，不乏严峻反思，其"抒情性"透露出对宏大叙事的疏离。张炜早期的《一潭清水》《声音》等小说中也有这种抒情式理解世界的表述。与孙犁带有浓厚人情味的革命抒情主义不同，也不同于柳青式的道德训诫，贾平凹在20世纪80年代末小说精神的变法，出现了迥异于前的写作路数，特别是其向传统的回归，在小说观念、表现内容和表现形式上，都发生了巨大变化。他的这种转型，也是在"抗拒规训"的过程中完成的，例如早期贾平凹多次被批评，曾被要求沿着柳青道路，继续搞好现实主义创作。20世纪80年代末转型期也曾遇到过发表困难的情况。[1] 这期间，《五魁》《白朗》《美穴地》等匪性小说、民俗小说中，神秘主义、传统文化与地域文化的因素越来越密集。正如王春林所言，《秦岭记》的《外编一·太白山记》是贾平凹创作转型关键时期的作品，"作品中开始出现了生命文化的色彩，叙事层面上与中国本土传统小说发生了关联"[2]。正是这一时期，一种"贾平凹小说品格"已逐渐形成，并最终枝繁叶茂，蔚为大观。《太白山记》之后，贾平凹的小说变法在于：他放弃原有的抒情笔调，在内蕴上将理性审视与阔大的生命意识

---

[1] 魏华莹：《〈废都〉的寓言："双城"故事与文学考证》，中国社会科学出版社2016年版，第163页。

[2] 王春林：《评贾平凹长篇小说〈秦岭记〉》，《长城》2022年第4期。

结合，文体意识上则融散文与小说于一体。贾平凹不仅凭借小说享誉文坛，他沉稳含蓄、极富韵味的散文也深受读者喜爱。这之后，贾平凹的发展虽有着现实、历史等诸多面向，具体写法也是千变万化，但他将散文与小说熔铸，结合传统与现代塑造新小说精神的想法，却没有发生根本性的变化。《秦岭记》作为创新的"现代笔记小说"，是贾平凹多年来文体探索的结果，体现了贾平凹融合散文与小说的努力。

具体而言，从古代文章学而来的主流散文传统，以"载道"为己任，对来自"世俗里耳"的小说十分警惕，特别是对于小说对儒家规训（义理）的冲击。古代中国小说由口传艺术发展而来，起于市井，由变文俗讲演化而来，专注于"刻意作奇"。由此，韩愈反对"饰其辞而遗其意"，追求语言的纯正和雅洁。桐城派姚永朴认为，小说"且其辞纵新颖可喜，而终不免纤佻"。晚明发展而来的小品文，则主张"言志"，独抒个人性灵，从该文体与载道传统的疏离关系来看，小说传统也可被看作广义的"言志派"。周作人指出："小品文则在个人的文学之尖端，是言志的散文，他集合叙事说理抒情的分子，都浸在自己的性情里，用了适宜的手法调理起来，所以是近代文学的一个潮头。"①晚清古文家林纾，结合"言志"与"载道"两个传统，提出无论是小说还是散文，都要以"意境"为前提，以"识度"为灵魂，辅之以"气势""声调""筋脉""风趣""情韵"。②这当然是一种"理想"状态。散文虽有"叙事性"，小说也讲格调、意境与才情，但二者偏重不同，文体上进行结合，存在着很多困难——"笔记体"则为之打开一扇艺术之窗。

古代笔记小说，虽为"小说"，但与志怪传奇的市井传统有很大差异。它更接近文人补史心态，受到"文章学"载道思想的影响，也有小品文的"言志"气象。它们或记录名人轶事、种种逸闻，或接近小品，记载个人经历或琐细人间事，也可有神秘幽玄之讲述，以自娱自乐，以见证才情，以讲述个人化情志。总体而言，文人创作的笔记小说，多强调"纪实性"

---

① 周作人：《中国新文学大系·散文一集》（导言），见《中国新文学大系》，上海文艺出版社1981年版，第4页。

② 张俊才：《林纾评传》，南开大学出版社1992年版，第233页。

与叙述的"雅洁"和"节制",以此特征与偏于夸饰想象的志怪传奇小说形成鲜明对比,例如纪昀的《阅微草堂笔记》。对于"小说"与"散文"文体的跨界结合,陈平原认为,"笔记体"有天然优势,"正是借助这座桥梁,超越小说与散文的'边界',才比较容易获得成功。'笔记'之庞杂,使得其几乎无所不包。若作为独立的文类考察,这是一个致命的弱点;但任何文类都可自由出入,这一开放的空间促成文学类型的杂交以及变异。对于小说与散文来说,借助笔记进行对话,真是再合适不过的了"①。由此而言,《秦岭记》既是散文与小说文体融合的产物,也以"笔记体"承载了贾平凹独特的生命意识表达。

由此推之,《太白山记》正是贾平凹通过"笔记体",融"散文"和"小说"于一体,以超脱高蹈的价值姿态、文化状态与文体形态,处理"城市与乡土""革命与启蒙""生命与自然"等诸多命题的尝试。在这之后,贾平凹转入《废都》的写作。笔记体的创作思路虽暂时被搁置,可"散文"与"小说"的精神搏战,一直以杂糅共生的形态出现。这里所说的"散文"与"小说",接近传统概念,与现代意义上的"散文"与"小说"又有不同。传统散文的文人趣味与生命体验,传统小说的边缘自觉与自由自在,是贾平凹对现代文学赋予散文以"知识随笔性"、赋予小说以启蒙等诸多"宏大叙事功能"的抵抗与质疑。散文的理性审视与道义担当、简约雅洁的文体追求,以及小说谈鬼说怪的神奇夸张、言说世情冷暖的洞若观火、自由自在的叙事欲望,都存在于他的小说文本当中。由此,我们才在《废都》中看到散文的"写实性"与小说的"虚构性"并置,小说中有天出四日、花开五色的神奇寓言,老太谈鬼的野趣与破烂老头的民谣野曲,还有沉溺于性爱的庄之蝶、唐宛儿等诸多人物。同样,我们也看到了贾平凹对现代经济大潮冲击下西京城种种人情世态的真实描述。小说写神奇之事物,变态之人物,可手法却简洁凝练,近乎白描。虽有场景铺陈,但大开大合之处依然以写实代替描写,节制之中透露着反讽。这些特点,都可看作散文特性的渗透。然而整体看来,《废都》依然是现代小说构架,由凭吊美人墓的孟云房引出主人公庄之蝶,以情爱与官司做扭结,直到最后庄之蝶出

---

① 陈平原:《中国散文小说史》,上海人民出版社2014年版,第14—15页。

走车站,故事依然是完整的现实主义叙事。可以说,贾平凹的创作在《废都》中实现了脱胎换骨的变化,他依靠传统文类的"现代再生",找到了应对现代世界的"中国方法"——尽管这种对文学传统的"现代转化",依然存在再次变化的可能性。

在此之后,贾平凹的小说既有偏重现实主义的《带灯》《极花》《高兴》《暂坐》等,也有水墨画般的历史叙事,如《秦腔》《老生》与《古炉》。这些小说虚虚实实,有时虚中有实,有时实中带虚,有时"散文性"偏向小说雅洁简约的笔法,有时"小说性"表现为叙事艺术与中国古典绘画艺术的结合,有时传统的散文与小说特征又隐藏于"现实问题意识"的主题之后,比如女性拐卖、女干部成长、乡土衰败等(尽管依然有对"载道"传统的批判)。这些复杂多变的形态,共同构成了贾平凹应对中国现实问题的底色,也与启蒙、人道主义等诸多现代脉络有了一种"疏离的呼应"。这也造就了贾平凹的独特性。他是"最有传统气质"的当代作家之一,也是具有传统气质的当代作家之中,最关注现实的作家之一。

二

由此可见,《秦岭记》是贾平凹"老年变法"的开始,也是其融合传统散文和小说、利用笔记小说文体,打造"秦岭"式小说精神的开端。贾平凹曾给城市写过《废都》《高兴》,给商州写过《商州初录》《商州又录》《商州往事》《秦腔》等。贾平凹的"商州系列"以商州为背景,充满山情野趣,充分展示秦汉古老的文化风貌,表现商州在现代文明大潮中经历的嬗变与整合。然而,此时贾平凹的文学版图,尚未以"秦岭"为根基。《秦岭记》则以秦岭的一个个地标作为指示,写风土人情,写人物际遇,写草木动物,写梦境幻觉,也写狐鬼花妖、山精妖魅,文体上混沌圆融,大气磅礴,内容上以自然与生命为本色。

有趣的是,这是一部再次"向传统后撤"的小说。这不仅表现在笔记体的形式上,而且也表现为贾平凹再次将目光聚焦到传统散文与小说的特质之上。他利用笔记小说,在一个个简约的故事里展现个人与自然的交流,以及个人的生命感悟,既有小品文的清俊通脱、雅致深邃,又有载道散文的以民为本、济世救人之心与讽喻世事之理。同时，笔记小说这种形式，又使得简约的同时不失小说本色，可展现荒诞奇诡的想象力，兼具志怪传奇的意象魅惑性。更加令人深思的是，小说中当代、现代与古代的线性时间观消失了，"鬼怪"之传说恰恰发生在当代。这无疑表明了贾平凹一种更为坚决的小说态度，即拒绝现代性书写带来的进步幻觉，以彻底民间化的态度疏离宏大叙事秩序，以坚守边缘化文体表达边缘叙事态度和现实反思意识，将古代、现代与当代，共同放置于文化、人性与生命意识的维度上，进行平等反思。① 无论是"改革""革命"，还是"启蒙"，他都能在一定的距离之外加以关注，冷静犀利、超脱潇洒，又不乏讽刺幽默。他甚至将"混杂"熔铸于笔墨，你中有我，我中有你，使文本内部形成丰富复杂的张力效果。不同于张炜对浪漫主义精神的极致张扬，贾平凹冷静理性的散文精神与神秘原始的小说精神，是潜藏在他心里的两个"鬼"，两个互相辩论又互相支持的"精灵"。张炜对胶东半岛传奇故事的自然书写，创造出一种浪漫主义本质化的抽象世界，进而反思现实世界；而贾平凹的秦岭书写，则建构起一个现实与鬼怪共存的世界，一个古拙又现代、原始又神秘的世界。这部集传统散文与小说两种精神于一体的《秦岭记》，有林纾所谓的"意境"（即以古拙简朴的方式写景、写人）和"识度"（即含蓄不发的批判与反思），在小说结构、小说语言等方面也表现出气势、声调、风趣等传统文体特征。正如贾平凹在题记中所说，"写好中国文字的每一个句子"，这是对汉语文学和文化文脉的传承与敬畏。这在当下以"线性故事"为主的长篇小说时代，无疑是一种高蹈的优雅文学品格，也

---

① 在当代文学之中，"妖鬼叙事"被当作对社会主义现实主义叙事秩序的挑战，既是封建余孽，又是对现实秩序的讽刺。新中国成立后，"鬼"成为当代文化艺术的禁忌，在纯艺术领域，即使对古代妖鬼的表现也有颇多限制。1954 年，文化部等国家机构，展开长达数年的"处理反动、淫秽、荒诞书刊图画行动"，"妖鬼叙事"也是整顿重点。1961 年，昆曲《李慧娘》因写鬼引发争论，廖沫沙写《有鬼无害论》为之辩护；1964 年，全国现代京剧观摩演出总结大会，"鬼戏"受到康生点名批判；进入新时期，《电视剧内容管理规定》第五条规定，电视剧不得宣传邪教、迷信等，"当代题材无鬼"已是不成文的规定；2013 年，全国范围内发起的净网运动中，惊悚灵异类小说也是清理重点之一。

有着罕见的虔诚和自觉的文化继承意识。

具体而言，《秦岭记》由五十四个独立小章节构成主体，也有《外编一·太白山记》与《外编二》。每个小章节都是一个小故事，既独立成篇，又联系在一起。中国传统小说，特别是长篇小说本就结构松散，有所谓串珠式结构、集缀式结构，这和西方小说较为严格的逻辑秩序大相径庭。其内在差异性，来自东西方理解世界的思维差异：线性小说中那样有着严格逻辑基础的故事，不是中国传统小说的故事形态。那些来自民间书场和文人案头的杂记和琐言、传奇与志怪，即便形成长篇的规模，也只是随意散漫，随缘随情随性，着力表现的是作者讲述故事的主旨。其重点不在于刻意的宏大叙事，而是以边缘琐碎的题材展现个人化情感世界和隐秘幽暗的体验，抑或奇诡不羁的想象。

当代文坛也有很多作家对笔记小说进行了卓有成效的探索，例如贾大山、汪曾祺、高晓声等。但这类现代笔记小说，往往遵从短篇小说、精短小说等以小说长度而论的划分标准，这也预示着这类小说无法发展出长篇的规模，并导致笔记小说这一文体被轻视。就现代标准而言，长篇小说以其对启蒙、民族国家叙事、革命等宏大故事的构建，被放置于最重要地位。短篇小说尚且被认为是偏于抒情、叙事性差的文体，更遑论这类笔记小说了。然而在贾平凹这里，我们惊奇地发现，他竟然将笔记小说发展为一种现代长篇结构。我们姑且称之为棋盘式笔记小说结构：没有贯穿始终的故事和主人公，各篇故事看似杂乱无章，却有着内在联系。夜镇、喂子坪、广货镇、观音崖、月亮垭、二郎山、南甲洼……由一个个地名，形成一个个如棋盘中的棋子一般星星点点的故事，共同汇聚成秦岭大故事。这些微观区域虚构成分居多，难以考据，却更具象征意义。这种以微观地理建构文学"象征地理"的手法，类似《米格尔街》，但仔细看来又有颇多差异。《米格尔街》是以一家一户的故事为串珠，以人串起故事，贾平凹却更像是以地点串联故事，人和事都服从区域特质。贾平凹强调微观虚构地理区域的文化特质，这种特质又与人事结合，往往先描述地域，再由地点引出人事。例如第一章，先讲昆仑山，引出秦岭和倒流河，再引到夜镇，主要人物宽性和尚与黑顺才出场。观音崖坠毁的车辆，谁也不知来历；陌生男子的祭奠，却招来漫山遍野的野菊花；上元坝盆地这一风水宝地建起了白城子别墅群,然而随着政策变化,白城子消失了,草木点头,百兽率舞……这些微观地域的人和事,共同构成秦岭大故事,筋骨却不是贯穿始终的人或事,而是文化与生命观念。

这种对文化与生命的感悟,体现在五十四个小故事的开头与结尾,及贯穿全书隐隐闪现的小说筋骨。小说成了以故事沟通天地万物、感应世间变化的语言工具,第五十七章(也是最后一章)类似夫子自道,也表明了贾平凹的文学信念和追求。《秦岭记》对文化与生命的信仰,让文学有了内在的超越精神性力量,小说通过一个叫立水的人对文字的感应,间接反映了贾平凹的文学观:他后来热衷起了写文章,自信而又刻苦地要用仓颉创造的文字写出最好的句子,但一次又一次于大钟响过的寂静里,他似乎理解了自己的理解只是"似乎"。他于是坐在秦岭的启山上,望着远远近近如海涛一样的秦岭,成为一棵若木,一块石头,直到大钟再来一次轰鸣。[1]

如何理解这段话中的"似乎"这个词呢?这是一个模糊的概念,是不确定的,是最大的感性、最大的包容接纳,又带有自然主义的味道。只有理解了"自己的理解只是'似乎'",才能真正看到人类文明的有限性,更加珍惜自然万物,珍惜生命与存在。批评家杨辉将其阐释为"浑沌":《秦岭记》所敞开的世界,属"'阴''阳'交汇,'天''人'相应,'物'(动、植物)'我'共在之圆融会通之境,乃文化观念总体性面向之一种,为由简单之'有序'(后世人为造设之各层级秩序)到'浑沌'(诸种观念、意象多元浑成之境)的表征,包含文化精神返归之阔大境界"[2]。在这一层面,笔记小说已变成散文与小说的"浑沌"混合体,成了反映理想和情操的文体。这种严肃主旨却通过亦庄亦谐的文字加以表现,再现了贾平凹在传统和现代、小说与散文、出世与入世、现实与想象之间的矛盾与超越。

---

[1] 贾平凹:《秦岭记》,人民文学出版社2022年版,第180页。
[2] 杨辉:《"浑沌"之德:〈秦岭记〉的世界、观念和笔法》,《中国当代文学研究》2022年第4期。

三

全面了解《秦岭记》，要先看《外编一·太白山记》与《外编二》。从结构上看，《太白山记》由几个短章构成，类似微短小说；《外编二》更类似《秦岭记》的副文本，介绍主体笔记小说的发展由来，分为《寡妇》《猎手》《挖参人》《公公》《杀人犯》《领导》《儿子》等诸篇，"讽喻世人世事"，寓言性较强，有的近乎民间笑话：如《领导》中机警的小偷，以领导与妇联主任的奸情要挟领导，竟被释放且受到重用；《儿子》中的儿子在县里当官，给山里独居的母亲送来一只波斯猫，然而，这只猫不仅能控制鸡狗，且居然像狗一般舔人屁股，吃人粪便。以猫喻官场诸人，辛辣而含蓄。这些篇目与《秦岭记》中的很多章节，有着很好的继承关系，如《公公》和《寡妇》都指向隐秘的欲望，荒诞怪异，有志怪气息。公公化身为鱼，让独居儿媳不断产下怪婴；寡妇的儿子，晚上常看到父亲的鬼影来与母亲性交。然而，《外编一》的各个短章虽各显其趣，但整体寓言性不强，在形式上尚未能浑然一体。

仔细将《秦岭记》本部五十四个故事分类：首先，第一部分小说主要写"秦岭小寓言"，"讽喻世事"依然占据很大的篇幅，但这种讽喻大部分是讽刺道德沦丧、人心堕落，更是将人类的狂妄贪婪作为讽刺重点。这无疑紧扣题目"秦岭记"，具有寓言气质。第五十三章，阉客武来子阉割猪无数，最终被一个猪的幻象引诱落下山崖，摔成性无能；第五十二章，武术奇人孙我在，杀狼、打土匪、和人斗法从不落下风，不料却死在几根长刺的荆棘之下；第四十五章，张氏兄弟在蝙蝠洞找到水晶王，可人性独占的贪婪最终导致水晶被毁，财富全失，兄弟情谊也荡然无存，张氏兄弟沦为乞丐。"水晶是水做的，一泼到地上就烂了"，疯人疯语之中，表达出对人性的警示训诫之意。

其次，第二部分小说主要写"秦岭人生"，借助虚构秦岭山村世界，品咂人生百态世相与复杂微妙的人际关系，进而对现实进行反思。巧妙的是，这种反思恰是以"浑沌"的方式和故事的形式出现的。第五十一章，人和神仙的对话颇有意味，这个章节完全由对话组成，涉及家庭伦理、做人道理、世事体验等，如写通过坏事能看人的真面目，通过好事也是一样的。种种人生智慧，都在旷达幽默中，让人会心一笑。第十二章，南甲洼村长和支书生前矛盾重重，死后变成草人，仍然争斗不休，直到全部消散，这无疑是对国人性格中好斗因素的劝诫。第四十九章的宋捞娃，一出生就像个老头，拜了石头狮子当干爹，有了洞彻天地万物的眼，能预知未来，洞察村庄每个人的隐私，甚至植物、动物的形态变化，最终却死于大量信息在头脑中的拥塞。第五十章涉及乡村政治和人性问题，黄石乡芒崖村的村长王子约想提拔副村长，却屡屡失败，他既想找一个有能力的人，又想找绝对可靠听话的人，他挑动李天顺、冯二牙与刘锁子恶性竞争，让汪中保试探情人心意。小说结尾，王子约被村民联合举报，原因在于"谁身上没有好的东西和坏的东西？他总是引逗别人身上坏的东西，他也就是个坏人"。权谋文化的本质，也在于对人性之恶的操纵。这种对乡土传统政治中权谋文化的反思，在《古炉》《秦腔》等小说已有所反映。第四十四章，函石峪阿伯的儿子当了领导，让傻兮兮的跛子照顾阿伯。阿伯推荐跛子当仓库守门人，结果跛子却因工伤废掉了肾。阿伯感念跛子的恩情，疏通关系给了他一份福利。可病好了的跛子，却变成贪财好物、毫无分寸的人，并强逼阿伯和领导给他换工作。贾平凹揭开了温情脉脉的人际关系之下赤裸裸的阶层差距：如果跛子听话温顺，善于巴结逢迎，则能在有限的范围内得到好处；如果"不知进退"，妄图要求更大利益，就成了不识抬举的表现，会跌落到更可悲的境地。这小说颇似《聊斋》的《田七郎》，对人性中权力欲的幽微之处有颇多洞察。贾平凹对世情有很深的体察，这种对人际关系真相的揭露，超出时代制囿，表现出人性中普遍存在的因素和生命的悲剧意义。

再次，对人与自然关系的探讨是《秦岭记》的重要内涵。20世纪90年代以来，伴随市场经济的发展，很多作品都试图表现人化自然背景下田园诗意的消散，进而对城市文明保持反思，如张炜的《九月寓言》。然而，《秦岭记》的关注点不仅限于乡土与城市对立这类表述，更倾向于描述即将逝去的生命状态。城市早已侵入乡土，乡土溃不成军，野地的浪漫、自由自在的心性、天人合一的充盈体验，已经无可挽回地成为现代社会沉痛的纪念。在心平气和的心态下，贾平凹保持了某种天真乐观的美好期待，无火气和怒气，无道德面孔和训诫语气，更无居高临下的严峻批判，有的只是悲悯与包容，以及睿智通达的人格魅力。第五十四章，民国县长麻天池在《秦岭草木记》中记载的所有秦岭植物，都是有个性的"活生生的存在"，葛条、枣树、香椿、菟丝子，有着各自命运，"很多树其实想飞，因为叶为羽状"。第二章，蓝老板到秦岭喂子坪，雇人砍伐数百年的大银杏树，并运送出山，然而大树即将出山之时，蓝老板却被骗走大部分钱，雇来的十个人一哄而散，剩下的钱也变成冥币。当深山峻岭也挡不住人们贪婪的目光，情感的谴责只能幻化为狐鬼花妖的幽默一刺，在会心的微笑中暗含辛酸与苦涩。第十五章，秦王山的两棵桦树是两棵夫妻树，它们因为材质不好，原以为可以躲过盗伐者的杀戮，谁想到盗伐者砍倒了栲树后，也没放过它们。第十三章，上元坝村附近修起神秘小别墅群，美其名曰白城子，里面的人过着极奢靡的生活。当秦岭保护政策公布后，白城子又被拆除，只留给上元坝村无数废墟和破烂，还有疯子王长久的诗歌："我宿怨抑愤，我自立崖岸"；第四十二章，鸡头坝村长在20世纪70年代带着村民们经过十几年艰苦卓绝的努力，付出惨重代价，终于战胜自然，修筑梯田，改变了地少贫瘠的情况，但全村人的身体受到了很大伤害，村长最终也死于一颗枣核。在这里，贾平凹探讨的是人类对大自然的大规模改造到底是对还是错的问题。第三十九章，两岔口有栗子，苞谷烧酒，也有果子狸等野物，生活贫困但悠然自得。距此不远的蝎子镇发现了煤炭，蜂拥而至的挖煤人让小镇繁荣起来，而当蝎子镇煤炭资源枯竭后，两岔口也再次陷入贫困。对人类而言，短暂的物质繁荣在多大程度上代表真正的幸福？小说结尾写了一个钓鱼的老板，钓到一条又小又瘦的鱼，老板酒醉后恍惚听到鱼说："我要回去了。"他将鱼丢到水中，却是一片金星，就什么也看不见了。这条神奇的小鱼正是乡土的精魂，是比煤炭更宝贵的东西。第四十一章，地质勘探队大胡子队长没有在村里勘探到石油，农村青年因无法致富而绝望，胡子大队长却劝说他不要看不起身边的土地。多年以后，不起眼的兰花草反而取代了石油，成了村民致富的有效资源。第三十六章，红崖村人利用洵河的水，在河滩做起了汤池洗浴生意，在经济利益的驱使下，汤池规模不断扩大，废物排入洵河，导致洵河水位越来越低，水质越来越差。而在哑巴放牛娃的幻觉里，河上漂起的大红花，也暗示着现代经济对大自然的破坏和侵蚀。

四

如果说，讽喻世事与描述人生、展示人与自然的关系都是《秦岭记》的重要内容，那么，表现人类面对生死宠辱的生命体验，呈现人类对于万事万物的内心感受，则是《秦岭记》最"浑沌"、最隐秘、最充满文化气息的叙事内容。"秦岭"对贾平凹意味着什么？正如贾平凹在后记中所说："它太顶天立地，势力四方，混沌，磅礴，伟大丰富了，不可理解，没人能够把握，秦岭最好的形容词就是秦岭。"[①] 秦岭是"龙脉"，其历史是中华民族命运变迁的表征，其苍茫地理也体现着中国人独有的生命感悟：尊重所有的生命，对人世命运报以超然宽容的态度，在天人合一之中寻找生命的真谛。所有的争权夺利、贪婪算计，所有宏大的拯救意图与自我妄执，在生死交替的时间变迁之中，都不过是沧海一粟。这也许就是"浑沌"之义给人生带来的启迪，是贾平凹领悟出来的"秦岭"的真正内涵，也是中国笔记小说融汇散文简约自然之志和小说诡奇神异之情的文体寄托。

具体到这部分内容，第五章中，神医史重阳和浑浑噩噩的苟门扇，地位差别很大，却都成为享高寿的"守村人"。第二十章中，任秋针丢了羊，寻找无果，凌晨赶到街口，不料却死在家门口。他到底是无意跌死的，还是另有缘由，皆不可知。第四十七章，巨富刘广美倾尽所有建造刘氏大宅，结果却死于土匪的刀下，一家人也都在历次运动中死于非命，只有当年种下的蔷薇，依然旺盛发达。第三十二章，茶棚沟的中医许先生对人生抱有达观态度，救人无数，结果交通局局长死在茶棚，导致许先生的中医馆被封。许先生去世后，村子少了收入，只能靠生产"茶棚冲剂"赚钱。第二十二章，因为秦岭大地震，纸坊村村民大多死亡，遗孤黑有亮在多年后成为地震形成的大湖的管理人。大湖多产黑色怪鱼，食客们都慕名而来，但这些黑鱼是村民精魂所化，专门提醒后代，不要遗忘死亡的伤痛。"鱼的最大的愿望就是将坟墓建在人的肚子里"，小说洋溢着"天地不仁"

[①] 贾平凹：《秦岭记》，人民文学出版社2022年版，第261页。

的悲伤与感慨。人吃鱼,人同样被大自然吞噬,但却没人记住那些悲惨的时刻。

  总而言之,"秦岭"对于贾平凹而言,既意味着散文与小说合一的新型笔记小说文体,也象征着他对"小说精神"的内在参悟。第一章的开头,既像"锲子",又像小说的"风流眼",是某种宿命般的寓言,也和结尾形成某种照应。在白乌山的窟寺,老和尚不问世事,一心苦修,最终成就金刚不坏之身。他的随从黑顺,自认为多年跟随和尚,一路救死扶伤,功德非常,便学老和尚坐化木箱,不料还是变成一堆白骨。执着者速朽,顺天应人者不坏,"悟道与否"的结果千差万别,人生又何尝不是如此?由此而言,阅读《秦岭记》,更像是观察一棵长在小说世界的树,这世界是秦岭,又是中国,是广袤的大地。小树深深地扎根于此,必将长成参天巨树,带给我们真正的阅读启迪和人生智慧。

批评的镜像:
历史、虚构与形式

第二辑

纸现场短评

无惧"荒春":以"爱"的名义
——评谢络绎中篇小说《荒春纪事》

《荒春纪事》是一篇别开生面的"抗疫"题材作品,也是一部打动人心的中篇小说佳作。历史重大事件总会在文学中留下深深的烙印,有时会形成特定题材类型。疫情考验着人类的智慧和耐心,也验证着人类战胜自我的勇气和尊严。2020年开始,出现了大量以抗疫为题材的文学作品,但平心而论,佳作不多。这类作品的难度在于,如何在讲述人类命运的宏大叙事与个体生命心灵际遇之间寻找有效的平衡点。讲述过于宏大,则流于形式,充满说教,缺乏真实感人细节和说服力,也无法真正走入普通人内心,引起真正的共鸣;叙述过于琐细,则容易流于荒诞,显现不出重大历史事件的宏阔视野和深切的严肃思考。

谢络绎是优秀的湖北女作家,对于早期武汉的疫情,她肯定有着很多不为人知的真实体验和生活感受。当这些素材化为笔端的涓涓细流,谢络绎却选择了一种独具匠心的处理方式。她从普通人的视角出发,以花店女老板、女老板的丈夫、来武汉寻找爱情的何阳为讲述者,多声部立体地呈现了遭遇疫情袭击的武汉普通市民,在漫长时间里"真实的故事"。多声部的第一人称叙述,让故事更加丰富立体,也更能彰显个人化叙述与宏大视野的结合,而朴实内敛的文笔,深入不同人物内心的"强大共情能力",则让谢络绎超越她从前的作品,让这部中篇小说变身"魔幻三棱镜",折射出大千世界的人生百态。她没有回避疫情期间人们的尴尬、犹疑、愤怒,甚至是面对灾难时人心的苟且和逃避。然而,她同样写出了普通人在灾难中高贵的人格提升和灵魂净化,他们的牺牲和奉献。饭店老板无偿为大家提供饭食，服务员丽丽为陪护别人染病，还有很多可歌可泣的人和事，作家都娓娓道来，真实可信，又让人觉得其中人物可敬可爱。

小说还有趣地安排了一明一暗两条线索，明线是疫情下几人的际遇，暗线则是"情感"问题，女老板、丈夫与丽丽之间复杂的情结，何阳对丽丽的情愫，都暗藏在小说之中，既让小说多了几分烟火气和真实气息，也更能凸显疫情下"常态人生"和"突变状态"之间的复杂关系。何阳为了见女网友滞留武汉，却在危机与苦难中找到了比电子游戏和网恋更有价值和意义的人生。花店女老板毅然选择回武汉，与丈夫同生共死，而丈夫也选择了与妻女相濡以沫，共渡难关。而丽丽病愈后，与何阳一起离开了武汉。面对从天而降的灾难，人们更多地选择了互相扶持，相互信任和理解，以宽容和爱心去应对持续而来的危机。我想，除了歌颂抗疫的伟大使命感和志愿者的奉献精神，这可能也是小说给我们的深层次启迪。

"我想摘掉口罩亲吻他们"，小说结尾写道。"青山一道同云雨，明月何曾是两乡"，抗疫主题不仅关乎武汉与湖北，关乎中国与亚洲，更关乎全人类的命运。此时更应彰显"人类命运共同体"的友爱团结精神。无论我们身处何地，无论我们际遇如何，熬过"荒春"，便会拥有灿烂的夏日骄阳！

"小天地"里的大世界
——评阿袁的小说《纵我不往》

阿袁是一位以"高校题材"见长的优秀作家。《纵我不往》是她继《鱼肠剑》之后,第二部高校题材长篇小说。高校题材叙事是"知识分子叙事"的一个亚类型,专门以高校生活为讲述对象。戴维·洛奇的《小世界》就以讽刺学术界乱象而闻名于世,进入21世纪,中国的晓苏、马瑞芳、南翔等高校作家,都擅长写这类题材的作品。阿袁自步入文坛以来,从熟悉的高校生活入手,写了一系列颇有影响的作品。这部《纵我不往》,无疑是在多年生活积累和艺术积累之上的一次"大力突破"。

高校题材小说的写作难度在于,过多纠缠于知识分子趣味和相关专业知识,大众不喜欢读;只讲述高校老师们的日常琐碎事务,又会让读者失去好奇心。如何能将象牙塔的"小天地"里发生的故事,讲述得有滋有味,生动活泼?这需要作家具有探查高校知识分子"生活特殊性"的能力,也需要作家敏锐体察小天地里"大世界"的丰富性和复杂性,写出知识分子在世俗世界的百般心态。

小说中成功地塑造了"季尧"这个人物,这可以说是小说的第一个优点。小说主人公季尧是一位重点高校的"青椒"(青年教师),清高浪漫,颇有古典情怀,功名利禄不放在心上,三十多岁还是孤身一人。小说围绕季尧设计了十几个鲜活的人物,涉猎的高校生活比较广泛,既有附庸风雅的杜校长等校领导,也有尚主任、葛院长等庸碌钻营的中层领导,还有千奇百怪的高校教师和形形色色的大学生。季尧的人生是一直后退的,被动的。他真心热爱教学,喜欢学术,却对学术名利场非常厌恶。他原本可以留在上海,和导师的女儿喜结良缘,风风光光地获取学术资源,却主动选择退守到地方高校。当他拒绝了尚主任的橄榄枝,也失去了在学校竞争的资本,因为残酷的"非升即走"制度,被迫离开学校,到了一个二本院校。他将居住的地方起名为"几介居",意为"一介青衿夫复何求"。应该说,季尧的身上,寄托了作者阿袁心目中一种理想状态的文化人格。为此,阿袁不惜为男主人公安排了一场美好的"跨国恋",以"美人钟情"作为"仕途失意"的补偿——美丽善良的日本姑娘香奈喜主动出击,不惜与父母决裂,也要嫁给季尧。季尧是将知识与操守结合的典范,既有着现代知识分子风范,也有传统中国士人的"君子气度"。这也寄托了阿袁对理想大学风气的呼吁。然而,"几介居"也不是真正的乌托邦,反而成了校领导招揽人才的噱头。小说结尾,也暗示了季尧还会遭遇挫折,依然无法逃脱人世罗网。季尧能否在婚姻和现实生活之中,继续坚持自己的人生理想?阿袁将思考留给了读者。

雅文化与俗文化的趣味结合,是作者追求的"雅俗同赏"的小说风格,这也是这类高校题材小说的难点和看点所在。既然是写知识分子生活,就离不开对知识分子精神世界的描述。小说中有大量古典诗词、经典著作、文人典故和各类有趣的"冷知识",这些知识性元素,不仅是小说的趣味点缀,还增添了可读性,并起到了推动故事情节发展的重要作用。例如,季尧与香奈喜的相遇,就起于《诗经·子衿》,而两人的情动,则关乎《管锥编》。同时,这部小说又不是一部以纯粹的雅文化为趣味点的作品,其间又有大量俗文化的描述。比如,对于中文系两起丑闻的夸张描述,又如对于季尧"相亲"经历的描述,作者为我们展现了苏医生的种种算计。小说对高校之中的尔虞我诈,微妙的人际关系,特别是职场中上下级关系的描写,仿佛是将那些生活掰开揉碎,展示给读者,呈现了生活酸甜苦辣的多种滋味。难得的是,阿袁写到雅致之处却不掉书袋,写得轻松有趣,又能有所寄蕴;写到俗世之处,不为俗而俗,能写出俗世的欢欣和卑污,俗世的虚伪和无奈。

幽默反讽的喜剧色彩与深刻反思的正剧色彩的结合,是这部小说的第三个特点。小说对季尧和香奈喜爱情的描写,充满喜剧的浪漫色彩。同时,小说牵扯到了高校生活的方方面面,又有毫不留情的讽刺。小说中有对高校日常教学和科研工作的描述，比如，季尧的"露台读书会"。这本是高雅而纯粹的学术沙龙，却被尚主任变成了追逐名利和地位的敲门砖，而"徐毋庸的读书会是夜总会，顾春服的读书会是卖书会"，则反映了教师们龌龊的心思。小说也对高校职务升迁、教师聘任、留学生、教育评价、考试制度等问题，进行了不动声色的反思。其中有对"非升即走"制度的批评，也有对高校内部官僚主义问题的辛辣讽刺。中文系尚主任，是小说中刻画得比较成功的一个反面典型。他对学术毫无兴趣，既无情怀，又无学问。他所关心的，只是他的官位和势力。他拉拢季尧不成，就借着学校制度将他撵走。他的老婆，竟然恶毒咒骂大龄女教师"单身的母狗嘴里吐不出象牙"。高校里这类身兼学者与官员双重身份的人很多，阿袁在幽默讽刺之余，也不免显得有些笔意阑珊。同时阿袁还大胆涉及了高校教师晚婚、婚内出轨、师生恋、同性恋、异国恋等高校情感问题，使小说更显得真实可信。特别是对于"师生异国恋"的描述，既不逾越日常伦理，又能凸显真正两情相悦的美好情感。阿袁对叙事情感节奏的把握，张弛有度，处理得当，让这样一个敏感的"梗"，成为作品的一个亮点，显现出老到的题材驾驭能力。

当下的高校并不是"真空的象牙塔"，也是一个"真正的大世界"，有纷纷扰扰的外界社会生活的折射。据说这部小说最初题名为《亲爱的生活》，似乎是在提醒我们注意，"高校生活也是生活"，生活中有真善美，也有假恶丑，知识分子的生活，也有常人的一面，也有超越性的面向。而生活之所以是"亲爱的"，就在于我们怀抱着改造生活、创造美好生活的理想。阿袁的这部小说，的确是一部难得的反映高校生活的力作，期待着作者有更大的突破。

当"千寻"遇到了"巨人"

——评郭爽的小说《消失的巨人》

《消失的巨人》是郭爽最新的短篇小说作品。小说带给我一个思考，在于青年作家如何介入现实。指责"80后""90后"作家缺乏现实体验，写作过于封闭，是很多批评家的"老梗"了。但是，很显然，这种说法值得商榷。在飞速发展的中国，代际体验的差异性非常明显，从成长环境、兴趣爱好，到文化熏陶，都有很多不同。差异如此之大，文体和表述自然不同。同时，问题的复杂之处还在于，这种差异性，不应成为"不成熟作品"的辩护词，而应转化为更盛大，更丰富，更有生命强度与广度，也更有冲击力的"代际突围"。

郭爽在小说集《正午时踏进光焰》中，曾引用舒克申的话："干净的死者我们所有人都惋惜、爱戴，你们要爱就爱活着的和肮脏的人呗。"得益于多年记者生涯，郭爽在描写各类底层人物时颇有心得。《消失的巨人》写了一个城市女孩与乡下小保姆吴珍珠的交往。从某种意义上讲，也是一个《故乡》式的"底层故事"。故事并不新鲜，但小说的叙述带给我们的体验和感受却非常有辨识度。小说从第一人称叙事视角出发，在"我"与吴珍珠断断续续十几年的交往过程中，表现了作家对现实问题的思考。小说有青春写作的痕迹，但又能跳脱出来，童年视角的引入也恰到好处。小说的笔法从容自在，充满情感又节制干净，将惨烈的黑色幽默化为卡尔维诺式的飞翔姿态。"巨人"是个充满魔幻与童话色彩的象征意象，是某种对未知世界复杂感受的隐喻。那里有梦幻、纯真、激情、冒险，也有危险、衰败和狰狞的丑陋。然而，郭爽的笔下，没有沉重的"人道主义叹息"、肆意装扮的"欲望化书写",不是某种刻意的"先锋",更不涉及某种意识形态复古的"左翼激情",而是一种轻盈的"飞翔状态"。这里有生活的烟火气,有对苦难生活的同情,也有着女性特有的,类似于安吉拉·卡特般魔幻童话的激情。但是,这种"魔幻童话",又并非卡特那种凶猛锐利的风格,而是一种由美与力、光亮与黑暗、创伤与渴望、成长与反成长共同组成的乐曲。吴珍珠的土气与善良,虚荣与狭隘,甚至是那越来越黯淡无光的生活,都被作家以一种"飞翔的姿态"照亮。这是一种介入现实又挣脱而出的态度,一种悲悯温暖又理性节制的观察。小说中有几个细节非常扎实有力,比如,吴珍珠看店时将偷书的小男孩捆住殴打;在乡下,因为吴珍珠的疏忽,差点导致"我"溺水而亡。更让我们印象深刻的是,当吴珍珠也身为人母,却同样无法拯救女儿深深的绝望。

小说中"我"与吴珍珠之间的命运参照,也是作者的匠心所在。这不是高高在上的"哀其不幸,怒其不争"的启蒙审视,而是"你中有我、我中有你"的镜像式存在。"我"的生存条件比吴珍珠好,但是,"我"也不过是一个失业在家的普通女人。夫妻收入紧张,靠着父母才能养育后代。这里夹杂着"80后"家庭生活的代际鸿沟、现实压力等问题。吴珍珠的"巨人"是"我"居住的城市,而"我"的"巨人"则不仅是乡野,也是那个令"我"充满挫败感的外部世界。由此,"我"的命运就与"吴珍珠"的命运相连,进而拓展到对整个中国当下现实的思考。那些平凡又不甘平凡的"吴珍珠们",无法摆脱一代又一代的命运悲剧。她们也挣扎反抗,也抱怨痛苦,她们终将化身成宫崎骏的作品《千与千寻》中的"千寻",执着地怀着美梦,带着对"巨人"的复杂情绪,继续在光怪陆离的魔法世界中寻找下去。无论成败,那些生命的光,最终会照亮茫茫的黑夜之路。

客观地说,中国青年作家赶上了一个创作的好环境,但也面对着更严苛的筛选机制。因为前辈作家已经创作出了那么多精彩厚重的作品。这种"影响的焦虑",对青年作家提出了不容回避的挑战。俗话说,水涨船高,如今的文坛不仅要努力,要熬得住,吃得下苦,耐得住心,还要有苦心孤诣的创新,才能真正成为一棵"参天大树"。青年作家郭爽,让我们看到了这种希望。

一部现实主义的"海派"力作
——评蔡骏的长篇小说《春夜》

作为中国网络文学的第一批作家,蔡骏被誉为"中国悬疑小说第一人",出道二十年,一直保持令人艳羡的创作状态。他擅以"心理悬疑"组构起疑窦丛生的小说形式,以及最终指向人心人性的肌理内核,既高产又能保持篇篇不同的新鲜感。近些年,他始终保持对"夜"的执着,从精选集《最漫长的那一夜》到如今长篇小说《春夜》,"夜"之意象成为其作品悬疑诡谲气氛的重要配色。不同的是,《春夜》少了离奇曲折,多了具体可感的地域历史细节,悬疑是现实题材的一抹配色,对城市与时代的怀旧成为小说的真正底色。离类型文学远了,与纯文学写作近了,显示出作家打破类型小说疆界的野心和实力。

《春夜》采用第一人称叙述,围绕上海春申机械厂在中国社会变革下的百年兴衰存亡,以新老工人张海、神探亨特、保尔·柯察金、冉阿让、钩子船长等为主要人物,以厂里曾经发生的两起悬案为线索,通过人物不同的人生际遇,牵引出一系列与时代命运环环相扣的沪上往事,展现了千禧年前后上海的日常生活图景和国有企业的改革史,具有浓厚的时代气息、悬疑氛围和现实主义色彩。此外,小说语言颇得沪语精髓,与大量上海市井生活的风俗民情、地理空间描写相辅相成,共同构成《春夜》鲜明的海派气质。

一、悬疑为配色，怀旧为底色，现实为旨归

在蔡骏变化万千的笔端，悬疑不再受限于狭隘的小说类型，愈发成为一种随物赋形的气质与表达方式，任其所用。他曾解释"悬疑"："我们经常在不经意间改变了别人的命运，或者被别人改变命运，我想这就是所谓的'悬疑'。"《春夜》拿出作家"蔡骏"的真实身份，使小说叠合了个人真实的成长经验。他既是故事的叙述者，也是从始至终的目击者与参与者。这一限制性第一人称视角，虽然增加了厘清事件全貌的难度，却大大增强了代入感，丰富了真实的历史细节，夹带了作者对于上海回忆的独特"私货"。

《春夜》是蔡骏暌违三年的长篇小说，充满了作者的私人记忆，从某种程度而言，它是作者的家庭自传。它们来自上海与苏州河畔的童年经验，来自其父母的生平，刻意模糊了虚构与非虚构的疆界，使悬疑元素的影子变得模糊。在后记中，蔡骏自言少年时代父亲供职的工厂，以及那个还未谋面就已销声匿迹的父亲的徒弟，给他带来了历史的沧桑感和生活的偶然感，并成为《春夜》的灵感来源之一。

国营老厂的变化牵动着工人命运，折射出魔都的城市变迁。《春夜》聚焦的上海，是粗粝的父辈工厂中的上海，不是法租界精致洋房里的上海；回响着的是冰冷的梦破碎的声音，不是华丽的冒险家的乐园；上演的是时代转捩点上平头百姓的日常，不是大时代下光鲜人物的传奇。改革开放、国企转型、国际风云变幻均是小说鲜明的大背景和大视角，反映了以现实为旨归的叙事导向。与之相对的个人狭小视角，如童年记忆、青春成长叙事和个人遭际，带着怀旧色彩，试图重现老市民回忆中的市井气息。

小说故事时间线跨越改革开放四十年，由1978年"十一届三中全会后，我爸爸跟我妈妈结婚，像生产汽车机械部件，把我生产到社会主义社会"，到2019年巴黎圣母院大火，"我"年近不惑，已为人父。主人公是改革开放的同龄人，上海春申机械厂的历史则是20世纪中国社会变迁的现实写照：该厂1931年由归国留学生创办，抗日战争时期被日本株式会社接管，1956年公私合营收归国有，世纪之交开始股份制改造，继而破产清算。

上海春申机械厂的兴衰与中国当代工厂改革同轨,从忙得四脚朝天到产品积压,"我"见证了机械厂的命运沉浮。作者有意识地将机械厂的命运放诸国际大背景:1972 年美国总统尼克松访华,我父亲从部队复员,分配到上海春申机械厂;1999 年北约空袭南联盟,我父亲在厂里跟人动手;2001 年北京申奥成功,厂子破产清算;2001 年美国发生"9·11"惨剧,厂子被推土机夷为平地……通过宏大与细小的对比,在戏谑中消解了历史沉重感,取而代之的是标志性时间节点带来的历史感和共鸣,翻开历史的尘埃,钩沉出上海百年,这是小说现实主义来源之一。

蔡骏灵活地拿起"悬疑"的武器,让小说主人公"我"拥有从小被人托梦的奇异功能,不时有逝者通过梦境向我托付心事,上至大作家卡夫卡、女明星阮玲玉,下至一只猫。于是,我在梦境与现实的阴阳两界自由穿梭,替魂灵传话,了结其心事,也为活人指点迷津,知晓秘辛,推动小说的前进。《春夜》的悬疑气氛主要由两件悬案贯穿:1990 年厂里年轻有为的工程师建军被人一刀捅死,凶手未知;2001 年新厂长"三浦友和"带着全厂职工的集资款潜逃,抛弃妻子,下落不明。《春夜》没有被写成单纯的探案小说,悬案只是吊起读者胃口的调味剂,"我"的特异功能也仅仅是情节发展的助推器,蔡骏不再对类型小说中的突变、反转过分执着,甚至直到结尾也未揭开谜团。从这个角度而言,小说设置阴阳交界处的托梦人,是为在追逐梦境的过程中弥合过去与未来的断裂,运用超现实的功能实现对现实的寓言式点拨。

蔡骏用鲜活的上海词汇,将这些魂魄称为"魂灵头",赋予了它们除却灵魂之外,更具心灵化、精神化的无形象征意义。它比灵魂更加轻灵,更富人性而非神性,在沪语中,活人也应该具有魂灵头,不然好比迷失心窍,失去了本质。在"我"从小不断与魂灵头们打交道的同时,也在目睹着城市的魂灵头逐渐模糊,作者在历史变迁过程的褶皱中寻找上海的魂灵头。如此一来,小说的底色不是悬疑,而是怀旧。小说中,老厂长的意外车祸带走了机械厂辉煌的过去,新厂长的出奇失踪意味着厂子的寿终正寝,大时代弹指一挥间改变了所有人的命运,小人物只能眼睁睁地见证大时代车轮碾过的残酷。全球化语境下的工厂员工们,一下子也失掉了各自的魂灵头,工厂中悬案引起的悬疑感,意味着普通人命运的漂泊无定。

二、沪语写作与海派气质

海派小说素来善于"在螺蛳壳里做道场",于人情往来、穿衣吃饭的点点滴滴间描画日常生活,塑造人物形象,突显独有的海派气质。《春夜》很好地继承了这一特点,以明白晓畅的改良沪语进行写作,留意对城市风景变迁的描写,着力通过文字细节,还原千禧年前后的市井上海。小说叙述语言多采用文言四字句式,一目了然且有古意,人物间的对话以改良的沪语为主,常常出现"熄角""一只鼎""摊了一天世界"等俚语俗语,既保留了典型市井的鲜活韵味,又保证了普通读者的理解,加上方言的留白艺术,奠定了小说不疾不徐的语言和腔调。

在作者的眼中,"上海好像一条蛇,一直在蜕皮,一直都是新的",而新与旧的接缝处,正是挖掘故事的富矿。《春夜》中的上海故事围绕着蜿蜒的苏州河,它承载着泥沙俱下的往事,也是上海城市演变的缩影。蔡骏自小生长于附近,对它自然十分熟稔:"苏州河有味道,天地独一份,雨天腐烂味道,千丝百转,阴天牙膏味道,催人泪下,晴天酱油味道,馋吐水嗒嗒滴,东边日出西边雨,泔脚钵头味道,发馊三日,必要捏了鼻头。"直至若干年后世事变迁,机械厂不复存在,苏州河也"早已变换味道,腐烂味,牙膏味,酱油味,泔脚钵头味,烟消云散,泥土清香也不闻,一河清汤寡水,徐徐东流去",沪上风物与改良沪语相得益彰。叙事的间隙,小说对上海都市景观的描写比比皆是。大自鸣钟、老虎窗、卢湾区、曹杨新村……这些20世纪的遗留物,随着城市的现代化步伐,逐渐烟消云散,导致归属感的丧失,使老上海人生活在日新月异的故土却产生"都市乡愁"。

海派气质在一面怀旧、一面拥抱国际化的矛盾中形成,显示出一种面对人生无常的冷峻和泰然。在日新月异的魔都,唯一不变的,也许只有变本身,对待死亡亦是如此。《春夜》中多次出现葬礼与吃"豆腐羹饭"(葬礼酒席)的情节,但这些关乎死亡的过程,并没有被写成伤感的悲剧,反而在觥筹交错间充满市井烟火气,利用人物悉数到场的小场面,在七搭八搭的交谈中塑造人物性格,介绍来龙去脉,引出矛盾冲突。

此外，作者对小说人物语言的选择颇费心思。作者根据人物的身份选取不同方言，甚至用不同区域的上海口音巧妙地配合情节发展。"我"的发小张海，自小和知青母亲在江西长大，少年时才回到上海的外公家中，讲着一口"有点滑稽"的洋泾浜上海话，却努力想讲出地道上海口音，"每个字拼老命靠近静安寺，一出口，却飞到江湾五角场，飞到青浦朱家角，到我耳朵里，就成了苏州话，苏北话，苏联话的混血儿"。七十周年厂庆前，他每日午休时，刮风下雨雷打不动地跟着磁带学唱。最终表演出用"坐标南京西路，静安寺"的正宗老派上海话的说唱《金陵塔》，震惊四座。张海坎坷的成长经历、锲而不舍的毅力和不达目的不罢休的执着，成为他之后为完成外公遗愿满世界寻找新厂长下落的铺垫。

小说提及王安石的诗《春夜》："金炉香尽漏声残，剪剪轻风阵阵寒。春色恼人眠不得，月移花影上栏干。"借主人公之口评论它"看似不动声色，只讲香炉，轻风，月影，却是静水深流，暗潮翻涌，只待来日，扭转乾坤"。小说《春夜》何尝不是如此？在看似悬疑的背景设置下，作者绘声绘色地描写魂灵头、吃羹饭、讲事体等一干无关破解悬疑的日常，浮光掠影间，从小说的外在语言形式到内在文化气质，都具有鲜活的上海腔调。将个人命运与上海春申机械厂的命运绑定，主要人物的命运轨迹具有时代普遍性，他们身上印刻着鲜明时代印记，在静水流深的时光流转间，《春夜》关注当代中国社会家庭变迁这一现实题材，凸显了历史的细节感和生活的历史感，叙述相对平稳而收敛，成为一部走出类型桎梏的现实主义小说。

生命经验的"勘探"者
——简评艾伟的《敦煌》《乐师》《过往》

米兰·昆德拉在《小说的艺术》中曾表示:"发现那些唯有小说才能发现的事,这是小说唯一存在的理由。一部小说如果没有发现一件至今不为人知的事物,是不道德。认识,是小说的唯一道德。"[①]从这个意义上讲,艾伟的写作正是在做人类生命经验的勘探。正如他在《妇女简史》的创作谈中所言,小说作为人类经验的容器,提供的是人类"自己的生命经验,以及未曾经验却能感受到的经验或转瞬即逝还没来得及感受和说出的经验"[②]。《敦煌》《乐师》《过往》三部中篇小说所呈现的正是对人内部情感经验与人性奥秘的探访,正是发生于人与人之间情感关系中的那些不为人知,甚至当事人自身都未能把握的秘闻。

三部小说的共同点之一,便是在小说叙事内部设置了嵌套的谜题,有时也埋设伏笔,来推进剧情的延展与翻转。笼罩《过往》的谜题是小说中三兄妹父亲的去向,以及不自然、不和谐的母子关系形成的原因。《乐师》中以旁逸的新闻装置展示了一出"拍案惊奇"的闹剧,指向了坐牢二十年的吕新出狱后为何主动要求返回监狱的谜题。在《敦煌》中,谜题的设置更加随处可见,如卢一明的死亡、秦少阳的去向、陈波的偏执,而叙述的聚焦者小项也同样被困在这网状的谜题中,对自己所面临的生活困惑且无

---

① 〔法〕米兰·昆德拉:《小说的艺术》,尉迟秀译,上海译文出版社2019年版,第7页。

② 艾伟:《女性不需要同情,而是需要赞美》,《上海文化》(新批评)2021年第3期。

措,由此形成了笼罩着整篇小说的一种阴冷的悬疑氛围。而其中最精彩的谜题设置,是关于卢一明与前女友爱情故事的真相。在卢一明留给小项的信中,这是一个因"爱到穷途末路"而于敦煌双双殉情,但一方获救的悲壮爱情故事;而在敦煌艺术家的话中,则是一起情杀后凶手畏罪自杀未遂的恐怖故事。小说当然没有证实哪一方所言才是真相,"这世上真相有好多种,关键是你相信哪一种。"这句话可看作是小说的一种立场指向,即小说中那些悬而未决的疑案,其重点并不在于现实客观的判决,而在于人心的拉锯与博弈。小说的叙事其实一直聚焦于小项的主观经验感受上,她"以为"自己爱上了男上司,她"想象"着婚姻之外她从未体会过的爱情滋味,她甚至在陈波的控制欲下自我规训,"以为"能重新开始。无论是小项、陈波还是卢一明,他们对于爱情的理解,根本就是其主观内部经验的错觉,或言不断的自我暗示与说服。《乐师》是三部小说中唯一一部叙述的聚焦者发生位移的小说。当小说聚焦者在忏悔祈求得到女儿原谅的杀人犯父亲吕新,与情绪经历了仇恨与同情延宕的女儿吕红梅之间切换时,父女间的和解业已形成。但人与人之间的那层迷雾形成了一道透明的坚韧隔膜,使人处于不断的误解和遗憾中。小说中说吕新"满脸是里面的气味""眼神中没有那种贪婪",正是牢狱对他躯体的拘束成就了他心灵的平静自由,重获自由与亲人的他反而不知如何处置这份自由与亲情。对于吕新与吕红梅父女两人而言,这都是命运所布置的无解谜题,是立于具体"个人立场"才能体察到的复杂主观经验。无论是爱情还是亲情,从"爱别人"的姿态里,可以窥见人性自我观照的复杂与缠绕。

无论是对于《敦煌》中的婚外情、《乐师》中的杀人犯还是《过往》中不和谐的母子关系,小说都并未预设一种道德成见,而是通过设置谜题的"提问",在小说的叙述表层弥漫开浓重的迷雾,并层层推向那不可捉摸的人性内里。三部小说都于文本内部设计了戏剧与小说文体的同舞互释。如若说,小说的艺术是"虚构的真实",那么在小说以仿真细节所搭建的具有"真实感"导向的文本内部,设置了带有演绎性质与虚构品格的戏剧装置,无疑是拓展了小说叙事虚实相互转换的空间广度与深度。《敦煌》中的《妇女简史》,讲的是一对男女既相濡以沫又彼此折磨的故事。剧中主人公合谋了对彼此的刺杀,又双双死而复活,在庄严的佛经吟诵中回到起点。这正是对小项与陈波关系的隐喻或言镜面映射——在爱情的迷雾中经历了残忍的暴力，在走向灭亡后又回到共舞的开头。但在诵经声中的破镜重圆已不是真诚的相爱，而是一种无知无情，且无可奈何的命运妥协与循环。"这世上没有破镜重圆的故事。即便是重圆也不是原来那面镜子。"

事实上，小说中的戏剧设置，不但是一种命运的镜面映射，而且还是一种超脱于现实的理想或情感的寄寓，因而总成为剧情高潮的转折。正如《乐师》中吕新所说，音乐"这东西会缠着你，耳边总是有一些声音缠来绕去，你老是想去捕捉这样的声音，但你会发现，你根本抓不住。那是空的，就像人喝醉了酒时的幻觉，都是空的"。戏剧是现实语境中的造梦手段，是使《乐师》中的吕红梅、《过往》中的秋生母子情绪敞开的出口，使他们得以在他者的故事中重审自身的情感。此外，三部小说都不同程度地将戏剧本身作为一种情节来展示其"一体两面"的隐喻。《敦煌》中叙述了周菲筹备戏剧前期资金的磨难重重，《乐师》中通过前任剧场乐师吕新的视角一笔带过"后台的戏比前台要有趣得多"，《过往》围绕着"剧团"主题场景的叙述，将"后台的有趣"进一步呈现。庄凌凌与王静的主角之争，演员与团长的暧昧与不合，却是一出精彩剧作的托底。应该说，小说将戏剧这一元素装置使用得淋漓尽致。前台的戏剧，是演绎的，想象的，经验的，唯独不是真实的；而后台的"戏"则是现实的，赤裸的，不浪漫的。这种张力矛盾正是纠缠在每一种生活内部的真相，也是人精神的丰富性和复杂性的真相。爱中的不高尚，怨恨中的同情，自私中的愧疚，这些矛盾是生命的迷雾，也是真相。

艾伟的这三部小说，将两性关系，以及在一些特殊语境下的亲情关系之幽玄与含混呈现得纤毫毕现。每部小说中都有身负"罪孽"无法与自身和解的、在迷雾重重的命运之中找不到出口的主人公。但小说不是为了拨开迷雾而写作，而是为了呈现这重重的迷雾，勘探这迷雾下的多层反转，展示人性的多重侧面。

青春体验·改革创伤·成长史
——论郭海燕小说《异物志》

郭海燕的小说平实质朴,却有着打动人心的巨大能量。她凭借非同寻常的笔力,以中短篇小说的篇幅,描绘出一代青年大学生于20世纪90年代"国企改革"的时代狂澜里的挣扎,及其创伤与新生。她将个人体验与时代巨变相融合,有着以个体视野书写时代变革的巨大野心,是创伤与成长同在的"新改革叙事",更是从现实笔法出发的中国故事。郭海燕的"国企改革"三部曲正是这类叙事的典型代表,小说《异物志》则是三部曲里的最后一部。

小说《异物志》承续前两部对20世纪90年代国有企业改革大背景的描绘,如果说,《世纪末》和《理想国》把关注的重心放在对大型国有上市公司——壮志集团——破产之前和破产清算之时,注重对这种"改革进行中"的呈现;小说《异物志》则是关于"改革之后"的故事。《异物志》原是一部记载中国古代奇异物产的典籍,作家化用于此。这种关于"奇异之物"的记录,在小说里有着多层次的意义指涉。一方面,"异物"是指贯穿小说始终,甚至是线索性的珍稀物件——沉香木,这是"异物"的实指层面。另一方面,"异物"又近乎等同于"异类""另类"。小说《异物志》的主人公蔚小壮和李纯,和以往改革叙事里的主人公大不相同,是近乎"异物"的存在。他们既不是乔光朴式的改革英雄,也不是单纯以改革受难者面貌出现的悲情人物。他们既是那个时代国企改革的牺牲者,又是凭借新时代机遇成长起来的自立者,是"新改革叙事"下的改革"新人"。这类"新人"形象的出现,是郭海燕独特的创造。同时,"异物"更是对这个产生众多"异物"时代的揭示。尽管，小说是以"异物"之名展开全文，但在具体的写作中，还是有着非常坚实的现实书写的。小说《异物志》开始于老人摔倒"扶不扶"的社会热点话题，由此引发出一系列的现实叙述：主人公蔚小壮当年轻率结婚，如今苦恼于离婚后的亲子关系问题；同时深感女性在当今社会打拼、求职的艰难；目击者出于善良帮助被撞老人，却被强留并垫付医药费……这些现实问题的背后，有着一个根源性的动因，那就是20世纪90年代的国有企业改革，以及由此引发的一系列的下岗潮。当年主人公蔚小壮因国企改革下岗失业，被未婚夫抛弃，负气之下嫁给苦苦追求自己多年的男人，十年婚姻却以失败告终。李纯的母亲，即那位被撞的受害者，强留善良的目击者蔚小壮并要她垫付医药费，而李纯的母亲之所以会提出如此无理的要求，是因为儿子下岗失业，家里难以负担这样一大笔开支。在小说《异物志》里，20世纪90年代的国企改革给人们带来的不仅仅是阵痛，更是难以消弭的永久性创伤，直接改变了蔚小壮、李纯们原来的人生轨迹。即使改革已经过去十多年的时间，改革的后遗症依旧影响着他们的生活。

"改革叙事"已然成为中国当代文学的固有传统。20世纪80年代之初，"改革文学"风靡文坛，出现了像蒋子龙的《乔厂长上任记》、张洁的《沉重的翅膀》、贾平凹的《浮躁》这样的"改革排头兵"，但多是以二元对立的古老模式来书写20世纪80年代特有的"改革神话"。到了90年代，改革叙述仍旧继续，但它们中的绝大多数则是以"主流现实主义小说"的面貌出现，去论证新时期、新阶段改革继续的必要性、合法性。像陆天明的《省委书记》、张平的《抉择》、柳建伟的《英雄时代》就是如此。尽管这其中展现了改革进程中存在的诸多问题与困难，但光明和希望仍是主流，甚至是以此为目标、为理想，去一同"分享艰难"。那么，在这样深重的改革传统里，小说《异物志》关于90年代国企改革写作的意义何在？它的独特性又在哪里？

值得注意的是，尽管表现的是20世纪90年代国企改革的宏大主题，但小说《异物志》却没有采用惯常展现社会时代巨变的宏大叙事。相反，是从一个人的经历和体验出发，写出个体、小人物在急剧变动的时代狂潮里的痛苦、迷茫、挣扎，以及重寻新路的坚强与勇敢，是一代青年人所独有的改革记忆。但小说更大的意义却在于"改革之后"的故事,蔚小壮、李纯们如何寻找到出路?如何重获新生?

因受到国企改革的波及,蔚小壮最终下岗失业。在蔚小壮经历的结婚、生子、离婚、重寻新事业等诸多人生变迁里,曾经的老东家"壮志集团"一直像一个挥之不去的阴影,在她的生活里频频浮现。所幸的是,蔚小壮在这其中收获的不只是创伤和迷茫,更实现了关于自我的成长:从一个冒失、稚嫩的年轻女孩,成长为拥有新事业、有决断、能够开拓更广阔人生天地的时代新女性。从这个角度看,小说《异物志》更是一部女性的成长史。当改革的时代巨变以个体成长史的形式呈现时,个体的酸甜苦辣、喜怒悲欢,为时代增添了一丝人情、人性的温度,使宏阔的时代呈现出更加立体、更加鲜活的面貌。同时,时代变迁又见证着个人的成长,个体与时代相互交融,作为芸芸众生的个体,拥有与时代同在的属性与价值,这正是小说《异物志》的意义和价值所在。小说《异物志》更是一部以个体经验书写"新改革时代"的中国故事。

无故事时代的心灵捕手
——浅析郭平的小说

我们的时代，是文学正在失去故事的时代。叱咤风云的宏大故事逐渐远去，世俗化已不可阻挡地渗透时代。柄谷行人认为，村上春树和村上龙的出现，标志着由二叶亭四迷、夏目漱石等开创的日本现代文学走向终结。21世纪的中国，各种媒介的发达，特别是网络文学的崛起，也正在抢夺着文学读者。但我很腻烦当下的日常化书写。那些整天絮叨着隔壁老王和小丽那点破事的小说，只会让纯文学失去尊敬。还有相反的倾向，就是咬定"谁比我狠"，专门写暗黑人生。但无论怎么写，文学想象力、细节表现和人物塑造，独到的人生体验和哲学思考，都是必不可少的。否则，"谁比我狠"就成了"谁比我蠢"。

我不认识郭平先生，但读完他的小说，大吃一惊。这是让我们恢复文学敬畏之心的文字，是无故事时代的独特表达。无论是文体感，小说布局谋篇，还是对中国现实的洞察，郭平都出手不凡，令人印象深刻。郭平身处高校知识分子圈，但创作平实朴素，其审美趣味和价值选择，没有通常知识分子小说的自以为是和掉书袋。郭平不是多产作家，却不重复自己。日常生活不好写，容易写"滑"了。郭平像隐居在闹市的高人隐士，又像侦探。但作为小说家，郭平最终要搞什么？发现生活的诗意、阴谋、秘密，好像都有，好像又都不是。无论美或丑，高尚或卑污，安详或粗鄙，他都能在缓慢流动的语言节奏之中，发现平凡世界秩序之下巨大而隐秘花园，抓住读者"阅读的心"。这是非常有难度的。

郭平的早期作品有新生代的影响，有诗意的成分和青春叙事的感伤，且总蕴含着象征性意象。《金先生的旅行箱》叙事平缓，讲述冯军和金先生漫长的交往史。冯军从初中生变成了工人，金先生则保持着过年去外地看望儿子的习惯。小小的旅行箱，寄托着金先生的孤独。金先生死后，冯军终于去了金先生每年都要去的地方。那些梨子和河水，被炸掉的山，让"家"的定义变得可疑起来。《投降》是对平庸生活谋杀生命的反思之作。桑原大学毕业，分配在档案馆，琐碎的生活让喜欢写诗的青年变成了练气功的平庸之辈。当桑原教一生勤奋努力的父亲练习举手向天的气功，父亲号啕大哭："父亲的头发完全白了，像一面白旗，在春天早晨的空气中颤抖着。"这一细节震撼人心。《西普里安·波隆贝斯库》带有青春自传色彩。方小虎和李艳、老扁头、任华芳之间，有莫名的青春期情绪。方小虎最终没有和李艳走到一起，却和冯洁结婚，成了剧团编剧，而老扁头却娶了任华芳为妻。新婚之夜，方小虎执意播放波隆贝斯库的音乐，纪念自己逝去的青春。"音乐如风如水满世界地奔走，男女主人公在开满鲜花的草地上相拥着翻滚"，那场有关青春的电影，最终消失在风中，一去不返。类似的青春小说还有《谎言》。周一凡的谎言，是虚荣、炫耀，也是掩饰和自我证明。《一个长得跟我一样的人》，颇有卡夫卡和舒尔茨作品的荒诞滑稽味道。"我"是厂宣传处干部，在为怀孕的妻子忙碌的过程中，发现了一个长得和自己一样的人——"中山装"。好奇之下，我跟随中山装，来到陌生的城市。在仿佛异次元存在的自我面前，我看到了现实的无奈和荒唐。《眼睛般的湖泊》描写父子关系的微妙错位，虽没有朱文的《我爱美元》强烈冒犯性，却闪烁着作家对生命的感伤情绪。《北极阁》是一篇有强烈20世纪90年代情绪象征的小说，将欲望时代的人性纠结展现得淋漓尽致。王子明和万兵是大学好友，王子明去海边看望发了财的万兵，万兵却领老同学去嫖娼。北极阁，一个历史名胜，变成了妓女泛滥之地。作者以含蓄反讽的态度书写，一切都尽在不言中。

《在故乡》是郭平小说创作的又一次自我突破。如果说，他的早期小说还有新生代的影子，该系列小说则走出了一条自己的路。新生代的优势，在于在表象世俗背后有对人世本相的体认，即虚无与无聊。这也使得韩东和朱文的小说在欲望叙事的掩护下，有了深入骨髓的锐利和疼痛感。粗鄙的散漫背后，是对人生精致敏感的玄学揭秘。新生代叙事的问题在于，过于执着于个人体验。边缘化知识分子对世俗生活的想象,让文本耗尽了原有的力量,变成梦游的呓语,失去了新鲜饱满的语感与体验共鸣性。郭平在新生代之中找到了现代,又在民间叙事之中找到了传统。小说有日常叙事的真实可感,既有汪曾祺的宽容好玩,又有陆文夫的细腻沉静。而在对口语化语言的运用之中,郭平的小说又浸透着世界的荒诞绝望,有《小城畸人》般的古怪人格和《米格尔大街》式的隐喻地理学。他笔下的故事充满世俗生活烟火气,却能将烟火气化为仙气。他的故事含蓄,甚至简约,有悬疑色彩,擅长将巨大复杂的人生真相隐藏在冰山之下。他磨平伤感诗意,烟火气也成了对欲望结构的洞察力。这组小说也有点笔记小说的味道,短小精悍,形态各异,有高远神秘,甚至诡异的气息。小说背景,大多在"文革"及20世纪80年代,非常个人化的表述之中,也表现出作家对宏大叙事的思考态度,不再是空缺、游走,而是坚定的介入。革命宏大叙事与日常生活不再构成疏离或反抗的二元关系,而是逐渐消融为背景,凸显的是人性隐秘幽暗之处的宽容与理解。

这个系列小说中,《死肉》描述立新、章宏、郭平三个儿童玩铁圈游戏,立新发现父亲乱搞女人失手杀人的惨剧,从而陷入精神崩溃。立新巨大的心理阴影,父亲复杂的情感纠葛,被隐匿于有关"死肉"的隐喻之中。《洞中岁月》写章宏在白龙洞奇异的失踪。白龙洞发生了什么?日常世界存在很多隐秘,等待我们想象。《火车》中的卸煤工老李和张国庆,都生活在卑微之中。张国庆有个疯女人,老李和妓女老婆过得困苦不堪。然而,火车站上一场奔跑的送行,显现出平凡生活中相濡以沫的情感。《街坊有个姑娘叫晓芳》写莫名其妙的爱情和伤感的人生喟叹。剪刀巷最漂亮的姑娘晓芳,不喜欢帅气的钱刚,却热恋已结婚的中年流氓德宝。钱刚伤心而死,晓芳被德宝抛弃,过着不如意的生活。冥冥之中,人的命运和缘分,是否早就是天注定?《梦之桥》写了濒临死亡的孩子孟津,灵魂出窍时的神奇经历。《因果》写了我和小学教师刘大华之间奇怪的因果。这个"文革"中因毁佛受伤,独腿独眼的小学教师,多年后却莫名成了我的博士导师,所有人都陷入了莫名的因果循环。《垃圾和糖》中的帅哥顾小宁,热恋丑陋的女工人徐英,遭拒绝后发疯,却被人灌大粪怪异地医治好了。《老人与河》中处理死婴的拾荒老人,救活弃婴,赢得人们的尊敬。《杂技》写了一个奇怪的杂技女孩胡丽丽。她的爱情，包括出轨，都很难用常理推测。但她对瘫痪的前夫不离不弃，又令人敬佩。《换句话说》也是另类的"文革"记忆，工宣队方老师朴实认真，大学出身的许老师和童老师则玩弄女生，高傲自私。作家借孩子的眼睛，对知识分子叙事进行了辛辣讽刺。《特殊才能》表面写"文革"故事，却旁逸斜出，有了深刻的隐喻功能。被批斗的大学教师章庆春突然有了特异功能，能闻出坏人。这项功能不仅没让他过上幸福生活，反而让他发现了生活莫名的残酷。小说结尾，"章庆春把长鼻子凑到"革命"二字上去闻。这一闻，倒吸了一口凉气！他发现自己写的"革命"二字之中完全没有革命的味道，倒有一股熟白菜的味道——他已经能够用特殊才能分别是非善恶，却仍然没有道路和光明，他觉得自己整个人的味道，其实不好也不坏，略有些偏不好，就有点像鼻涕的味道"。不好不坏的人生，鼻涕一般的荒诞人性，也许是郭平对人性朴素但又深刻的理解。

　　可以说，故乡并不存在，它只存在于寻找意义世界的心灵建构。写《在故乡》的郭平变身心灵捕手，他找到了一种旋律和节奏。那些温暖的，伦理的，悲伤或幸福的故事，和那些虚无的，尖锐的，荒诞的故事，形成了奇怪张力效果。他捕获平凡俗世的孤独心灵，奇怪人生，不被人理解的人格，把它们熔铸成琴弦上飞舞跳跃的音符。郭平的小说有丰富的阐释空间，文坛需要郭平这样沉潜颖悟的作家，不张扬，不炫耀，踏踏实实，严肃艰苦地对人性和世界进行永恒的掘进。

房 伟

"先锋批评"的历史化及其时代担当
——评崔庆蕾的文学批评

崔庆蕾是文坛涌现出的一位新锐青年批评家,我们认识有十几年时间了。从年龄上讲,崔庆蕾是一名"85后"批评家,他有着山东人的朴实厚重,也有着很多青年学者身上没有的沉稳细腻。他的批评眼光独到却又温厚宽和,对作者多有"同情式理解",兼顾多种批评方法,又能坚持自己的审美原则。他的批评文字以审美性为先,文风却平实清晰,避免了一般学院批评家写作的晦涩缠绕。他以先锋批评为基础,又视野开阔,融汇百家,顺应时代呼声,传承"现实主义"研究的优良成果,不沽名钓誉,不浮躁冒进,能在广阔的领域对不同类型的作品作家发声,体现出了新一代批评家扎实肯干的良好风貌,及其时代担当和责任意识。

近十年来,随着"逆全球化"的出现及民族国家维度下的激烈竞争与意识形态对抗,全球的政治经济与文化态势都发生了巨大变化。而在国内,文本细读、形式分析等先锋研究方法似乎已成为某种"过去式"。与之相对的则是批评价值取向中立性的"再历史化"等思潮的兴起。青年批评家首先要面对的就是批评语境和趣味的变化。和很多同辈批评家相比,崔庆蕾既有效地回应了时代的很多命题,又没有受到太多流行批评风潮影响,不仅研究先锋批评产生背景,还原先锋批评生产机制,总结其特征与传承流变,且在"历史化"的基础上,在精神上有效传承并发展了先锋批评,并正确看待先锋批评的问题。崔庆蕾既丰富了当下文坛批评维度,也为"当代文学批评如何创新"的问题,提供了一定启示。这无疑是难能可贵的。

希腊语中,"批评家"有"法官或陪审团成员"与"做判断"两重意思,布莱斯勒曾将批评分为"理论批评"和"实用批评"①，这里的"理论批评"，其实就是文艺理论研究，意在研究艺术的性质和价值的理论、原则和宗旨。"实用批评"则是针对具体文本的阐释。对"批评方法"的研究属于理论批评范畴，也涉及理论史研究。先锋文学作为思潮运动，已经过去很多年，但先锋文学的影响，却已深入中国当代文学发展的血脉，不仅是"60后"作家，"70后"与"80后"作家身上也依然有挥之不去的"先锋情结"。对先锋文学的研究，已从作家作品论、思潮论及叙事形式等相关讨论，进入到文学史总结、历史哲学呈现等更深层与更抽象的层面。"先锋文学批评"的独特研究价值在于，它既是先锋文学一部分，也表现了中国当代文学批评史发展轨迹中的"转折点"，特别是从政治化的"社会学批评"到新时期以后"多元化批评"的转型，先锋批评非常重要且关键，也是"批评本体意识觉醒"的表征。从文学史的角度来说，先锋批评恰如先锋文学一样，似乎是域外影响的结果，也似乎是对抗文学体制的结果，但正是从崔庆蕾的细致梳理和分析中，我们看出，先锋批评恰是当时文学体制推动的，由体制内作家、文学刊物、编辑、批评家（主要是学院批评家和作协体制批评家），以及体制内文学出版共同打造的一个"体制内的先锋"，这与西方发达国家有很大区别，也与苏联文学体制情况不同②。尽管围绕由左翼文学发展而来的现实主义的社会学批评，依然占据主流地位，先锋批评也与之发生了对抗和碰撞，但不可否认，先锋批评的异质性和对抗性存在更多想象成分。虽然它充满了断裂性的审美哗变，也深受欧美文化影响，但也恰恰反映了改革开放过程中国人现实观、历史观、审美观的巨变。它对于形式的迷恋及现实感的淡漠，恰恰在某种程度上形成了对现实主义的反向补充——恰如硬币的正反面。它既接续了李健吾等现代文学批评家

---

① 〔美〕查尔斯·E·布莱斯勒：《文学批评：理论与实践导论》（第五版），赵勇等译，中国人民大学出版社2015年版，第9页。

② 例如，当时苏联研究西方先锋文学的权威扎东斯基，研究方法依然属于社会学批评范畴，带有社会主义现实主义研究方法论痕迹。如他谈到卡夫卡，认为"所有'先锋主义'运动（尽管它们本身并没有蜕化变质）随着时间的推移日益适应资产阶级的需要，变成了（往往在死后）它的驯顺的老虎"。〔苏〕德·弗·扎东斯基：《卡夫卡和现代主义》，洪天富译，外国文学出版社1991年版，第6页。

的审美探索，也拓展了社会主义文艺的表现领域，呈现出当代中国文艺多维复杂的发展空间。很多批评家看来，"去政治化"的先锋文学，展现了20世纪80年代思想解放体制与新启蒙之间的裂痕："前者在对'文革'批判的基础上建立以'四个现代化'为中心的政治、经济及文化思想的新秩序，后者凭借援西入中，凭借从西方拿过来的西学话语来重新阐释人，开创新的讨论人的语言空间，建立一套关于人的新知识。"① 但是，从另一个角度来看，特别是站在21世纪中国语境来看，先锋文学，包括先锋批评实践，"去政治化"既是一种"规避性动作"，也成为某种探索过程，即现代性物质层面如何被中国社会主义体制吸纳的问题："政治无意识在当时并不需明确化，因为它同新时期中国一系列国策并不冲突，同时也满足了'文革'后逐渐形成的大众社会对种种物质丰富性和社会自由的追求。这两种力量的结合造成了对资本主义现代性理解的全面非政治化。"② 这一过程虽然并不能说完全成功，但也并非简单的"去现实的原罪"，而是表现出20世纪80年代在冷战后期美苏两大阵营对峙格局趋于解体的情况下，探索主体性发展道路的某种灵活性与可能性。而这一点，也恰是今天中国在融合再造、兼容并包情况下，形成真正"中国批评"美学的基础之一。

崔庆蕾的专著《1980年代先锋文学批评研究》（作家出版社），是他这些年理论批评的结晶。在这本书中，可以看到他对"当代文学历史化""重返80年代"等学界研究热点的呼应，也有他对"先锋批评"的很多真知灼见。正如胡平对此书的评价："在他之前，我国尚未出版过关于1980年代先锋文学批评的研究专著，这是第一部，也使我看到它时眼前一亮。"③ 这本著作对于批评史研究和当代文学批评建设，有着积极意义。比如，他通过对大量历史资料钩沉，特别是第四次文代会上有关"两个自

---

① 查建英主编：《八十年代访谈录》，生活·读书·新知三联书店2006年版，第274页。
② 张旭东：《全球化与文化政治：90年代中国与20世纪的终结》，朱羽等译，北京大学出版社2014年版，第5页。
③ 胡平：《一部具有开创性的理论著作》，见《1980年代先锋文学批评研究》（序言），作家出版社2021年版，第5页。

由"（创作自由与评论自由）的口号，指出"从根本上说，是 1980 年代政治语境的调整催生和带来了新的文学语境，而文学语境的变化又进一步带来文学创作和批评的大转变"①。这种避免将先锋批评"异质化"的处理方式，避免了将先锋批评的"起源"归于译介西方理论的窠臼，将"先锋批评"真正放在"以中国文学为方法""以中国文学批评为本位"的位置，这既是一种"再历史化"评估，也是对历史语境的真实还原。本书的第二章，崔庆蕾分析"文学论争""文学会议"如何成为先锋批评的发展路径和推动模式。他对"三个崛起"进行历史化还原，特别是对杭州会议、厦门会议、扬州会议、武汉会议、海南会议等文学会议的史料整理研究，清晰梳理了先锋批评在不同时期、不同"地方知识"背景下，具体"批评生产"差异性、共识性与内部危机。先锋批评的启动，培养新人，对方法论的探索，对批评观的论争，都能清晰看到"先锋批评去政治化"的运行轨迹。这种梳理和分析，有助于我们理性认知先锋批评的生产机制，即这种作协、杂志、出版社、高校等多方权力场域碰撞、融合，甚至是冲突抵牾的"文学会议场域"，依然是经解放区文艺机制发轫，到中华人民共和国成立后逐渐成熟的当代文学体制的产物。

  本书第三章对文学期刊与先锋批评的研究，延续了第二章的思路，主要对《当代文艺思潮》《上海文学》《当代作家评论》与《文学评论》进行分析。《当代文艺思潮》先驱者的盗火精神，《上海文学》在培养新人和打造先锋批评圈子上的煞费苦心，《当代作家评论》对先锋批评的推动和实践，《文学评论》处理主流意识形态与先锋批评之间关系上的进退维谷，甚至是矛盾重重的心态，都从文学传媒角度，为我们生动再现了先锋批评"浮出历史地表"的艰难。崔庆蕾的分析准确而冷静，也有着实事求是的理性精神。第四章从批评家队伍建设的角度，重点分析"第五代批评家"群体特征，并对吴亮、李陀、程德培等批评家进行了个案解读。崔庆蕾很精准地总结了先锋批评家的艺术个性，语言平实，但不乏智慧的火花，也能由此窥见他自己的批评风采。例如他对李陀的认知："李陀的文学批

---

① 崔庆蕾：《1980 年代先锋文学批评研究》，作家出版社 2021 年版，第 17 页。

评显现出一种宏阔的气象,跨界的实践经验让他有了一种开放的视野和整体性的眼光,让他在观察文学和进行文学批评时有一种超越常人的整体视角,具有一种历史意识。"①由此,崔庆蕾进入了批评史的理论主体构建,从"本体""主体"等几个概念出发,探讨了先锋批评的批评理论与话语方式,并对先锋批评的问题进行了反思。

崔庆蕾对先锋批评的研究,饱含着他对先锋批评的"历史尊重",也蕴含着他的基本美学原则,即以"文学本体"研究为基础,对文学进行阐释。他的这种颇有些"复古"的方法论意识,渗透到了他的"实用批评"(布莱斯勒语)实践之中,却并没有成为狭隘的"绊脚石"。他以宽广的批评视野,将不同批评方法熔为一炉,共同呈现新时代批评家的风采,展现了他们的时代担当,尤其是他对传统的社会学批评的吸收和借鉴。从身份上讲,崔庆蕾兼有作协系统内批评家与编辑家的双重身份,这也让他的批评实践变得更具特点。学者吴俊认为:"以往的学院专业文学批评的影响力事实上已经极度萎缩,基本上仅作用于狭隘的文学专业圈和高等院校,虽然掌握着学术话语权,俨然文学精英阶层,但脱不了自娱自乐的学术自嗨。维护这种学术专业的社会地位和文化等级,倒还不能不依赖于传统的人文和文化观念。相较而言真正能够发挥文学批评影响力的,更多是作协系统和媒体系统的声音。"②当下学院批评家的一大问题,即理论话语生产的焦虑,化成了不断建立"场域区隔"的努力。他们的批评越来越晦涩难懂,术语越来越缠绕繁杂,甚至试图借助批评,完成他们哲学、政治学等方面的"跨界雄心"。而通达晓畅地讲道理,明白地对作品的价值和意义做判断,这些文学批评的基本功能,却在不断弱化,学院派批评与读者之间的"交流性"也变得越来越差。中华人民共和国成立后相当长时间里发挥着重要作用的作协系统内的青年批评家,则在 21 世纪后开始逐渐成长为重要批评力量。他们的特点在于,他们大多有学院派的学术训练,又多了份对现实层面的关注,以及沉甸甸的"国家文学"的责任感。而且,他们不

---

① 崔庆蕾:《1980 年代先锋文学批评研究》,作家出版社 2021 年版,第 132 页。
② 吴俊:《批评史:国家文学和制度规范的视阈—关于〈中国当代文学批评史〉的若干思考》,《中国当代文学研究》2021 年第 6 期。

再追求批评形式本身的激进,而更强调融汇各种批评方法于一体。例如,崔庆蕾的批评文章《"人及其时代意志"——艾伟小说简论》,既有对艾伟小说叙述形式、结构意识的细致阐释,也有对艾伟小说主题"人性与时代意志"的概括分析,呈现出了方法论上的综合。他对陈彦的《喜剧》、迟子建的《烟火漫卷》等长篇小说的阐释,也很有意义。而《"革命女性"的内面及其叙事的难度与限度——评刘庆邦〈女工绘〉》,更是一篇非常精彩扎实的文章。崔庆蕾对于刘庆邦的长篇小说《女工绘》的分析,令人信服地指出"重述革命女性"对当下中国文学的积极意义,他也清醒客观地认为,"个体/时代,女性/男性等多组关系之间的平衡关系,要解决的正是如何呈现革命女性主体的复杂伦理问题。而这种平衡性也带来了内在的限度和难度"①。

崔庆蕾还很年轻,他的批评之路才刚刚开始,他有巨大潜力,也充满各种可能性。他的批评风格和态度,是我非常赞赏的。对作家抱有理解的同情,批评语言既有温度又平实严谨,不故作惊人之语,不故作批判或故作吹捧,而是能"平视"作家和人生。能将艺术追求与批评家的使命担当结合,能在扎实的理论论证与敏锐的艺术感受之间找到批评的位置,这样一种"绿色批评",才是青年批评家应该有的品格。真正的文学批评,要有坐冷板凳的耐心与献身的激情,期待崔庆蕾在文学批评的道路上披荆斩棘,大放光芒。

---

① 崔庆蕾:《"革命女性"的内面及其叙事的难度与限度——评刘庆邦〈女工绘〉》,《当代文坛》2021年第1期。

批评的镜像：
历史、虚构与形式

第三辑

诗歌与散文评论

抒情的创造与新诗史的反思

——席慕蓉诗歌的文学史问题研究

席慕蓉是台湾20世纪80至90年代以来,风靡华语文学圈的重要诗人。她清新柔美、典雅细腻的抒情诗歌,吟唱青春、生命、理想与乡愁。然而,当代新诗史对席慕蓉诗歌的文学史定评一直处于尴尬状态,既无法有效地总结其艺术成就与创作规律,也无法以适当的发生位置、批评方法与研究视角对其进行恰如其分的定位。同时,席慕蓉的文学史处置,并非一个孤立的问题,而是当代新诗史内在征候的表征,牵扯到传统与现代、抒情与现代、感性与理性、大众与精英等一系列问题。如同同时期的另一位抒情诗人汪国真,席慕蓉诗歌的文学史问题,也体现了当下反思新诗史的必要性。

一

自席慕蓉出版第一本诗集《七里香》,该诗集就受到华语文学圈的热烈追捧,至今畅销不衰。1980年7月,她的长诗《我母、我母》在《幼狮文艺》发表。1981年,《七里香》在大地出版社出版后轰动台湾,一年之内再版7次,至1986年共印行35版,创下了当代新诗集销售最高新纪录。[1] 至2000年,席慕蓉诗集的销量,保守估计在500万册以上。[2]

---

[1] 赵炜:《"席慕蓉现象"析论》,《河南科技大学学报》(社会科学版)2007年第4期。

[2] 霍俊明:《台湾新诗史写作问题探讨》,《当代诗学》2008年第3期。

对席慕蓉的诗及"席慕蓉现象",存在很多争议。席慕蓉出道之时,七等生就认为:"不要以前辈诗人的'重量级标准'去预期她,余光中的磅礴激健、洛夫的邃密孤峭、杨牧的雅洁深秀、郑愁予的潇洒妩媚,乃至于管管的俏皮生鲜都不是她所能及的。但她是她自己,和她的名字一样,一条适意而流的江河,你看到它的满满的洋溢到岸上来的波光,听到它滂沛的旋律,你可以把它看成一条一目了然的河。"①适意而流,一目了然,但非重量级,这样的定位,代表了主流诗坛对她的认可方式。随着席慕蓉大红大紫,曾昭旭、痖弦、萧萧等,从"美丽哀愁"的人生境界,从情、韵、事等角度对其进行肯定,但也出现了一些严厉的批评。如台湾学者渡也,他认为席慕蓉的诗"主题贫乏、矫情造作、思想肤浅、浅露松散、无社会性、气格卑弱,而且数十年如一日毫无进步"②,由此还引发了《台湾时报副刊》的论战。从文学出版、文学社会环境角度分析席慕蓉诗歌现象的学者也不少,如杨宗翰归纳席慕蓉是畅销诗人、女性诗人、蒙古诗人、非诗社成员诗人,四者塑造了自成一体的席诗风格。③这已涉及席慕蓉诗的时代成因、文化身份想象、文学生产方式等外部因素。有的研究者还从比较论角度,将席慕蓉和汪国真放在一起,讨论文学市场机制影响。④

这些争议也体现在席慕蓉的文学史定位上。洪子诚、刘登翰的《中国当代新诗史》将席慕蓉列为"第三个世代"诗人,但并未对其介绍,《中国诗歌通史》对此作简单分析,并指出她广泛流行的原因。⑤古继堂在《台湾新诗发展史》中说:"她一出现便成了台湾诗坛的'暴发户',创造了软性诗的席慕蓉现象——她的诗以通俗的语言表现淡淡的哀愁,不费神思

---

① 七等生:《七里香》(序言),大地出版社1981年版,第3页。
② 渡也:《有糖衣的毒药》,《台湾时报》1984年4月8日。
③ 杨宗翰:《席慕蓉与席慕蓉现象》,见《台湾现代诗史:批判的阅读》,巨流图书公司2002年版,第117页。
④ 张立群、刘晓丽:《当代诗歌史上被忽视的两个热点"现象"》,《石家庄学院学报》2014年第2期。
⑤ 赵敏俐、吴思敬主编:《中国诗歌通史·当代卷》,人民文学出版社2012年版,第649页。

而有所收获,一般都是表现小市民、小知识分子和处于青春幻想期的少女情调——她甚至被看成是台湾'诗中的琼瑶'。"①很多学者对此论断并不认同,除杨宗翰等,学者沈奇认为,现代诗的创立具有实验性与常态性两种写作态度,席慕蓉属于后者,不应因为其诗作不具有实验创新性而加以忽视甚至敌视。②霍俊明敏感地认识到,由"纯文学"概念宰制的文学史观念,已造成对席慕蓉这类诗人的遮蔽。但应如何看待席慕蓉的诗,将之放在怎样的文学史位置,如今还是众说纷纭,莫衷一是。

二

席慕蓉的诗及其产生的诗歌现象,既有深刻的外部环境因素,又表现了汉语新诗本身的变革规律。从某种角度而言,意识形态化的宏大叙事趋于缓和与转型。有些学者认为,后现代、消费化的时代正在来临。这种背景下,不仅具国族叙事、阶级叙事色彩的文学类型影响力下降,趋于小众化和精英化,且原本具"纯文学"形式叛逆性的现代主义思潮也在衰落。淡化意识形态色彩,淡化形式探索性,淡化现代主义色彩,更具传统古典抒情意味的短诗兴起,书写人性真善美,更具文学趣味性、情感性与消费功能。学者张错认为,20世纪80年代,台湾诗歌界从抗衡性两极化诗观进入各种风格融汇调适的"锻接期",通俗性现代短诗崛起,也与台湾报纸副刊商业化有关。③然而,文学史滞后于文学现场和时代发展,对这些更具趣味性、抒情性和消费功能的文学形态,长期不能予以接纳并恰当定位。

席慕蓉的诗歌史接受问题,体现了当下新诗史的几个症候。一是过分强调现代主义对新诗的影响,忽视了汉语诗歌传统因素。这些传统因素,包括优美古典意象、情感、意境,以及古典诗歌中人与自然的和谐之美。

---

① 古继堂:《台湾新诗发展史》,台北文史哲出版社1997年版,第528—529页。
② 沈奇:《重新解读"席慕蓉诗歌现象"》,《文讯月刊》2002年第7期。
③ 张错:《抒情继承:八十年代诗歌的延续与丕变》,见《台湾现代诗史论》,文讯杂志社1996年版,第416页。

二是忽视诗歌抒情因素，过分强调现代主义人与世界的分裂对立。抒情之美，在于打动人心。古典文学甚至将情感作为诗歌的本质之一，白居易就说，感人心者，莫先乎情，诗者，根情、苗言、华声、实义。很多现代诗拒绝承认抒情性可以成为新诗基础，其实是以西方化主体理性掩盖虚无所导致的人类精神困境；现代诗过分重视理性思考，忽视人的基本情感。三是忽视现代诗的大众化。由于过分强调诗的激进反抗色彩、诗的抽象玄思及形式试验，现代诗越来越走入小众精英化的窄小通道。百年中国新诗发展，没有建立在中国人的美学心理认知基础上，在中国政治经济格局之内，形成具有中国本民族特色的别样现代性诗学。拿来的东西，如不能化入血脉，终不能长久。现代诗过分注重纯文学对抗性，这种对抗性，又在表面无功利的、纯诗的面孔背后，掩盖了政治经济场域对新诗的渗透。

　　新诗诞生之初，就关注白话与旧体的论争。胡适等新诗实践者，看重新诗平民化、大众化对旧体诗的冲击。他们提倡，新文学不用典，不讲对仗，不避俗字俗语。胡适在《尝试集》（自序）中说："若要做真正的白话诗，若要充分采用白话的字，白话的文法和白话的自然音节，非做长短不一的白话诗不可。这种主张，可叫做'诗体的大解放'。"① 胡怀琛认为："流传在平民口上的诗歌，纯是歌咏平民生活，没染着贵族的彩色；全是天籁，没经过雕琢的工夫。"② 随着现代新诗发展，新诗大众化，除左翼诗歌之外，也渐渐生成了一条抒情诗路数。这类抒情诗，主张向中国古典传统学习，吸收借鉴西方启蒙主义、浪漫主义诗歌特色，以典雅古典的抒情姿态，书写真善美，歌颂亲情、爱情和友谊，追求人与自然的诗性和谐。这类抒情诗，意识形态意识薄弱，价值取向偏传统，易于被各阶层大众接受。"五四"时期，冰心的小诗就是抒情诗大众化的第一个成功案例，其后徐志摩、戴望舒、余光中、郑愁予等，都有成功探索。

　　从台湾当代诗歌发展来看，"纵向的继承"与"横的移植"的问题，贯穿了现代派与蓝星等诗歌社团的论战。余光中说："我们虽不以直承中

---

① 《民国丛书》编辑委员会编：《尝试集》（自序），见《胡适文存·卷一》，上海书店出版社1989年版，第148页。

② 胡怀琛编：《中国民歌研究》，商务印书馆1925年版，第2页。

国的传统为己任,可是也不愿贸然做'横的移植',纪弦要打倒抒情,而以主知为创作的原则,我们则倾向于抒情。"①《创世纪》将超现实主义与中国的禅和道沟通起来,进行移植的"中国化"与"广义化"。20世纪80年代后期,台湾诗坛出现了具有后现代特征的各类实验诗歌(如科幻诗等),但总体影响力更弱。其间也有评论家对诗歌抒情性进行讨论,如孟樊认为,更具抒情性、浅显明了的诗为"轻诗"(Light Poetry)②;李正治认为,抒情心态不足以作为现代诗发展创造根源。但也有诗评家指出,许多诗人的创作改以抒情短诗面貌出现,是20世纪80年代诗风的继承转机。大陆这个过程要稍迟至80年代末,第三代诗歌的形式叛逆实践冲动渐渐衰落,诗坛随后出现知识分子写作和民间诗歌的大分野。而所谓民间诗歌,其实依然秉承着来自第三代诗歌的语言实验性和思想的现代主义叛逆性。这个过程中也出现了抒情回归,如大众化的汪国真及抒情的海子。所不同的是,大陆抒情诗在大众化这方面较弱。抒情传统一直发展到21世纪,也出现了重写诗经的诗人长征,乡土抒情诗人江非,抒情女诗人路也、荣荣、寒烟、杜涯等。虽每人路数不同,但传统性和抒情性,都是创作中不可或缺的因素。

  抒情也是学界考察中国文学独特性的重要立足点。普实克将抒情作为个人主义话语的生成方式。中国现代文学的转变,正是从抒情转换到史诗阶段。所谓抒情,指的是个人主体性的发现和解放的欲望,史诗则是指集体主体的诉求和团结革命的意志。王德威认为,抒情性是现代中国继承自古典文学,面对后发现代历史处境形成的现代主体的多重样貌。③毋庸讳言,当代新诗史对抒情性的忽视非常明显。我们的文学史写作,习惯将社团、思潮,特别是社会政治变迁作为分期界线与评判标准。这种情况下,现代主义与写实主义诗歌思潮占据绝对主流位置。如果是宏大叙事机制非

---

① 余光中:《第十七个诞辰》,《现代文学》1972年第46期。
② 孟樊:《新诗不死之秘密》,见《台湾文学轻批评》,扬智出版公司1994年版,第53—57页。
③ 王德威:《抒情传统与中国现代性:在北大的八堂课》,生活·读书·新知三联书店2010年版,第5页。

常强的文学时期,这一做法尚未看出多大问题,但涉及当代消费社会兴起、社会整体转型的文化现实,则显出了偏见性、片面性和武断性。

三

自现代白话诗出现,抒情一直是潜在不绝的脉络,无论是"纯粹诗歌"的鼓吹者,还是大众化诗歌的倡导者,甚至是压倒一切以抒情为金科玉律的现代主义崛起,也未撼动这个"霸权"结构,而抒情主义必须在历史性、现代性与中国性的维度上予以考察。①席慕蓉的诗歌是中国现代抒情诗在当代发展的重要表现,在传统性、大众化,以及个体生命体验之间,找到了很好的表现方式和艺术形态。这种抒情方式和艺术形态,既契合普通民众的心灵呼唤,又表现出独特的艺术特色。席慕蓉不应被新诗史所忽略。

一方面,抒情不仅是席慕蓉诗歌的艺术风格,且成为其内在价值归属和意义呈现。即通过内心独白与心灵交流,缓解治愈创伤,在和谐的人生理念之下,感悟人生。席慕蓉自称她的诗受《古诗十九首》的影响,有人与自然的和谐,也有来自"五四"小诗抒情传统的印记。小诗的本体属性,即立意新颖独到、别致精巧,或宏大深邃、别具一格,借意象托物寄兴,靠意境烘托渲染,讲究情景交融、浑然天成,追求蕴藉凝练、音韵和谐等。现代小诗与旧诗言简义丰的境界颇有相通之处。席慕蓉的精短爱情小诗,尤其能体现小诗与传统诗歌的内在联系。如《一棵开花的树》,既有禅的空灵感悟,又有精妙的比喻、含蓄的情感、沧桑的哀愁,短短的篇幅,将复杂的爱情感受淋漓尽致地表现了出来。

席慕蓉对新诗的大众化和通俗化也有贡献。20世纪20年代,俞平伯和周作人、康白情等曾爆发过有关诗歌大众化争论。有学者指出,"在中国现代新诗史上,存在着两种明显不同的诗学追求,即新诗大众化和纯诗化,两者之间并不是简单的现实主义诗学和现代主义诗学的分歧,因为新诗从产生以来,和整个现代文坛的风习相一致,就一直存在为人生和为艺

---

① 高友工:《文学研究的美学问题(下):经验材料的意义与阐释》,见《中国美典与文学研究论集》,台湾大学出版中心2004年版,第102页。

术两种思潮"①。然而，在具体的诗歌实践中，诗的大众化，总与现实主义、普罗诗歌、朗诵诗、战歌与颂歌这类意识形态传递效果强、易于教化大众的思维方式联系。台湾批评家孟樊很早就指出席慕蓉的诗是一种新的"大众诗"②，但也有批评家质疑其在大众和通俗之间概念的模糊不清。席慕蓉的意义在于，汉语新诗在大众化道路上，终于可以摆脱政治因素和意识形态控制，转而在消费主义的影响下，走一条既能感染普通民众，又具有一定纯诗特质、典雅优美的通俗中间路线。情感的诗意与大众化，提升于日常生活，而不是同化与矮化，更不是庸俗化和媚俗化。如《青春》抒发对青春年华的感慨和忧伤："遂翻开那发黄的扉页／命运将它装订得极为拙劣／含着泪　我一读再读／却不得不承认／青春是一本太仓促的书"。这并非旧体诗，但明白晓畅，能感染读者，让普通人能怀想起美丽哀愁的青春情绪。同时，它又简洁清丽，典雅含蓄，不是简单的俗字俗语，又能表现现代青年独特的个性意识。

她的诗歌具有启蒙的真善美，爱与力，生命与理想主义。席慕蓉对生命际遇充满感激和珍惜之情。她热爱生活，相信爱情，总能看到生活好的一面："我并不是生活在一个很美的环境里，我面对的是整个生活，然后把里面最珍贵的部分特别挑出来。"③这个范围很广阔，还包括禅宗的灵悟，草原的流浪乡愁。她的诗歌中，乡愁是重要的主题，比如《乡愁》《狂风沙》等诗篇。席慕蓉的乡愁诗，思归、思乡、怀人、忆旧，有鲜明的寻根倾向和漂泊意识。作为蒙古族后裔，乡愁是来自席慕蓉内心深层的民族心理积淀。席慕蓉用诗描绘精神家园，寄托深邃的思乡之情。她诗歌的另一主题是对命运的探索，如《尘缘》这首诗表现的是对生命的体悟、对人生宿命的认识，这种宿命，有对生命的无奈和自我安慰，展示给我们的是在宿命意识掩盖下坦然而又坚强的女性形象。同时，她的情感在传统与现代之间

---

① 刘继业：《新诗的大众化和纯诗化》，北京大学出版社2008年版，第7页。
② 孟樊：《台湾的大众诗学——席慕蓉诗集畅销现象初探》，见《流行天下：当代台湾通俗文学论》，台北时报出版公司1992年版，第335—363页。
③ 席慕蓉：《一条河流的梦》，见《意象的暗记》，上海文艺出版社1997年版，第132页。

架起了桥梁。她的女性意识温婉细腻，但却不依附于男性，有着向往草原的乡愁，但也有平和理性的心态。她赞美爱情与青春，却不是肤浅的幼稚，而是带有美丽的哀愁，认识到生命的有限性，比如《送别》，虽然爱情远去，但诗人没有纠缠哀怨，而是报以深沉的理解与同情。

另一方面，席慕蓉的抒情诗，又有着"表现格式的特别"。陈世骧认为，抒情传统是中国文学有别于西方文学起源的"文统"，中国古代文学创作的批评和美学的关注完全以抒情诗为主要对象，他们注意的是诗的音质，情感的流露，以及私下或公开场合的自我倾吐。① 抒情的目的，在于表达自我，抒发生命感悟，抒情手段则要有"以字的音乐作组织和内心自白作意旨是抒情诗的两大要旨"，即提倡诗的音乐性和内心独白的方式。这两方面，恰是席慕蓉诗的重要特征。她的很多诗歌都具朗朗上口的特点，排比、顶真、对偶、回环复沓等修辞手法不断出现，字与词的押韵、鲜明的节奏感也必不可少。

当代新诗的一大弊病在于，音乐性功能的消失。能唱是诗有效表现抒情性的形式因素。好诗应有强烈的节奏感和语言感染力，明白晓畅，朗朗上口，有相对清晰的指向性。古典诗歌有很强的实用性和交际性，有渗透于古代中国社会中重要的文化功能。比如，文人唱和交际，结党结社参与政治活动，制帖求赏识，科举考试，甚至青楼瓦肆的娱乐，都少不了诗歌。古代诗与歌不分，即"整齐而有韵者谓之诗"。随着纸媒增多，诗歌声口传唱的必要性降低；反之，对诗歌的接收与鉴赏开始由双耳听闻转向两目阅读。但很多文学家依然认为，诗歌的音乐性不能忽视。如鲁迅认为："诗歌虽有眼看和嘴唱的两种，也究以后一种为好。可惜中国的新诗大概是前一种，没有节调，没有韵，它唱不来，唱不来，就记不住，记不住，就不能在人们的脑子里将旧诗挤出，占了它的地位。"② 林庚白也认为，"诗始于民间之歌谣"，歌谣的可唱叹性，即有韵，应为新诗继承，"百世

---

① 陈世骧：《中国的抒情传统》，见《陈世骧文存》，志文出版社1972年版，第35页。
② 鲁迅：《鲁迅全集·第13卷》，人民文学出版社2005年版，第249页。

不易"。① 比如席慕蓉的《盼望》，诗歌出现女性主人公"我"与男性主人公"你"的对话，仿佛在一个打了追光的话剧舞台上，一个满腹心事的女子缓缓地对爱人倾诉着情感，非常具有现场感和真实感染力。这首诗的音乐性也很强，"那一瞬"在开头和结尾反复出现，形成意象的重复，"一生"也在诗中回环复沓，和"一瞬"形成时间的对比。而音顿使用也非常巧妙。不仅有"就只是"的顶真，而且，席慕蓉巧妙地使用每行诗句的"行内停顿"，通过空白分割，形成语气类似"哽咽"的强制性停顿表达深沉哀婉的情绪。比如，"你给我你的一生"，或"其实我盼望的"，这种表现手法又与"如果能在开满了栀子花的山坡上"这类长句形成长短缓急的对应，很好地表现诗歌"能唱"的音乐性特质。

同时，席慕蓉诗歌的遣词造句也非常讲究，除此之外，她还擅长用诗句营造画面感。这些都丰富了抒情的表现途径和力度。其代表作《七里香》尤其能体现出席慕蓉善用意象，形成强烈的视觉画面："溪水急着要流向海洋／浪潮却渴望重回土地／在绿树白花的篱前／曾那样轻易地挥手道别／而沧桑的二十年后／我们的魂魄却夜夜归来／微风拂过时／便化作满园的郁香"。溪水、海洋、浪潮、土地，象征着个人与故乡（精神原乡）的两组对应关系，"绿树白花"在形象上避开"绿树红花"的庸常比喻，出人意料地给人一种典雅素淡之美，"二十年"的沧桑与"夜夜"的焦灼形成强烈对比，微风与园子的映衬，以"郁香"作结，再次表达了思乡的复杂情感。全诗未见主人公，却处处以物象表达主人公的情绪与感觉，大自然化作了心灵微妙的传情使者，颇有中国古代"托物起兴"的诗词境界。

四

席慕蓉的抒情诗，作为当代新诗史抒情思潮的发展，应在传统继承性、大众化和抒情性三个维度予以积极认可。对于她诗歌创作的文学史意义，很多评论家也都注意到了。比如，萧萧将席慕蓉作为"浪漫主义与现代主

---

① 林庚白：《子楼诗词话》，见《民国诗话丛编·六》，上海书店出版社2002年版，第113页。

义的交叠美学",并称之为"情境化的浪漫主义精灵"。①这种分类有一定道理,但无论从文风,发源,还是艺术气质来看,席慕蓉的诗并不能仅用发源于西方18、19世纪的西方浪漫主义来涵盖。席慕蓉的诗,传统味道很浓,是一种东方式主情文学,与鼓吹个人解放的浪漫主义有相似之处,也有很强的差异和辨识性。正如有的研究者说:"她的抒情诗继承了中国传统诗歌的艺术技法,在意象的选择与安排、形式的简洁与精致、语言的清新与富于内涵上都有相当的成就,体现出一个有很高修养的艺术家那种典雅与清新的人格理想与人生追求,对于中国新诗未来发展走向与艺术选择,具有参考价值与启迪意义。"②

放眼整个中国当代新诗史,席慕蓉的存在,也应引起我们对"纯诗化""纯文学化"的文学史思维的反思。当我们以诗歌社团、事件和重大历史背景建构文学史的时候,无形之中,既受到现代民族国家叙事、革命叙事等的束缚,也受到现代主义激进的进步思维影响,从而将新诗史讲述为"前现代—现代—后现代"线性演进的宏大叙事。但文学史应是多点共生、以时空为区段呈现的多样化"文学生态园"。对席慕蓉这样难以被简单归类的诗人,尤其要注意。

席慕蓉的书写融艺术于日常感触与乡愁世界,注重感情抒发和对相关艺术的借鉴。她对中国当代新诗史的启示在于,一是改变对抒情性在现当代新诗史上作用的认识;二是改变对通俗性、大众性现代新诗的偏见;三是改变简单以文学事件、文学运动与文学思潮确立文学史地标的做法;四是改变港澳台与内地(大陆)文学史"中心—补充"的文学史心理,整体性与差异性并重,要看到长时间段的文学性表现。例如,席慕蓉与汪国真同时出现在20世纪80年代中后期到90年代,这其中有着内在的文学史联系。20世纪90年代,学者郑敏认为,新诗与古典传统的断裂,是当代新诗发展面临困境的主要原因。③她在《新诗面对的问题》中则认为,新

---

① 萧萧:《现代新诗美学》,尔雅出版社2007年版,第71页。
② 邹建军:《席慕蓉抒情诗创作综论》,《民族文学研究》1998年第4期。
③ 郑敏:《世纪末的回顾:汉语语言变革与中国新诗创作》,《文学评论》1993年第3期。

诗"彻底放弃了两千多年形成的古典散文与诗词的文学语言"[①]。纵观整个新诗史，现代与古典，通俗与精英，抒情与写实、象征主义之间，一直存在文学史建构的张力关系。进而言之，如何重新看待传统文化资源，创制新的文化与生活观念，并赋予其非常的魅力；如何通过抒情性重建诗歌与社会人生的关系，也许是摆在当代中国诗人和诗歌史面前的重要问题。

---

① 郑敏：《新诗面对的问题》，《文艺研究》2009 年第 3 期。

融情翰墨思"不群"
——评思不群的诗集《对称与回声》

在当下诗坛，一些诗歌创作沦为了脱离现实的无病呻吟与忸怩作态，另一些诗歌则充满了博人眼球的低俗与暴力之语，还有一些诗歌在平白如话的追求中变成了"废话"与"口水"。真正融诗味、诗理与诗情的优秀之作则往往被淹没在了光怪陆离的诗歌海洋中。苏州诗人思不群则在他的多首诗作中兼顾了诗味的表达、诗理的阐释与诗情的抒发，这使得他的诗集《对称与回声》有了别样的价值。

一、诗味：万物皆可入诗

思不群的诗歌充满了别样的韵味，这种韵味源于他对古、今、景、事、人等的细致考察与探究。在人们习见的事物当中发现其别样的特点，并以其特点入诗，周边的万事万物便如同备好的香茶。思不群用自己胸中的热汤泡出了其内里的芬芳。

作者经常会以时间为维度作诗，或打捞过往，或展望未来，抑或是今昔作比舒展思绪。在《童年瓮》这首诗当中，作者将三十岁作为一个时间上的分界点开始"倒退"，他写道："退一次／探瓮取滴原初之蜜，／死皮掉一层，茶味／浓一层。／退到年方二八，总角相伴／天朗气清，春溪奔流。"这一种"退"是退向了自己的少年时代，少年时代如何？身边有"总角相伴"，天气是"天朗气清，春溪奔流"，在描绘天气的同时也展示了心境。另一种"退"是则是退到"风平浪静"的五十岁，直到"被一次次掏空的／

将瓮浓浓地充满"。《童年瓮》是一首放任意识自由流动带有遐想色彩的小诗,其在题材上并没有什么特殊之处,但思不群却以自己独有的敏锐,将时光流逝带来的感受写活了。三十岁是而立之年,正是人生告别青春迎来成熟的年纪,"死皮掉一层,茶味/浓一层。"其中所包含的是欣悦与无奈并存的矛盾感。"年方二八""总角相伴",以及"天朗气清,春溪奔流"仿佛将人带入了"春服既成,冠者五六人,童子六七人"的情境之中,有一种"风乎舞雩,咏而归"的洒脱之味。而同时,作者又深知,这一切只不过是幻想,真正的人生是退无可退的,因此又联想到了五十岁的"风平浪静"。这里面既有一种"此事古难全"的人生况味,又有一种"时光一逝永不回,往事只能回味"的悲切。不管是退向年方二八还是退向知天命的年岁,本质上都源于生发于而立之年的危机感,这就使得诗歌在二八欣悦与五十平静之中多了一层危机感与不满足,从而使《童年瓮》像鸡尾酒一般,混合了人生的各种味道。而由三十岁向前后两个时间方向展开并对场景进行幻想,使得诗作由时间维度发散至空间维度,并最终在三个时间节点上形成了时空上的嵌套结构,这就使得短短数行的小诗拥有了丰富的内涵与可资读者想象的空间。因此,不满百字的短诗也有了让读者细细品味与咂摸的余地。

除此之外,《姑苏慢》一诗用"西园寺的梅花""柔软的水袖""湮湿的青石板""咿呀的小木船"等意象为我们勾勒出了别有韵味的烟雨江南。《一辆停在路边的东风汽车》以静物素描般的笔触将"老马"似的旧汽车的形态描绘了出来,"车厢里装满风的叹息"一语让我们看到臧克家诗中那个倔强而又无奈的生灵仿佛从《老马》一诗中走了出来,来到了思不群的《一辆停在路边的东风汽车》中,俯下身化为了不屈的钢筋铁骨。

二、诗理:吟哦熔铸深意

思不群还擅长在诗歌中贯穿哲理,用诗歌洞悉事物的本质与核心,这使得他的诗歌拥有玄妙之感。《八点——现代生活写真》以一种无奈的调侃口吻表达了现代生活的荒诞感:"常常,当我七点半的身体/被两根指针无力地抬起,有一道符咒秘密有力地奏响,节奏之美如此恐怖……八点,这最高的律令就要到来/扇形的圆弧，香气早已消散，在那最后的钟声响起之前，我们只有在扇面上疲劳地奔跑！"在诗人的眼中，现代人的生活仿佛被钉死在时间的刻度表上一样，只能在惯性与焦虑感的作用下不停地狂奔，而休息则意味着到达了"最后钟声响起"的往生之所。"指针""圆规""扇形""圆弧"这些带有浓浓现代感与数理特性的词语标志着现代人生活的精确，同时也意味着古典的生活情趣被彻底消解，就如同"香气早已消散"。在当今生活中，现代生活方式无疑就是最高的律令，每个人都只能有意或无意地接受它的规训与塑造。从这个意义上讲，《律法》与《八点——现代生活写真》遥相呼应，"贴在嘴上的封条/被一口气/轻轻吹落"。律法到底是什么？是刻在竹简、石块、金属上流传千年不可更改的金科玉律，抑或仅仅是贴在嘴上的一根封条，轻轻一口气便能将它吹落？《律法》仅仅只有三行，但却用极为精准的字眼将看似庄严宏大的事物解构掉了。

另外，《鸟巢》《一只红手套》《电视》等作品，则用一系列事物谱写了哲学的组曲。鸟巢的意蕴在于"这是一颗阅尽人世风尘的头颅/在黄昏，作为祭祀的灯盏举过头顶"。而手套则有着"脱离了手的体温/躺在车来车往的十字路口"的悲惨命运。诗人向上看，看到了鸟巢，也看到了"当初，人类从山野中走出/也如这般燕子衔泥，并高举头顶"。低下头，"一只红手套/躺在地上，碰巧让我看见，夕阳下它那血红的颜色/真有点触目惊心"。这只红手套"也许走过许多的路/在寒风中颤抖，也许是一位慈爱的父亲/戴在女儿的小手"。但这些都已不重要，它已经如同被人类社会遗弃或丢失掉的很多东西一样，躺在了车轮滚滚的十字路口。《电视》当中，"电视，端坐在/唯一的矮橱上/它不怒自威，洪亮的声音/充满了整个房间/无可争议地告诉我/它是这房间的主人"。诗作表达了人在现代社会被物化了的实际状况，以及由之带来的空虚感与无所适从感。三首诗连缀在一起，看似状物，实际上还是在思考人，即人类的来处与归处，以及人类的现实处境。

三、诗情：情真乃得诗魂

《对称与回声》当中最为动人的还属那些表露真情的诗作。抒情诗在当代诗坛拥有无可辩驳的强势地位，中国诗人亦惯写抒情诗，然而抒情不到位会使诗歌显得情感匮乏，而过分抒情又会显得矫情，二者都会导致情感表达不到位甚至是虚假。因此，充分抒情而又有所节制的诗作往往能成为上品。思不群的抒情诗做到了这一点。

关于爱情，思不群这样写道："一对眼睛的存在／是为了另一对眼睛的光明／如同一盏灯的点亮／是为了另一盏灯不再寒冷／一个人的存在／喂养了另一个人的痛苦／如一个人坐在岸上／看着另一个人在水里火里死去"。将眼睛比作明灯，采用比兴的手法，由眼睛延及人自身，写出了处于爱情中的人互相依赖又互相折磨的复杂状态。关于亲情，在《箭》当中，诗人将年迈的父亲一生的时光比作一支箭，并如此咏道："一支箭，用七十年的力量将它绷满／混合了汗碱，尘土，泪水与荣耀／皲裂的手指寻找发亮的箭头／相互打磨，相互熟悉／在拥抱中发热，哭泣／又浑身冰凉"。七十年的时光如弦上的箭一般转瞬即逝，而时光本身又给父亲这支箭蒙上了汗碱、尘土、泪水与荣耀。且开弓没有回头箭，与时光厮磨，注定只能在悲喜之中徘徊。而最终"一只风霜打磨七十年的手／远比箭更为锋利"则更让我们深思，到底时光和人谁给谁赋予的东西更多。看着父亲"在轻微的颤抖中／以跪佛的姿势／双手把血肉举过头顶／让潮湿的视线将自己淹没"，诗人心中也是五味杂陈，感慨岁月的沧桑，血亲的人生经历比其他事物更能触动作者本人敏感的神经。

除了表达对亲人的深情，诗人也在不断向前辈们致敬。对于王小波，诗人如是说："一只大猩猩蹒跚走来／把香蕉似的大手伸向桌子／匆匆抓起一支笔／轻轻一抹／世界就变成了银色……你吐出一间黑铁公寓／坐在荒山之上／醉心于生儿育女"。准确地把握住了王小波自由与不羁的人格魅力。

另外，《对称与回声》当中还有着对姑苏城里平凡人、旧事旧物等的抒情式表达，这些情感表达真挚而有节制，显示出诗人对有情人生的向往与追寻。苏州的吴侬软语与水乡风韵，养就了思不群灵秀的诗情，我们期待着他有新的优秀作品问世。

从乡土想象到乡土的再现实化

——评吴佳骏系列散文《雀舌黄杨》

吴佳骏是近些年涌现出的青年作家。他的作品我读得不多,但这部《雀舌黄杨》,着实让我感受到了他的文学才华、真诚的思考和散文艺术上的创新努力。他的这本散文集,不仅思想严肃,对当下乡土问题多有真知灼见,且形式别致新颖,别有创见,在当下的散文创作之中,是独树一帜的认真探索。

读吴佳骏的散文感觉很奇怪,就题材而言,他写的是当代乡村的体验,这并不算新鲜,有趣的是他的处理方式。他写乡村的过去和现在,奇人和奇事,很少有抽象哲学思辨,而是将爱恨情绪和褒贬都寄寓在朴素的语言之中。这些散文细细品来,又别有一番滋味和天地。其特点有三。

一是强烈的故事性与缀段式设计。散文形式设计颇具匠心,每一个小节皆为一个独立的小故事或片段,以第一小节"出生地"为总概括,以最后一小节"夜半歌声"作为结束,完成了宽泛意义上的由追溯到悼念的思绪过程。每个小节可单独成篇,都有独立的意义和内涵,又可连缀起来,仿佛彩线连珠,成为一床五彩斑斓的锦被。这种阅读形式经过精心设计,而当下散文对长度的考量,是越长越好;伴随着超级长度,则是超级容量。这是很多文化大散文常见的套路,似乎越长,越能显其厚重。殊不知,当下阅读心理之下,超级长度须有足够心理阅读期待与视野引导,例如,很多超级长度的网络小说都有很强的个人自我实现型的心理代入模式。如果失去这种东西,超级长度就成了"超级麻烦",会破坏读者的阅读兴趣。从另一个方面讲,为适应各种世俗阅读需要,特别是快餐式散文阅读,很多散文向"小"发展，的确在某种程度上满足了阅读消费心理，但也造成了阅读深度不足、重复阅读率低下、缺乏经典生成可能性的问题。吴佳骏的《雀舌黄杨》某种程度上吸收借鉴了小说笔法，不仅强化了故事性，且在形式上又能隐隐地看到《马桥词典》《哈扎尔辞典》等词典编撰学式小说的结构笔法。以关键词结构小章节，又以隐含的乡土思考贯穿期间，形成了极具象征意味的文化地理空间。

这些有意味的小故事，无论是讽刺世相衰败，还是警告权力对人性的腐蚀，对恶行的反思，抑或慨叹命运坎坷，思考人对不公世界的抗争，都在冷静节制的讲述之中，将故事高潮起伏的节奏与深沉复杂的内涵展现得淋漓尽致。比如，《酒鬼哀歌》描写卖猪肉的夏长贵怎样从颇为厚道的肉贩子，变成了醉生梦死的村干部。散文没有对其有过多道义指责，而是含蓄地写出使他堕落的环境，以及权力的邪恶与诱惑性："我后来听抬过夏长贵尸体的人说，当他们打着手电筒将夏长贵抬上山崖后，发现他那被寒气冻僵的右手，竟死死地拽着那枚公章。凝固的鲜血沾在公章上，很像过期的印泥油。抬尸的人抠了很久，试图将公章夺下，可死去的夏长贵就是不肯松手。"《单身汉》为我们描述了德木子悲剧的一生。德木子因无意窥见父母的房事被赶出村子，在外地流浪的过程中，他按捺不住欲望，强暴了煤场老板的女儿。他被放出来后，又被女人引诱，再次犯错。最后，他的猝死给父母带来一笔收入，成为他在这个世界唯一被人记起的理由。《寡妇逸闻》则更复杂，表面写李贵芝"克"死两个丈夫后到处勾引男人的故事，但故事潜文本则指向更复杂混乱的世相。故事结尾，村长的出现犹如一个被闪电照耀的谜底，使故事有了陡转的传奇性及深刻的批评性。《骗术》悉数了淳朴的村民们被冒牌医生、假冒的和尚、伪劣洗发水推销员屡次欺骗的过程。这则故事在表面的喜剧和戏谑之中，包含着深深的哀伤和愤慨。应该说，吴佳骏将散文故事化的做法，与当下的散文创作主流有很大差异性。但一方面，他无疑增强了散文可读性，重新夺回了读者对散文的注意力；另一方面，这些故事化散文简单但并不简陋，追求故事效果，而又更注重故事的寓言性和真实性，将散文传统的真实性诉求从别样的角度予以加强。这也许可以被视为今后散文发展的一个新动向。

二是语言平实幽默，又包含对于人世沧桑的见识。吴佳骏的散文语言也很有创意，与他对散文故事性的追求相匹配。他并没有追求哲理化语言或华丽的语言，而是立足于平实幽默，在对真诚人生经验的表达之中，唤起人们情感和思想的共鸣。这种对散文难度和可读性的动态平衡把握，和他散文的形式结构、主题思想是一以贯之的。如《春之祭》以精准细节，讲述农村祭祖文化的衰败。这个小节中，作家难得地用起议论的方式。一般而言，散文中的议论如果控制不好，很容易变成泛滥的说明和无节制的情绪宣泄。然而，吴平实的语言之中，却流露出了真挚动人的情感："然而，世易时移，在我的故乡，已经不见举行祭祖仪式很多年了。如今的乡村，早已是一座空壳。青壮年常年在外打工，即便是岁末年终，也难见他们回一次家。大多数年轻人，一旦离开故乡，就再也不想回去。哪怕他们在城市里靠租房度日，一辈子过着紧巴、卑贱的生活也永不后悔。"议论语言的情感强度张力，让我们忽略了议论的缺点，反而使得散文主题表达更明朗动人。《假正经》富于幽默讽刺意味，讲述富豪张仁和他的父亲张天灯的故事。张天灯老来无事，儿子让他去洗脚城找女人，他还遮遮掩掩，到后来，竟然请朋友一起嫖娼，以友谊分享的名义，理直气壮地上演丑剧。作家夸张又真实地写出了当下社会人性堕落的丑态，对之报以含蓄的批判。《路边棚屋》在"移风易俗"的主题之下，表现了时下乡土的人情冷暖。语言平和，内含锋芒。鲁大麻子从小被父母娇生惯养，长大后成为毫无生活能力的废人。驻村干部到来后，鲁大麻子被村民安排在村口棚屋，希望能得到干部的怜悯。然而，干部毫不动心，致使鲁大麻子被活活冻死。作家批判的目光，将矛头指向了鲁大麻子，也指向了村民和干部。《山野性事》则以吴德泽与比他大十岁的黄寡妇之间的性爱故事，探讨了人性的复杂。他们之间超越年龄的性爱，很难用简单的道德来评判。三十年后，依然对黄寡妇念念不忘的吴德泽，则以"厚道"来解释他的欲望。作家在滑稽轻松的语言之中，对这些乡野小人物抱有深切的宽容和同情。

三是严肃的主题所指，即从对乡村的想象性书写，走向乡土的再现实化。当下散文的乡土书写有非常大的问题，即"乡土真实"其实被悬置在文本之外。一方面，很多作家用乡土想象的哲理性和趣味性，弥补乡土真实的现实化。另一方面，非虚构的概念，在赋予散文更多表现领域和手法的同时，也以对细节的过分追求，让乡土书写固有的真实可感性有所下降。

这种情况也出现在小说之中，究其原因，是因为乡土失去了原有后发现代国家乡土与现代二元对立的内在张力，而从乌托邦变为了异托邦，成为远离现代文明的化外之地。其实，就中国广袤的疆土而言，这种异托邦冲动，即使存在，也还远没有达到西方发达国家乡土异化的程度。在吴佳骏平实的表达之中，我看到了中国作家再次赋予乡土以现代意义的使命感。尽管这种重新赋予还只是探索性的尝试，但也显现出别具一格的态势。《山洪暴发》是另一种触目惊心的纪实。作家通过简单的死亡档案，将村民们遭受洪水侵害的悲惨现状赤裸裸地表现了出来。这无疑也说明，中国现代化道路的艰巨和漫长。结尾，作家写道："我的村人们，就这样在各种灾害的炼狱中，早已被蹂躏得疲惫不堪。"道尽了乡人的苦难。《麻将命案》用贺玉珍痴迷打麻将导致孙子惨死的家庭悲剧，谴责了农村精神生活极度的沙漠化："后来，我听人说，麻将有一种玩法儿，叫作'血流成河'。"《百草枯》道出了有些人发家致富后，缺乏道德约束和法律观念导致的农村悲剧。王玉芬无法阻止丈夫找情人，又被婆家虐待，最后用农药害死了一家人。《捕蛇者》也借助蛇复仇的故事，控诉了人类的贪婪。《新婚寿衣》戏谑之中透露出人性的光芒，黄大琼的丈夫死后，三个男人都想追求她，她却选择了最老实的老莫。尽管老莫又穷又老，连新婚的服装都只能买一件寿衣，但他们真心相爱，超越了所有的苦难。"照片打印出来后，好奇的人都围拢来看。不想，照片上的老莫和黄大琼，笑得就像两朵绽放的花。就连照相师傅都说：'我照了几十年的结婚相，都没看到过这么灿烂、迷人的笑容！'"

在这部作品中，吴佳骏刻画了形形色色的乡土人物形象，从出走发财的富豪、受尽生活苦难的农妇，到阴阳先生、发疯的农人、捕蛇高手、种植有毒蔬菜的菜农、吸毒的颓废农村青年等，为我们绘就了一幅当代农村的全景图。《雀舌黄杨》，虽然只是小小的乡土，却隐喻了大大的乡土中国。

历史、自然与现实生活中的探索与创新
——第八届鲁迅文学奖散文杂文奖综述

本届鲁迅文学奖散文杂文组共有二百三十七部作品参评,申报作品多,艺术水准高,类型丰富,笔法多样,创作队伍老中青年龄结构合理,涉及社会生活和文化建设多重领域,展现了近些年中国散文的巨大成绩。最终获奖作品为沈念的《大湖消息》、李舫的《大春秋》、江子的《回乡记》、陈仓的《月光不是光》和庞余亮的《小先生》。

总体而言,自然书写、历史叙述与乡土关怀占据了三大主要比重。参评作品探索人与大自然的和谐,提倡环保意识,反思人类对大自然的破坏。这些作品的视野从锦绣江南到塞外荒山,笔触抵达牧场森林、高山大海、草原大湖。作家们关注花果、昆虫、鸟类,乃至自然万物。参评的历史散文,关涉历史各时期与诸多地域,眼界开阔,风格各异。有的沉郁厚重,有的飘逸洒脱。它们将复杂的史料与散文独特的文学性结合,强调以历史真实情境烛照文化心灵。乡土关怀既是传统散文主题,也与作家时代使命感紧密相连。作家追索故乡回忆,审视乡土现实,关心乡村教育,思考乡土现代化,将个人生命情感融汇于山河故人的独特体验,既有感人至深的人性之美,又彰显了强烈的大地情怀。

一

自然书写依然保持了良好势头。此次获奖的《大湖消息》可以说是此类作品的优秀之作。湖南作家沈念,以梦幻般诗意灵动的笔触,叩问着"水"

的生态保护主题。他抚摸着洞庭湖的前世与今生,追索鸟类飞行的轨迹、迁徙的路线,以及"鸟与人"之间不断上演的残酷生存游戏。那些经济作物"黑杨"的苦涩故事,故道江豚的悲歌,麋鹿的消失与再生,都提醒着我们人类和自然万物和谐共生的重要性。作者既写湖区的自然,也写湖区的人民。他关注许多"普通又不寻常"的人,也愈加敬重那些历经艰难的开拓者。沈念摆脱了一般生态写作的博物志写法,以访问心路融合大湖历史与文化,将自我体验、诗性反思与现实关怀融为一体,视野开阔,气魄宏大,又精微准确,细腻从容,积极推进了当下自然书写的深度与难度。

纵观参评作品,边地书写与少数民族写作是自然书写的一大亮点。小七的散文集《解忧牧场札记》热情描述了新疆阿勒泰牧场的生活,宁静自然,有轻散文的抒情笔致的治愈系风格。其中,《交际羊》《踢人的羊驼》写得很有趣味,《毛毡里的马槽子》通过一个小误会,写出了保护牧民文化的积极心态。阿微木依萝的《檐上的月亮》是一组记人散文,有鲜明的彝族女作家风格,语言干净节制,每一篇类似一个人物小品,写手艺人、行乞者、隐心人、骑手、汉字捕食者等各色大凉山人物,令人印象深刻。土家族作家叶梅的《福道》是一部描述锦绣山河,引领生态保护,彰显"中国故事"特色的生态之书。作家足迹遍布青海、神农架、秭归、丹东、江津等地的山川河流,以博学的素养,将神话传说、民族信仰、异史逸闻、现实与未来融为一体,为"人类生存"留下了深刻思考。青年作家甫跃辉的《云边路》,书写云南故乡的故事和人生感悟,意象绵密,呈现出在大都市与边地故乡两极之间漂泊的青年的灵魂。彝族作家超玉李的《楚雄书》是一部有地方志特点的散文集,书写云南楚雄的人文地理、历史沿革、神话典故、民间传说、地方野史考辨,语言神秘而富于温情。艾平的《隐于辽阔的时光》以呼伦贝尔为背景,再现那些看似"古老"实则"文明"的生产生活细节,以诗性与理性传达敬畏自然的生态理念。艾平不仅写草原传统牧民,更关注猎人、牧民在城市化进程中的生存状态和精神世界,塑造出多位"自然之子"的形象。热合曼的散文集《一根葡萄藤》有浓郁的新疆地域风情,作者写儿时回忆,新疆美食,写薄荷芽、地皮、葡萄等新疆植物,代表作《一根葡萄藤》细腻描写了葡萄藤的形态变化,充满了生命的喜悦。

博物志类的散文占据一定比例，反映了近些年文学界对大自然的关注及中国人生活意识的变化。人们反思大都市生活，向往自然和荒野，在返璞归真之中找到意义。李万华的《山鸟暮过庭》是一部有关"人与鸟"的自然书写之作。作家以细致的笔触，写了数十种鸟类的特点，在一篇篇关于鸟的故事之中，心灵与自然的碰撞，激发出美丽的火花。梁衡的《树梢上的中国》树立了"文化森林学"的文学版图，通过对三十三个历史时期（从远古到当代）树木的实地考察，将文化地理学与中国历史文化相结合，展望生态保护的未来。刘学刚的《中国时间：二十四节气》，角度选择很巧妙，以中国时间体验为切入点，将个人乡土记忆、气象地理、农业知识、美食文化等熔铸在二十四个短章，语言平实含蓄，充满韵味。崔岱远的《果儿小典》写了六十四种水果，融合历史性、知识性、趣味性及生活性于一体，语言幽默风趣，可读性很强。格致的《帮助南瓜》，作者对乌刺街文化进行了微观社会学的考察与博物志式的兴趣采集，对昆虫、动物、粮食、河流、候鸟、水源、蔬菜，都有精致描述，文笔含蓄隽永。半夏的散文集《与虫在野》，写蟋蟀、蜘蛛等昆虫的世界，《人虫对眼录》一章写人与虫的对话交流，别出心裁，很有趣味。朱千华的《稻作原乡》以十二处稻米产地的种属特征，结合水稻流传的千年历史，再现了大中华稻米作物的精彩故事。吴佳俊的《小魂灵》有着众生平等的关怀，让一朵花、一条河流、一棵树、一只蝴蝶和一个个的鲜活人物，在文字的乐土中互助互爱，打造出一个神奇的大千世界。安然的《独坐羊狮慕》与盛林的《半寸农庄》都属于荒野散文。安然写独居江西大峡谷的感受，文字干净，有生命感悟，有与峡谷万物的交流，也有对喧嚣日常的反思；盛林则以北美隐居生活为蓝本，写了一个中国人在美国建立小农庄的"瓦尔登湖式"的生活，情感真挚，描写自然风物感人。

　　值得一提的，还有王月鹏的《海上书》。他关注胶东半岛的大自然，写自然，但不拒绝人间烟火气；写"海"，更写"人海"，在人与自然的相互观照中完成关于海的书写。王月鹏从惯性隐喻思维中奋力跃出，以寓言化笔法，写出了自然与人类的关系。

二

　　历史文化类散文创作也不断取得突破。获奖作品李舫的《大春秋》，是近些年来大历史散文的创新之作。此书时间和地理跨度大，创作难度非常大，文化含量高。全书结构巧妙，以"士、脉、道"为三大板块，将文人命运、地域文化独特气质，以及中国文化道统传承紧密结合在一起。在李舫笔下，"春秋"不仅是历史时间范畴，更代表了在忧患中顽强进取、追求真理的品格。作家徜徉在"中国故事"里，试图梳理一条跨越千年、潜藏在中国文人和志士身上的精神信仰。那些在苦难中追求真善美与人间正道的文人，那些在历史变迁中探索民族国家出路的仁人志士，共同打造了一个"中国春秋"。作家告诉我们，一个国家、一个民族，什么时候都不能离开理想和信念，也告诉我们，一个国家、一个民族，如何才能够葆有理想和信念。

　　地域历史书写，是参评作品的一大特点。叶兆言的《南京传》以作家的精妙之笔融入南京的历史长河，以深入浅出的语言穿透重重史料，再现了六朝古都的历史风姿。刘东黎的《北京：当历史成为地理》以北京大大小小的地域为考察点，结合北京历史文化，从紫禁城、菜市口讲到法源寺，娓娓道来，很有可读性。北乔的《远道而来》是一部凝练开阔、具西部风情的散文集，融合游记散文和哲理散文的写法，作者对西部山水和风土人情有着独特感悟。徐兆寿的《西行悟道》也是一部书写西部情怀的文化之书，既问道于荒原，也叙述草原往事，探究佛道于西部传播的路径，也流连于昆仑与敦煌的辉煌文化传承。高洪雷的《楼兰啊，楼兰》以大历史散文的气魄，对张骞、汉武帝、玄奘等历史人物进行了有趣的阐释。

　　以历史人物和历史时空为直接书写对象的作品也有不少。王军的《李商隐》通过丰富的史料和简约的笔法，塑造了时代变革中诗人李商隐的复杂形象。夏坚勇的《庆历四年秋》，以"庆历四年"为时空考察点，以大历史散文的宏阔视野，结合年鉴派新史学的微观研究法，真实再现了北宋庆历年间波谲云诡的历史原生态。仇媛媛的《与东坡为邻》以史料和诗文为基础，以有生活温度的语言，再现了苏东坡在黄州、惠州和儋州的贬谪生涯，描写了苏东坡有趣的灵魂，讲述了他的文人特质，他与众多好友的友谊，他的美食观、文学理想和人生抱负。祝勇的《故宫的书法风流》，让心灵与史料相遇，以人性沟通古今，以书法写中华文化的精髓，在作家充满灵性的抒情笔触中，我们走入李斯、文天祥、苏轼、颜真卿、李白、蔡襄等文化大师的书法作品，体验了不一样的精神盛宴。

还有的历史叙述散文，讲求多种方法的融会贯通，难度更大。官布扎布的《人类笔记》是一部气魄宏大、有人类学特质的文化大散文。作者从生存目标、历史方向、权力形成、宗教、迁徙、文化演进等几个问题，对人类的历史和未来进行探讨，视野广阔，知识量极大。冯杰的《北中原》采用的是典型的文化散文和生态散文结合的写法，分为动物考、植物册、记事簿、地理志、器物传等几个部分，以生命趣味观物，人与物、自然与生灵，都在文本之中形成了和谐统一。耿立的《暗夜里的灯盏烛光》，具有强烈冲击力的画面感和小说般令人过目不忘的细节，以大文化的视野，观照生命的激情与生死感悟。汗漫的《居于幽暗之地》，以文人心性写现代语境下的文人故事，有时幽默，有时深邃，不乏苦味涩味，又颇多哲思。

此次参评的历史文化类散文，值得关注的，还有徐风的《江南繁荒录》和苏沧桑的《纸上》。《江南繁荒录》以三个词牌（青玉案、声声慢、凤满楼）为结构，讲述宜兴的历史记忆，既平实晓畅又简洁典雅，浓淡相宜。徐风的史料使用严谨，又能以文学之笔将之"化开"，以巧妙的文思加以组织。他的笔下有苏轼等历史名人，也有"水利报国"的无名书生，有当代外交家、国际棋手，也有普通农民和野郎中。他写历史轶事，也写书画圈子、紫砂艺术。徐风为我们提炼出一种独特的江南品格，即"世情风流不忘家国之念，雅俗之间尽显人性关怀"。苏沧桑的《纸上》是一部文化散文佳作，也是一部有关非物质遗产的诗意之书。作家以轻盈跳脱的梦幻语言，带我们走入江南非物质文化遗产的精神空间。在对茶叶、春蚕、冬酿、民间戏剧的求索与体验之中，每篇散文的主角都身怀绝技，是某一传统艺术或技艺的民间传承者，给我们带来一次次灵魂的奇遇和文字的美学之旅。

三

乡土书写是中国散文创作的重头戏。此次参评作品中,此类作品分量最重,数量也比较多,反映了中国当下乡土社会转型的种种问题。此次获奖的江西青年作家江子,这些年一直致力于散文创作。他的《还乡记》以"冷热交织"的笔触,熔铸着饱满的激情与冷峻的审视,打造了一个卓尔不群的赣江吉水乡土世界。那是一片崇文尚武、有血性担当的土地。那些真实感人的"故乡故事",没有矫饰感伤,也没有情绪的渲染,却忠实铭记着乡土历史,照亮着乡土现实,也记录着人间的出走与返回、永恒与变奏、热闹与寒凉。那些有血有肉的人物,携带着他们生命的故事,走入江子的纸上疆域,也带给我们长久的感动。江子的文字如同他笔下的山河故乡,爽朗直率又深藏锦绣,有着坚硬的意志与柔软的温情,显示出汉语散文丰腴的地域内涵与优美的文体意识。

此次获奖的陕西作家陈仓,在散文、诗歌、小说等多个领域,都建树颇丰。获奖散文集《月光不是光》集中体现了陈仓的文学成就。他写父子深情、故乡亲人消息、乡土树木万物,语言平实简朴,内敛含蓄。略带幽默自嘲的笔调中,饱含真挚之情,写尽人世沧桑,尽显厚重深沉的陕西文化底蕴,感人至深。他擅长将浓浓的亲情、生死的体验、乡土的苦难与逍遥放在现实主义背景之下,进行细腻的"拟写实"写作。这本散文集中,对于"父亲进城"种种尴尬无奈的细描,让人会心微笑,对父亲与死亡斗争的讲述,则让人潸然泪下。

另一个获奖作品,江苏作家庞余亮的《小先生》,则是一部面向乡村教育的优秀散文集,也是一部非常独特的散文创新之作。它跨越散文的边界,以散文笔法结合儿童化视角,写乡村教育的记忆与往事。作家的语言清新细腻,细节丰富饱满,既有精细的白描,又有儿童文学的天真趣味,将回忆中的乡村青年教师生活中的点点滴滴,都化作意兴盎然的笔触。那些美丽的豌豆花、跳大绳的女孩、奔跑的兔子和黑狗、飞跃的纸飞机,还有那些教学中发生在学生和老师之间的趣事,都化为了"真善美"的涓涓细流。"小先生"既是中国乡村教育工作者的化身,让成年人为此动容,也感动着无数的儿童读者，对塑造新时代的教育伦理、奉献精神，都有着积极意义。

除了这三部获奖作品，还有很多乡土题材散文让我们眼前一亮。傅菲的散文集《元灯长歌》，既有地方志特点又融散文与小说笔法为一体，涉及地域方言、乡土伦理等多个层面，将个体体验与赣东枫林村的历史风俗、民间传说相结合，有着大地般的悲悯与对人民的关怀。《盆地的深度》中杨绍醒的麻风病悲惨经历，《申阴文科》提灯歌中蕴含的生命敬畏，都令人动容。羌人六的散文集《绿皮火车》是一些有关"断裂带的山河故人"的故事。这位年轻的作家，有着强悍鲜活的生命意志和丰富的生活阅历。面对川西群山深处生生不息的人们，作家冷静克制的笔端，虽不乏诗意，但更多流淌出的却是复杂难明的情感选择和价值判断。那些残酷的生存挣扎，如同片刻闪耀的人性光辉，让读者泪流满面。蒋蓝的《蜀人记：当代四川奇人录》，是一部以奇笔写奇人的"奇书"。作家以奇诡而又工稳之笔，写了十三个蜀中奇人，夹金山上种玫瑰的陈望慧、民间制琴大师何夕瑞、民间漂流第一人冯春、红军坪守陵人聂正远等。这些民间小人物都有着奇特的际遇和追求。在对这些"奇人"的言说中，蒋蓝表现出川人执拗又浪漫的人生态度，以及反抗平庸的理想主义激情。杨献平的《南太行纪事》也具有高度乡土象征性，在"杨家坪村"的叙述中，熔铸了民间秘史、乡土情事、乡村风物与历史变迁，将乡土微观政治与个体心灵成长史相结合，塑造了别致新颖、残酷与温情交织的生命记忆。刘云芳的《给树把脉的人》写故乡人事与打工记忆，在生命的质感中追求诗意，在乡土的深切表达中追索"隐喻中国"的能力。李登建的《血脉之河的上游》颇有齐鲁文化风范，厚重古拙，充满了含蓄的深情和内敛的文化道德激情。其散文叙述性强，有强烈的情感投入和令人震撼的真诚。安宁的《寂静人间》也是不错的乡土散文，有较强的个人气息和女性视角，借助乡村体验，传达个人化情感体验和人生思考。盛慧的《外婆家》是一部有关故乡的人和事的散文集，描写苏南风土人情、亲情友谊，在温情中有思考和批判，对农村现实的破败和相关现实问题也有涉及，在回忆中有展望和畅想。

反映当下乡村问题，记录新时代语境下的乡土社会的脱贫攻坚、共同富裕等新现象，也是乡土散文的重要看点。丁建元的《沂蒙山好人记》，对沂蒙山新时代各行业的优秀人物进行了细致书写，讴歌了牺牲精神，其叙述融合了散文、报告文学、非虚构等跨文体写作经验，为生活在沂蒙山的二十九位平凡又具非凡人格力量的人物造像。他从"人"出发，注重人物细节和生活真实，捕捉人物内心的波澜起伏，透彻书写人世间纯良朴素的大爱。陈年喜的散文集《微尘》，语言朴实，写实性强，将小说笔法与散文笔法结合，主要描写对象是秦岭矿山的生活。该散文集带有作家自传色彩，充满对残酷生活的反思批判。阿慧的《大地上的云朵》写在新疆棉田工作的河南人的故事，歌颂劳动者，语言朴实。杨一枫的《扶贫笔记》与陈涛的《在群山之间》都是面对现实的散文作品，分别以滦平与甘南为考察点，考察当下中国社会，特别是基层社会世间百态。这两部作品中，都有作者深入生活的第一手体验，勇敢直面乡土中国的现实问题，洋溢着建设新时代的勇毅坚忍之精神。

四

游记散文和记事怀人散文，是散文两个主要类型，虽然这些年随着"新散文"崛起，单纯的记事怀人与游记散文似乎难出新意，也难以体现散文的文体创新和艺术高度，但依然有很多作者在这两个领域精耕细作，写出了有分量的作品。记事怀人题材方面，参评作品有不少佳作。著名编辑张守仁的《名作家记》，记录自己从事编辑数十年与王蒙、汪曾祺等作家交往的点点滴滴，幽默风趣又严谨准确，有较强的史料学价值。有类似特点的还有白描的《飞凤家》，兼具知识性和史料价值，其中记录了对于路遥和雷抒雁的回忆。史鹏钊的《文学的荣光：陈忠实、贾平凹、邹志安与李禾的书信往来》，则记载陈忠实、邹志安等文学大家与编辑李禾通信的经过，对文学史研究有一定价值。龚曙光的《日子疯长》，写父母故事，感人至深，尤其是对母亲的回忆，展现了母亲坎坷的一生，母亲逐渐失去记忆的过程，写得令人动容。梁晓声的《我那些成长的烦恼》，语言质朴感人，怀念亲人，再现作家成长心路。蔡天新的《我的大学》记录读书生涯和人生记忆，对20世纪80至90年代很多文化现象有直观的感性体验。彭程的《心的方向》是"人生回望"之书。文字沉郁老辣，写人生感悟、自然万物，都有着一种理性哲思与悲悯的心态。人生苦雨，悲欢离合，枯荣兴替，宇宙洪荒，尽在优雅简洁的叙述中给人以启发。

参评的游记散文，也有不少令人印象深刻之作。理由的《荷马之旅：读书与远行》属于文化游记，融合知识性、趣味性、学术性与人文关怀于一体，以通俗易懂的笔法，以旅行游记为切入点，再现了荷马史诗时代的古希腊风貌。"90后"女作家时潇含的《无尽的远方》，是一部颇有青春气息和才情的游记散文集，写欧洲旅居生活的感受，语言清新流畅，又杂学旁收，旁征博引，文字有较强个性。简默的《时间在表盘之外》，以作家游荡青藏高原的所感所见，努力照亮时间深处的黯淡。石油作家马行的《无人区手记》，书写石油地质勘探工作，以及在西部茫茫沙漠的惊险之旅。他将西部无人区的秩闻怪事、勘探人奇特的日常生活，并以简笔画或速写的笔法忠实地记录了下来。王彬的《祖露在金陵》是一部令人印象深刻的游记散文，作家对野狐岭、桃花源、翠屏山、六诏等凝聚中国文化的精魂，又潜伏于历史的褶皱之中的"奇妙之地"，进行了一番精细的研读与审美重塑。

除了游记和记事怀人题材，学者散文也是此次鲁奖参评引人注目的散文类型。近些年来，越来越多学者投入散文创作。他们的散文作品，不是一般意义的学术随笔和人生小品，而是以丰富学识和理性眼光赋予散文以深度和智性灵光，不仅凝结着对很多学术问题的思考，且风格典雅含蓄，延续了林语堂、周作人、梁实秋、余秋雨等人的创作。陈福民的《北纬四十度》，以文学地理学与历史地理学相结合，利用文学眼光和笔法，探究历史深处的奥秘。从赵武灵王到康熙，从中华民族内部的不同民族的关系入手，既有文化整合的大文化散文的恢宏思考，也有微观的对历史人物内心的洞察。林岗的《漫识手记》，既有批评家的敏锐生动，又有学者的丰厚学养，以三百个关键词表达了对社会生活各方面的哲学思考。王尧是21世纪学者散文家的代表之一，王尧的散文节制而深情，既有理性的深思之美，又有感性的细节和优雅简洁的语言。散文集《时代与肖像》书写记忆中的20世纪60至70年代的乡村生活。王尧在回望来路时，追索学者生涯的精神生活，也有对时代烙印的深刻感悟。青年批评家黄德海的散文集《诗经消息》，穿越狭窄的竖琴，寻找来自远古的诗意的眼神，将个体体验与汉语的历史记忆相联系,既有对《诗经》的灵慧解读,又有反观自身的顿悟,为我们打造了一个神奇的"诗经王国"。

女性散文写作,也是此届鲁奖参评作品的一个亮点。塞壬的《镜中颜尚朱》,作家以个性的个人化文字,回忆漂泊的都市心绪,找寻自然心声,在个体命运与世界生活之间,找到了富有张力的艺术体验方式。金仁顺的《众生》,将女性意识与少数民族意识相结合,承载着朝鲜族独有的文化记忆和感受方式,语言干净爽利,又有着丰富内涵。海男的《带着幸福的灵魂去拥抱你》,以女性心理写女性体验下的世界故事,于生活种种处处显露出温暖的灵魂治愈意味。池莉的《从容穿过喧嚣》,以温暖自在的语言带领我们探索生活百味,重新认识自我,并回应当下的火热生活。

五

本届鲁奖参评散文,还体现出散文艺术性的提高与文体的创新,凸显了散文本体意识。它们有的继承文章学传统,在致敬古典文化中找到别致的文字表达;有的承接先锋散文和新散文的特点,既凸显个体心灵表现力,又拓展文体疆界,吸纳其他文体特质。这些特点都表现出近些年来散文作家在艺术上卓有成效的探索。

黑陶的《百千万亿册书》延续先锋散文余绪,发展了新散文外延,书中充满神奇的文体实验,是散文、诗歌、小说、随笔等诸多文体跨界融合的产物。全书以金木水火土组织文本,将瞬间心绪、哲学思考、历史掌故与现实种种,以短章的蒙太奇方式组合,形成了散文化象征森林,既有诗的轻盈、散文的绵长,又有小说的故事细节及随笔化哲思。短章《闪电书签》类似散文诗。《潮神》更像穿越杂糅版的"伍子胥"故事。黑陶挑战了惯常的散文概念,喜欢难度的散文读者读后会欣喜若狂。朱朝敏的《黑狗曾来过》,语言灵动跳跃,自然从容,在生与死的对话、记忆与现实的穿梭之中,尽显超脱冷静的睿智才情。张鲜明的《信使的咒语》风格比较突出,以梦境、神话与诗性打造了几十个寓言化散文短章,篇幅短小精悍,富有哲理趣味和反思性,《绝对零度时间》《脚印》都是不错的篇章。

网络散文写作,也有着令人欣喜的变化,表现出时代对散文文体的影响。网络作家格十三的《了不起的中年妇女》，是一部具有网络语言风格的和强烈生活气息的女性散文集，大胆幽默，风趣泼辣，又往往有出人意料的警句。作家关注女性生存，尤其是中年女性境遇，《结婚十年，我终于活成了大哥的大哥》等文章，都是红极一时的网文。

  本届参评作品，表现了近四年来中国散文创作的成绩，也暴露出近些年散文发展的一些问题。很多作品还流于抒发个人情感，回忆生活琐事的层面，题材比较单一，写法也比较老套单调，缺乏散文审美的文体自觉，也缺乏思想深度和美学难度。自然书写的泛化，导致"博物志手法"泛滥，对自然的关怀流于对琐细物态的描摹，失去了社会与人性维度。有的大历史散文与学者散文表现出空洞化倾向，思想难度降低，文化信息过于密集，"史大于文"与"学大于文"的情况比较明显。史料的堆积，学术的思考，理论的思辨，无法用文学笔法"化开"，显得冗长乏味，缺乏阅读吸引力。有的乡土散文和现实书写缺乏文体意识，亲情书写过于故事化，现实书写则口号化，缺乏真情实感和宏观视野，以及对社会生活的深度挖掘。散文类型整体发展也不均衡，乡土散文占据绝对优势，而探索性散文、学者散文、女性散文等类型还有待发展，有的新类型展现出了很强的活力和读者接受度，但还有待于进一步扩大影响、提高品质。例如网络散文，整体偏于轻松、口语化，虽贴近生活，能反映网络时代的变化，但尚缺乏美学提炼和文学提升。

历史与现实之间的"江南品格"
——评徐风的散文集《江南繁荒录》

一

21世纪之后,散文越来越成为一种"易写难工"的文体了。之所以这样说,是因为散文既与中国文学的整体发展有着密切关联性,又在文体边界和表现特质上不断探索,呈现出"难以归类",又具有强烈"创新性"的品质。这种品质,使得散文读者欣喜若狂,也让散文作者在真实自然的朴素诉求与繁复的创新性之间,不断走着"文字钢丝"。非虚构、博物志、历史叙事文、诗歌、小说等文体,都不断与散文发生杂交生成,各类文体所长,都被散文"化而用之"。一种新文体的出现,马上就会被散文这种吞吐量极大的、"形散而神聚"的超级文体吞噬和改造(例如非虚构文体)。散文的内涵变得更丰富,不仅知识性大大加强,而且文化知识密度、含量与纯度也不断提升,内在哲学韵味、生命底蕴和主题深度,都达到了能与长篇小说一较高下的能力——不得不承认,当下中国文坛的"新散文",已与我们印象里古典散文"山水纪游""怀人感物"等基本内容面貌差异甚大。

很多作家和学者都将1998年云南《大家》杂志推出的"新散文"栏目视为"新散文"诞生的标志。其实走出"十七年"杨朔式文体的窠臼,告别了程式化的修辞手段和特定的意识形态规定性,新时期以来的散文创作,经历了先锋散文、女性散文、大历史散文、闲适散文等类型的冲击。20世纪90年代末,散文进一步走出单纯受到社会和文学潮流裹挟的困境，走上了提高文体创新能力的艰难道路。刘亮程、张锐锋、蒋蓝、祝勇、周晓枫、李娟等，都是其中的佼佼者。散文作家的努力，又与寻找汉语文化内在主体性紧密相连。祝勇认为："但与20世纪80年代先锋小说比起来，我认为它更冷静、更深厚、更成熟、更卓越，因为它不再是对外部刺激的条件反射，也克服了先锋文学的某些'幼稚病'。在改革开放20年前后出现，给了它充分的孕育、成长的空间，使'新散文'表现出强烈的'内生性'。"[1]

正因如此，"新散文"的艺术难度大大增加，散文读者的阅读期待也越来越高。散文的字数也不断膨胀，文学杂志似乎更青睐起码一万字以上的"大散文"。散文似乎不再是轻巧闲适、有很强个人趣味的"懒散文体"，而是不断侵蚀其他文体表现领域，甚至某种程度上，恢复了古典散文"言志与载道共存"的文统。目前的散文创作，"历史与地域"题材比较常见，也最难创新。这类题材，兴盛于20世纪90年代以余秋雨、周涛、夏坚勇等为代表的大历史散文、西部散文等类型，社会影响力很大，对于提高散文的知识品位起到了很好的作用。21世纪之后，这类散文就慢慢衰落了，除了"套路化"表达方式让读者心生厌倦之外，还有几个重要原因在于，历史书写被取消了"思想的难度"，流于空泛的抒情和知识的堆砌；地域文化书写失去了"山河大地的领悟"，没有生命体验与哲学提炼，则流于"地方知识猎奇""地域赞歌"与"神秘事件探微"。

就此而言，徐风的散文集《江南繁荒录》是一部"令人惊艳"的作品，也是21世纪以来地域历史领域的一部优秀之作。以"江南"为名的散文如过江之鲫，何其多矣，这本《江南繁荒录》超越一般同类散文写作，显示了作者匠心独运的灵慧与对江南文化的深切感悟。它以"繁荒"作为对历史理性的注脚，铸造以"宜兴"为代表的江南文化温柔敦厚、旷达隐忍的德性，隐逸出世与家国用世结合的品性，温润风流、浪漫却又务实的审美性，以及贵生畏天、崇文爱人的地域文化根性。另外，这部散文集语言含蓄典雅，自然亲切，朴素真实。散文构思则精妙传神，灵动高迈，又浑

---

[1] 祝勇编选：《破冰：新散文三十年》，上海文艺出版社2022年版，第3页。

然一体,处处透出传统文章学"布局谋篇""点山染水"的高超技法。《江南繁荒录》对"新散文"的文体探索有积极借鉴作用,它大俗大雅,既平实晓畅,又简洁典雅;既浓淡相宜,又能深入浅出;既挑动情思,充满情感,又能节制情绪,含蓄内敛,给人留有思考空间。

二

具体而言,《江南繁荒录》的第一个"精妙"之处,就是散文结构与选材的精妙。传统散文集,大多注重单篇文章的内部构思,不太注重整个集子的布局谋篇,只在相对松散的结构中,以大致相同的题材、笔调和构思取得象征性统一,例如何其芳的散文集《画梦录》。21世纪后的新散文创作,整体性构思更复杂宏阔,更好地吸收借鉴了长篇小说布局谋篇的长度整体性,也传承传统文章学的结构手法,往往一部散文集,更像一篇浑然一体的"大文章"。例如,刘亮程的《一个人的村庄》,祝勇的"故宫系列"作品等。《江南繁荒录》也有类似特点,大框架有大呼应,小结构内有乾坤骨肉,主要框架包含三个部(类似戏曲),以三个词牌为名(青玉案、声声慢、风满楼)。三个声部犹如三个华彩乐章,将纷繁复杂的历史与现实,种种史料细节与社会风潮,历史名人与乡野村夫逸闻,编织成一幅江南文化版的"清明上河图"。《青玉案》乃以历史与传说"虚写"江南文化精神,《声声慢》则"实写"当下江南俗世民间趣闻,从沙祖康、丁俊晖,到郎中、蚕娘和复垦的农民,再到江南乡村捉肥、养蚕、婚丧嫁娶、吃喝拉撒的习俗,都被记录下来。《风满楼》则"虚实结合",着眼于雅俗融合的"江南器物",写紫砂壶、书画江湖和收藏界轶事,既写雅俗相容的文化,又写浮嚣易变的人心,艺术家在市场与审美之间的挣扎。

具体到每章节内部,也是构思精巧。比如,第一部《青玉案》虽整体"虚写"历史文化精神,但四个章节各有侧重,亦有"虚实结合""轻重缓急"的笔法。第一章写江南文化操守,第二章重江南文人心性,第三章写江南教育传统,第四章则以重笔彩墨,通过女性写江南气质。第一章《风与气》,地方风物由"古碑"写起,继而写江南仕途上白居易、刘禹锡等官员的趣闻,特别讲到陆羽、李栖筠与阳羡茶的故事。第三节写不愿为官的单锷,以生命为代价写就奇书《吴中水利书》。第四节写隐居"善卷洞"的褚南强，凸显江南文人不慕名利、为国为民而又恬淡自守的文化操守。第二章《古城签》选取宜兴历史片段，连缀起来，彰显江南文人心性。一是明朝宰相徐溥写给李东阳的信，涉及名画《清明上河图》，谈的却是对名利荣辱的态度；二是明代大臣卢象升笔下的《湄隐园记》，以纸上虚拟想象的名园，写文人出世与入世的矛盾心态；三是写宜兴老茶馆从民国到当代的兴衰，写文化空间的精神塑造作用；四是写20世纪80年代，两名作家余晓复与杨瘦人调入城里转户口的故事，续写对文化人的尊重。第三章《仰望与遗忘》从乡村私塾写到县学，再到大名鼎鼎的东林书院，从科举制写到民国现代教育体制。作者以苏东坡、顾宪成、徐致靖、任启运等文人教育家的故事，串联起江南"重教安文"的传统。第四章《女人何必江南》构思更精妙，作者以贞女、孝女、烈女、义女和逆女五个视角为着眼点，彩线连珠，细腻真实，有褒扬也有针砭；史料剪裁选取精当，既写大历史下女性的悲剧命运，也写江南女性不合流俗的情义担当，凸显了江南女子的"红颜性情"与"女性肝胆"。

  地域品格、历史品格与现实品格融为一体，是本书的另一个精妙之处。《江南繁荒录》以"繁荒"为题眼，将散文的历史、现实与地域品格相结合。这部散文集以历史理性关照江南沧桑巨变，推崇一个有生命温度的江南，一个崇尚文化人格的江南，一个有情有爱的江南，一个将家国担当与个体生命诉求融合的江南。它的历史书写部分，既与地域品格结合，又有着现实寄寓。历史的残忍与历史的温情，都融合在作者笔下。作者徐风也对江南乡村生活、文化民俗、乡间人物进行了不动声色的价值判断。那些为了土地拼尽全力的农民，温柔美丽的蚕娘，为救人不惜毁名声的土郎中等普通人，也寄托了作者的文化理想与民间精神。在对现代书画界、收藏界探秘的过程中，也能看到当代光怪陆离的社会乱象，金钱对艺术的摧残与利用，真正艺术家的操守和人格追求。作者的现实精神，无疑有着强烈的批判性和讽喻性。同时，《江南繁荒录》的历史品格与现实品格，都统一于地域性品格的塑造。很多以地域书写为题材的散文，会给人以"似曾相识"与"涣散松弛"之感，重要原因是对地域文化精神缺乏有效提炼。本尼迪克特在《文化模式》中引用印第安人的谚语："开始，上帝就给每个民族一只陶杯,从这杯中,人们饮入了他们的生活。"①环境、时代与种族也成为丹纳在《艺术哲学》中提出的重要三要素。排除"政治性地域设定"因素,地域文化往往特指语言、风俗、知识、宗教信仰等诸多方面,经过长时间稳定的社会培育形成的共同体想象。由此,"地域文学"也就成为从地域文化生发而出的文学特质性。

当下流行的"文学地理学"话语方式下,地域文学则受到后现代、后殖民等"后学"的影响。地域文学与空间学研究结合,更注重地域空间构成之中的阶级、权力、族群、性别等微观政治因素的复杂扭结关系。学者李怡还提出"地方路径"研究方法,以地方性路径呼应中国文学研究的中西方文化、传统与现代文化的复杂互动关系:"与'区域文学''地方文学'相对静止的历史描述不同,'地方路径'文学研究的重心之一是'路径',也就是追踪和挖掘现代中国文学如何尝试现代之路的历史经验,探索中国文学介入世界进程的方式。'路径'意味着一种历史过程的动态意义,昭示了自我开放的学术面向,它绝不是重新返回到故步自封的时代,而是对'走向世界'的全新的阐发和理解。"②如果借"地方路径"的概念看待《江南繁荒录》,我们会发现,作者不仅集中呈现江南风土、江南民俗、江南器物,且更注重对于地域精神的提炼。无论是历史风云变幻,还是现实纷扰无序,无论是古碑孤本、名人书信,还是文学作品、地方志书,无论是宰相名臣、落魄书生、退居隐士,还是倔强农民、美丽蚕娘、诚信郎中,《江南繁荒录》都以"家国"与"个人"为地域文化品格的两端,即"世情风流不忘家国之念,雅俗之间尽显人性关怀"。这种提炼与总结,将"文化江南""民间江南"与"器物江南"相统一,也将江南历史与现实结合,显示出作者非同一般的艺术视野。这种立体而深邃的"江南品格",不同于单向度的,对某种江南特质的凸显,而是在历史、思想与现实维度上进行了重新融合,既有鲜明地域特色,又对我们理解"中国如何进入现代",以及"传统如何与现代融合""中国文化的主体性如何塑造"等重大命题,

---

① 〔美〕露丝·本尼迪克特:《文化模式》,社会科学文献出版社2009年版,第2页。
② 李怡:《从地方文学、区域文学到地方路径——对"地方路径"研究若干质疑的回应》,《探索与争鸣》2022年第1期。

提供了有参考价值的"江南坐标系"。

三

《江南繁荒录》这部散文集的精妙之处还在于，比较好地处理了历史性与文学性、抒情与智性、真实性与虚构性三组纠缠中国现代散文的难题。孙绍振认为："中国现代散文，从五四以来，主要靠三个要素，一是抒情（诗性），一是幽默，一是叙事（戏剧性的和冲淡的）。据周作人的研究，其渊源主要是中国的明人小品和英国的幽默散文。长期以来我们的散文就是这三种要素和两种渊源中发展，此外就是鲁迅的社会思想批评杂文，基本上是审智的，并不完全是审美的。值得注意的是，在20世纪50年代以后的中国现代散文史上，诗性的抒情和智性的概括是分裂的。正是因为这样，我国现代艺术散文的思想容量非常有限；当代散文思想比之小说和诗歌相对贫弱是不争的事实。"①

细究而来，中国现代散文文体，在其发生之时，就暗暗隐含了几个内在矛盾。现代散文摆脱了传统古文的文章学载道传统，也刻意放大了明人小品"书写自我"的风格，以契合五四以来的现代启蒙。而英国随笔散文的智性因素，大多被限制在"写真实"的写实层面，未能在思想上形成真正与小说等文体比肩的主题深度和相应的复杂表现形式。与此同时，散文的叙事性，又导致其有着不自觉的"虚构性"。这种"虚构性"，带有小说等叙述文体的影响，加之"书写自我"带来的抒情性，虽然都能增强文本的感染力，却也与散文文体"求真"的理性冲动有着内在抵牾。20世纪90年代，大历史散文兴起，"写实"层面的真实性，上升到追求对材料的历史哲学的提升；对历史性的诉求，结合文化的含量，成了对散文文体深度的期待。例如，陈福民的《北纬四十度》，胡竹峰的《中国文章》，都是这方面的典型。然而，为了追求阅读快感，抒情性与叙事性没有在散文文体中消失，反而在不同作家身上表现出了不同的侧重性。比如，余秋

---

① 孙绍振：《余秋雨：从审美到审智的"断桥"——论余秋雨在中国当代散文史上的地位》，《当代作家评论》2000年第6期。

雨的《信客》等散文，很多批评家将其当成小说来看。江子的《青花帝国》，羌人六的"断裂带"系列散文，也被认为叙事性极强，带有小说特质。而李娟、鲍尔吉·原野、黑鹤、艾平等以边疆书写著称的散文家，其文本的抒情性就比较强。因此，对于历史性与文学性、抒情与智性、真实性与虚构性这三组纠缠于散文文体的概念，很多评论家给出了不同的认知路径。比如，孙绍振就认为："抒情，历史与文化智性三者组成统一的结构以后，就会发生重大的变化，抒情就带上了深邃的智性，就与虚假、肤浅而缺乏思想的滥情不可同日而语了。"[1]

然而，具体到不同作家，处理方式有很大差别。就《江南繁荒录》而言，在抒情性与智性的关系上，作者徐风主要依靠对"文体语言的把握"来达到某种审美的平衡。整部书的语言内敛含蓄，从容平淡，简洁生动，但他的笔法又是多层次、多面向的。比如，《风与气》一节，写伍子胥与史贞女的信义故事。史贞女为了不出卖他人的秘密，不惜投水而死。这一节作者花了大量笔墨，描写伍子胥的心理活动和内心体验，从侧面展现史贞女的大义。抒情笔法占据相当比重，然而并不泛滥，完全从材料出发，没有肆意扩大渲染。有的例子却正好相反，例如《古城签》写单锷呕心沥血写作《吴中水利书》，却因官场险恶被迫闲置。作者并没有使用抒情笔法，而是在交代了单锷郁郁而终的结局之后，仅寥寥数笔写到"一个文人写一本书，能够用自己的生命作抵押，然后，持久地活在他写的书里，在江南，当是独绝"[2]。这里的笔法，却是冷峻克制，在疏朗之中透露着沉甸甸的思考。

就真实性与虚构性的关系而言，作者因地制宜，不刻意强调某种特性，而是保持整部书手法的丰富性。该"求真"之处毫不含糊，既有真情真性，也讲究真人真事；需要"虚构"之处灵动自如，收放随意，并不拘泥于真实的制囿。他没有放弃虚构性，甚至有些篇章有小说叙事笔法，比如，第三部《风满楼》的《海棠并不依旧》一节，写江南的书画江湖，语言从容

---

[1] 孙绍振：《余秋雨：从审美到审智的"断桥"——论余秋雨在中国当代散文史上的地位》，《当代作家评论》2000年第6期。

[2] 徐风：《江南繁荒录》，译林出版社2020年版，第31页。

幽默，笔法老辣，细读之下，又不乏"荒凉"之感与不平之意。他塑造的丹尼斯·刘、屈主席、美术馆馆长等当代"文化掮客"形象，寥寥数笔，形象生动，写活了他们唯利是图却又狡猾精明，善于混迹官场与艺术圈的"特殊本领"。散文从刘先生闯入江南书画市场写起，写到屈氏兄弟以商业手法操弄书画市场，从小培养专门画匠，名为"培养"，实则扼杀了天才；也写到一身傲骨的孔画家被别有用心地一步步地引入艺术陷阱。这一节虽是散文笔法，但叙事简约，悬念迭起，写人记事别有风味，于典雅中透着笔记小说的气息，细细品味之下，作者何尝不是借"书画江湖"反思江南文化在商业思维下的畸变？又何尝不是借此讽喻当下社会的坏风气？然而，就其真实性而言，《江南繁荒录》中的所有历史典故皆真实而有出处，所牵扯到的当代著名人物的事迹也皆有所考证。例如沙祖康与丁俊晖的故事。有些涉及普通真人真事的章节，却借用代名（如刘木匠、屈主席），表现出保护小人物隐私、严格考证大人物史实的态度。全书附录部分列举了37部参考文献，虽然数量不是特别多，但范围非常广泛，从《四库全书》到地方志（镇志、村志等）、族谱文献，从当代大家陆文夫、丁帆的散文著作到余英时等思想家的论著，甚至有杭金德的工作日记这类非常个人化的历史边角料，既表现了作者严谨求真的创作态度，也体现了其挑选材料的眼光。

当然，《江南繁荒录》处理得最好的，还是历史性与文学性的关系。表面上看，这部散文集似是余秋雨、周涛、祝勇等作家的历史文化散文风格，但细品之下，却发现这不是一部单纯讲历史的散文，更不是历史文学读物，而是有着深切现实关怀，又有很强散文文体审美性的作品。这也使它摆脱了一般历史散文"以历史性遮蔽文学性""以知识性替代文学性"等弊病。很多历史散文沉溺于历史"过去的魅力"，堆砌材料，语言干涩，让人昏昏欲睡。"历史性遮蔽文学性"的弊病，还在于遮蔽文学联通现实的路径，切断文本呼唤"生命共鸣"的通道，使得历史的现实对话性大大下降。我们能看到，作者将历史与现实都放在文学体验性上统摄处理，善于剪裁与运用史料（这种剪裁与运用也体现出高超的文学性），不仅有较好的情感共鸣性，而且能在更宽阔的视野下熔铸材料，将其统一于哲学观念中加以提炼。例如，第一部第二章《古城笺》，辑选明朝宰相徐溥、晚明大臣卢象升为古代史范例，选取的却是"历史褶皱"中的两件小事——徐溥与李东阳的书信，卢象升给家人回信。历史细节之处，作家展开文学想象，徐溥借助送古画磨砺族内后辈的心性，李东阳对徐溥的回报则是一篇《徐溥义田记》，褒扬宰相对于文化传承的贡献。两代名臣的心灵交流，皆因高洁人格。名画激励后辈不慕名利，义田劝人助学行善，作者借历史写江南文人心性的目的呼之欲出。对于卢象升的历史材料处理，更显巧妙。湄隐园是戎马生涯的卢象升借助家书虚构的、不存在于现实的"纸上名园"。作者深入历史情感与想象空间，探讨江南士人出世与入世之间的矛盾心态，真实可信，又具有文学观赏性。这一章节内，"作家余晓复与杨瘦人，调入城里转户口"的故事，则将目光转入共和国历史，联通了历史与现实，为我们展现了20世纪80年代文学的兴盛，以及户口制度的变迁，进而表现"重教安文""以人为本"的江南文化特质。对于宜兴老茶馆的描述，则进一步打破了历史与现实的隔阂，从民国写到当代，通过老娘舅、王老师、刘木匠等小人物的遭际，反映茶馆文化的历史变迁。畅和茶馆与公园茶馆，两张1965年的《节目单》，尽显作者善于以文学笔法化用历史边角材料，以求思想深度的能力。即如福柯所言："思想史通过分析各种文学副产品，历书年鉴，报纸评论，昙花一现的成功作品，及无名无姓的作品——思想中主要是专注所有那些不为人习知的思想，所有默默交相运作于你我之间的重现行为。"①

四

"世情风流不忘家国之念，雅俗之间尽显人性关怀"，一部《江南繁荒录》，凝聚着作者徐风多年以来对江南文化的深沉体悟，也凝结着他对中国的历史、现实、文化的艰难反思。它是一部有着相当写作难度、思想高度与审美感染力的优秀之作，也是21世纪以来，中国散文创作的美好收获之一。郁达夫论及中国现代散文功绩时曾言："五四运动的最大的成功，第一要算'个人'的发见，从前的人，是为君而存在，为道而存在，

---

① 葛兆光：《中国思想史》（导论），复旦大学出版社2001年版，第106页。

为父母而存在的,现在的人才晓得为自我而存在了。我若无何有乎君,道之不适于我者还算什么道,父母是我的父母;若没有我,则社会,国家,宗族等那里会有?以这一种觉醒的思想为中心,更以打破了桎梏之后的文字为体用,现代的散文,就滋长起来了①"。在"个性解放"的基础上,郁达夫呼吁要寻找"散文的心"。然而,经过百年发展,文学界已对现代汉语散文提出更具难度与审美性的标准。散文文体边界的扩展,主题深度的强化,散文对思想性、历史性、地域性、文化含量的诉求,都使得"散文的心"表现出更高的境界,也凸显出中国文学在传统与现代之间寻找主体性的努力。由此而言,《江南繁荒录》值得更多学者对其做进一步研究。

---

① 郁达夫编:《中国新文学大系·散文二集》(导言),上海文艺出版社1981年版,第5页。

朴素的物语与灵韵的乡土

——评郭立泉的散文集《黄河口的庄稼》

在当下文坛，乡土散文不是一个很好驾驭的文体。过于用力，难以引发情感共鸣；过于轻松，则流于趣味，缺乏深刻。郭立泉的乡土散文很好地解决了这些问题，他笔下那些乡愁、乡恋，都转化为具体可感的形象与故事，既有丰富的文字趣味，又有意味深长的深刻主题。"庄稼"在郭立泉的笔下各具风姿，拥有和人一样丰富性格和情感。他并非否定现在肯定过去，而在于寻回一种自然化情感方式，追忆现代人不再熟稔的农村生活，怀念大地和庄稼带给人们最初的温饱和幸福感。散文集《黄河口的庄稼》就是这样一部佳作。

郭立泉眼中的庄稼并非静默植物，它们每一样都有自己的性格和感情。它们像人一样以各种美丽的姿态存活于世，拥有众多美好的品德，在它们的影响下，农人们也练就了吃苦耐劳、善良仁义等精神。在《黄豆：我数数你长了多少只耳朵》《地瓜：深埋在地下的诱惑》《绿豆：蛙鸣一直喂着我的耳朵》等篇章中，我们感受到庄稼的"牺牲"精神给农民带来的物质满足，从而获得简单而真挚的温情，姐姐的关爱、嫂子的能干，以及她们和庄稼之间的深情厚谊，这些都是再多的物质也换不来的。通过亲身体验和细微观察，作者将乡间的野趣、庄稼的特性和人的经历结合起来，谱成了一曲动人的大地之歌。

《黄河口的庄稼》具有一种"朴素之美"。有段时间，散文热衷于以繁复晦暗的隐喻与不可言说的象征来表现乡土主题，但乡土散文即如乡土本身，表现朴素的含义和直击人心的共鸣，大概更能激发人们对乡土散文更大的阅读兴趣。但朴素不等于鄙陋，简约不等于简单，而是真诚交流的态度，细节的魅力和真实的震撼力。那些小麦，大豆，高粱，都被作者以生命的名义，赋予了诗意的灵光。沈从文描绘了唯美的湘西世界，莫言讲述了高密东北乡的高粱地，张承志展示了北方的大草原，郭立泉则给黄河口这片土地上众多的庄稼立传，用朴素的文字去切入土地深处的苦痛与快乐。庄稼有灵，作家怀着敬意去与它们对话。他以朴素平等的眼光去看待这些五谷杂粮，有时把他们当作温暖的母亲，如《谷子：是那一低头的温柔》《棉花：暖我一生》，有时又把他们当作倾慕已久的爱人，如《沟边》，这一切诗化物象都来源于庄稼身上的美好品德与人类之间的朴素共情。

  该散文集艺术上的特点，还在于博采众长，不拘一格，鲜活灵动。他擅于描写庄稼，仿佛丹青高手，笔笔精致，在描摹之中，将各种庄稼刻画得栩栩如生。他又有着知识考古学般的"博物"趣味与动植物学家的科普观察意愿，从《诗经》《山海经》《博物志》到《昆虫记》《物种起源》，他求本溯源，考据追古，寻找大地上事物的前世今生。作家选取的独特视角也为其散文增添了鲜活可爱之处，《芝麻：我想住进你的香囊》中，他会以庄稼的视角去看待人与事物，趣味横生，多层次展现各类庄稼的特性。他笔下绝大多数篇章中都充斥着"庄稼人"与"庄稼"之间发生的故事，歌颂庄稼的同时也见证人性的美好。在物质贫乏的年代，庄稼收获的喜悦安慰了庄稼人苦难的岁月，这也是现代人所失落的幸福。

  从更深层的主题上看，乡土文学起源于现代都市文化的"乡土想象"，即鲁迅先生所言的"侨寓文学"。乡土文学的发展，除了技法之外，还体现在对都市与乡土、人类与乡土关系的深刻反思上。从早期"批判乡土愚昧"到"乡土的牧歌"，再到人类学意义上诗意乡土重现，其实是人类不断反思自身，寻找"生存灵韵"的过程。热爱乡土，就是热爱土地，珍视土地赋予人类的生活方式和情感认同。出生在黄河口的郭立泉，从小在农村长大，会干各种农活，对于众多农作物的特性可谓是了如指掌。在作品中，我们可以深刻地感受到他对庄稼的质朴深情，对渐渐消逝的农耕文明的怀恋与惋惜。作家并没有因为炽热的深情而刻意地去美化农村生活，而是真正站在一个农人立场上，展现农事的艰辛和收获的喜悦。《黄河口的庄稼》等篇中作家深情回忆了爷爷作为"河子西的王"对于黄河口庄稼的守护。他对庄稼的深情,正来自骨子里的热爱,这种热爱并非矫饰,而是源于人性之根的呼唤。

　　作者在后记中说:"一茬茬的庄稼,一辈辈的人,来了又去了。在离开故乡远足的日子里,我常常怀恋河子西那些露珠盈盈的庄稼,尽管当初超强度的劳作曾经使我仰天喟叹。但人到中年,喜欢怀旧。玉米那风情的绿腰,谷子那温柔的长穗,花生那悄然私奔的子房,大豆那支棱起的耳朵,想起来都让我激动不已,并试着把这种激动传导到笔尖上来。"作家对庄稼的感恩与敬意贯穿各篇散文,他用细腻而纯粹的笔触、真挚的情感为我们展现黄河口种植的各类庄稼。全书就像是由一首首美妙的诗歌构成,诉说着人与庄稼之间的浓浓真情。作家对于黄河口庄稼的忠贞与怀恋更是对年少时迷惘而真切的心事、遥远而热烈的爱情、温暖而感人的亲情的追忆。《黄河口的庄稼》是一个满怀赤子之心的"大地之子"献给庄稼和农人的赞歌,充满诗意和温情,令人流连忘返,感慨颇深。

"花期"里的诗意人生
——评丁及的诗集《花期》

唐人李群玉有诗云:"花落轻寒酒熟迟,醉眠不及落花期。"有美诗,有美酒,有美花,便可逍遥人生。现代人的生活节奏紧张,喧嚣而浮躁,在大数据统治的数字时代,诗意的人生境界似乎离我们越来越远。苏州优秀诗人丁及的《花期》,却是一本让我们的生活慢下来,享受诗意的诗集。丁及对周围事物的细致观察,对人生的热爱,让其诗歌显得饱满而富有层次,既有江南轻柔曼丽的风情,又有鲜明的自我意识,使得古典与现代之间的界限显得朦胧而绵长。诗人爱花,爱世界,他以江南花团锦簇的繁复意象,既古典又现代的人生感受,为我们带来了很多惊喜。

诗集《花期》共十一辑,这本以"花"命名的作品较为集中地体现了丁及诗歌的独特风格。虽言花,题材却不止于写花,切入点也不仅仅是花,周围的事物,都是丁及关注的对象。大量生活中的意象被他勾织在诗歌情境当中,这些意象有古典的,如《为花忙》里的"前朝的簪",《古典情绪》中的"佩剑""香炉""汉服""手绢",《机器的芳香》中的"雨打芭蕉",《快到山顶的那块空地》中的"青铜战事的古印"等。也有现代化的意象,如《泡沫的第一朵》中的"病毒",《云(组诗)》里的"飞艇",《大指针》里的"黑洞""机芯"等。众多繁复的意象在古今交织中显示出历史的厚重感和当下的"金属感"。两相对照,形成一种遥远的呼应,存在于历史罅隙中的记忆在诗人心中流淌,当下浮躁的现实令他感到焦虑。幸运的是,无论是对于古典的追忆,还是对于当下的疏离,诗人都没有简单地用浪漫主义的极端想象和现实主义的刻板描述,而是将浪漫的情思和对物象的精微刻画有机地融为一体，使得浪漫的想象现实感十足。除了这些单一的意象，诗集中出现频率最高的意象是"月"，诗人描写了众多不同的月亮，有《月色》《月光》中朦胧柔和的月亮，有《飘忽而过的火焰》中"如雪的月亮"，还有《围猎》中的"哀月"，也有《一只猫回头叫我》中"古代的月亮"，《草起草落》《水中的火焰》中皎洁的月光，甚至是《想起束河古镇的你》中的"翠月"。月亮是诗人与时空对话的一种方式，不同时空、不同状态的月亮，打破了时空的界限，让古今的情韵得以共存。

丰富多姿的色彩渲染也是丁及诗歌中一种重要的手法。纵观丁及的诗歌，黑色、蓝色、金黄、绿色、银色、灰色出现的频率都非常高，诗人似乎极其喜欢通过对物象颜色的描绘来表达自己不同的情绪。如《坐堂》中"只一剂蓝色的瞭望，你杏眼花开"，将诗人沉静淡泊的性情舒展开来；《有关金砖》里"金黄的夕阳"、《退房后》里"金黄透明的法式面包"、《大指针》里"制造那些钢铁的大指针，是黄色"等，都用明亮的黄色来隐喻一种末日狂欢般绝望的灿烂；而《泡沫的第一朵》《一只猫回头看我》《昙花说》中的"黑色"、《买了那张联程车票》里"静穆的灰色"，这种情绪变得阴郁，黑色覆盖一切，灰色静穆。正如诗人自己在诗《月光》中所谈到的印象画一般，色彩使得原本黑白两色的客观世界被染上了层次分明的颜色。或热烈，或抑郁，字里行间透露着诗人当下的情绪。

《花期》中的很多诗歌，不仅只有静态画面的呈现，画面的铺陈往往还极富动作性。诗人着意于展现事物动态的过程，让生命力流淌在变化中，从而剖析事物的纹理，达到庖丁解牛、羚羊挂角的境界。他毫不避讳表面的浮华，但更加追求深沉的哀号。在《蜜月期已过》中，诗人用果实的蜜月期来隐喻人的壮年，"艳妇的水梨"将人的情欲和旺盛的生命力全都展现出来，然而"季节发酵""黄蝴蝶突然坠落"急转直下，道出了那些细微的生命转折——"蜜月期已过"。这首诗非常典型，代表了丁及诗歌中以事物的动态变化写人生哲理的类型，写充满生机的果实随着季节的发酵渐渐失去生命力。语言清丽自然，细致的笔调饱含情意，既有对于那蓬勃生机的赞扬，也有对于年华易逝的淡淡哀伤。在《繁花袭来》里，这种动态的过程变得更加迷离。月亮"把繁花全部漂成银色"，一个"漂"字，将月光照在人间的动态影像展示出来，颇有"春风又绿江南岸"的意趣。盈满的月光、街面的凄凉，以及我的落寞形成一种内在张力，表面的繁华与冰冷的黑暗遥相呼应。整首诗旋律感油然而生，由满到空，最后归于平静。在《后窗望去》中，诗人更是把灵动和幽寂两种情境融合得天衣无缝，"鱼的属地　在一汪墨池中　溅起水花"，使这"黑色生灵"的活力显露无遗；然而画面一转，"后窗望去"，则是"小径通着墓地　无风瑟瑟　前厅狼藉"，未免让人唏嘘。恍若琵琶女的琴声，从嘈嘈切切的热闹转入"唯见江心秋月白"，意犹未尽之余多添了一丝寂寥。"我独自运墨　捡起黄昏"中这个"捡"字用得十分传神，无人理解的悲哀、无人知己的寂寥尽显其中，却又带着一股苍劲有力的倔强。窗前的世界和后窗的世界如同阴阳两极，一方热闹，一方寂寥，在"他我"与"自我"之间，"我"沉寂反思，获得苦涩的升华。

迷离的情绪可谓贯穿《花期》的始终，丁及的诗歌既有江南文人的细腻柔美，也有一种疏离现实的决绝。他在时间和空间的维度中不断追问有关生命的诸多问题，充满了内在张力，有强烈的现代自我意识，富有内涵和质感。诗中时间的界限反而显得清晰，我们可以看到，对于古典和当代，诗人分得相当清楚，并未有意抹去二者之间的距离。在科技日益发展的今天，我们得到了许多以前不曾拥有的，也失去了很多源远流长的。在《泡沫的第一朵》中，"放射""病毒""黑色""疯狂""忧郁"等词相继出现。《没有羽毛》《野象谷》等诗体现了诗人的环保观念：《没有羽毛》以濒临绝种的鸟儿的视角，剖析了动物在人类社会日益现代化的今天所面临的伤痛与绝望；《野象谷》更是直接控诉了人们圈养野象、对它们使用猎枪、取象牙售卖等行为，体现了人道主义责任感。丁及的诗歌不似无节制的情感宣泄，而是在淡淡的哀愁中带有一丝明媚的活力。《古典情绪》算是他对自己这种情绪的总结，诗歌中营造了浓郁的古典氛围，前两节让我们短暂地进入那个"风雨飘摇"、侠客纵横、佳人美景的空间，最后以一句"恍若梦回"将时空拉回当下，清楚明了地指出"我知道摇滚的不可能性　不如从古典情绪中　抹出花来"。无独有偶，诗人在《机器的芳香》中也写道，"但我相信她无法理解　雨打芭蕉的美""一只阿尔法狗带来我的悲愤""在古典的园林里　对弈的末代皇帝　哪里闻过一朵机器的芬芳"。古典韵味是现代高科技无法替代的，而现代科技的发展也大大推动了人类社会的发展。在诗人看来，科技的发展使人类失去了个体的美与尊严，这是最为悲哀的。

此外，他还从时空层面来表达自己对历史与当下的追问。《席地一坐》用"我想入地　进入另一结构"进行自我生命的冥想，《我的花园如此私密》与《后窗望去》都是对自我空间的维护，与外界隔开，思维得到扩展，心绪平静。《时间的缝隙》是一首极具古典韵味的诗歌，"黄昏""古树""老者""故里"等意象颇有马致远《天净沙·秋思》中"枯藤老树昏鸦，小桥流水人家"的味道，宁静悠远，意境独出，唯独让人可惜的是这番景象只能掩埋在"时间的缝隙"中。《又一年》用"啼声""晨曦中的鸡""沙漏""腊梅"来演绎人从出生开始，从清晨到日暮，从春夏到寒冬的一生，寥寥数语道尽了一生的美好与时光流逝的无奈；《大指针》用工业时代所特有的钟表来隐喻光阴被秒杀，时光飞逝的无奈，但与《又一年》不同的是，《大指针》表现了现代人在快节奏的社会发展中深深的疲惫感。

总的来说，《花期》是诗坛一部不可多得之作，它既有江南诗人特有的柔美细腻的笔触，也有对现代问题的反思，更有强烈的自我意识，可谓古典韵致与时代情绪的优秀结合。诗人在抹去矫揉造作的唯美字句后，让平实自然的语言落实于具体的物象，找到了人与自然、人与世界对话的有效途径，不可谓不是诗坛的一次有力的尝试与进步。

第四辑

文坛现象与思潮探索

"大湾"有"大美"：
如何建构多元融合的"文学共同体"

一

文学地理学研究，很早便受到中国学者的关注。丹纳在《艺术哲学》中提到种族、时代和环境对艺术创作的影响，为文学区域特质的研究打下了基础。在中国现代文学版图中，江浙、东北、西南等地区都曾形成一些有地域特征的文学流派，出现过一些有地域特点的优秀作家。到了当代文学时期，山药蛋派、荷花淀派和茶子花派等地域性文学集团，随之被大家广泛了解。进入新时期文学，在多元发展、百花齐放的文学大花园中，一个个有着地域性和族群性特质的文学群落不断孕育而生、多姿多彩，比如岭南作家群、齐鲁作家群、津味和京味作家群、东北作家群、陕西作家群、巴蜀作家群、海上作家群，等等。

但是，如果从文学史视野长时间段仔细观察就会发现，文化共同体想象意义上的地域性作家流派并没有被"强化"，反而变得"弱化"了。原因很复杂，一方面，中国有大一统文化基因，对外形象的整体性诉求有时会大于对地域美学建构；另一方面，多元化发展导致作家更愿意凸显个性，文化地域的影响更多在潜意识方面。此外，现代流行文化，乃至后现代文化的影响，也以现代性冲击地域文化某些具有传统意味的文化价值。现代性冲击，要求一种均质化商业文化，进而衍生文化资本，创造审美接受的温床。比如，当你到了云南大理、河南郑州、山东济南、广东佛山等，下了飞机，眼前全是一模一样的高楼大厦，一样的肯德基、麦当劳，一样的沙县小吃、加州牛肉面。这会让人有一种世界被标准化的悲哀感受，很多具有地域文化精髓的东西，也逐渐沦为商业化伪民俗表演和文化产业。

现代性发展，正是在地域性与普世性的对抗之中才展现出其内在结构性活力。在地域文化的保存、传承和发扬之中，不仅是所谓"文化搭台，经济唱戏"这么简单，它更是一种文化精神内部丰富性与稳定性的对立统一，是对人类文明记忆的保存和延续，也是对人类发展可能性的存留。就社会学领域而言，中华文明自古以来有大一统的传统，也有着与之相对应的地方性文化的内部调适性。漫长的历史洗礼之下，特别是晚清以来的"千年未有之变局"，中华民族文化内部既受到剧烈的现代性冲击，也有民族文化在危机之下的"浴火重生"。这个过程，经由中华民国，再到中华人民共和国，形成"多民族统一国家"的共同体价值观和文化想象。我们既有"国家统一"的大国文化整体感建构，也有对内部文化丰富差异性的尊重。由此，我们看到，沈从文的小说之中，存在刘洪涛等学者敏锐地发现的"以中国内部的文化差异秩序"呼应"中国与西方的文化地理差异秩序"的潜在文化逻辑；当代文学之中，我们更能看到，阿来的藏族文化想象，也存在"康巴—西藏—汉文化中心区"的内在文化差异秩序想象，并在"中国与西方"文化地理空间的对抗中，凸显文化的"边地与中心"复杂关系。这也是中国文化自身传统延续性形成的独特文化结构。由此，中国当代文学地理版图建构，与西方在现代民族国家叙事基础上形成的文学地理逻辑有一定的差别。按照路易·加迪在《文化与时间》中所说，罗马帝国解体后，西方从中世纪到现代社会，形成了"一边一国"的民族国家意识，更注重单一民族文化时空观念；"一国一史"文化概念，在基督教文明衍生出诸如野蛮与文明、边缘与中心、落后与进步等现代观念，进而形成了某种全球化地域秩序格局。中国在漫长的大一统文化中，形成了迥然有别于西方的"天下"文化观念，并在儒道释三家协调的基础上，形成了内部地域性文化丰富性。列文森指出，中国近现代历史，就是"天下观"、被"现代民族国家"观念替代的历史。这样说有一定的道理，但是，21世纪以来，随着中国综合国力大大提升，中国文化自觉进一步觉醒，文化包容性越来越强，文化的独立性也越来越强。从文学角度而言，对外塑造整体中国文化自信与文化想象，对内建构丰富的文化差异结构，就成了摆在很多作家面前的历史使命和民族诉求。

二

由此而言，"粤港澳大湾区文学"的建构，有着非同一般的历史意义和重要性。从文化共同体建设的角度而言，"大湾区"这一概念，不仅意味着整合香港、澳门和广州、佛山等地的经济资源，实现地域结合的区块发展，也不仅意味着在政治意义上实现中华民族地域整合，更意味着在文化上形成中华民族内部富于活力和弹性的差异性地域与对外的中华民族现代统一文化的结合，进而塑造更强大有力的"中国想象"文化共同体。本尼迪克特·安德森在《想象的共同体：民族主义的起源与散布》一书中为我们揭示了现代民族国家塑造过程中有关"想象"的秘密和巨大作用。在这种想象之中，文学的地位和作用，显然不能忽视。2018年发布了《粤港澳大湾区文学合作发展倡议书》，除了倡导建立粤港澳三地9+2城市文学合作长效机制、加强文学交流互动、共建城市文学活动载体、互通文学作品发表渠道、完善文学交流平台、推进文学联动，构建粤港澳三地文学界交流合作新格局，还特别提出要"培育清新刚健、多元蓬勃的大湾区文学生态，形成粤港澳大湾区文学共同体，使之成为华语文学走向世界、走向未来的重要枢纽"。谈到"大湾区文学"，陈培浩和王威廉二位反复强调，"大湾区文学"强调的是"湾"，必须留意"大湾区文学"概念背后的精神价值。湾区是近代世界史的产物，湾区的精神遗产就是文化对话和文明融合，跨文化对话不是为了取消文化主体性和差异性，而是为了让多种文化共存。从"粤港澳大湾区文学"到"粤港澳大湾区文学共同体"，这或许是粤港澳大湾区建设人文湾区的重要途径之一。而这种对话性、多元性和融合性，更是符合中国开放包容的现代文明体的价值姿态。

正如克利福德·格尔茨所说："地方知识之所以重要，首先是因为任何文化制度，任何语言系统，都不能够穷尽'真理'，都不能够直面上帝。

只有从各个地方知识内部去学习和理解,才能找到某种文化之间的差异,找到我文化和他文化的个殊性,并在此基础上发现'重叠共识',避免把普遍性和特殊性对立起来,明了二者同时'在场'的辩证统一。"①地方性书写的意义,也许正是在对比之中发现问题,也在于互相借鉴,既追求特殊性,也追求共性。当然,我的想法是,这种对话性和多元性,必须服务于中华文明对内的多元差异结构与对外的整合性这种二元性,才能真正实现中华文明整体的复兴与崛起。只有让中国真正成为与西方平等交流的文明体,我们才能在"湾区和中国"的概念之间,寻找到有益的平衡。而广义上,对比于西方的中国,才可以在"地方性"的概念之上,实现真正的不同文明之间的交流。王威廉君气质高雅,形象俊美,是广东青年作家的代表性人物之一,在全国创作界产生了广泛影响。他的小说,有着十分宽广的视野和丰富多变的手法。富于哲思,又不乏生命的激情,既有着浪漫的情怀,又能深入到世界的荒诞,捕捉"生命蝴蝶"的战栗。他的小说《内脸》《非法入住》等,将黑色幽默与现实的苦涩体验结合,创造了中国文学独特的"心像"。他生于陕西,求学于中山大学,成名于广州,作品既有北方文学的开阔气象,又有岭南文学的森森气韵,万千风景。他对大湾区文学的构建,既是亲历者和参与者,也是有着主动精神的反思者。陈培浩君灵慧通透,温润如玉,是广东潮汕人,先后求学于广州、北京,后又在潮州、福州高校工作。他的身上闪烁着河洛人氏的"潮州精神",积极奋发,勇猛精进,又胸襟开阔,视野超群。潮汕人扬帆世界,在不同地域都能扎下根生存,又能保留中国古代的文化传统,有着独特的地缘文化信仰。陈培浩的学术研究也有这样的特点。他的诗歌研究精妙细密,对诗坛了如指掌,在阮章竞研究上有着深厚的史料功夫和独特认知。他的小说研究犀利准确,善于提炼概括,有着批评家表达的激情与深厚的审美感悟力。更难得的是,陈培浩还有着一般批评家不具备的文学史研究视野,他的文学史研究和他的批评思维是结合在一起的,也能将抽象思辨的理论思维与宏观庞大的文学史思考相结合,有着独特的价值。

---

① 〔美〕克利福德·格尔茨:《地方知识》(导言),商务印书馆2017年版,第14页。

在《粤港澳大湾区文学地理》这本著作之中，王威廉和陈培浩二君，这对"大湾双星"的组合，非常能够体现出大湾文学的锐气和活力。他们通过对话的形式（这本身就是一种大湾文学精神），和十几位作家、学者，共同探讨几十年来甚至上百年大湾区城市之中文学的发展轨迹、文化的演变、地域性的文化特质，从而在微观上第一次为我们集中梳理了大湾区文学内部各个地区的特点及其内在联系。这些作家和学者都非常具有代表性，可以说代表了大湾区范围内最前沿和精锐的文学力量。香港的周洁茹，澳门的袁绍珊，广州的张欣，东莞的陈启文，深圳的蔡东，中山的马拉，珠海的曾维浩、杨丹丹，惠州的徐威，佛山的盛慧，江门的张启雄、宋雯，这些来自大湾区不同地域的作家，共同为我们描绘出一幅美丽的"大湾文学地理图"。更重要的是，他们在谈话之中，既对大湾区的多元文化进行梳理，又试图摸索出某种"大湾文学精神"，进而与当下的民族共同体想象形成某种内在呼应。很多篇目的对话话题新颖，观点犀利，有褒有贬，又非常能见真知灼见。他们不仅从历史渊源上为我们追溯了那些地域性文化体验，而且在当代文学的地理版图上，清晰地为我们标注出地域性条件成为大湾文化组成部分的可能性。对读者而言，这也是一次集中性的对大湾区内部文化构成的学习和认知。在这些学者和作家的对话之中，大湾区的历史和现实，大湾区的政治、经济和文化，大湾区不同地域的精神气质都得到了很好的展现。可以说，这本著作，堪称一场非常丰盛的"大湾文化盛宴"。

三

具体而言，《粤港澳大湾区文学地理》这本书，给我留下的深刻印象，首先是对广州的印象。王威廉他们赞美广州，并从历史文化的角度，认为广州是早于上海的中国现代性的象征："在中国，'城'的代表是北京，'市'的代表就是广州，北京与广州的对话代表着'城与市'之间的对话。有人一定会提到上海，我觉得先不说上海的历史短暂，上海本身恰好介于北京与广州之间，而且它具备更加强烈的现代性。与之相比，广州的历史漫长，而且几乎从未断绝过和海外的贸易联系，即便是闭关锁国的清代，广州也承担着清帝国与世界之间接触的窗口。"他们以"边缘的中心和中心的边缘"来定位在中国南方大放异彩的广州文化地理地位。这些说法，对于我们认识中国内部文化的复杂性是有帮助的。陈培浩甚至认为，广州是宅神和守护神最能和平共处的城市。作家张欣成名多年，也是广州文学的代表作家之一，她以务实的理性精神，对广州的气质进行指认，并认为从容克制是这座城市文学的精神。

对于中山文学，几位学者、作家进行了细致梳理。从阮章竞、刘斯奋到符马活和余丛，从民间诗歌写作群体"三只眼诗歌部落"、中山重要作家马拉的系列长篇小说、谭功才的小说《鲍坪》，再到青年作家慕容素衣和叶克飞等，他们都进行了认真盘点。他们也指出，中山文学需要走出地方，真正融入中国文学主潮。对于深圳，王威廉提出了一种"高科技和新城市诗学"。这种对于城市精神的提炼，彰显了外来者想象城市的方法，也表现着深圳自我塑造的精神内涵。在王威廉看来，基于人学的新城市诗学才更接近文学伦理。对于人的关心是王威廉创作的中心，也是他希望文学赋予深圳这座年轻的高科技城市的诗学魅力之光。深圳的本土女作家蔡东则对此有不同的理解，她认为，"敢为天下先"是深圳城市发展历程中的精神价值，说到文学精神，似乎还需要沉淀和成形，或者可以说，年轻、不稳定、难以概括也是深圳文学精神的棱面。她否认人为赋予城市某种特定精神的做法，认为这种气质还需要更多的积淀，而多元化的发展恰恰提供了这种可能性。

如何有效地在"大湾区文学"这一概念中整合香港文学和澳门文学，是摆在陈培浩和王威廉等研究者面前的重要课题。他们依然坚持"多元融合"的观念。陈培浩、王威廉将香港文学分为通俗商业写作、纯文学写作等不同面向，认为香港文学是多维度的，既有金庸、倪匡、李碧华、亦舒等大众接受度很高的通俗作家，也有纯文学作家刘以鬯、西西等。所以，既理解多维的香港想象，也理解多维的香港文化，才能理解香港的内在丰富性。周洁茹则梳理了《香港文学》杂志的发展过程，介绍了香港青年文学奖、大学文学奖、城市文学奖，以及"香港文学"微信公众号的情况，并介绍了当前香港文学界的中坚力量，如王良和、孔慧怡、朱少璋、何杏枫、胡燕青、施友朋、马辉洪、葛亮、唐睿、麦树坚、郑政恒、陈德锦、樊善标等。几代作家组成的创作群体薪火相传，香港文学的发展生机勃勃，生生不息。周洁茹特别介绍了黄怡的小说《塘西的亚当与夏娃》，该小说从文化差异和性别歧视的角度，用黑色幽默的语言，讲述了让人哭笑不得的爱情故事；梁丽姿的小说《双双》则用写实手法，描述了真实的香港底层社会。而内地去港作家葛亮，以《北鸢》《朱雀》等长篇小说作品见长，在香港"凝望"内地的家国历史与现实语境，其作品明显具有多种文化融汇的痕迹。

陈润庭和袁绍珊考察澳门被殖民统治的历史时期，追溯从汤显祖生活的时代到近代的澳门历史，特别关注澳门文化的开放性与杂糅性、保守性与传承性。他们指出，澳门文学更多是一种"自觉的家国想象"，特别强调"岭南情结"与"中华脉络"。换句话说，如果台港文学的本土书写追求的是建构"我城=我家"，那么澳门文学更多是在联结"我国—我家"。袁绍珊进一步指认，书写消逝中的澳门景物，成了澳门散文创作的大宗；对博彩文化和暴富城市磨蚀人性的描写，则是澳门小说的集体奇观。澳门作家对"消失"这一主题的偏爱，既呼应近年澳门民间浓厚的怀旧情绪，又是本土意识的表现。他们更指出，由于缺乏资本投入、稿费低、零版税、义务演讲和狭小的图书市场，澳门文学发展困难，使得全职写作变成天方夜谭。但是，正因为没有销售压力，以个人或社团名义向政府申请资助的独立出版十分盛行，言论相对自由，因此，澳门作家有绝佳条件和视角，用最不考虑市场的纯文学方式，触及华文作家较少关注的主题或禁忌。诸如混血儿及澳门回归后的身份认同、赌博及娼妓文化，以及全球化语境下畸形的都市化进程等主题。

对于珠海的创作，曾维浩追溯了珠海市作家协会发展史，考察了《珠海》杂志的起源和历史辉煌，也介绍了当代珠海文坛小说家陈继明、曾维浩，诗人卢卫平、唐不遇，散文家耿立，报告文学家曾平标等。批评家杨丹丹认为，当代珠海文学与中国当代文学保持发展一致性的同时，某种程度上也忽略了自我独特性。探讨将珠海文学融入大湾区文学建设的过程，他们也都认同，珠海这一百多年来有很多值得写的东西，是题材的富矿。澳门有四百多年中西交汇的历史，珠海处在"一国两制"交汇点，把相关的东西挖掘一下，可能文学的独特性、创新性也会随之显现。徐威和雪弟对于惠州文学的梳理，特别提出惠州小小说在全国的影响，出现了以申平为代表的小小说作家群，成员有肖建国、海华、陈树龙、陈凤群、阿社、胡玲、吴小军等，惠州也因此被授予"中国小小说之乡"的称号。申平的小小说有自然书写倾向，喜欢歌颂自然和人的和谐，谴责人类对大自然的破坏。还有肖建国对单纯、明净的人物内心的书写和意境的营造，海华显明或隐秘的机关叙事，陈树龙幽默而荒诞的现实描摹，陈凤群对底层小人物的关注，胡玲的女性写作等，涌现出很多优秀之作。

陈培浩研究陈白沙和梁启超内在思想隐秘的联系之处，特别是两者对于"心学"的继承关系，探讨了江门文学的独特传承。黎保荣与杨芳认为肇庆文学的特点，是从端砚一样的朴实、沉静走向惠能、利玛窦一样的开放、浑厚。黎保荣认为，肇庆文学有一种超越乡土"聚集性"的"融汇性"所在。所谓"集聚性"，就是主要表现当地（或本土）的自然风光、风土人情、地域文化，而所谓"融汇性"，就是将不同的文学地理视野进行交织、交融，并且转化为一种更开阔的文学地理视野与书写。这种"多元融合"的观点，让人耳目一新，也符合"大湾区文学"融汇发展的基本理念。

佛山是一座低调的城市，它的粤菜文化、武术文化和康有为的近代改良思想，影响了佛山作家的文学创作。陈培浩特别指出，佛山顺德师傅有着穷尽舌尖美味的想象力和探索精神，不管是广州还是佛山，城市文化气息是市民的、世俗的、及物的、欢乐的，这里对高蹈的形而上思索相对淡然。老一辈佛山文学人才辈出，王影被誉为"大陆的金庸"，他以"戊戟"的笔名出版长篇武侠小说三十多部，影响波及华南地区及广东各地。其余的多以华南特色及乡土书写为主，郑启谦、彭乐田、黄爱卿、李剑魂等则以诗歌创作为主，郑启谦、彭乐田等有"水乡诗人"之誉。研究者特别关注《佛山文艺》，作为一本有"打工文艺"特点的杂志，该刊物在全国有巨大的影响力。编辑家盛慧谈到，杂志最辉煌的时期，月发行量高达100万册。在当下文坛，佛山近些年活跃的作家，包括写小说的盛慧、彤子，写诗的张况、安石榴，写儿童文学的洪永争、亚明，这些作家的影响力已不同程度冲出了广东。

东莞是一个经济发达的前沿城市，甚至被称为制造业的"世界工厂"。在东莞，历史与当下、边缘与中心的思辨关系非常集中。王威廉梳理了东莞涌现出的当代有影响力的作家，如陈启文、塞壬、丁燕、陈玺；许多活跃的青年作家，如寒郁、周齐林、莫华杰等，诗人方舟、蓝紫、泽平等。东莞还为21世纪文学提供了大量优秀的打工文学作品，比如，王十月的《国家订单》，郑小琼的诗集《女工记》，打工文学批评家柳冬妩的批评文章，陈启文和丁燕的非虚构文学等。王威廉敏锐地指出，东莞的打工文学是第二代工业文学，并在谱系学和文学史脉络上为打工文学进行了准确定位。陈培浩则认为，打工文学不过是东莞文学的一个标签，真正反映的还是中国城市化、现代化进程中独特的现代性体验，一种现代性创伤体验。散文家詹丰，诗人泽平、薛依依、莫小闲等人的作品在"打工""底层"这些东莞文学标签之外，增加了东莞文学丰富性。陈启文则认为，曾明了的《黑嘎》是东莞文学的代表作之一。他也直言不讳地指出东莞文学的尴尬之处：东莞正好处于广州和深圳的夹缝之中，永远也不可能超越这两座大都市，在两强之间，东莞是一片文学洼地，这是必须正视的宿命。但东莞可以不断超越自己，这种超越注定只是内在超越。

四

"大湾区文学"是什么？是一种因为"政治与经济一体化"而出现的新的"文学一体化"，还是"自然而生"的民族国家视野内的文学区域？概念先行，是否只是某种政治和经济的人为需要？会不会将"大湾区文学"变成"珠三角文学"和"港澳文学"的大杂烩？这其实也是很多作家和学者担心的。这本著作之中，大湾区的学者作家们很好地回答了这个问题，表现了他们的深度思考，以及对历史和文化负责任的严谨态度。

在陈培浩和王威廉他们看来，"大湾区文学"不仅是一个概念，也是一种文学共同体想象的对象与方法。一种是存量盘点思路，以城市为单位，检视"大湾区"地理范围内重要的作家作品、文学现象和历史源流。大湾区作为区域概念，超越于一般的行政区域概念，是跨行政区域的生产性概念。另一种思路，讨论"大湾区文学"不应停留在存量层面，还应进一步拓展到增量层面，更重视"大湾区文学"打开的独特经验领域和审美价值领域。不仅着眼于区域历史文化，更关注技术迭代和时代新变赋予"大湾区"的新质,以对文明转型的预判,把握"大湾区"将为中国当代文学创造的前所未有的"可能性"。

这种可能性是什么呢?陈培浩、王威廉他们用一种更形象的说法进行了描绘。他们认为,"湾区文学"指向一种站在陆地向往大海,又从大海拥抱陆地的交融精神。湾区文学不是海洋文学,也不是乡土文学,而是梦想融合和自由的文学。这无疑说出了"大湾区文学"基于地缘结合的多元融合,又有着某种宏大整体性的特性。正如巴柔所指出:"他所有形象都源自一种自我意识(不管这种意识是多么微不足道),它是对一个与他者相比的我,一个与彼处相比的此在的意识……形象是对一种文化现实的描述,通过这一描述,制作了(或赞成了,宣传了)它的个人或群体揭示出和说明了他们置身于其间的文化的和意识形态的空间。"① 文化地理学的主体建构,需要不同的形象学主体互为他者,互相建构,封闭的文化是没有出路的。多元融合,是各种文化和文明的交汇相生,它们千姿百态,互相借鉴,又相对独立,这种开放的姿态,让我们尊重文化的差异个性。而宏大整体性,则指在"多民族统一国家"中华民族文化共同体想象的大框架之内,丰富民族文化表述。费孝通很早就指出,中国文化属于"多元一体"的多元融合格局,而不是很多学者所指认的,所谓"中心—边缘"的"华夷"格局②。"大湾区文学"的倡导,有助于加强祖国南部广东和港澳等地的联系,强化各微观文化地理学范畴的"区块链"建设,可以增强祖国文化的凝聚力和向心力,能在对外的结构张力之中彰显中华文化的整体性。这无疑才是"大湾区文学"建构的长远意义所在。

由此而言,陈培浩和王威廉等"大湾区"学者作家们的努力,将成为非常有价值的存在。特别喜欢陈培浩引用著名诗人达维希描述城市的一段话:"城市有属于它们自己的气味:莫斯科是冰块上的伏特加味。开罗是杧果和生姜味儿。贝鲁特弥漫着阳光、大海、烟雾和柠檬的气味。在巴黎到处都能闻到现烤面包、奶酪和各种各样迷人之物的香气。大马士革有股

---

① 〔法〕达尼埃尔-亨利·巴柔:《从文化形象到集体想象物》,见《比较文学形象学》,北京大学出版社2001年版,第121页。

② 费孝通:《中华民族多元一体格局》,中央民族大学出版社1989年版,第14页。

茉莉和干果味。在突尼斯，你在晚上能闻到麝香和盐的味道。"也许，正是因为文学家的积极参与，文化地理学的地域主体才拥有了感性特征。大湾区的十一个区块，既有着十一种不同的味道，也会慢慢拥有具有联系性的相同气息。大湾区必定会拥有独特的"气味"，独特的"温度"，独特的"形象"和"故事"，而这一切都让"大湾区"的跨地域文化建设有了更丰富感性的内容，有了更具弹性的接受空间。

"苏州想象"地域书写的现状与未来

"君到姑苏见,人家尽枕河。古宫闲地少,水巷小桥多。夜市卖菱藕,春船载绮罗。遥知未眠月,乡思在渔歌。"杜荀鹤的这首《送人游吴》,经常被认为能够概括苏州风貌的特点,小桥流水,水巷明月,渔歌唱晚,还有艳丽的绮罗和好吃的菱藕。著名的《枫桥夜泊》则进一步写出了苏州夜晚的静谧温柔。千百年来,富庶的江南之地气候宜人、物产丰富,梅雨季湿润黏稠、暧昧多情,造成了一种独特的社会风貌,进而和文化风气遇合,出现了唐寅、冯梦龙、金圣叹、毛宗岗等一系列优秀的古代文学家和评论家。在现代文学中,叶圣陶的地位举足轻重,当代文学领域,从陆文夫、范小青、苏童,到叶弥、朱文颖、戴来、荆歌、王啸峰,苏州优秀作家层出不穷,不仅在江苏,而且在全国的文学版图上占据着重要位置。那么,要怎样认识"苏州想象"在中国当代小说地理版图上的独特意义和价值呢?

"世情"是理解苏州当代小说的关键词之一。水乡相对富足的生活、都市文化的发达、对经济生活和个人价值的肯定,使得很多苏州作家的笔下充满了俗世的欢乐、对世俗生活的热情,以及由此而来的对个体的普通人价值的弘扬。由此,苏州才出现了冯梦龙这样的通俗文学大家和金圣叹这样充满叛逆气息的才子。大部分苏州作家天然地对"宏大叙事"有着警惕性,愿意保持一定距离,并接续《红楼梦》一派写"世情"的小说路子。晚清以来,大量苏州籍才子来到十里洋场,没有成为政客与革命党,没有书写革命文学,反而变身为职业通俗小说家,为鸳鸯蝴蝶派小说等通俗文学的发展立下了汗马功劳,如包天笑、周瘦鹃、程小青、徐卓呆、程瞻庐、顾明道等。可惜的是,20世纪40年代之后,一体化叙事的形成使很多通俗作家都淹没在了历史的洪流之中。即便是启蒙知识分子的叶圣陶，我们也能看到在他的《潘先生在难中》《倪焕之》等小说中，也流露出对民俗风情的热情和对平凡琐细的人生的关注。当代苏州小说发展中，"世情"成为潜在影响因素，写俗世的悲欢离合，写真实人生的爱恨情仇，写个体小人物的命运浮沉，写小巷生活的家长里短，这些也都是"苏味小说"常见的主题。然而，当代苏州小说并不仅仅是一种地域性的民俗书写，更在于化"世情苏州"为现代民族国家叙事，在"中国故事"与"中国诗学"的传统与现代、地域与全球化的景观之中，塑造独一无二的"地方性民族志诗学"。

谈到"文学苏州"的当代形态，不得不提到陆文夫小说创作的重要意义。陆文夫的小说很早就在新中国文坛崭露头角。"苏州，这古老的城市，现在是熟睡了。她安静地躺在运河的怀抱里，像银色河床中的一朵睡莲。"陆文夫的《小巷深处》一开头，就为我们展现了一种优雅精致的文风。他对于徐文霞形象的塑造打破了很多禁忌，表现了人性人情之美。《探求者》事件，让陆文夫受到了影响，创作上很难施展拳脚。直到20世纪80年代《美食家》的发表，才让陆文夫重新回到了"小巷文学"的创作中。短篇小说集《小巷人物志》中，《圈套》《临街的窗》等作品以问题小说式的写法，挖掘了社会的荒诞与苦涩。而《美食家》则意义重大。陆文夫以温婉秀丽的文风入手，逐渐在内容层面接近了新时期文学对"人的价值"的肯定。对朱自治这个人物形象，从闲人、边缘人、堕落资本家成为有尊严、被肯定的"美食家"。"美食家"的名字，更像是对一段记忆的重新打捞，一种人物形象谱系上的接续。对吃的关注，就是对人的物质欲望的肯定，这其实也是接续了《棋王》的思路，但不同之处在于，阿城在"棋"的玄学和"吃"的朴素物质哲学之间，寻找着道家的精神支撑。《美食家》则更彻底，更接近人的本源性欲望，并将之上升为一种个体性生命的美学选择。陆文夫对小巷美学的关注和对个人物质尊严的注目，成就了一个时期寻根文学、市民小说的标志性文本，而将其发扬光大的，则是范小青的"苏州系列"小说和苏童的先锋小说创作。其实，范小青的"神性写作"与苏童的"巫性写作"，犹如苏州文化的"一体两面"，对于把苏州文学提升为一种独特的地域想象起到了至关重要的作用。

范小青的苏州写作,以《裤裆巷风流记》为标志,走向了风俗学意味的成熟。而后,她的《鹰杨巷》《朱家园》《六福楼》《顾氏传人》等小说,始终热衷书写苏州小街小巷的故事,并使那种底蕴深厚的小市民生活,从相对固化的民俗传统走入了真实的现代苏州生活,上升到一种民俗学意味的美学高度。她的小说在题材和手法上是多变的,有尝试侦探小说笔法,如《真娘亭》《老岸》等,有书写当代官场女性的《女同志》,写现代城市转型的《百日阳光》《城乡简史》。她的小说中还时常出现神秘氛围和鬼怪传说,如《在那片土地上》系列小说,以及《瑞云》。长篇小说《赤脚医生万泉和》《香火》《我的名字叫王村》《灭籍记》,"苏州风味",由实入虚,成为一种意境性和哲学性的存在,不但肯定了凡尘俗世生活的价值,而且在面对真实人生基础上,不断赋予其"神性"的伦理光芒。这些长篇小说不仅涉及乡村权力秩序、城乡改造等现实问题,而且将笔触深入到"文革"、农村医疗制度、佛教与革命、户籍改革等诸多宏大历史题材,甚至是个体身份与集体命名、救赎与沉沦等哲学命题。而无论范小青的文学疆土如何扩大,对个体生命的尊重、对真善美的热爱、对平凡人生的悲悯,始终是她一以贯之的价值态度。范小青的写作,一直在变与不变的徘徊中前进,然而她所坚守的东西就是"想丢都丢不掉的,只有事关生命的东西",坚守的是刻画大时代下细微的个人,而没有追求书写史诗的雄心壮志。① 她曾说过,苏州自三国时期佛教传入后,就有了一种悠远绵长的"佛性"。这种"佛性"的神性光芒具有很强的伦理意味,是人性的悲悯,是人性坚强的韧性,也是一种平淡却充满活力的烟火意识。

如果说,范小青是将苏州文学"世情传统"的写实一面发扬光大,形成了某种中国南方特有的、具有神性的伦理光芒,而苏童则是将苏州文学"世情传统"写意的一面挥洒成雨,形成了更具象征性的、全球化视野下的"巫性写作"。苏州除了受佛教文化影响,也受到很强的南方巫术传统的影响。在苏童笔下,苏州风味更多的是一种写意性的氛围,存在于南方魔幻般的巫术体验的仪式之中。那些来自南方的缠绕着死亡与欲望的故

---

① 何平:《范小青文学年谱》,复旦大学出版社2015年版,115页。

事,被苏童赋予了很强烈的仪式感和虚构意味。小说《仪式的完成》中,苏童虚构的有关"拈人鬼"的伪民俗故事之中,民俗学家最终死于人鬼不分的诡异氛围。批评家王德威就是在后现代和后殖民意义上理解苏童小说南方地理坐标的独特意义,认为它是对宏大历史叙事的消解。南方的堕落和诱惑,形成了地缘的、对北方宏大话语的质疑,也成为中国面对西方现代性主体的另一种边缘化、抒情化姿态。这种民族志诗学意义上的南方,其后现代化的断裂诱惑,与西方读者对中国的想象形成了一种时间的共识性:"苏童的南方写作如果成了他的正字标记,正是因为他的南方,早已被抽空了被指涉的实体,悬浮飘荡,反而摇曳生姿。这一意符与意指的断裂,是我们社会迷思的开始。"①

在苏童的笔下,像范小青那样具象化的苏州景观是不存在的,而是存在着"枫杨树故乡"和"香椿树街"两个虚构的地理坐标,也代表了乡土与城市的想象性对立。《罂粟之家》《一九三四年的逃亡》《祖先》等系列小说之中,苏童以华丽颓废的意象和弥漫的欲望,书写了南方乡土的独特风韵,而在《城北地带》《刺青时代》《肉联厂的春天》等小说之中,苏童以青春叙事缠绕着欲望与死亡,绘制了一幅充满诱惑与堕落的南方城市记忆地图。《红粉》与《妻妾成群》《我的帝王生涯》等作品,则将这种南方秘史与民族志的先锋书写进一步扩展到了历史和民俗领域,将欲望、死亡、颓废等诸多南方体验融会其中。而在《我的帝王生涯》中,虚构的燮国与少年皇帝端白的传奇人生,形成了某种强烈的中国历史互文性。可以说,在苏童的小说中,苏州书写上升为南方书写,又标识着中国与世界文化空间的独特隐喻关系。

范小青和苏童代表着"苏州书写"的地域性特征,由世情传统出发,在当代生发出的写实与写意、现实与先锋、神性与巫性的不同面向。在这期间,推崇个人化叙事、质疑宏大历史叙事、对个人价值的发现、对抒情性的推崇、语言的精致圆融,则是他们的某些共性。也正是在范小青和苏童所开创的这两种"新苏州小说"的传统之中,新一代苏州作家不断展现

---

① 王德威:《当代小说二十家》,生活·读书·新知三联书店2006年版,第123页。

出了艺术上的探索和新的风貌。叶弥擅长在小说中探讨现代都市之中人类情感的救赎与坚守。她的《天鹅绒》《猛虎》深入到了现代人的情感世界之中，笔调空灵细腻，又不乏犀利。特别是她的长篇小说《风流图卷》，更是以"吴郭城"隐喻苏州，写出了一种个人化的，充满了抒情风致，又有着大胆批判反思精神的"共和国苏州史"，有效弥补了苏州书写中历史理性不足的缺陷，是这些年来苏州小说之中不可多得的厚重之作。朱文颖的小说则具有更强的现代都市气质，她的代表作长篇小说《高跟鞋》，写出了苏州、上海等地在向大都市转型过程中发生的悲欢离合、情感故事，有很强的现实意义。长篇小说《莉莉姨妈的细小南方》《戴女士与蓝》则更具苏州书写的精致气息，具有江南古老、绚烂、精致、纤细的文化气脉。戴来的代表作有长篇小说《对面有人》《鼻子挺挺》《练习生活练习爱》等，不但有苏州的细腻抒情，且有着北方书写的豪放不羁，她能将粗俗幽默与微妙情感结合，将世俗写作的烟火气与荒诞哲思结合，将男性视角的阔大与女性视角的敏锐结合，创造了别样的文学世界。苏州男作家荆歌，出版有长篇小说《枪毙》《鸟巢》《爱你有多深》等作品，小说在灵活多变的叙事中，还有着荒诞的黑色幽默和悲悯阴郁的气质。他的作品具有更强烈的哲学意味。苏州另一位男作家王啸峰，则从散文开笔，进而进入小说世界。他对苏州的人文地理与历史掌故非常熟悉，将幽暗细腻的苏州气质发挥到了极致，小说常常深入到世界和人性的极深远之处，《井底之蓝》《甜酒酿》《隐秘花园》《双鱼钥》等短篇小说，如同曲径通幽的苏州园林，追寻一种不能被坐实的记忆，具有一种叙述意义上的间离效果，将对"隐秘空间"的描写扩展为一种无处不在的对世界的悲剧性认知。

2003年，江苏作协曾举办"苏州小说创作"研讨会，众多学者和作家都对苏州书写提出了很多看法。正如上文所分析的，作为地域书写的苏州小说，不仅是中国文学的重要组成部分，而且具有强烈的南方文化志的象征寄寓性。然而，正如格尔茨所说："地方知识之所以重要，首先是因为任何文化制度，任何语言系统，都不能够穷尽'真理'，都不能够直面上帝。只有从各个地方知识内部去学习和理解，才能找到某种文化之间的差异，找到我文化和他文化的个殊性，并在此基础上发现'重叠共识'，避免把普遍性和特殊性对立起来,明了二者同时'在场'的辩证统一。"①地方性书写的意义,也许正是在对比之中发现问题,也在于互相借鉴,既追求特殊性,也追求共性。在当下的苏州地域书写之中,也有着一些不尽如人意的地方。比如,如何更好地将苏州的传统文化意蕴与当下现实书写相结合。很多苏州小说沉溺于熟悉的意象和物象,固守于程式化的故事形态,过分重视隐喻性和诗学意义,忽视当下社会的千变万化,久而久之,不免流于陈词滥调,未能有效地向读者传达文化的美感。反而是某些通俗作品,通过不同的媒介传播了苏州的文化形象。比如,根据阿耐的长篇小说《都挺好》改编的电视剧放映后,将苏州文化与当下人的情感问题、家庭关系问题、养老问题相结合,使"同德里"等苏州小巷再一次成为旅游热点。再比如,当"纤细""阴柔""抒情"成为苏州小说的标签时,如何立足于此,又不断突破局限,创作内在维度更丰富的苏州小说,也是很重要的问题。风格一旦固化,就会成为桎梏。另外,就小说内部的类型发展而言,中短篇小说创作是苏州小说的强项,长篇小说相对偏弱;写世俗世情世相的小说多,写情感类的小说多,而现实主义题材的长篇小说创作偏弱,历史题材小说的创作偏弱。这反映了苏州作家在对历史理性的把握上,轻巧灵动有余而厚重阔大不足的问题。这也是普遍意义上的南方书写共同要面对的问题。未来苏州小说的发展之中,如何能打破现有的美学原则,将地方性与世界性结合,将地域的独特性与人性的普遍价值结合,出现更丰富、更阔大、更具有原创性的文学形态,如何能在中国文学版图之中形成持续的、具有更高辨识度和更强象征力度的书写,则是摆在苏州作家面前的重要任务。由此,才能真正实现"最具民族特色的,才是最世界的"这样的文化目标。

---

① 〔美〕克利福德·格尔茨:《地方知识》(导言),商务印书馆2017年版,第14—15页。

混沌状态·空间裂缝·异质生产的可能性
——文学史视野之中的《黄金时代》

中国当代文学史上有很多"现象级"文本。所谓"现象级"文本,特指那些引发巨大轰动、影响深远的文学作品。它们的创作与生成机制,既与当代文化语境有着千丝万缕的联系,又表现出当代文学史的复杂内部逻辑。对于这些"现象级"文本的重新考察,有利于反思某些文学史定论,并对当下创作形成新的质询。重返"现象级"文本生成场域,我们会发现,它们可以分为两类:一类是"顺势而生",它们是文学和政治、经济等领域"共识"的产物,是时代的风向标,例如刘心武的《班主任》等;另一类则是"异端而破",它们是创作者敏锐感到时代思想和审美的潜在变化,打破文学"惯例"标准,甚至突破彼时政治语境束缚,在文学史空间"裂缝"艰难而生的作品。这些作品横空出世,影响深远,反映时代诉求,又超出了时代制囿。它们又是"孤篇横绝",很难形成规模性创作思潮,且因种种原因迅速成为言说禁忌,很难被纳入现有体制化文学史书写范畴,比如王小波的《黄金时代》。对于这类现象级文本的研究,更有利于我们反思当代文学发展的缺陷与不足,继而在"文本与时代"的张力关系中重新反思文学史的建构问题。

一

中篇小说《黄金时代》是王小波的代表作,也是其影响最大的作品之一。1999年,《亚洲周刊》评选"二十世纪中文小说一百强",《黄金时代》

位列第七十七位。王小波不无骄傲地说:"这篇小说是我的宠儿。"他还说:"从二十岁时就开始写,将近四十岁时才完篇,其间很多次地重写。现在重读当年的旧稿,几乎每句话都会使我汗颜,只有最后的定稿读起来感觉不同。"① 我们现在已很难见到王小波当年创作《黄金时代》的初稿,但如果重读王小波的处女作《地久天长》(《丑小鸭》1982年第7期),也可窥见他的某些创作思路。该小说和《黄金时代》一样,都是"知青爱情"题材。1982年被称为"知青文学年",文坛出现了梁晓声的《这是一片神奇的土地》(《北方文学》1982年第8期)、孔捷生的《南方的岸》(北京出版社1983年版)等大量"知青小说"。《地久天长》主要写了知青大许、小王和邢红之间的情感纠葛,以及他们对迫害的反抗。这篇小说中,指导员并非"左"倾思想的代表,而是表现出对权力变态的控制欲,知青也没有改造自然的宏大理想主义情怀,而执着于纯粹浪漫的爱情。这些都基于真实的青春感受。小说甚至表现了邢红对大许和小王同样难以割舍的情欲。评论者陈静称:"作者匠心独运地将笔触深入到青年人的心灵,描写了在那个特殊的岁月中,珍贵的友情给知青生活带来的无尽欢乐和美的享受。"② 这显然忽视了该小说的"越轨笔致",而这种笔致恰恰代表了王小波的个人主义觉醒。

然而,《地久天长》虽可作为《黄金时代》前史,但行文依然幼稚,小说结尾邢红患癌症死亡,流于感伤主义的基调。稍晚于这篇小说的《绿毛水怪》,个人主义气质更强,少女夭夭的形象更富浪漫主义童话想象,而爱欲、个人主义与反专制主题也在此稍见端倪。从20世纪70年代初到80年代末,伴随着王小波文学思想的成熟,《黄金时代》不断被修改。这期间,王小波留学美国,这对他的创作影响很大。《黄金时代》中的性爱书写,突破了20世纪90年代常见的"边缘颓废"的都市性爱模式,以及《白鹿原》式的"乡土性爱"模式,展现出了异乎寻常的经典启蒙气质。

---

① 王小波:《从〈黄金时代〉谈小说艺术》,见《王小波研究资料(上)》,天津人民出版社2009年版,第33页。

② 陈静:《心灵向美敞开》,《丑小鸭》1982年第7期。

《黄金时代》的故事并不新鲜，王二和陈清扬是云南农场知青，为反抗军代表的迫害，他们在山上过了一段快活的生活。下山后，他们遭受了严厉批斗。多年后，两人重温往日的情感，并再不相见。"知青反抗军代表等权力者的压迫"是很多知青小说的题材，如老鬼的《血色黄昏》。《地久天长》中也有类似表达。《黄金时代》关注此题材，并非将之划入控诉极左政治的主流范畴，而是由此荡开笔端，着重描写"性爱/革命"的对抗性主题。①

　　它的深刻之处在于，坦然承认"性欲"的合法性与日常性，并将之放置于一种普遍的维度。性和吃饭、睡觉一样，都是自然而平常的事物，也有着强烈的个人主义归属。小说中将之称为"伟大的友谊"。这是反讽的说法，其目的在于去除其禁忌性与道德光环，赋予性爱强烈的个体气质，并由此形成对革命个体/集体关系的反思。中国的爱情小说，大多在苦情、哀情上做文章，使得"爱而不得"具有了某种悲剧伦理力量，爱情的最高境界，则是"有情人终成眷属""相夫教子乐融融"的伦理归属。写到"性"，多将"窥淫"与"教化"结合，将之规划入道德范畴。"五四"新文学提倡"人的文学"，但因很快从"个人启蒙"走向了"集体的救亡"，个人的主体自由，包括性的自由，并没有在文学中得到很好探索与表达。20世纪90年代之后，文坛主流的性爱叙事则是以颓废和先锋为表象，使性爱沦为边缘化的表达，以此作为解构宏大叙事的突破点，却又缺乏主体建构的力量。

　　《黄金时代》的独特性在于，它不仅解构了宏大叙事，更试图赋予个体生命以新的伦理法则和主体魅力。性的秘密在于，它既是人本源力量，又因为会带来负罪感而在文明进步中遭到压抑，使快乐原则与现实原则形成了内在矛盾（弗洛伊德语）。② 这种禁忌性还在于，性爱与一夫一妻家庭制结合，会与财产归属关系相互牵扯，形成某种"物"的交换性。性爱、

---

① 房伟：《"不一样"的爱情：在革命的星空下——王小波小说的"革命+恋爱"模式》，《东岳论丛》2012年第2期。

② 〔美〕马尔库塞：《爱欲与文明：对弗洛伊德思想的哲学探讨》，黄勇、薛民译，上海译文出版社1987年版，第19页。

身体、财产进而成为相互链接的权力关系。女性对男性的性的依附与忠贞，又是这种权力关系的表征。性爱与革命的关系，恰在于"隐喻关系"的建立，即革命是对超出日常生活的文明形态的追求，必须压抑性本能。革命的党派忠贞与性的忠贞，因为同样具有道德光环，也就建立了新的"隐喻"关系。二者的隐喻关系还在于，性的道德禁忌让私人情感服从于社会伦理约束，革命要求个体的人完全融入集体意志——也包括对性的控制。《黄金时代》中，性爱摆脱了财富归属关系的物质交换性，权力控制的道德禁忌性，也避免了感伤气质，而表现为游戏性与快乐原则，展现出强烈的个体自由意志，即如圣鞠斯特所言"人民的自由在私人生活之中，不要去打扰它"[①]。这种启蒙式的个人宣言，还在于两性关系设计上。王小波赋予了男女平等的地位，爱情中的男女是既对抗又相爱的平等主体。小说从陈清扬视角出发的叙述，与王二视角的叙述，几乎占据同等重要的地位。描述性爱的快乐，多从王二的视角出发，描述追求性爱的过程和因性爱受到的迫害，则多从陈清扬的视角出发。例如对两人受批斗的描述。王小波不但去除了女性的矫饰心理，坦荡地写出女性对性爱的渴望，且赋予两性以平等的诉求，使性爱描写摆脱了"金瓶梅"式的女性窥淫，表现出大无畏的个体意志。建立在性爱的基础之上，爱情被塑造为"瞬间的感动"和"彼此的信任"。小说中的大段性爱场景，王小波则将其与自然环境融为一体，以云南边地的神秘浪漫衬托出性爱的美好。小说结尾，王二与陈清扬再次相遇后又再次分离，拒绝将爱情与现实功利结合，将美好的爱留在心里，化为永恒的浪漫。

二

细致考察，作为一个异质性现象级文本，《黄金时代》的经典化过程，既与文本独异性有关，又与外部社会文化机制有重要联系。《黄金时代》的生产机制，既非传统文学期刊路数，不是"主旋律文艺"，也没有去通

---

① 〔美〕汉娜·阿伦特：《论革命》，陈周旺译，译林出版社2007年版，第253页。

俗文学畅销书机制。它的出现非常"突兀"，既是时代影响的产物，又跳出了一般现象级文本的生产原理。这是"野生"作家的"野生"作品。可以说，《黄金时代》这个"现象级文本"，是在市场经济和现代传媒的作用力下，一体化文学生产体制松动，在混沌状态下产生"空间裂隙"的结果。就此而言，《黄金时代》是中国当代小说史上最奇特的个案之一。

《黄金时代》的发表和出版过程艰难曲折，其真正大热，还是由于王小波杂文的影响力，以及1997年王小波去世产生的辐射效应。20世纪90年代中前期的国内小说界，正遭遇市场经济冲击，处于一个变动时期："以前常常被作家、研究者忽视的文学生产环节越来越发挥重要的作用、扮演重要的角色。这一重新厘定作家、作品、出版、销售和阅读之间关系的'环节'，改变了传统的作家、作品与读者之间的互动关系，而一种新的'文学关系'也由此生成。"① 这种市场经济冲击，也表现在社会出现多元价值重估。陈晓明曾言："90年代走向了一个价值重估的时代，虽然重估得并不张狂，也不理直气壮，几乎是潜移默化，也是不知不觉，但是那些原有的价值体系，原有的表意方式都发生了深刻的变化。"② 很多文学期刊遭遇"滑铁卢"，订阅数大幅下降，甚至有刊物停刊，文学期刊不断引发话题，制造文学思潮，吸引大众关注。如《钟山》《山花》等杂志的"联网四重奏"，新写实、新体验、新状态等小说潮流热闹一时，但又昙花一现。那时的文学杂志，风气开放，又不免有些浮躁："普遍存在的问题是：编辑们追求速效鄙视'慢功'，偏爱'集群效应'冷落自甘寂寞的独立探索，强调极端化的特色拒绝不温不火的个性。"③ 某种程度而言，20世纪90年代中前期，文学期刊依然延续80年代"思潮"和"话题"运作方式，虽应和了市场性关注，但既无法和通俗文学在争夺读者上一较高下，又丢失了精英文学的严肃性和艺术性。特别是缺少对"异质性"作家的扶持。

---

① 张立群：《时光流逝中的自我塑造——"90年代文学"再评价》，《艺术广角》2021年第4期。

② 陈晓明：《中国当代文学主潮》，北京大学出版社2013年版，第370页。

③ 黄发有：《九十年代以来的文学期刊改制》，《南方文坛》2007年第5期。

这在王小波与 90 年代文学期刊的微妙关系也可看到端倪。尽管王小波也在很多重要文学杂志上发表了小说,例如《收获》《人民文学》《花城》等,但王小波的创作不属于话题与思潮,且带有一定的政治反思性的独异性,发表十分艰难,即使发表也很难拥有较好资源。《黄金时代》多次被退稿,直到王小波去世,也未在正规文学杂志上发表。又如,《花城》连续发表王小波的数篇著作,但王小波依然不能被文学圈所接纳。《花城》的编辑文能表示:"我从 1994 年到 1998 年一直坚持推王小波,以当时花城的影响力(或许还包括我),能持续发表两到三个中篇,基本上就能获得文坛的认可,但小波却是个意外,这一意外亦是意味深长的。"①

与之相联系的,则是市场化后报纸期刊业的整体繁荣:"93 年不仅是大量严肃文学刊物的转向年,而且不论是创刊的、扩版的还是转向的,其宗旨都瞄准了大众化、纪实化和生活类三大特点。"② 由于适当放开限制,报纸期刊发展迅速,很多报刊副刊一度繁荣,创造了互联网兴起前纸媒最后的辉煌。报刊媒体需要塑造一种公共空间的意识形态性,以获取舆论话语权。王小波的自由主义思想、知识分子趣味,以及活泼老辣的行文,颇得报刊媒体支持。对王小波的关注,开始恰恰不是来自小说界,而是《三联生活周刊》《中国青年报》《南方周末》等报纸期刊。《黄金时代》的发表和出版,也与台湾等华语文学圈传媒有密切关系。1991 年,《黄金时代》获台湾《联合报》系中篇小说大奖,这是王小波作家生涯的转折点,也是该作品传播的关键。《黄金时代》获奖后,《联合报》副刊 1991 年 10 月 14 日开始连载,直到 11 月 11 日。随后,台北联经出版事业公司也出版单行本。1993 年,香港繁荣出版社出版《黄金时代》,改名为《王二风流史》,从封面设计到宣传语,刻意凸显"性"奇观化。1998 年,《黄金时代》由台湾风云时代出版公司再版。2014 年,又由台湾自由之丘出版社出版,也已是王小波在大陆流行之后的事情了。

相比台湾,《黄金时代》在大陆则未能在报纸副刊连载,由非文学的软性杂志《人之初》连载(1995 年第 1 至 6 期,第 10 至 11 期),并在

---

① 房伟:《王小波传》,生活·读书·新知三联书店 2018 年版,第 297 页。
② 张志忠:《1993:世纪末的喧哗》,山东教育出版社 1998 年版,第 2 页。

华夏出版社出版（1994年版）。这再次表明了《黄金时代》在不同地域传播的"误读"。《黄金时代》在华夏出版社的出版，更是费尽周折，编辑赵洁平甚至因此大病一场。该书出版后，出版社也试图让其进入正规图书宣发渠道。1994年9月28日上午，华夏出版社为《黄金时代》举行小型研讨会，参与者有批评家陈晓明、白烨，《人民文学》编辑朱伟，《北京文学》编辑兴安等人。与会专家认为，《黄金时代》是一种新体验小说与新感觉小说的叙述模式。陈晓明认为，该小说代表着个人主义写作的崛起，是一种直接进入个人体验，拷问存在的"存在主义"小说。可以看出，国内研究界和批评界，试图将之放置于20世纪90年代的文学思潮发展脉络之中。然而，这些努力成效都不显著，《黄金时代》甚至无法进入正常官方销售渠道，不能在新华书店公开发行，只能依靠书商"二渠道"进行个体发行。在这种艰难努力下，王小波的文学局面也被一点点地打开了，有更多读者熟悉了王小波。1994年11月2日的《中华读书报》，还刊登了李银河、邢小群、卢跃刚等人有关《黄金时代》的学术对话。

《黄金时代》真正火爆，是在王小波去世之后。花城出版社出版王小波的"时代三部曲"，《黄金时代》是第一部。该版本迅速发行十余万册，并不断被重印。此后，时代文艺出版社、文化艺术出版社等均出版过该作品。每年4月，王小波祭日，各大媒体都会组织悼念活动，王小波迅速被打造成了20世纪90年代的"文化英雄"。在媒体、学术界与民间思想界的共同打造下，王小波及其《黄金时代》依然是"异质性""边缘性"文本，却拥有了现象级文本的影响力。2007年，王小波作品首个英译本（Wang in Love and Bondage），由张洪凌与杰森·萨默共同翻译，在美国纽约州立大学出版社出版，包括《黄金时代》《2015》《东宫西宫》三部作品。不仅如此，《黄金时代》以及王小波也进入了当代文学史考察视野——尽管，这依然只是一种"有限度"认可。海外汉学的中国当代作家研究中，王小波不是重点。王德威的《哈佛新编中国现代文学史》，将王小波与王朔合并于一章进行介绍。而在权威的当代文学史架构中，王小波和《黄金时代》虽获得较高评价，也依然是边缘而异质性的存在。陈思和认为："诸如王安忆的《叔叔的故事》、史铁生的《我与地坛》、张承志的《心灵史》、张炜的《九月寓言》、余华的《许三观卖血记》、王小波的《黄金时代》等都堪称是中国当代文坛最美的收获。"[1]洪子诚在《中国当代文学史》（2007年修订版）中说："他的创造借鉴的文化资源，更多不是来自20世纪中国作家影响巨大的感伤、煽情一脉，而是有着飞扬想象、游戏精神和有充沛幽默感的作家。"[2]在思潮化与宏大化的当代文学史写作中，《黄金时代》这样的异质性文本，依然难以找到合适的安放位置，予以归类总结。

三

《黄金时代》的特异性在于，它是20世纪90年代纸媒、文学界、思想界、消费市场与体制外异质创作结合的经典之作。《黄金时代》在当代文学史上非常罕见。它验证了90年代的"多元性"、再启蒙的重要价值，也显示了这种时代多元性的"可疑"与"脆弱"。它凸显了90年代文学的全球化视野，又彰显了中国"本土经典文学"生产的可能性。

汪晖认为，20世纪90年代的中国文化语境，并非纯粹属于全球资本主义进化序列的后现代主义变体，而存在"独特现代性实践"的可能性。这种"独特的现代性实践"，既可以包括对左翼美学的重新发现，也可以包括"启蒙"思维的重建。如有的论者所说："1990年代对五四的批判和反思的支点并不是以20世纪初期具有文化和思想原点意义的五四作为参照系，它是对1980年代——尤其是'文化热'进行反思的历史结果。或者说，1990年代试图解构的五四是1980年代重新定义和阐释的五四。"[3]建立在对80年代反思基础上的90年代启蒙，既未形成社会主潮，也没有完全瓦解，而是走向了启蒙的多义化与多路径化。各种色彩的启蒙论调纷纷而出，看似新自由主义的表述中，不但有沉痛的解构、执着的多元论，也有着"诡异"的历史复古。这也是中国文化语境与全球化世界主

---

[1] 陈思和：《中国当代文学史教程》，复旦大学出版社1999年版，第339页。
[2] 洪子诚：《中国当代文学史》，北京大学出版社2007年版，第353页。
[3] 李耀鹏：《1990年代文化激进主义的历史反思与价值重估》，《中国当代文学研究》2021年第1期。

潮的错位冲突决定的。由此观察，《黄金时代》的表述是个人化的，又与20世纪90年代流行的个人化文本有很大差异。它具有解构性和反思性，展现出了对激进思潮和20世纪80年代启蒙的双向反思，却没有走入后现代表述，而是具有了强烈的启蒙主体建构意识。《黄金时代》展现着古典自由主义理性光芒、对人的自由和尊严的捍卫，以及光彩流溢的浪漫个人主义英雄形象。王小波的这种"复古式启蒙"使得这部小说，甚至可看作是20世纪80年代启蒙精神的反思性延续，而非新自由主义式90年代主流文化政治的标识。这是王小波与《黄金时代》的异端性所在，也是它超越了时代，成为当代文学史"独特文学地标"的启示意义所在。"回归古典启蒙"曾是刘再复与李泽厚等80年代启蒙思想家所谓"告别革命""告别激进"念兹在兹的观念[①]——尽管，这种"告别"的真实语义很快被90年代的后现代主义与保守主义进行了话语的挪用和遮蔽。

　　《黄金时代》之后，再也没有现象级文学文本，能循着王小波的路径再次成功。它就像一根"金色的鱼刺"，卡在中国文学的咽喉部，让我们反思中国文学的发展逻辑。一方面，没有趋于多元宽松的环境，《黄金时代》的出版销售是不可能进行下去的。正如陈晓明所言："正是这种状况，预示着中国当代文化和文学的深刻转型，那就是从由意识形态支配的整齐划一的形势，转向了更为多样化的、分离和包含着诸多内在差异的文学（文化）的历史实践。"[②]另一方面，这种多元化，又非常"脆弱"和"有限"。它只能在市场经济的助推下，以市场性掩盖文本的异质性，而且受到现实政治的束缚。汪晖曾用"去政治化的政治"形容20世纪90年代的文化语境。"去政治化"的文学，受制于全球化资本秩序，遮蔽了中国现实鲜活的生命体验，也遮蔽了中国文化重塑自我的意愿和能力："1990年代小说'解构'叙事背后潜藏的'结构'意识形态恰恰隐藏着对'生命的价值'的冷漠。它反映出主体在一个'断裂'社会中的削弱、失落和分解，但它的危机却并不主要表现在'大写的人'的解体，而在于它把人放在历

[①] 例如，李泽厚指出："人道主义思想本就是浮浅而且陈旧的，甚至是几百年前的，但在中国还是要讲。因为在中国，平等待人，个体自由，主体的解放，依然是一个问题。"

[②] 陈晓明：《中国当代文学主潮》，北京大学出版社2013年版，第368—369页。

史、生活、生命、语言等方面的经验性领域,在彻底否定人的超历史本质的同时,夸大了个体自我在现时代的有限性、被动性和屈从性。"①然而,在"去政治化"的表象之下,20 世纪 90 年代文学还存在着其他表述的可能。它受到政治的强烈规约,又有着巨大的争议性和撕裂性。它可能在反全球化的心态下产生新的变体,也可能发展为宏大叙事的某种"过渡状态"——这在 21 世纪以来重新趋向宏大化的"新一体化文学体制"之中,也可以看出些许端倪。

距离《黄金时代》发表出版已过去了二十多年,我们对于 20 世纪 90 年代的多元乐观想象,今天看来,也更像是某种历史逻辑的"反复"。那些貌似多元的东西,不过是"空间裂隙"的产物,受到观念束缚,也有着再次整合的冲动。90 年代所谓"多元化文学生态",其实是在市场化和全球化的冲击下,文学的某种"不稳定"的混沌状态,也更像中国文艺体制的一次适应性调整与试错尝试。对于后发现代中国而言,那些历史幽灵般的宏大叙事的执着,并没有随着中国现代性的高度发展被终结,却呈现出了周期性的复活与强大的力量。《黄金时代》也提醒我们,"重写文学史"的任务,依然没有完成。

---

① 王金胜:《新时期小说的自我认同》,中国社会科学出版社 2014 年版,第 255 页。

女性的"世界"与世界的"女性"
——近期女性生存题材小说扫描

女性写作一直是文坛关注的热点之一。经历了 20 世纪 80 至 90 年代女性文学的崛起，女性身体修辞逐渐失去了轰动效应，女性写作面临着诸多困境。进入 21 世纪，女性写作延伸到了更广阔、更幽深的领域，更关注女性与纷繁复杂社会的联系，探索女性权益与两性关系，思考女性生存的困境。女性意识与当下现实的链接，不仅展现了女性独有的情感和精神世界，也从另一个角度再现了高速发展的中国社会种种世相，表现了对"世界中的女性"的广泛思考。笔者仅以近年来出现的几部优秀作品为例，分析女性写作的这些新变化。

一、"轻逸飘动"的女性之歌

文珍总能从不同职业、年龄女性的视角出发，在不同面向上表现女性世界。她的文字是"飘动"的，不是"长"在大地上，而是飘动在世界之上。那些"轻逸"的文字，仿佛无数的白色蒲公英，它们拒绝泥土的厚重，也拒绝了沉重的羁绊。文珍写女性眼中的自己和芸芸众生，没有烟火气，却多了几分超然，也有着宽广的视野和悲悯的胸怀。青春的萌动、中年的困顿、老年的不堪，都出现在她的文字里。从充满才情的女学者、谨小慎微的女演员，到失败婚姻的女白领、小县城卑微的女打工者，她"轻逸"的光芒照耀着无数女性千姿百态的脸庞。她在感性表达和哲学深度之间又总能找到某种微妙的平衡。

《物品志》与《在徽州》是文珍最新的两个短篇小说，有很强的实验探索性，又表现得相当成功。"一切物质都过剩，下辈子都用不完"。小说开篇展现了恋物癖面临的世界景观。短短几十年，中国完成了从匮乏进入过剩的历程。消费社会对人性最大的伤害，不是匮乏，而恰恰是丰盛。华丽外衣掩盖着人类精神被侵蚀的真相。文学青年郑天华和刘梅，在逼仄的生活空间内，被海量物品淹没。他们收入平平，没有住房，只有山呼海啸的各类物品才能证明他们仍然活着。穷人刘梅的恋物癖，是缺乏安全感的表现。她需要堆积如山的东西以缓解占有焦虑，转移无聊寂寞，调节伤感情绪。小说的精巧之处在于，文珍放弃了故事的指引，让"物"本身在"空间并置"中显示诱惑的、狰狞的面目。小说不厌其烦地展现刘梅购买的各种物品，确切地说，这是一篇表现女性被"物"所挤压替代，甚至丧失自我的小说——不是占有"物"，而是被"物"所占有。衣物、饰品、食物、电器，甚至是文字，都呈现出"丰盛的假象"。更讽刺的是，刘梅试图摆脱这种状态，想买本《断舍离》，也因贪恋打折多买了好几本。"志"，本意是"以地区为主，综合记录该地自然和社会方面有关历史与现状的著作"，而这部小说之中，"物品志"显然已超越一切存在，成为消费霸权的宏大话语。

　　如果说《物品志》是精巧小品，《在徽州》则是"人生如戏、戏如人生"的大戏。龙套女演员之镜和丈夫去徽州省亲，住在阴森的祖宅里，之镜艰辛的片场生涯和梦境里的穿越场景不断进行着蒙太奇切换交叉。穿越场景非常写实，细节也弥散着古典历史气息，但梦境中的人却是清醒的，依然以现代眼光打量古代生活。这种有趣的错位，加强了文字的张力。现实中的片场生涯，却断断续续，若即若离，浮现着一层梦幻般的色彩。婚姻场景是小说高潮，也是梦幻与现实、戏剧舞台和真实生活多项交叉之地。之镜内心的迷茫、对前途的忧虑、对爱情的期望与失望，异常复杂的情绪都在"人戏不分"的宴席上被细腻准确地呈现在读者面前："这才知道一直当女主角有多惨，永生永世下不了场，回不了头，只能硬着头皮，演到底。"小说明写之境的婚姻，暗写当下女性人生困境，同时显现出当代社会人们的自我认同缺憾与意义迷失。自我奋斗的激情和努力向上的野心都被阶层区隔无情阻挡。这些东西，值得拿一生幸福做赌注吗？作者没有给出确切答案。

此外，将这篇小说与《霸王别姬》进行互文阅读，无疑非常有趣。"一生痴绝处，无梦到徽州"，一句唱词，泛出多少人生况味？《霸王别姬》中的凄美爱情是历史变幻下"爱而不能"的以身殉戏，《在徽州》中的爱情则是"人戏不分"里的苦涩迷茫；《霸王别姬》是血与火锻打的英雄末路与美人情长，《在徽州》则是现实与戏剧碰撞中的男人无情与女人无爱。

二、"日光"与"月光"的抒情吟唱

蔡东的小说语言细腻舒展、层次分明，且非常具有画面感。她擅长通过隐喻关系描写女性微妙的情绪变化，这些变化又总能和外界环境融为一体，体现着一种"文字的优雅"。这是青年作家传承自上一辈先锋作家的血脉，同时也是与生俱来的对生命和文字的尊重。《日光照亮北斗》是一部有关"空间"的小说，表现了赵佳、徐璐、欧佩君等几位生活在深圳的青年知识女性的生活，关注重点则在于她们对都市空间的感觉。天空如此广阔，都市生活空间却如此逼仄，赵佳和徐璐渴望生活能照进"阳光"，给生命以温暖，卸下沉重的压力。父母来访，女儿极力掩盖自己的困窘，父母则小心翼翼，不触碰生活的伤疤。小说故事性不强，令人印象深刻的是不断被强调和暗示的空间色彩。空间色彩本身成就了强烈的隐喻性，再现了都市迷茫主题，那些被涂抹平展的文字，展现了一个个女性的心灵图景。它们仿佛一幅幅静态的油画，明暗相间，色彩的浓烈与黯淡形成了极大落差；又好似平静的湖面，从近处看到极远处，光线、声音与色彩汇集的文字，被石头惊醒，一层层泛着涟漪荡漾到不知何处："黄昏是光线不断发生变化的时段，眼前熟悉而直白的景物笼罩在朦胧光晕里，有了明暗和虚实……西边天空的颜色有时是温柔的玫瑰粉，一层层微妙渐变，不露痕迹地柔缓过渡，有时热烈斑斓，不知哪里泼出来的金红色漫天流淌，简直是伦勃朗式的颜料堆积和华丽厚涂，未干的巨幅油画铺展了大半个天空，映得地上通红通红，天地间涌动着一股摄人心魄的神秘力量。——当夕阳滚落光线隐没，天边的鲜丽油彩随之消失，一切都沉入到淡淡的墨色里，窗外的世界仿若一卷素净水墨。"小说结尾，那个冷冰冰的人生计划：攒钱供一套小房子（每天有一个小时以上的阳光），让我们在那些彩绘般的文字中醒来，再次暴露了在大城市打拼的外省青年们的抗争、妥协和无奈的悲伤。

如果说《日光照亮北斗》是有关"阳光"的"空间小说"，《月光下》则是有关"月光"的时间之书。月光下有浪漫的温柔、亲密的回忆，也有狰狞的背叛、丑陋的越轨和不堪的落寞。刘亚和小姨李晓茹亲密无间，有过一段相伴的美好记忆。然而，时间会改变一切。日复一日的艰难生活中，最初的温情变成了苟且和冷漠。李晓茹出轨后离婚，曾在马戏团演出，又干过保姆等多种职业，多年后依然在生活的泥淖里苦苦挣扎。小说叙述松弛，颇多闲笔，重要的人生变故和曲折事件都隐藏在"月光"之中。我们能隐隐地看到改革开放几十年来底层女性生活的浮沉变迁。然而，蔡东是温暖而善意的，她选择了对人性的宽容，甚至不忍在小姨出轨、姥爷去世等细节过多落墨。很多作家会大肆渲染的地方，她反而停下脚步，让温柔的月光抚慰那些伤痕累累的心灵。这种温暖善意的力量，来自蔡东将每个人物都放置在沧桑时间巨变中，当作"那一个"来考量，恰在于面对世界的不完美、不善良和不温暖，依然能怀抱爱与酸楚，给予同情理解。为此，作家特意在小说的后半部分安排了一场乡村马戏团的飞天舞。劣质演出服、恶劣的演出环境、那些不怀好意的目光，都被作家刻意忽略，她用那片皎洁的月光，托举着小姨扮演的"女飞天"，以飞扬的姿态宣告着平凡女性最灿烂的时刻。

三、冷峻的中产女性生活审视

周洁茹出道很早，小说老到纯熟、硬朗简洁，尤其是她的《读书会》，无疑是一部洞彻当代都市人生的佳作。作者选择的点很小，折射的问题却十分丰富复杂。"读书会"恰恰不谈如何读书，只谈那些"想读书又读不成书"的女人们。《读书会》如同一块晶莹透亮的琥珀，将那些琐细的都市生活细节无声无息地进行了定格。小说故事并不复杂，在香港生活的"我"，是有一定社交障碍的职业女性。"我"相约和吕贝卡、赵太太、钱太太、孙太太等中产女性一起，开办了一个读书会。然而，这些在金钱、海景房、职业,以及烦恼的人际关系之中挣扎的女性们却无法定下心来,真正进入一本书的世界里。小说中的"必读书"是《简·爱》——20世纪树立的独立知识女性文学标本,小说中人物的经历无疑和当下香港现实中的职业女性生存境遇形成了巨大反差。小说中反复重现着《简·爱》中的名句:"你以为我穷、低微、不漂亮,我就没有灵魂没有心吗?你想错了!我和你一样有灵魂,有一颗完整的心!"小说中的女人们不关心爱情和事业,只要能挣到钱,学数学的女博士也热衷于卖保险,当演员的赵太太则气愤于邻居的投诉。读书会成了一个被空心化的由头、阔太太聚会沙龙的文雅"噱头"。除了展现中产阶级女性无聊空虚的生活状态,同时作家也将笔触隐隐指向了高度发达的香港社会人与人之间的隔阂。彼此的高度独立导致了难以沟通的人际关系,不仅通过读书沟通心灵的愿望落空,而且,"读书会"所在的阅读室,也恰恰沦为了一个不允许读书的地方。吕贝卡因为大声朗读最终被阅读室驱逐,这无疑充满讽刺意味。"发声读书"意味着干扰别人,阅读室只是需要安静空间处理个人事务的人们短暂的栖息之地。我们看似高度文明的都市,不过是由一个个"沉默孤岛"组成的牢笼而已。周洁茹的小说语言非常简练,不做多余修饰,也没有感伤的情绪色彩,修辞性描写都让位给了那些大有深意,又简洁明了的对话。这篇小说由大量对话组成,场景也不多,但女作家控制语言节奏的能力炉火纯青,不仅通过"对话"表现出几个女人背后的故事,而且将之串联,营造出了一种怪异的紧张氛围,那是"无法沟通"的焦虑,也是当代都市女性心灵的危机。

四、有关"树懒"的爱情故事

《恋爱中的树懒》关注的是中年女性的情感困境问题。姚鄂梅无疑是一位有着超强讲故事能力的女作家。她将两个刚退休的中年女性的情感故事讲得悬念丛生、一波三折。离婚女性李欣退休后又见到多年前的老同学刘小东,她们决定一起合买房子养老,在此过程中,李欣不由自主地被牵涉进了刘小东和崔总之间匪夷所思的婚外情之中。姚鄂梅很少关心语言的诗意与隐喻性,她更多的注意力在于精心编织那些有强烈真实感的女性生活故事。那些故事中有温馨浪漫、体贴入微，也有突兀而来的心灵质询和幽暗疯狂。她不依靠哲学性修辞，也不依靠戏剧般的语言代入感，而是老老实实回到故事，在看似传统的小说套路中，如同一个不动声色的"女侦探"，抽丝剥茧，层层深入，一点点地将真实生活的女性心理真相展现在我们面前。记得一个作家说过："人物内心的多层次真相的揭示，是小说趣味的来源之一。"精彩的故事并不单纯依靠曲折的情节吸引读者，而是善于引导读者从那些对立冲突中探究人物内心的多重真相。人物的魅力永远大于单纯的情节魅力。而这些真相的揭示，无疑也是对特定环境中特定人性的多维度揭示。在《恋爱的树懒》中，姚鄂梅巧妙地使用第三人称叙事，通过李欣的限制视角讲述故事，从而最大限度地与读者视角靠拢。刘小东开始展现出来的，无疑是一个优雅、知性、善解人意又成功的中产女性形象。她的丈夫早亡，女儿在美国读博士，退休后和原同事合伙经营公司，有公司股权，年收入不菲。她以阳光开朗的形象引导着读者和李欣进入她的世界，帮助李欣和女儿解开心结。随着故事情节的发展，诸多细节也不断丰富着这一形象，将"女性合作买房养老"的故事讲得温馨自然，颇具治愈性。然而，当读者认为这是一篇"治愈系"女性小说时，作家路转峰回，不断地褪掉那些温情浪漫，逐渐展现出一个个令人震惊的生活真相：刘小东的丈夫不是早亡，而是离了婚；刘小东和崔总也不是普通同事，而是情人关系——小说在这里描述了一种看似"美好"的情人关系：刘小东既是安慰肉身的情人，也是理性的投资伙伴，更是细心体贴的母亲，且绝不介入崔总的家庭。刘小东和前夫情感的失败，让她变得偏执疯狂，不仅逼死了自己的女儿，还试图毁灭崔总的家庭。在热情开朗、善解人意的云雾之下，是一颗悬挂在悬崖危树上的"滴血的心"。刘小东疯狂崩溃的失败情绪与镇定自信的外表形成了巨大反差，也再次宣示了当代女性精神自救的难度。"安静而缓慢的树懒"仿佛是一种宁静人生的象征，永远在不可触及的彼岸。

五、时代变迁中的自我救赎与道德拷问

郭楠和李月峰也是近些年出现的优秀女作家。郭楠的《白色水母》，

小说语言是紧张的，将限制性视角运用到了极处。这种紧张感如同平静水面下游动的巨大水母，看似波澜不惊，平静缓慢，实则有着无法磨灭的"惊惧"。这种紧张感也与小说主题有关，小说开头就讲述了一个暴食症女人："我太太在三个月里胖了二十公斤。一开始的时候，她只是变得特别爱吃，然后开始吃得特别多、特别频繁，那时我只觉得她的胃口变得比较好而已。当我觉得事情有些不对劲的时候，她已经如同一个吹胀的气球膨大了起来。"小说以女人丈夫的男性限制性视角展开，向我们讲述着都市职业女性的悲哀：人到中年，丈夫出轨，没有孩子，辞职在家后变得自闭。患上暴食症的原因，在于内心的不安全感和对社交的恐惧感。情人卡卡则是和妻子截然不同的女性，她自由自在，满足于欲望的瞬间放纵，她的飘忽即逝的危险性，恰恰对男人形成了致命诱惑。郭楠巧妙地模拟男性视角写女性，在叙述者和作者的多重审视的目光下，"白色水母"仿佛命运魔咒，反射着女性面临的情感危机。李月峰的中篇小说《速度》，表现的时空则更宏阔，也更多了几分"时代女性命运"沧桑感。她写了桃子和安娜数十年的姐妹情谊和断断续续的交往，其旨归则还在于时代与女性的呼应关系。从"小翠""白月光"变成了"安娜"，从老家到深圳，再到命丧老虎崖，安娜一生都是在压抑和谎言之中活着。她不断追求超越，却又在不断沉沦于生活。她想挽住幸福，却不断被社会伤害与欺骗。她最后选择跳崖结束"被嫌弃"的人生，也结束了她沉重的宿命。小说结尾，桃子也解开心结，坦然向当年的同学杨朵承认了捡到钱包的事。小说展现了安娜的悲剧一生，也似乎是在逼问着读者如何"认识自我"。

　　以上几部中短篇小说是近年来女性写作的优秀之作，但不能涵盖当下所有的女性书写。"女性故事"讲到今天，我们期待着有更多有突破性与分量的作品的出现。它们应该能够准确地描述出宽广深厚的"女性的世界"，同时也能够强有力地展现出色彩斑斓的"世界中的女性"。

房 伟

在历史化中重寻批评的现实品格
——由"新伤痕文学"想到的

　　近期,中国人民大学青年学者杨庆祥在一系列文章中提出了"新伤痕文学"相关话题,引起了学界热烈反响。杨庆祥最让我佩服的地方,在于他有一种当下青年学者罕见的现实批判意识。当下的青年批评家,大多出身于学院,理论功底好,学养丰厚,但不足之处也很明显。我们是被项目、课题等高校学术利益链捆绑的一代学者,多的是知识积累,少的是独立思考的能力;多的是理论兴趣,少的是敏锐的现实感。我们习惯了从课堂到书斋的安静生活,在将中国当代文学学科经典化、科学化的过程中,也将当代文学研究古典化,走向了趣味和思维的保守僵化。

　　但保持现实批评意识,又谈何容易。当下的语境中,所谓有"现实批判意识"的批评家,基本可以理解为"敢于骂人"的批评家。敢于批评作家作品和不良文学现象,还只是一个比较基本的层面。更高级的现实批判意识,是敢于和能于高度概括一个时代的文学特征,能够令人信服地指出一个时代文学史的症结所在,并提出独特创见。比如,洪子诚对于"十七年"文学"一体化特征"的概括,谢冕、孙绍振、徐敬亚对朦胧诗"三个崛起"的定义,钱理群、黄子平、陈平原的"二十世纪中国文学"整体观,季红真对新时期文学"文明与野蛮的冲突"的把握,孟繁华对20世纪90年代"众神狂欢"的精彩描述,尽管并非十全十美,但都引发了广泛关注。一个重要原因在于,他们都能有效地针对时代文化和文学现实发言。

　　21世纪以来的文学批评,基本延续了20世纪90年代以来的运作模式,如以代际为兴奋点的新人模式,前几年大推"80后",这几年热推"90后",

但实际有价值的文学创作远比浮出水面的那些作品要多，出现了很多非常具有异端气质的作家。文学研究的问题也很多，课题化生存的今天，我们更多看到探幽索微的文史互证、琐碎的史料梳理、新史料见新史识的好文章不少，但"一大堆新材料,证明一个常识"的文章也很多。还有就是以"现代性""民族国家意识""全球化与资本主义"等理论阐释体系为基础的论文，或围绕几个大作家展开的"封神式"经典化过程。不可否认，当代文学研究更精深了，更科学化了，对历史、社会学等学科的整合度更高了，但代价是更专业化和圈子化了。我们津津乐道的话题、问题，注释越来越多，越来越玄妙，越来越依靠其他学科资源的现实指涉能力（如新左派），出了专业圈子，很少有人感兴趣。当下的文学批评，也丧失了提出具共识性、现实针对性概念的能力，很难有效地从文学出发，对当下创作形成指导意义，并对其他人文学科提供新鲜养分。

"新伤痕文学"的概念，并不是杨庆祥心血来潮的产物，而是他一以贯之的批评现实感诉求的体现。前几年，他提出"'80后'，怎么办？"，也是这种现实思维能力的体现。我并不喜欢代际研究，因为这容易成为"思想偷懒"的做法："找一些同年龄作家，概括共性和差异性，或单篇点评再集合成部落。"但杨庆祥的"80后"研究，我很认可的原因在于，很大程度上，杨庆祥并不是将"80后"作为一个"权力话语源"加以塑造，而是以此为切入点，考察我们时代的精神症候。也可以说，"80后"这个概念，是杨庆祥将一代人的文化生存有效"问题化"的产物。由此，他才可以将多样丰富的"80后"文学创作与当下"80后"青年的生存困惑、情感状态和思想症候联系起来。同时，"怎么办"的讨论中，我们不仅看到冷峻思考的"批评家杨庆祥"，更看到了"'80后'青年"杨庆祥和对现实有切肤之痛的"诗人杨庆祥"。他将生命意志、情感体验和理性反思有血有肉地融入及物性的批评实践之中，有理论说服力地融入广阔的中国文化现实——这一点，正是杨庆祥的特立独行之处，也是他超越很多同辈甚至前辈学者之处。

"新伤痕文学"这一概念，无疑是杨庆祥又一次勇敢的批评实践。对于创伤，心理学上有一种暴露性疗法，就是在一个安全的治疗设置中，让患者面对令人害怕的刺激，直至焦虑降低。习惯化——当同一个刺激被反复呈现，机体对该刺激的反应性降低——是焦虑降低的最简单和直接的方法。①伤痕文学，就是在伤痕的不断暴露与创伤的倾诉之中，寻求解脱、升华与超越的文学。相对于"文革"末期出现的伤痕文学思潮，"新伤痕文学"主要针对"文革"结束以来的改革开放的历史："中国当下所谓的'50后''60后''70后''80后'甚至'90后''00后'其实都是同一代人，他们都在面临整个中国向现代化转型过程中的伤害或阵痛。他们分享了共同的心理结构和情感结构，在他们的表达里面有共同的诉求。我觉得这就是一种'新伤痕文学'之所以出现的重要历史语境。"②

这个论断无疑是对新时期文学"伟大发端"的强有力反思。对于伤痕文学的性质和成就，学界一直有争议。在海外、港台的华文文学研究界，很多研究者都强调冷战背景下，伤痕文学对革命意识形态的颠覆性。如1979年4月，《中国时报》的《人间》副刊连续推出"社会主义悲剧文学"。编者认为："区别于歌功颂德的宫廷文学，以及后来题材越来越窄的样板文学，我们将反映社会主义社会悲剧的小说，戏剧，曲艺，统称为社会主义悲剧文学。"③这几年《南方文坛》《文艺争鸣》等杂志也开设专栏，探讨伤痕文学和文学史的多维复杂关系。一种看法认为伤痕文学是"十七年"文学的某种惯性延续，比如，李陀认为"它基本上还是工农兵文学那一套的继续和发展，作为文学的一种潮流，它没有提出新的原则、规范和框架，因此伤痕文学基本是一种旧文学"④。程光炜也认为，"'伤痕文学'是直接从'十七年文学'中派生出来的。它的核心概念、思维方式甚至表现形式，与前者都有这样那样的内在联系"⑤。另一个看法是，存在不同形态的伤痕文学，一种是主流和官方的伤痕文学，如《班主任》《伤痕》等；另一种是"异端意义"的伤痕文学，形成对主流伤痕的质疑，

---

① 施琪嘉：《创伤心理学》，人民卫生出版社2013年版，第77页。

② 杨庆祥、魏冰心：《是时候说出我们的"伤"和"爱"了——"新伤痕文学"对话》，《当代文坛》2018年第1期。

③ 高上秦：《中国大陆的抗议文学》，时报文化出版公司1979年版，第2页。

④ 李陀、李静：《漫说"纯文学"——李陀访谈录》，《上海文学》2001年第3期。

⑤ 程光炜：《"伤痕文学"的历史局限性》，《文艺研究》2005年第1期。

甚至溢出新时期叙事规则，"'文革'伤痕"变成了广义的"革命伤痕"，如礼平的《晚霞消失的时候》、张笑天的《离离原上草》、刘心武的《醒来吧，弟弟》、刘克的《飞天》、遇罗锦的《一个冬天的童话》等。甚至有论者认为，即使是主流化伤痕文学，如《天云山传奇》，叙事者也以知识分子受难者形象的"不在场"，建构另一种叙述"异质"伤痕的话语范型。①这些对"新时期文学起源"的反思，都反映了学界对当代文学意识形态化线性逻辑的质疑。

"新伤痕文学"的概念，让我们回到了新时期文学的源头，以关联性的历史化态度，打破新时期、20 世纪 90 年代文学、21 世纪文学的简单断代，破除诸多文学思潮命名的局限性，对新时期至今的中国当代文学形成新的线索性认知。当代文学史的一个重要问题，在于无法形成科学而稳定的经典内在秩序。更深层次原因，还在于文学史依然无法正视文学与政治的复杂关系，有效处理社会主义文化经验、"文革"记忆、现代性与后现代文化在当代中国的冲突与杂糅。文学史家无法在理性宽容的态度下坚持文学审美性与社会价值性，形成对经典作家作品、流派、思潮较稳定的文学史认知。当代文学从 1949 年算起，已超过七十年，但经典化程度远逊于短短三十年的现代文学。具体到新时期文学，我们曾用纯文学等理念树立新文学史观，却发觉很难准确描述文学史的真正面貌。比如，对掌握巨大资源并持续影响至今的包括新现实主义在内的主旋律文学，简单忽略很难有说服力。又比如，王小波的《黄金时代》这类作品虽然知名度很高，但我们也很难用现有文学史框架对之进行有效处理。更棘手的问题在于，进入 21 世纪，中国当代文学的多样性及其深度与广度是空前的，而文学批评滞后于创作。我们简单以代际、年代、题材划分，甚至是以左右命名，都很难对这些作家作品进行更具内在联系的理解。原有文学史框架对"改革创伤"的描述，止于光明现代化之路上的烦恼，也止于"分享艰难"式的虚伪表述，或金钱必胜、道德必败的市场万能论逻辑。而对"改革创伤"的忽略，批评家也担负有责任。正是频繁的断代、主题转换、虚假的概念

---

① 章涛：《"伤痕文学"及其文学史地位的再思考：以知识分子为考察中心》，《南方文坛》2015 年第 5 期。

创新，让我们在眼花缭乱的批评生产过程中，只强调差异性和个性的塑造，而忽视了贯穿整个改革时期的"精神创伤"问题。改革的创伤，与"文革"的创伤和革命的创伤，既有着隐性的复杂联系，又都符合中国后发现代的焦虑性处境。

"新伤痕文学"的概念，是试图整合当代文学的内部资源、寻找内在联系性的努力。当代文学史的一大问题在于断裂感太强，其内在问题，则是思想和文化资源的彼此冲突，以及各种思潮的争夺和挪用。程光炜谈到当代文学史的问题时，不满于其缺乏有效历史化过程。王尧也曾指出当代文学研究缺乏关联性研究所导致的简单化倾向。很多学者看到20世纪90年代对80年代的断裂性，但忽视了90年代改革与80年代改革之间的联系性，即它们都是自上而下发动，由政治规训经济活动产生的政府行为。由于90年代文化控制的隐性化和虚假的经济至上主义，文学通过对抗性获得象征资本的难度不是降低了，而是提高了。这无疑是一个黑色幽默。多元化的乐观叙述，在勉强的、漏洞百出的维持之中，由于内在创伤无法治愈，走向了脆弱的"新改革共识"的破裂，并造成了新的对立和撕裂。比如，路遥的《人生》《平凡的世界》，写20世纪80年代改革面对的改革前的城乡差距、地域差距造成的精神创伤。贾平凹的《秦腔》、李佩甫的《城的灯》《败节草》处理的依然是类似问题，所不同的是，作家更关注乡土权力和文化传统的变异，也关注新改革语境下乡土走向衰亡的问题，以及政治权力和经济控制的结合对乡土精神的毁灭。

文学史中的20世纪80年代，曾被我们命名为新启蒙时代，并被认为是接续了社会主义经验，剔除了"文革"封建病变，重新迈向现代化的新的宏伟叙事。甚至先锋文学的审美哗变，颓废虚无，也被纳入了进步的、线性的宏大逻辑之中。这是西方现代派文学和中国现代派巨大的接受语境差异性。20世纪90年代以来的新一轮改革开放，将中国进一步纳入全球化经济秩序。我们经历了短暂的混乱和多元状态，并非走向了多元化，而是走向了以现代民族国家叙事为核心，以传统古国伟大复兴再加上新社会主义实践的双重规训之下的"新宏大叙事"。所谓90年代以来"多元共生"的文学史想象，不过是在后现代主义和新自由主义理论影响下的一种"多元进步论"。这种表面解构性的、多元的文化形态，并非西方学者利奥塔、鲍德里亚等认定的后现代主义，而是依然有强大现代性叙事逻辑的、变形的宏大叙事。相对于20世纪80年代更具社会主义实践色彩的新启蒙进步论，90年代以来的自我欲望实现、经济至上、无限发展等观念，掩盖了新改革过程中利益再分配的野蛮残酷、贫富差距加大，以及利用现代技术发展起来的政治权力对文化领域的超级隐性控制。

"改革时代的伤痕"问题，无疑也有着后冷战时期中国的意识形态特质。一般的文学史论述，认为20世纪90年代的文化语境是对80年代改革的巨大断裂和转型，80年代的改革是国家式启蒙改革，90年代的主题是市场经济和自由主义。汪晖指出了社会主义经验和改革之间的矛盾性，也看到了两个时代改革的内在关联性："推动市场改革和社会转变的国家依赖着过去的政治遗产和意识形态的统治方式，而这两个方面的不相适应，从不同方向上造成了国家的合法性危机，即人们一方面可以用国家主导经济政策指责国家意识形态和统治方式的合法性，另一方面，又可利用社会主义意识形态质疑国家经济政策的合法性。社会主义国家在意识形态上和收益分配方面重视平等，但它以强制的和计划的方式保护了城市与乡村之间，不同的经济体制之间，不同地区之间的制度性不平等。在改革条件下，这一制度性的不平等迅速地转化为阶级、阶层和区域的收入差别，从而促成了社会的急剧分化。因此，两种国家性质的区分并不能掩盖它们之间的内在的历史联系。"[①] 尽管在政治经济和文化领域，两个时代的改革，存在很大的策略性差别，但二者又有着内在联系性。90年代的断裂性，只是一种表面的社会断裂，其内在社会逻辑实际延续了80年代改革在国家权力意志与政治体制下实现经济转型的内在思路。有所不同的是，90年代，中国经济的计划色彩更淡化了，也更深层次地介入全球化资本秩序和国际分工，并导致了内部的急剧分化。

因此，正如杨庆祥所指出，伤痕文学的出现并不能简单理解为"文化大革命"造成的精神创伤，或激进地理解为革命造成的精神创伤，应该是囊括二者的、中国当代以来社会在迈向现代化转型的过程中更广义的"创

---

① 汪晖：《"新自由主义"的历史根源及其批判——再论当代中国大陆的思想状况与现代性问题》，《台湾社会研究季刊》2001年第6期。

伤"。这种创伤的现实具体所指，既是全球化的不平等所造成的保守主义与新自由主义对抗的外在现实，也是反思改革开放以来的无限发展主义导致的道德沦丧、精神摧残、环境破坏和灵魂压抑。这种"改革创伤"的一大特点，还在于它不仅是一种肉身的创伤，也是一种"内化的创伤"，是文化被动性导致的精神伤害。广义的中国现代文学，其实都有伤痕文学的影子。中国后发现代的艰难处境，导致了晚清以来"天下文化"的自足逻辑的破产，在胡适所言"事事不如人"的焦虑之中，坚船利炮的冲击，加上文化的冲击，造成了文化被动接受的巨大眩晕感。中国现代文学的形象，从来不是一个强悍的父亲，更多的是一个"伤痕累累"的母亲。中国的革命实践、民族自决，中国追求自由民主的独特道路，中国文学对文化主体性的坚守，也都可以看作广义的以中国为中心的现代性自我认同主体建构的过程。这种创伤与治愈的双向过程，在20世纪80年代以来至今的改革实践之中依然存在。但由于"外在创伤"，如民族国家不独立、经济落后等情况的改善甚至消失，"创伤"的话题变得隐匿了。然而，改革所导致的巨大的社会现代转型，使其"内在创伤性"反而被凸显了。人的尊严、价值，人的自由和幸福，人与自然的冲突，人对权力控制的反抗，人对道德和情感的守望，人对文化传统的维护，都因为急剧而暴烈的国家式改革、宏大的民族国家合法性，以及强大的政治维稳语境，变成了默默运行的"地下之火"。这种内在性的创伤被精神化了，即如杨庆祥所说，是具体的、绵软的、隐性的，是一种"天鹅绒式"的创伤。

"新伤痕时代"的概念，一方面有利于我们联系性地理解20世纪80年代、90年代直至今天很多作品的"创伤"问题，另一方面，也有利于"新伤痕时代"的指认，对当下的中国文学创作进行有效的梳理、指认和指导。整体而言，中国文学发展态势是繁荣的，但"中心—边缘"的文学史认知依然固定。由20世纪90年代发展而来的纯文学体制，结合了主流意识形态的强大诉求，形成了等级化的内在秩序。其秩序的边缘，则是更为现代主义或后现代主义的先锋表述。然而，正是在这种体制下，一方面，纯文学正日益走向"小事化"的极端日常叙事。对卡弗、奥康纳、奈保尔、莱辛等一系列日常化书写的推崇之下，很多作家热衷于描述无聊的偷情生活、琐碎的日常体验、虚无的人生，以此便似乎有了一种与西方作家处于相同文化语境的"现代幻觉"。这种幻觉状态，其根源还在于忽视当下中国的独特文化与生存体验，也忽视了后发现代中国独特的情感诉求与生命状态。中国人正承受着前所未有的无限发展主义，并为之付出了惨痛的代价。"新伤痕"的指认、阐释和分析，无疑是对新时期历史的整体性反思，也是对当下文学创作的警醒。

另一方面，很多优秀作品也在书写改革时代的精神伤痕，有着强烈的批判性和现实指向性，并得到了很好的认识。创作实践中，伤痕的表述，也是多维而复杂的。比如，李锐的《旧址》与《银城故事》、王小波的《黄金时代》、李洱的《花腔》等作品，是对20世纪70年代末期伤痕文学的深化，即针对"文化大革命"，包括广义的革命所造成的精神伤痕问题。20世纪90年代和21世纪初期的很多现实主义小说，如谈歌的《大厂》《天下荒年》《下岗》，李佩甫的《学习微笑》，曹征路的《那儿》等，处理的是社会主义文化经验，如何在新自由主义化改革中遭受的精神创伤问题。余华的《兄弟》、莫言的《丰乳肥臀》、毕飞宇的《平原》、格非的《春尽江南》、张炜的《外省书》、贾平凹的《古炉》等情况就更复杂了。这些作品的历史视野更宽阔，处理的伤痕问题更广泛，既包括革命的伤痕、社会主义文化的伤痕，也包括更广义的改革时代的伤痕。

比较而言，对改革时代精神伤痕的批判和展示倾向，在21世纪以后变得更为明显了。很多不同代际的作家，都积极参与到对改革时代伤痕的反思中来。除了上面提到一些作品外，还有梁鸿的《中国在梁庄》、尤凤伟的《泥鳅》、余华的《第七天》、方方的《涂自强的个人悲伤》、阎真的《活着之上》、莫言的《四十一炮》与《蛙》、郑小驴的《西洲曲》、艾玛的《初雪》、弋舟的《所有路的尽头》、徐则臣的《耶路撒冷》、王威廉的《非法入住》、王方晨的《老大》、张楚的《良宵》、石一枫的《世间已无陈金芳》和《地球之眼》、阿乙的《春天在哪里》与《下面，我该干些什么》、蔡东的《净尘山》、李宏伟的《并蒂爱情》、蒋一谈的《鲁迅的胡子》、鲁敏的《六人晚餐》、曹寇的《市民邱女士》等。这些作品，常被贴上非虚构文学、底层叙事、新先锋写作、新乡土小说、女性新都市小说、"70后"创作、"80后"写作等标签。他们的写作代际、风格和审美追求也差异很大，但都存在一个共同的现实指向，就是对改革开放以来崇尚物质高度发展,却忽视人的心灵、尊严和人精神自由的文化环境的强有力批判。这些作品也因为伤痕的真实、情感的复杂强烈,而具有了连接现实与历史的可能性。中国新时期文学经历过先锋文学的形式主义审美哗变,但21世纪之后,无论哪个世代的作家,无论何种写作审美追求,"真实性"和"现实感"的标准却变得越来越强烈了。这两个标准蕴含着中国作家在现代化转型中的历史维度,通过对"改革伤痕"的再现,重新建立历史感,实现中国文学的"主体再历史化"的努力:"新世纪长篇小说乃是一种另类的'现实主义',作家们面对内心对历史的不断反省,不得不调整自己的表述方式,发出'重新历史化'的喧响。"[①]也许,在"新伤痕文学"概念之下,我们可以跳出很多文学史既定束缚,也走出现实主义与现代主义的对抗、现代主义与后现代主义对峙的理论藩篱。而这种中国化的、针对性很强的"新伤痕"表述,或许才是真正独特的"中国经验"和"中国故事",才是中国当代文化真正能留给世界的资源性痕迹。

这是一个新的破局,也是中国文学批评在历史化维度下重新寻找现实批判性品格的新路径。如果认真考察当下的文学批评,我们就会发现一个怪圈。一方面,文学批评不断生产出各种概念,不断地对抗、颠覆;另一方面,这些概念又共同导致了无法对抗、无法颠覆,甚至无法发展的停滞状态。产生这个悖论怪圈的原因之一,就在于我们推出的概念缺乏有效性,这种有效性匮乏的状态,就表现在概念的产生都隐含着强烈的断裂性企图,少有贯通性、通约性和共识性。每个概念出来,都忙着和历史与前辈们分割,扯旗树山头,天下虽大,唯我独尊。由此,无效的概念也导致了批评的古典化倾向,就是由于对无效概念的厌恶,以至于怀疑任何新概念对文学批评的有效作用,形成了"批评概念恐惧症",从而言必称史料和古典,趣味上则日趋保守。这种做法的代价是使批评失去了活力。当代文学的经典化过程离不开史料工作,这是研究工作的基础。没有扎实的史料积累,学术和批评都会变得空疏混乱,充满谬见、偏见和谎言。从这个意义上讲,史料研究为先,正是对中国现当代文学专业科学性和理性化的建

[①] 陈若谷:《边界的偏移与固守——新世纪长篇小说的文体形式研究》,《山东师范大学学报》(人文社会科学版)2016年第5期。

设。但要警惕的是，以史料掩饰思想的贫弱，以史料问题回避当下的问题，以史料制造貌似庄严合法的真理性，以史料遮掩理论的匮乏，以史料扼杀异端思想和创新思维。

对于如何面对改革时代的伤痕，杨庆祥提出了"爱的文学""疗愈的文学"和"拯救的文学"的解决路径。现实批判不等于简单的颠覆，必须建立在理性品格之上，建立在历史化维度之上。否则，这个概念就会重蹈很多批评概念的覆辙。这同样也是文学批评摆脱二元对立思维、寻求共识性的努力。对于"伤痕能否被治愈"姑且存而不论，但我至少认同，这是一种坦诚的、有建设性的意愿。当然，"新伤痕时代"的指认，并不是抹杀改革开放的巨大成就。"新伤痕文学"也并不是十全十美的，依然存在着诸多写作困境和问题。但对这种写作趋势的指认和总结，有利于作家和研究界看到中国当代文学发展的新线索，并由此形成关注讨论。这也让中国当代文学超越代际、地域、意识形态、文学趣味等诸多的话语限制，找到更多共识性，从而形成具有联系性的宏阔思维，为更阔大深刻的"中国书写"提供了有效的文学批评参照。对于"新伤痕文学"的认识，也只是刚刚开始。它也有赖于更多批评家和作家的参与，在辩驳、质疑和拓展之中，让我们的当代文学批评走向更良性的运作轨道。

房 伟

当代文坛与王小波的经典化

1997年4月,王小波离开了世界,距今已二十余年了。二十多年间,中国发生了巨大变化,王小波却在传播过程中渐渐成为"当代文坛经典"。王小波的经典化过程,也反映了中国文坛对他接受心理的变化。张丰在《纪念写作个体户王小波》中指出,假如王小波活着,会成为玩转新媒体的"老网红"。《三联生活周刊》指出,王小波是自媒体时代的"金句小王子"和"撩妹高手"。媒体总能敏感地看到王小波与当下文化现实的互动关系。"对抗文坛"的王小波,"中产趣味"的王小波,开始转变为"网红段子手"王小波,这暗示了时代审美的变迁,也有着诸多无奈与调侃。然而,问题依然存在,如果说,王小波的经典化塑造存在问题,那么,对抗性思维为什么一直能得到喝彩?王小波和当代文坛的关系到底如何?理解王小波经典化的"怪现状",必须从20世纪90年代文化语境下王小波与传统文学期刊、当代中国报业的关系,以及90年代南北文学期刊的不同策略等角度来理解。

王小波与大陆文坛发生关系,主要在20世纪90年代。王小波是一个"出口转内销"作家,由在《联合报》获奖而推出。一个台湾作家,如果连续在其副刊发稿,乃至获奖,绝对会一举成名。这种成名路径,现在看也没什么奇怪,如作家薛忆沩、双雪涛都由于在《联合报》获奖受到大陆关注。但考虑到20世纪80年代末紧张氛围,王小波由台湾获奖,成为所谓"文坛外高手",细究之下,也颇多复杂意味。王小波在文坛一亮相,就是"异端"。1991年,《黄金时代》获台湾第13届《联合报》中篇小说奖,是王小波走上文学道路的直接经济基础和他后来的创作动因。多年后,同榜获奖者已籍籍无名,《黄金时代》则广为传诵,并入选亚洲周刊评比的世纪中文百强。20世纪90年代，大陆文坛无法接受王小波的原因在于，王小波对于文坛的异端性和他的超时代性。有文章谴责："即使是在现在大学中文系通用的教材洪子诚《中国当代文学史》（2007年第2版）和陈思和《中国当代文学史教程》（1999年版）都对于王小波只字未提。"①这个说法太武断。洪子诚和陈思和都对王小波做出过较高评价。如《中国当代文学史》（1999年版）中，洪子诚说："对当代历史，包括反右、'文革'等事件的反思性主题，在90年代的其他作品中也有所继续，如李锐的《无风之树》《万里无云》，王朔的《动物凶猛》，王小波的《黄金时代》等。"②《中国当代文学史》（2007年修订版）中，更有几千字篇幅介绍王小波，并声称"他的创造借鉴的文化资源，更多不是来自对20世纪中国作家影响巨大的感伤、煽情的一脉，而是有着飞扬想象、游戏精神和有充沛幽默感的作家"③。陈思和也认为，"诸如王安忆的《叔叔的故事》、史铁生的《我与地坛》、张承志的《心灵史》、张炜的《九月寓言》、余华的《许三观卖血记》、王小波的《黄金时代》等都堪称是中国当代文坛最美的收获"④。有的文学史还有专章论述，如陈晓明的《中国当代文学主潮》（2009年版）。

　　文坛与王小波的隔阂，主要是因为不知道如何处理他。即使文学史对王小波做出肯定，也是基于其巨大的影响力，但对他的认识，还存在着诸多误读。王小波更像一个80年代作家。《黄金时代》解决的是革命伤痕的问题。他的小说中闪烁着"后革命"气息，和20世纪90年代新自由主义有契合的地方，也有着相当距离。王小波被认为是未进入"文学场"的作家，并非只是媒体看法，如赵勇谈到"我们也看到许多作家没有刻意去进那个'文学场'，但他们也获得了某种声名，这是因为文学市场化的进程打破了原来那种僵硬的文学体制……王小波在世时，还没有赶上像现在

---

① 界面文化：《生前寂寞身后名，王小波是"文坛外的高手"吗？》，2017年4月11日。
② 洪子诚：《中国当代文学史》，北京大学出版社1999年版，第390页。
③ 洪子诚：《中国当代文学史》，北京大学出版社2007年版，第353页。
④ 陈思和：《中国当代文学史教程》，复旦大学出版社1999年版，第339页。

这样的好时候。否则他与他的作品或许就是另一番样子了"①。笔者认为，相比20世纪90年代中前期，文学界多元共生的场景，当今的文学规约性，不是弱化了，而是更强了。是什么因素导致王小波生前没有被文坛充分认可？简单谴责文学界对王小波的排斥和疏离，缺乏学理性。原《花城》编辑文能，曾大力推出王小波作品，但和笔者交流，也表现出相当的困惑："我从1994年到1998年一直坚持推王小波，以当时《花城》的影响力（或许还包括我），能持续发表两到三个中篇，基本上就能获得'文坛'的认可，但小波却是个'意外'，这一意外亦是意味深长的。"②

20世纪90年代的文化语境下，传统文学期刊、报业与王小波之间微妙的关系，应是王小波作品认同障碍的重要原因。20世纪90年代是文学期刊转型期。尽管文学读者少了，但90年代批评家与作者、消费市场的互动，却"前所未有"的活跃。80年代末到90年代中期，文坛持续推出"策划性"文学潮流，能看到传统文学体制强烈要求适应市场的内在驱动。1994年是"文学策划年"。《北京文学》与部分作家发起"新体验小说"，这些作品力图为文学重新寻找到现实针对性。几乎同时，1994年初，《钟山》和《文艺争鸣》在北京召开座谈会，联合倡导新状态文学。王干与张颐武南北呼应，推出韩东、何顿、张旻等青年作家，王蒙、刘心武等老作家也被归于此类。1994年，《上海文学》倡导"文化关怀小说"，与《佛山文学》联手举办"新市民小说联展"，1996年又推出"现实主义冲击波"专栏。1995年，《作家》《钟山》《大家》《山花》开设"联网四重奏"，《作家报》随后加入，配发评论专版。1996年，《芙蓉》《山花》等开设"70后"作家栏目，如黄发有所说："九十年代以来，文学策划以编辑为核心，集结了相当数量的作家和批评家，推出了一大批的文学口号与文学命名，几乎所有的文学思潮都和期刊的策划有不同程度相关性。在某种意义上，文学策划潜在地改变了传统文学格局。"③这些策划式文学运动，一方面

---

① 赵勇：《王小波与当代文学的关系：答〈人物〉杂志社记者问》，《当代文坛》2012年第4期。

② 文能致房伟的信，2015年1月25日。

③ 黄发有：《九十年代以来的文学期刊改制》，《南方文坛》2007年第5期。

延续20世纪80年代文学的某些生产方式，如文学刊物、出版社、评论界在主流意识形态默许下（也时有抵牾冲突），进行文学圈内的集体冲锋生产模式；另一方面，90年代这种文学生产，又有明显商业痕迹，是90年代文学期刊面对市场经济的应激性反应——时至今天，"80后"、"90后"等文学概念炒作中，依然能看到这类生产逻辑。

但是，如果冷静考察，20世纪90年代以来的文学期刊策划，在增强文学自主性的同时，也面临巨大危机，即参与度下降——文学成了"文学圈"的事儿。90年代，最有影响的纸媒、电视传媒和发行量巨大的非纯文学出版物，已很少介入文学策划行为。这和"伤痕文学"一经发表，天下尽转载的情况，已是天壤之别。尽管，90年代文学策划，依然能赢得相当的发行量与关注度，但传播思想和文化的媒介主角已不是传统文学期刊，而是强势崛起的中国报业。《南方周末》《三联生活周刊》《中国青年报》《羊城晚报》等，随着市民阶级的发育和国家新闻传播管制放松，已获得了无与伦比的发行量和影响力。这些报业集团，一方面通过文学副刊版，力图创造轻松休闲、具知识性与趣味性的大众市民文学（如秋雨文化散文、女性情感散文、美食小品、励志故事等，《知音》等软性杂志也参与了这个进程），且积极地参与"文化英雄"的策划——这关乎"媒体权力"的崛起。

仅比较传播效果和覆盖率，大众报业无法与影视业相比。大众报业也常与出版业联手出击，打造某些品牌。但大众报业却有电视产业很难抗衡的领域，即文化生产精英话语领域。尽管，20世纪90年代电视产业也推出了"焦点访谈""实话实说"等广受欢迎的栏目，但视觉传播模式与纸媒的区别在于，纸媒的思想和美学深度是电视产业很难比拟的。大众报业的传播速度，又快于出版业。通过90年代的文化英雄，从陈寅恪、海子、顾城、顾准到王小波，都能看到纸媒巨大的影响力。更深层次的原因，90年代报业利用市民社会蓬勃发展的机会，参与创造公共话语空间，打造"媒体权力"，并为中国现代化转型创制现代理性提供可资借鉴的"文化范本"。对抗、监督、关注，是媒体的收入来源，也是其通过公共空间分享权力的方式。海子和顾城以"诗人之死"向世人宣告世俗社会的胜利，顾准通过对希腊城邦文化的研究，隐讳地指出中国现代制度的源头性范本。王小波则通过"智慧""有趣""性爱""自由"等元素，利用专栏杂文，打造自由理性的公民现代伦理标准。这既有古典自由主义影响，也有90年代全球化语境新自由主义的影子。王小波之后，王小山等专栏自由撰稿人，乃至今天的微信公众号、微博"大V"，基本延续了王小波杂文的路数。

有心种花花不成，无心栽柳柳成荫。王小波辞职后，本想当小说家，却成了"自由撰稿人"。王小波生前，最先肯定他才华的，是《三联生活周刊》《南方周末》等报。王小波也因其杂文成为中产阶级理性代言人，以及流行至今很多语汇的发明者。王小波的机智俏皮、幽默辛辣，海归知识分子身份，作家兼学者的形象，特立独行的自由人派头，无不符合现代媒体个性化代言人形象。细究起来，台湾报业集团龙头老大《联合报》授奖给王小波，除了文学成绩、名人推荐、意识形态等因素，未尝没有传播方面的考虑。20世纪90年代报业的发展，给了王小波一个非正规的文学发展机遇。两者的遇合，是因为现代报业自由理性的政治企图，与王小波的内在气质发生了共鸣。90年代中国个人主义发育，市场经济的新伦理需要文学的参与——无论是杂文，还是小说。90年代纯文学，总体趋势是解构性、去政治化与去历史性的，适应全球化资本主义的地域景观想象，却缺乏反映90年代中国现实的主体性诉求。报纸传媒对王小波的认可不遗余力。4月11日，是王小波去世的日子，连续二十年，《南方周末》《三联生活周刊》等大报都连续跟进。中国当代作家很少能获此殊荣。同时，发行量巨大的"非文学杂志"，非纯文学性质的出版社，如《人之初》《读者》等，也参与了对王小波经典形象的塑造。这个过程，还包括海量非正宗文学爱好者和小资知识分子的推崇。学者孙郁提及，他90年代末在《北京日报》当编辑，曾编发旷新年批评王小波的文章《王小波的悲剧》。下午下班，孙郁被一群愤怒的青年读者堵在了报社门口。[1]这种思想影响力，当下中国作家也少有人可比。

然而，这样一个理工科出身、留学海外、思想异端的前中国人民大学会计系中年"怪咖"讲师，要被当代文坛接纳谈何容易。按照20世纪

---

[1] 据笔者对孙郁先生的采访，2015年4月10日。

80、90年代作家的成长路径，作家无论大学学什么专业，其创作都以"纯文学"或"先锋文学"自居，像王小波这种兼杂文理的"野狐禅"，让人感到怪异。比如，作家张洁也出身人大会计系，但张洁的写作何时有过理科的影子？出身自动化专业的朱文，不会在小说里叨叨理科知识。"前牙医"余华也不会在小说中讲述拔牙技术。如果说，理工类专业对作家的影响基本是潜在层面的。这些作家感觉是大学入错了行，像王小波这样，痴迷于文学也痴迷于计算机，曾发明国内第一套四声汉字输入法，还能自己设计书写软件的作家，中国绝无仅有。而且，王小波也不是"策划作家"，他从不参与文学圈策划，也不比照策划规划创作，如新状态、新现实、新体验、新市民、新都市……因此王小波也就很难被归纳到20世纪90年代"策划—发表—出版—获奖—成名"的文学圈生产机制。

进而言之，王小波和20世纪90年代文坛推出的王朔、林白、朱文、潘军等作家的不同之处在于，他没有经过现代文学传统与当代文学传统的"双向挤压塑形"。不是文学圈中人，还可以补救，但文学气质"异端性"，更增加了王小波被文坛认可的难度。这种文学传统，一方面，要将作家纳入中国现代文学概念规训（包括左翼传统和启蒙传统），如现实主义、浪漫主义、批判现实主义等。另一方面，这个文学传统，又包括新时期文学形成的当代文学规范，诸如向内转、先锋性、主体性、新启蒙、纯文学、民间性等。90年代文坛对市场经济的反应是应激性的，但基本在文学圈内发生。它丧失了80年代强大的媒介资源整合度及大众关注度。即便《废都》《白鹿原》这样轰动的作品，也无法获得80年代文学媒介的"共识性"。任何想在90年代成名作家，进入正规文学期刊界，必须经过这两个文学传统的检验。当然，90年代受全球化新自由主义影响，一些新文学规范也在形成，如历史终结、反宏大叙事、私人写作等，但这些规范都和上面提到的现代文学传统与当代文学传统之间有极为深刻的内在联系，也受制于一大一小两个传统。王小波与上述文学规范存在不少疏离之处。王小波注重文学形式创新，但他所进行的却不是先锋小说和纯文学创作，又有强烈思想批判性。王小波注重个人写作，解构宏大叙事，却拒绝简单的历史虚无和语言游走。他深入中国文化，进行大胆讽刺与畅快想象，试图建构自由主义新伦理观。王小波的小说语言幽默俏皮，但不是莫言、刘震云式的民间狂欢写作，处处闪烁着知识的智慧。王小波的小说品相，恰恰属于中国现代文学发育之中最不发达的两个品类，即讽刺小说与学者小说。如果说，在中国现当代文学发展中，有作家气质上接近王小波，那就是写《围城》的钱锺书①。再往上推，是写《故事新编》的鲁迅。有学者认为，将鲁迅和王小波联系起来很荒唐，但如果从理性精神、对悖论语境的反讽、讽刺艺术、深厚的学养、非文科出身的背景，以及狂放的历史趣味想象等角度出发，我们都能看到，这两位同时操持杂文和小说的中国作家的内在相似性。

南北文学期刊的地域差异性，也是王小波在20世纪90年代面临接受障碍的重要原因。王小波出身北京高级知识分子家庭，王小波的妻子李银河，也出身北京高级知识分子世家。王小波的人脉关系、性格禀赋、精神面貌，符合太多北方想象。甚至外形上讲，王小波也是典型北方大汉。然而，怪异的是，对于王小波作品的接受，却是南方大于北方。这并非厚此薄彼，贬北崇南，而是以此考察90年代语境，文学环境的内在差异性与选择机制。王小波虽是北京人，但他的文学理想更适合南方文化氛围，而与90年代的北方有不少抵牾之处。或者说，在北京文化圈，王小波的接受形象，主要是自由撰稿人、思想型海归学者，甚至是电影编剧，而不是小说家。比如，《南方周末》《南方都市报》等南方系报刊，对他的推介和关注力度，基本与《三联生活周刊》《北京青年报》《中华读书报》等北方报纸相当。《读书》等北京权威知识分子刊物，对王小波的杂文推荐力度很大。王小波在南方报系发表的杂文，数量也基本与北方持平。然而，从小说发表来讲，王小波生前共发表19篇中短篇小说，却有12篇发表于南方文学杂志，包括《花城》《收获》《广州文艺》《小说界》等，还包括《人之初》这样分6期连载《黄金时代》的南方非文学杂志。出版上讲，王小波第一本小说集《唐人秘传故事》，由山东文艺出版社出版，但纯系自费。第二本小说集《黄金时代》，在编辑赵洁平的全力支持下，由华夏出版社出版，出版过程困难重重，受到内部审查，只能经由二渠道

---

① 房伟：《钱钟书与王小波》，《文艺报》2013年2月18日。

销售，出版后受到批评。相比而言，花城出版社在1997年王小波活着时，就打造了精装本《黄金时代》《白银时代》《黑铁时代》三部曲。就文学评论而言，南方系中山大学教授艾晓明出力最多、态度最坚决。她不遗余力地介绍王小波的文学成就，热情推广他的作品，并与李银河合编《浪漫骑士》一书，产生了极大反响。笔者在台湾查找资料，还曾看到艾晓明教授发表于香港、台湾的关于王小波的评论文章。

具体而言，以《花城》与《北京文学》为例，看20世纪90年代语境下，王小波和南北文坛的微妙关联。《花城》老主编田瑛，谈到90年代文学环境时说："九十年代开始，文学期刊的订数急剧下滑，全国所有的文学期刊都在面临着生存的考验，屋漏偏逢连阴雨，我们花城出版社这几年因经营不善而连连亏损，短短几年负债累累，权宜之计只好出租办公室。"面对市场化挑战，很多老牌著名刊物，如《当代》《十月》等，坚守办刊传统风格，终于杀出一条路，保持了刊物的品质与影响。《花城》的选择却是"先锋性"："九十年代初，《花城》开始转型，注重对小说形式的探索，追求一种自觉的文本意识。我一直认为中国作家的通病是缺少文本意识，如何为中国文学提供一个崭新的文本，一直是我做杂志的理想。"[①]北村、李冯、韩东、东西、陈染等一大批具先锋意识的作家，通过《花城》走向文坛。对王小波的推广，《花城》功不可没，王小波生前发表19篇中短篇小说，《花城》占据了5篇（1994年《革命时期的爱情》，1995年《未来世界》，1996年《2015》，1997年《白银时代》，1998年《绿毛水怪》，1997年第5期发表艾晓明纪念文章《永别之约》），均由文能编发。花城出版社率先推出王小波三部曲，取得了非常好的营销成绩。花城版"时代三部曲"到2002年为止最少销售十五万套（五十八元一套）。[②]田瑛说："我们在发他的小说的同时建议出版社出版他三卷本的集子，当时出版社有不同的意见，因为王小波还不够出名，他的小说有些异类，市场认同度并不高，很多人对他那种感受世界和表达世界的方式还不能理

---

① 田瑛、申霞艳：《九十年代：转型与尴尬》，《花城》2009年第5期。
② 夏辰：《王小波出版史：生前的冷落与死后的哀荣》，《南方周末》2002年4月11日。

解……可以说他就是《花城》推出来的,也是我们看好的作家。我对肖建国社长力荐王小波,说此人不可忽视。"

笔者找到一些王小波生前和《花城》编辑文能的通信。王小波称:"北京文学界的朋友,对四大刊物的排名顺序是《花城》《收获》《当代》《十月》,我很为您高兴。正是因为有您这样有胆有识的人,《花城》才越办越好。"[1]虽有夸赞之意,但王小波对《花城》的感激与肯定也溢于言表。文能在王小波生前和去世后,介绍王小波的文字,主要有3篇。他在1999年山东画报出版社出版的《艺海双桨——名作家与名编辑》中(陈思和、虞静主编),评介了小波在《花城》发稿的经历。文能追述了《革命时期的爱情》被《四川文学》编辑杨泥推荐给他时,他的最初阅读感受:"他小说的'路数'与当时文坛上的各路高手也全然不同,连相近的'旁支'也找不到,看上去怪怪的。他写'革命',却用一种戏谑和调侃的叙述消解了'革命'的庄严与神圣,让我们看到的分明是一场目的不明的游戏;他写'爱情',情和爱都统统褪去了迷人的外衣剩下的只有性和欲。"[2]对这样"异端"的作品,又是来自完全陌生渠道的作者,从《花城》的主编,再到花城出版社的编辑钟洁玲等,都给予了高度肯定和大力支持。

北京支持王小波的文化界人士也很多,如《三联生活周刊》的朱伟、《北京文学》的李静与兴安、学者丁东、编辑赵洁平、记者王童等,还有些青年朋友,如镂克、张卫民等。但他们大多不属文学界,或不是主流文学位高权重之辈(如赵洁平本是专门编发社科学术类图书的编辑)。王小波作品发表史上,《北京文学》是仅次于《花城》的发表阵地,达到3篇(《夜里两点钟》,《北京文学》1997年1期;《万寿寺》,《北京文学》1997年7期;《马但丁》,《北京文学》1998年6期),但这和编辑李静艰辛的努力有关。比较而言,王小波在《花城》的稿费,一直是刊物中最高的。据文能回忆,"小波当年的稿费大概是千字/40~50元之间(这是当时我们刊物能给出的最高稿酬,每发稿酬时我都强调他'失业',

---

[1] 王小波致文能的信,1995年6月21日。

[2] 文能:《阅读与倾听》,见《艺海双桨——名作家与名编辑》,山东画报出版社1999年版,第349页。

靠稿酬维持生计为其力争)"。① 北京评论家兴安曾推荐王小波参加北京青年创作笔会,但王小波只待了半天就跑了回来,还声称活动特别无聊。兴安表示不理解与无奈。② 尽管刘心武很欣赏王小波,也试图帮助他结识更多圈里人,但王小波始终难以打开局面。

比较而言,南方文坛更靠近市场,北方文学圈更靠近意识形态;南方强调文学形式的创新与先锋性,北方更看重作品思想的厚重与现实批判性;南方文学的个人性更强,北方注重文学传统和规范。这只是相对而言,无所谓好坏优劣,不过因此形成了不同的文学淘汰选择机制。不能简单归结于私人恩怨、南北差异或刊物眼光,而是要看到王小波和当时主流文坛的复杂关系。王小波的小说风格和主题,显然和20世纪90年代公认的文学趣味相距甚远。他的出现,是对文学编辑的挑战,也是对文学圈对于异质性创作容忍度的考验。王小波生前声称,曾收到过很多谩骂性退稿信。文学圈话语方式在表面多元化之下,依然存在强大的规定性法则。这既是对文学的政治性而言,又是对文学本身的游戏规则而言。他的长篇小说《寻找无双》《万寿寺》《红拂夜奔》,均经压缩后作为中篇小说发表。直到王小波去世,也未完整发表过一部长篇小说。王小波的知青故事,缺乏我们熟悉的豪迈理想主义;他的日常生活书写,也没有暧昧琐碎、物质至上,以及王朔式的低身段调侃;他的历史传奇,更像科学爱好者的无厘头臆想,没有微言大义;他也写性,惊世骇俗,却干净坦白,没有狡猾的方框和边缘性游走。王小波,对20世纪90年代文坛而言,就是十足的"怪胎"。

尽管20世纪90年代文学期刊面对市场经济大潮不断进行改革,但文学大环境的改变,加之体制的束缚,使90年代的文学语境很难处理王小波这类具异端气质,又有极大"市场潜力"的作家。这里的市场潜力,不是说王小波有通俗气质,而恰在于王小波的精英气质满足了中国现代转型过程对知识分子形象的期待,也满足了普通小资大众对现代理性精神的呼唤。90年代文学格局下,权威作家大多成名于80年代,如莫言、张炜、

---

① 文能致房伟的信,2015年1月4日。
② 根据笔者对兴安的采访,2015年12月10日。

王安忆、韩少功、贾平凹等。90年代崛起的作家，基本还是文学体制内部培养的。卫慧、陈染、林白、韩东、朱文等作家，虽多受市场经济影响，但依然与主流文学体制有重要关联。比如，卫慧、棉棉与身体写作的关系，林白、陈染与先锋女性写作的关系，韩东、朱文与新生代写作的关系等。甚至90年代末成名的文学青年韩寒，也与"'80后'文学"有关。只有王小波，其定义、传播，依赖知识分子与大众媒体来完成。王小波去世后，国内至今没有一个作家能成功复制王小波式的文学操作模式。王小波属于90年代，是传媒业与知识分子共同打造的最后的"文化英雄"。报纸传媒的黄金时代已经过去，自媒体时代到来，又带来了新的对王小波的认知态度。但当今的中国文学格局，相比90年代，除了网络文学崛起之外，变化其实不大。文坛和王小波的隔阂依然存在，并演变成了一种赌气式的"对抗游戏"。媒体越是宣传，很多批评家和作家越是对他视而不见。

王小波身前与身后，文坛对他的质疑声音也一直没间断。由于进入文坛时间短暂，且文风、思想和路数有很大差异，大部分传统经典作家对王小波并不熟悉，保持了一种疏远淡然的态度。王小波去世五周年，批评家李静在《南方周末》做的一组访谈，几乎是逼着文坛大腕们表态——

> 我应约采访文坛大腕对他和他的作品的看法。因为这一直是王小波评论中缺少的能"填补空白"的工作，我欣然答应，直到打了一圈电话以后才知道自己在自找麻烦。总结起来作家们的意见有如下二种：1.王小波的东西我没怎么看过，就别在他的忌辰胡说了吧。刘庆邦、梁晓声、刘震云、格非、毕飞宇等表示了这个意思。"出于对逝者的敬意，像'我不喜欢他的东西'这种话，现在也是不宜说的。"其中的一位谨慎地说道；2.现在他已经这么热闹了，我就不说了吧！这是王朔的原话。

成名作家中，公开为王小波叫好的也有一些，比如，"60后"著名作家李洱：

> 在经历了大腕们不约而同的沉默之后，《花腔》的作者河南

青年作家李洱终于给了我一个认真的回答。他认为，王小波是一个天生的、典型的作家，他进入事物细部并把缝隙打开的能力令人赞叹；他认为小波在文体上有建构性，"他的小说写得比我好"；但是他同时认为小波的思想并没有什么创见，小说比随笔的成就更大。

很多人批评王小波推崇西方式思维，特别是有民族主义情绪的作家。20世纪90年代初，由于王小波对民族主义风潮的批评，特别是对《中国可以说不》一书的批评，早就和一批"爱国热血"的文人结下了"梁子"，即使他去世后，"王小波否定传统、不爱国"的说法，依然很有市场。如网文《一个不为人所知的王小波：一种装蒜的自由主义》，指责王小波是一个被仇恨淹没的人，恨的根源在于一个字——"穷"；文中还说王小波是一个被海外生活扭曲了心灵的亲美派。

而由于王小波明显的自由主义知识分子趣味，左派学者对他也较冷淡，如旷新年的文章《王小波的悲剧》。文章开篇就声称，"有时在报刊看到他的名字，也不过把他当作一个专栏作家浏览过去了，并没有发现他的特别之处"。接着，该文对王小波力挺林白的文章《艺术与关怀弱势群体》进行了批评。王小波在杂文中说，"笔者在北大教过书，知道该校有个传统：教室的门是敞开的，谁都可以听。这是最美好的传统，体现了对弱势群体的关怀。但不该是谁都可以提问"。旷新年认为，王小波的这个说法，表明了他是一个"虚假的精英主义者"。虽然，旷新年也承认，王小波是一个有趣的人，但也指出，自己并不喜欢别人把他当成神话，因为"自由知识分子"把王小波的死当作一个庆典，并呼吁"赞美少一点，思考多一点"。

有很多学者喜欢王小波文章中的智慧幽默，但对其中的智力优越感，由英美经验主义哲学所带来的中产气味、精英主义，对平等精神的过分抵触等问题，有着很多批评。比如，王晓华撰文写道："王小波思想中的一个主要悖论是：他一方面认为'参整多态乃幸福之源'一方面又反对文化相对主义，认为文化之间存在高低贵贱之分，并主张用高级的文化（理性的文化）取代低级的文化（非理性的反科学文化）。他没有意识到用科学理性统一所有的文化只能消灭文化层面上的'参整多态',因而等于堵塞了文化层面的'幸福之源'。"① 这种悖论性,既是王小波对后发现代中国悖论性的体认,也表现了他思想之中的片面性与偏执性。当然,任何思想立论都有其排他性,王小波式的自由主义在20世纪90年代被知识分子精英阶层广泛接受,也不能不说有其隐秘的心理暗示和联系。宽容和理性,反抗专制,可以让王小波在很多普通人那里获得共鸣和共识,而精英知识主义,又在一定程度上满足了全球化时代国际资本对中国智力资本的期待视野,也适合90年代在上升的中产阶级形成比较稳固的阶层意识和公共空间话语方式。

　　对很多更年轻新锐作家而言,王小波更是一个应"被超越"的标志性人物。比如,新锐作家蒋一谈认为:"王小波的文学缺乏善,缺乏发自内心的悲悯。""王小波的文学同样缺乏美。王小波的写作方式是单调的,他乐于重复自己……""王小波的文字遗留下什么写作遗风?戏谑、阴郁、残暴、血腥、玩世不恭……"② 蒋一谈以精美的短篇小说著称,温婉精致,又入世极深。他与王小波这样擅长中长篇却在细节上经营不够的作家,自然不是同路人。与王小波同样,以"惊世骇俗的性趣味"和"智性写作"闻名的作家冯唐,也毫不客气地指出了他的缺点。冯唐在杂文《王小波到底有多伟大》中承认"小波的好处显而易见",列举出了"有趣味""说真话"和"纯粹个人主义的边缘态度"三条,随后又指出,"王小波的不足显而易见",理由则是"文字寒碜""结构臃肿""流于趣味"和"(思想)缺少分量"。他最后总结说:"总之,小波的出现是个奇迹,他在文学史上完全可以备一品,但是还谈不上伟大。""80后"作家李傻傻,曾经是王小波的推崇者,后来也提出了不同看法:"忘了看王小波作品的最初感受了,也很难提起再看的兴致。年轻时候被他吸引、蛊惑,年轻时他用有趣吸引你写作,用智力蛊惑你蔑视,估计过两年会忘掉他。"李傻傻曾经表示,王小波是其文学写作上的引路人之一,他的长篇小说《红X》能看出王小波的痕迹。

---

① 王晓华:《王小波的另一面》,《粤海风》1999年第5期。
② 蒋一谈:《遗憾的中国时间》,《人物》2012年4期。

"70后"作家阿乙的《26岁之后不再读王小波》①,也可以看作是试图寻找新路径、新思想和新的文学表现形式的青年作家们的野心和自我期待。他坦言"在26岁之前,我读得最多的是王小波、柏杨和李敖的杂文。我将一本《沉默的大多数》翻烂。相比来说,王小波的小说倒没给我留下太多印象,我大概记得有一篇《红拂夜奔》。"阿乙认为,王小波有一种"智慧的瘾",也是心灵的鸦片,以常识代替个人思考:"但在今天,我对王小波基本没有感情。而且我觉得自己在26岁前的阅读状态基本是一种有毒状态。我对王小波、柏杨、李敖的所谓智慧有瘾。我取的是瘾,而不是营养。他们所说的我基本都懂,我懂得这个道理,而继续迷恋,只是为了附和到他们的嘲讽中去。"

　　阿乙无疑指出了王小波杂文和小说的一个问题,即王小波有很强的精英主义思维,他在反庸俗、反道德主义和反虚伪的路径上,很容易通过常识性展现出对于普通人智力和精神上的优越感。而对于小知识分子而言,王小波是解毒剂,也是制幻剂——他为他们制造新的愤世嫉俗的智力幻觉和精神幻觉,而一旦脱离了这种精英主义的思维,王小波本身的文学成就和素养,就显现出很多不足之处。

　　说起来,王小波的影响主要是在"70后"和"80后"这两代人。很多青年作家和批评家,还是充分表达了对王小波的敬意。比如,"80后"代表作家王威廉认为,王小波是一个有独特的生活世界的作家。他的立场是一种自由主义的务实态度,他希望自己写作每一步都有据可依、逻辑严密。他倡导一种渐进式的改良,既不高调,也不回避,直面问题。但王威廉也有困惑:王小波的影响这么大,为何那种独特的叙事方式、机智繁复的话语,以及黑色幽默,却在当代文学创作中失传了?

　　二十多年过去了,无论是喜欢还是讨厌,王小波正在变成一个"经典"被超越,他身上负载了太多复杂的社会信息,也负载了太多怨恨、愤怒、喜爱、沉静与悲伤。然而,与王小波在公共空间不断被抽象成符号相反,对更年轻的"90后"青年、21世纪青年而言,在这个充斥着网络信息的

---

① 阿乙:《26岁之后不再读王小波》,《人物》2012年第4期。

喧嚣时代，深刻的东西似乎都在被简化为更具快感的表达与更炫目、直接的娱乐。不管是否承认，"黄金时代"的故事已经过去了，庄严宏大的东西依然存在，而那些激动人性的爱情、蓬勃无忌的欲望，都已在"似水流年"中化为无尽的怀念。在喧嚣的今天，我们还能为中国写下未来的寓言吗？

论当代小说经典化的"异端"问题

论及当代小说经典化中的"异端",牵涉两个问题,一是当代小说经典化,二是当代文坛的"异端作家",这两个问题又关系到文学史的重写和作家经典体系的变动。事实上,所谓"经典"和"异端"均是变动不居的概念。反思经典体系,发现被遮蔽的"异端作家",既有利于构建一个更具说服力的广义当代文学经典化秩序,也有利于打破文坛固有成见,为当代小说研究注入新鲜血液。

一、祛魅与赋魅的逻辑:"经典"的认定与"异端"的存在

(一)"经典"秩序与"异端"问题

当代小说经典化问题,有两个方向,一是当代小说是否具有经典价值,二是如何对当代小说经典化。本文讨论的是第二个问题,但第二个问题和第一个问题有内在联系,牵扯到对当代小说价值的认定。真正的经典化是一个经典的淘洗、重写、淘汰甚至是改写的过程,比如,现代文学"鲁郭茅,巴老曹"的经典序列,被张爱玲、沈从文、钱锺书及金庸等作家冲击和颠覆。如学者孟繁华所说,文学经典的确立与颠覆从来也没有终止过。文学史,从某种意义上也可以说是经典确立与颠覆的历史,经典的每次危机过程也就是经典重新确立的过程。[1] 当代文学到了反思自身的时候了。是利用史料整理和后现代方法论对具体作品的历史语境进行还原,确定经

---

[1] 童庆炳、陶东风主编:《文学经典的建构、解构和重构》,北京大学出版社2007年版,第114页。

典化秩序，还是对现有当代文学秩序进行质疑和重写？这是当代小说经典化过程中不可回避的问题。前一种方法，采用对概念的知识考古，重新考察诸如新时期、伤痕、寻根等文学概念，发现文学史已定论的问题，但从根本上不触动新时期文学秩序。此类知识考古，其实是当代小说秩序化的一种方式。这种研究方法也存在明显不足，主要体现在由于未触动新时期文学秩序，由此构建起来的文学体系不能完全涵盖经典。其根源在于，文学史写作与经典认定系统始终存在欠缺。这种欠缺一方面源于研究者自身视野的局限，另一方面也与非文学的束缚有关，表现在文学史上，便是经典的认定无法摆脱政治影响，所构建的文学经典体系很大程度上偏离了文学。研究者自身学术素养的提高固然重要，但更重要的是要对观念进行调整，以更开放的心态对文学作品的价值重新评定，这就包括"异端作家"及其创作。我们对现代文学史的重写和经典改写，有海外汉学的影响，如夏志清、李欧梵、王德威等人的研究；但当代小说的经典化，应有一个"内倾原发"的过程，也就是说，真正形成以大陆文学为核心，兼顾海外华文创作，视野广阔的经典化。因此，必须修正传统的经典化路径，这样做的目的并不是颠覆已有的经典秩序，而是为了将以往被遮蔽、忽视的，及当前待发掘的好作品纳入文学谱系。一旦开启这一研究程序，势必要将之前被认作是"异端"的创作纳入研究视野，如此必须具备处理"异端作家"相关问题的能力。

（二）有关"异端"的解说

所谓"异端"，中文原意为异常之征兆，后引申为社会正统对异己思想、理论的称呼。古代中国，儒家学派将自己以外的思想、学派、学说视为"异端"。《论语·为政》有云："子曰：'攻乎异端，斯害也已。'"[1] 基督教、伊斯兰教语境下，与正统神学相违背的各种宗教信仰派别均为"异端"。异端概念是历史的、具体的、相对的，在一定历史条件下，某些占

---

[1] 杨树达：《论语疏证》，江西人民出版社2007年版，第33页。

统治地位的思想被称为正统，不符合正统的思想便被视为异端。①文学研究体系中，所谓"异端"是与主流相对的文学流派或文本。循迹西方文学史，我们发现，宗教与文学紧密相连：古希腊文学是欧洲文学的源头，早期基督教文学是欧洲文学的另一源头，是它新的组成部分。欧洲封建社会以基督教为精神基础，形成了中世纪文学；接续而来的文艺复兴、启蒙运动虽然将宗教愚昧作为反对对象，但却在这一过程中不自觉地将宗教作为文学的一个重要组成部分来分解重组，仍然受宗教文化和精神的深刻影响。抛开宗教，我们无法深入研究西方文学，而基督教的"异端"意识又影响到人们对文学的解读。以17世纪的巴洛克文学为例，其在诞生之初便因怪癖、极端而又杂乱无章的艺术特色被主流排斥，只是到了后来才得到公正评价，并为人们所赞赏。西方文学研究者对诸如此类的文学"异端"始终有清晰认知。反观我们的文学研究系统，仍然缺乏对"异端"的清晰认知，甚至对某些具有"异端"色彩的创作产生误读，从而影响对文学创作的整体认知。因此，发掘并深入研究"异端"问题是极为迫切的。

关于"异端作家"，我们很难划出确切范围。由于"异端"这一概念与"正统"相伴而生，因此它一直随"正统"的变动而变动。20世纪20年代的创造社，30年代创办的左联，及"十七年"文学中的王蒙、刘绍棠、陆文夫等作家，在某一历史时期都曾被视为"异端"。新时期以来，伴随文学管制的放松及相关文化反思，主流意识形态对文学创作采取相对宽容的态度，因此很多之前被视为"异端"的创作也被纳入了"正统"，这便包括王蒙的《组织部新来的青年人》，萧也牧的《我们夫妇之间》，宗璞的《红豆》等作品，然而也有许多作品随着时间的推移渐渐淡出了人们的视野。以伤痕文学为例，作为一种文学现象，其自身的短命决定了相关作品无法在文本创作方面完全走向成熟，因此，《伤痕》《班主任》等作品的文学史意义远远超出了其文本所蕴含的文学价值。关键在于，同一时期，有一些作品却因外部原因遭到遮蔽，如刘克的《飞天》，王靖的《在

---

① 郑宁波：《论"异端"元问题——基于概念、发生学及价值等要素的分析》，《甘肃理论学刊》2011年第2期。

社会的档案里》、礼平的《晚霞消失的时候》等，这些作品在写作水准和艺术水平方面均不低于《伤痕》和《班主任》，甚至可以说，单就文本而言，其价值要高过两部伤痕文学代表作。这些作品之所以受遮蔽，主要还是政治原因。另外，如果我们将视野扩展到整个华文写作，就会发现早在一九七四年，台湾作家陈若曦便在《明报月刊》发表了作品《尹县长》，刻画出"文革"对人性的扭曲。今天来看，这部作品带有很强的"伤痕"色彩，我们是不是能以更开放的心态，将这类作品纳入伤痕文学经典序列当中？这无疑值得我们思考。

事实上，我们的视野中仍存在相当一批具有价值，存在经典化可能性，但却因种种原因被划归"异端"的作家或作品，之所以将他们划归"异端"，是因为他们在某个或多个方面偏离主流，具有特异之处。概括来说，作家作品被归入"异端"不外乎三种类型：一种是触犯了主流政治意识形态，另一种是背离了主流社会道德风俗规范，还有一种是具有独特审美创新性。张承志因其宗教写作而成为另类，当然，这并不是说他的创作选用了宗教题材便成为"异端"，而是因为他以宗教为基础，建构了独特的精神原则，并用它对现实进行质疑和对抗。他的早期作品如《九座宫殿》《黄泥小屋》，虽然也涉及宗教，但这种独有的精神气质并不明显，在之后的《西省暗杀考》《心灵史》等作品当中则表现得异常鲜明。"异端即美——这是人的规律。"张承志在《心灵史》中这样写道。可以说作家本身便有成为"异端"的自觉，现实生活中他便是一名"反西方"的作家，他的信仰指向宗教，但批判的锋芒还是朝向现实。因社会道德风俗规范而被划归"异端"的作家包括贾平凹、冯唐等。贾平凹的《废都》，由于独特大胆的态度及赤裸裸的性描写，引起社会各界激烈争议，作家本人甚至被冠以"流氓作家"的称号。作品独特的性叙事，在挑逗人们神经的同时引起了主流社会的强烈抵制，作品内蕴的精神颓废感更是主流社会难以接受的。冯唐的作品中同样充斥着大量刺激感官的性描写。作家本人更是明白地表达了自己的小说创作观："不负责通过满足一般审美习惯让人身心愉悦，不负责歌颂现有正见维系道德基础，不负责遵从主流把人往高处带。"这种以"不负责"的态度言说"怪力乱神"的写作，无疑和主流社会的道德风俗规范完全背离。具有独特审美创新性的作家，包括王小波、残雪、曹乃谦等人。王小波作品的审美创新性主要体现在作品的荒诞性、狂欢化，以及死亡叙事等方面。他的文字跳跃性极强且极富张力，在作品当中营造出独一无二的话语迷宫。残雪的创作主要集中在中短篇小说，她的文本以极强烈的先锋性将读者拒之门外，个人化近乎呓语的表达方式，更使她的文本与主流文学拉开了距离。曹乃谦的创作，在语言上极具个人色彩。他以充满泥滋味的农民语言进行书写，并以独特的视角对山西农村进行再叙述，打破了固有文学图景。

当然，三种原因有时会集中到同一位作家身上，以王小波为例，他的某些作品实际既触犯了主流政治意识形态，也背离了主流社会道德风俗规范，同时还具有独特的审美创新性。《黄金时代》当中，王二与陈清扬惊世骇俗的性爱神话，最大限度上对革命进行了解构。作品中落后青年王二与"破鞋医生"陈清扬，因革命语境下的"破鞋逻辑"，结成了匪夷所思的"伟大友谊"。王陈二人的友谊以性爱为纽带，以对外部世界的不满为心理基础。同样，《我的阴阳两界》对无聊无趣生活的否定，《白银时代》《未来世界》等作品对"乌托邦"的反动，都是其创作异端性的表现。王小波的创作，一方面用性揭示了革命与爱情在当代中国复杂的生成关系，另一方面又用"性的真实"否定革命逻辑的荒诞，可以说是对主流意识形态和社会道德风俗规范的双重背叛。同时，他以冲击力极强的死亡叙事及荒诞叙事，完成了对强权和暴力的控诉，实际是将独特的美学风格注入了文学创作当中。又比如，残雪在她迷宫式的写作模式当中，隐藏着自己对过往的回顾和对现实的思考，这其中包括对反"右"及"文革"记忆的书写，如《山上的小屋》，也包括对改革带来的现代文明的惶惑，如《长发的遭遇》。可以说，残雪看似个人化的呓语与时代密切相关，偏于先锋的叙事风格是她小说的美学特色，但对政治的个人化理解其实也渗透其中。另外还有史铁生，在《我与地坛》《务虚笔记》等作品中，作家虽没有明确对宗教的信仰，但却在对命运和苦难的信仰当中认定"造物主"伟力，因而使作品带有宗教气息。事实上，史铁生的创作，因带有个体精神封闭性和主流文坛拉开了距离，史铁生身体状况的特殊性，更使得他的创作带有强烈的个体自救色彩。他的作品实际是通过彰显精神的强度来抵御来自外部世界的压力。这些因素使得他的创作既反体制束缚，也反传统习惯，并用信仰搭建起独特的美学范式。

二、经典在变动中生成:"异端"的价值考辨与经典化路径

(一)"文学性":"异端"经典价值的最高标准

所谓经典,一定在某种程度上拥有超越时空的力量,不管是艺术价值,还是阐释空间,一定有其独到之处,值得人们反复阅读。从这个角度上看,仅仅用几条特定标准对作品进行限定,并得出"中国当代文学是垃圾"的结论,无疑有失公允。当代小说自身的价值既要通过时间去验证,也要文学研究者和读者共同发掘。归根结底,经典由人确立,因此不可避免地带有局限性。当代文坛"异端"确实存在,当代文学经典化又要求学界对当代小说创作重新评定,打破"排座次"的简单逻辑,用更理性的态度发现真正优秀之作。正如吴义勤所说:"现代文学只有三十年,而当代文学已经七十年了,也就是说这个一百年我们对文学经典的认识还停留在前三十年,甚至有人干脆就以前三十年取代和代替这一百年,这其实是很不公平的。强调经典化,并不是一定要为当代文学评出多少个经典,而是要启动一个经典化的过程。只有启动了这个过程,当代文学的评价才会客观、科学,当代文学与文学史的关系才能真正建立,当代经典才有可能会浮现。"①当代小说当中存在经典,但真正的经典远未被充分发掘,将文坛"异端"纳入到文学研究范畴,既是在考察"异端创作"的价值,也是在考察当代经典的价值。

"异端作家"及其创作是否具有经典化价值?对这个问题,也要一分为二地认识。我们既要打破僵化的文学体制,给异端作家作品进入文学史提供更多渠道,也要坚持"文学性"标准,反对简单以"标新立异"为标准衡量一切文学作品。异端作家作品有成为经典的可能性,但并不是所有带有异端色彩的作家作品都可以成为经典。有时,同一作家的异端性作品,也存在文学水平的巨大差异。文学性,必须是首要且最高标准。小说还是要写得好才可以成为经典,而不是简单"哗众取宠"或刻意"挑战姿态"。

---

① 卢欢:《吴义勤:当代文学亟需经典化》,《长江文艺》2016年第10期。

经典的评定更多地还是要从文学性出发,文学性的优劣,从根本上决定了作品是否具有经典化价值:如王小波用性解构革命的,带有自由主义色彩的作品《黄金时代》;同样重视性书写,用性来展现人性真实的《不二》(冯唐著);也包括运用荒诞手法揭露社会现实的作品;再如从个人视角切入,表现生活和精神困境的作品,如薛忆沩的《遗弃》……以上提到的著作无疑具有文学经典考察价值,但经典化道路上,"异端"之所以还能成为当代文学的一个问题,关键在于文学史还在很大程度上受非文学因素影响。这种影响不仅表现在简单迎合功利需要上,而且也表现在以简单的"反政治姿态"博取眼球和注意,忽视了真正的文学价值性上。

比如,陈冠中以书写政治讽刺小说著称,他的《建丰二年》被称为"新中国乌有史"。尽管被批评家称为:"嬉笑怒骂,以虚击实,往往正中历史危机要害,他更试图借小说解放思想,情感力量,为历史代谋推陈出新的契机,如何想象过去决定我们如何想象未来。"① 但仔细考察,该小说写法粗疏,人物刻画呆板抽象,故事松散混乱,基本是以大胆的政治想象替代文学的苦心经营,只能引起一时关注,但缺乏真正被经典化的价值。比之同类型作品,诸如奥威尔的《1984》、巴别尔的《骑兵军》,差距很大。这类以政治意图替代文学意图的作品,虽具有"异端"色彩,但依然要经受经典的文学性这一最高标准的审核,才能成为经典秩序的考察对象。类似作品,还有张爱玲的《赤地之恋》等。这种情形之所以会在当下发生,究其原因,主要还是文学史标准暧昧模糊,无法形成真正的通约性,从而使文学评判总在文学性和政治性上摇摆不定,某些情况下出现政治性压倒文学性的现象。由此看来,"异端"的价值要被真正发现,还有很长的路要走。可以说,如果不能回归文学谈文学,那么"'异端'是否具有经典化价值"将永远是一个伪问题。

(二)"异端"经典化的路径

对作家而言,被认定为"异端"绝不是一件好事,但与之相比,那些

---

① 王德威:《史统散,小说兴》,见《建丰二年》(序言),城邦文化事业股份有限公司麦田出版事业部2015年版,第8页。

没有被公开称作"异端",却在现实中被当作"异端"对待的作家作品,则更显得可悲。成为"异端"会影响到作品的传播与接受,而为"异端"正名则将关注点集中在文本的固有价值上。与主流文学相比,"异端"创作,特别是那些水准较高的"异端"文本的价值,还远未被充分认识。

首先,要对"异端作家"进行经典化,除了扎实的文本细读之外,还要做好史料工作。要对其传记及相关作品进行分析,对相关史料进行挖掘整理,如日记、档案等多项材料。真正有价值、有说服力的研究成果,要建立在对丰富翔实且可信度高的资料进行研究的基础之上。当代文学研究面临的一个重要难题,便是研究资料芜杂,有些资料还因政治因素而缺乏获取途径。如果将华文文学作为整体纳入研究范围,资料的获得与筛选便更加困难。因此,必须在着手之初便对这些问题有清醒认识。

其次,除此之外,也要对相关文学史进行研究,当前大陆当代文学史虽存在多个版本,但受外在环境影响,很多方面大同小异。对相关文学史进行研究,既要囊括大陆的当代文学史,也要参考海外学者的相关研究。相较大陆学者的研究,海外汉学的研究有其劣势也有其优势。其劣势在于,他们并未处于大陆这一客观环境,因此对有些问题的解读并不深入,颇有隔靴搔痒之嫌;其优势在于,他们能跳开大陆的习惯和束缚看问题,且能结合海外最新成果,在写作上更大胆,对某些问题的讨论也更客观。借鉴他们的研究方法与成果,对重写文学史以至于实现"异端"经典化具有重要意义。

再次,"异端创作"经典化不是孤立问题,若通过以"正统"为基准,先划定一个"异端"圈子,再将优秀作家挑选出来研究,就缺乏严谨性。对"异端作家"进行经典化要求我们首先确立一种大文学观。时间上,我们要以时代变迁为背景,明确当前形成"异端"的特殊文化语境;空间上,要将所有华文文学创作整体纳入其中进行考量,打破有关"异端"的狭隘见解,真正发掘有说服力的"异端"经典。若以意识形态为基准来界定"异端",则必然会陷入研究死角,或无法将"异端"与"非异端"区分开来——所谓"异端创作"并不代表其自身完全不带有主流痕迹;或是将不符合"正统"概念的文学全部拒之门外,人为扩大"异端"范围。因此,研究"异端"也必须重考据,重资料分析,同时要清晰把握大的文学环境,跳出文本看问题。

以残雪的创作为例,对其创作进行研究需结合其人生经历才有价值。我们将残雪称为"异端",并非仅仅源于其文本的怪异诡谲,还因为其看似私人呓语的作品总与时代密切相关。她在文本中营造的灵魂世界,总是与中国现代性宏大的历史变迁,以及全球化时代的消费意识纠缠在一起。从作品当中,我们可以看到作家本人对新时期文学的主导性给予回避、质疑,乃至拆解的一面,这才是其"异端创作"本质。而对"异端创作"进行史料挖掘整理的原因则在于,文学史当中有些作品存在被误读的现象,简单标签化掩盖了作家内在异端气质的复杂性,需要我们重新解读。例如反思文学和改革文学范畴内的张贤亮,用"改革"或"反思"的标签来界定他并不准确,他的作品实际流露出鲜明的救赎意识,表现了中国知识分子由传统向现代性转型时的精神内伤和启蒙危机。这种救赎意识,表现在文本当中便是作品中的主人公总在不断探索,要在一代人的际遇中寻找知识分子精神死亡的内在蕴涵。另外,前文所提到的王小波,张承志,史铁生,曹乃谦,冯唐,薛忆沩等人均属于具有异端气质,在文学上有很高成就,但却不在主潮之内的作家。他们对当代文学史的建构,能起到重要补充甚至是重构性意义。换句话说,文学经典要靠作家和作品支撑,要选出有分量的"异端",这样进行经典化才有说服力。总之,"异端作家"自身的复杂性决定了其经典化路径的复杂性,而开放的研究视野及心态,是重新对作家和文本进行筛选所必备的素质。

三、开挖文学的"富矿":发掘"异端"的意义与存在问题

(一)发掘"异端"的意义

讨论文学经典化中的"异端作家"问题具有多重意义。首先,如前文所述,只有将"异端"纳入研究范围才能使经典评定更具合理性。这种合理性在客观上源于其全面性——我们是将华文文学作为一个整体,且是在对史料进行再评估的基础上进行研究。从主观上讲,"正统"眼中的"异端文学"本身欠缺研究的合法性,"异端"实际被排斥于研究范围之外。甚至对作家的评价也会受到作品评价的牵连。换句话说,当前的文学生态

下,"异端文学"实际是一种"弱者文学"。从文学性角度出发对这类作品进行研究,有利于颠覆正统文学的话语霸权,促进文学研究向多元化发展,真正实现文学研究的多元共进。也只有对这类文学进行公正而非"正确"的判断,才能使文学研究更加真实可信。文学创作被社会接受是一个艰难又复杂的过程,既受到发行圈子限定,也受到文人圈子和大众圈子的限定。文学研究者应成为障碍的消除者,而不应该成为武断的裁判员。其次,正统文学客观上受主流意识形态影响,永远无法采用相对直接的方式对偏离主流的现实进行客观叙述。"异端"因其特殊性,对某些现实状况往往表现得更深刻。或者说,"异端"文学创作其实能以另类视角从主流叙述夹缝中发现事物的特殊性,如张承志透过宗教看待现代中国变迁、王小波以自由主义精神重新观照现实、薛忆沩对历史进行解构与再建构……他们描述事物时采用的文学表达方式都不是正统文学能直接运用的,他们的价值体现在以"异端"姿态进行创作,弥补正统文学的真空。再者,文学的本质是人学,以人为本,表现人,发现人,永远是文学的终极诉求。文学创作始终存在终极价值,尽管终极价值未必是一元的。我们很难说所谓正统文学写作比"异端书写"更接近文学的终极价值。恰恰相反,从莎士比亚至乔伊斯所创作的文学经典,自其诞生之初都不被主流认可,却因为拓展了文学认知空间,乃至开辟了认识人和世界的新路被后人赞赏。如前文所述,经典的一个重要价值便在其创新性。真正能称得上是创新的写作,一定不会与已形成定则的主流审美规范完全吻合。研究"异端作家",并不会使我们进入文学研究的偏门,相反,会使我们更为深刻地理解文学。

时至今日,对以小说为主体的纯文学创作持悲观态度的学者不在少数。布鲁姆提出这样观点:"诚实迫使我们承认,我们正在经历一个文字文化的显著衰退期。我觉得这种发展难以逆转。媒体大学(或许可以这么说)的兴起,既是我们衰落的症候,也是我们进一步衰落的缘由。"[1]孟繁华也指出:"'伟大的小说'或'经典文学'已经成为过去,历史是只可想象而难以经验的……21世纪是一个没有文学经典的世纪。不是因为别的,

---

[1] 〔美〕哈罗德·布鲁姆:《西方正典》,江宁康译,译林出版社2015年版,第3页。

只因为这是文学的宿命。"① 在一个文学看似衰退了的时代，讨论当代小说经典化"异端作家"问题是否过时呢？研究"异端"的价值，正在于让当代人以客观理性的态度，正视时代的文学创作。这也是文学研究者的基本使命。文学只是文学，本不该被划分为"主流"和"异端"，研究"异端"的目的，并不是为将其定性，而是为还原作品价值，还原文学创作本质。在将"异端"经典化的过程中，深刻反思已有文学体系，努力构建一个从文学性出发的文学研究和评价体系。

（二）"异端"经典化存在的问题

必须承认，虽然当下对"异端"进行经典化存在可能性，但问题同样不容忽视。"异端"经典化的问题，实际由两方面原因造成。一方面是"异端"固有的问题，另一方面是"异端"经典化过程中面临的外部问题。"异端"自身的问题，牵扯到文本性质。在我们将"异端"纳入经典文学体系的过程中，不仅要考虑"异端"政治因素，也要考虑大众读者的文学接受问题。抛开政治因素影响，"异端"是否便不再是"异端"呢？这可以参照"邪典"这一概念。"邪典"最初源自影视圈，影视研究中存在"Cult Film"，所谓"Cult Film"（"邪典电影"）指那些小圈子内被支持者喜爱及推崇的电影，也可称之为非主流电影。这类电影当中不失经典，但却未必能被大众接受。文学研究视域，实际也存在"雅典"与"邪典"之分，如美国的恰克·帕拉尼克，便是著名的"邪典小说家"。他的作品如《肠子》《搏击俱乐部》，充满血腥暴力，却有鲜明的独创性。我们现在的经典体系，是在大众审美体验与政治助推的接合点上诞生的。这意味着如果不能完美融入主流文学话语，即使写作水准很高且在小圈子内受欢迎的著作，也未必能跻身经典序列。另外，经典体系本质上是一种受传统观念影响的"正典"，但真正的经典体系应包容所有有价值的作品。

与内在问题相比，外部问题是"异端"经典化面临的主要问题。当代文学史的写作在很长一段时间内附属于政治，要使"异端"经典化得以进

① 童庆炳、陶东风主编：《文学经典的建构、解构和重构》，北京大学出版社2007年版，第24页。

行，必须让文学史真正树立起和意识形态的理性距离，使其具有相对独立的审美价值判断。重写文学史、反思已有经典体系，本质上是一种"颠覆与重建"，但出发点和目的绝不在此，而是要在这一过程中更好地把握文学规律与评判标准。只有这样，才能打破贴标签式的文学研究思路，从文学性出发，不再简单地用"正统""异端"划分文学。文学只是文学，除此之外，它什么也不是。以20世纪80年代的"《古船》风波"为例，小说诞生之初受到多方攻讦，原因主要是作品存在对土改运动残酷一面的描写。如今《古船》已被列为当代文学史的经典。但背离文学谈文学的现象仍然存在。立足现实进行创作、揭露人性是文学创作基本原则，文学研究者只有从文学研究的角度出发，才能真正得出经得起时间考验的结论。面对外部问题，研究者要力避脱离文学谈文学，同时也要避免故步自封，自说自话。发掘"异端"和完善经典是一个浩大的工程，有赖于文学界在基本原则上达成共识。

"异端作家"经典化的道路注定坎坷曲折。要想真正达成"异端创作"经典化，不仅有赖于文学公共空间的扩展，也有赖于文学接受水平的提高。同时也应当注意，并非只要是"异端"便具备经典化价值。有些作品渲染人性丑恶，以暴力叙事博人眼球，甚至不惜以牺牲文学性为代价刻意作奇，使作品流于低俗。这些"异端"无疑不具备经典化潜质。

批评的镜像:
历史、虚构与形式

第五辑

学术书评

房伟

一部新颖的"文学史视野"下的作家论
——评王金胜的专著《陈忠实论》

近些年来,常听到青年学者感叹,中国现当代文学学术研究领域人满为患。作家作品早被搞得滚瓜烂熟,史料考证到了研究作家每天吃喝拉撒、行走坐卧的吓人程度。于是,只能"跨界融合",奇兵制胜,有的与文化研究联合,从牛仔裤到麦当劳,一通折腾,有的投拜在思想史、社会学、传媒学门下,引文和文学关系不大。论文越写越深奥玄妙,越写越远离文学。一方面,从积极意义上说,这是开拓了研究视野,打通学科壁垒,丰富了学术思维;但另一方面,从消极意义上讲,则是"种了别人的田,荒了自己的地",使文学研究失去了主体地位。现当代文学真的没有可研究的东西了吗?答案当然是否定的。相比较古代文学较成熟的学科建构和研究格局,现当代文学研究还存在大量空白点和可疑点,研究潜力巨大。只不过,要看学者能否突破研究现状,有实现有效学术创新的能力与勇气。作家作品论是文学研究的基础,反而成了当下容易被忽视的研究领域。现当代文学专业每年有大量硕士与博士毕业,如果选一个"作家论"当选题,十有八九会被质疑学术能力不足。那么,作家作品论是否失去了研究价值?以此而言,青岛大学的王金胜教授的这本《陈忠实论》(作家出版社),是一部别开生面的学术著作,也是一部新颖的作家论。王金胜教授在传统学术研究领域,通过扎实的史料积累和缜密的论证,在整体观思维下的文学史视野中,富于洞见地更新了陈忠实研究的话语结构,提高了"当代作家论研究"的水平。

首先,传统作家论需要先从年谱入手,扎扎实实地做好史料研究,特别是第一手史料的建设工作。傅斯年说过，"史学便是史料学"①，搞史料要有"上穷碧落下黄泉，动手动脚找东西"的孜孜以求的精神。就文学史研究而言，现当代文学离当下比较近，史料丰富易得，但也容易陷入家属官司、人事纠纷、权力禁忌等重重事端，特别是当代文学领域，这种情况更为严重，这也使得作家年谱，甚至是作家评传、作家传记，要不就是歌功颂德的励志故事，要不就是平铺直叙、毫无新意的材料堆砌。舍得花费时间、金钱和精力去采访，寻找直接与间接的材料，不隐恶，不溢美，不唯上，坚持追求真相和真理的品格，就显得格外可贵。放眼望去，很多史料问题就摆在那里，但如果没有课题项目的支持，就是没人愿意真正去"毫不功利"地研究。郁达夫在南洋是否死于日本宪兵之手？日本学者铃木正夫对此的研究是否可信？路遥在"文革"期间的历史，到底是何面貌？张贤亮如何从劳改农场的劳改犯变成"改革之子"？诸多问题，都有待于有志气、有勇气的学者去挖掘整理。细致扎实、真实可信的年谱，一方面，有利于我们的文学史建设，澄清史实，另一方面，也有利于我们更深刻地理解作家和作品。更重要的是，通过这些史料，哪怕是态度完全相反的史料的呈现，也有助于我们重返历史，回到历史现场，理解文学与时代隐秘而深刻的内在联系。比如，商昌宝的《茅盾先生晚年》，就是一部善于使用"互见法"，"让史料自己说话"的作家传记研究。要做到这一切，必须对层层叠叠的、看似已成定论的文学史成见进行有效辨析，搞清他们塑造话语光晕的建构秘密，清理那些或美化或诬陷的虚假材料。

　　王金胜教授的《陈忠实论》，让人称道的地方，首先就在于扎实的年谱建设。长达一百多页的《陈忠实年谱》，细致地梳理了陈忠实的生平和创作情况，很多资料都是第一次面世，非常有价值。该年谱的第一个特点，是注重时代、文学体制与作家之间的关系。比如，1982年，陈忠实在《小说界》发表小说《康家小院》，王金胜结合编辑魏心宏和陈忠实本人的说法，探讨该作品的起源、特色，特别是陈忠实对传统是如何进行回顾和反思的。该年谱的第二个特点，即详细梳理了陈忠实的整体创作，特别是"十七年"时期和"文革"时期的创作，比如，《接班以后》《高

---

① 傅斯年：《史料论略及其他》，辽宁教育出版社1997年版，第3页。

家兄弟》《公社书记》《无畏》等"文革"时期的小说,王金胜也仔细地梳理了这些创作的来龙去脉和具体的创作环境。比如,《接班以后》是陈忠实由民办教师借调到立新公社,任公社卫生院革命领导小组组长后,1973年春到西安郊区党校学习期间构思并于国庆节期间写成的;《高家兄弟》是陈忠实任毛西公社革委会副主任后,到西安市南泥湾五七干校学习锻炼期间写成的。①1975年,陈忠实参与撰写村史《灞河怒潮》,由陕西人民出版社出版。村史、部队史、公社史的撰写,是"十七年"乃至"文革"时期的重要文学现象,也是早期当代文学史的重要内容,带有鲜明的时代印记。这也是新时期后,伴随重写文学史的思潮,被很多研究者刻意遗忘的东西。这些史料也是从前的陈忠实研究较忽视的,王金胜对此进行了细致的考证与整理,这对于认清陈忠实的整体创作大有裨益,也有助于还原新中国成立以来文学发展的真实图景。

其次,将作家从"断裂性"分期中解放出来,进而将之放置在一个长历史阶段中,注重考察"历史中的作家"和"作家的历史"之间的互动关系,还原作家的真实全貌和内在复杂性,也以此加深我们对时代和当代文学史的理解。当代文学研究的一个重要问题在于,有着强烈的、带意识形态意味的批评化痕迹,缺乏客观科学呈现的、严谨的史学意识与文学史建构。这也就导致当代文学研究总处于现场批评化的、去历史化的形态(程光炜语)。这种批评化的一大表现特点,也在于当代文学史呈现出频繁断代的暴动冲动,不同时期的当代文学史书写面貌差别很大,缺乏有联系性和整体性的学科知识建构与史学意识。当然,这种情况不是当代文学史研究独有的,应该说是承袭自现代文学研究的"娘胎里带来的问题"。比如,从今天的视角回望赵家璧主编的《中国新文学大系》的文学史建构,其十年断代法,小说、戏剧、散文、诗歌的"四分天下"法,以现代名义驱逐古体诗词的"现代命名",都存在着现代意识强行植入文学研究导致的"偏执病"。因而在重构的新文学历史图景之中,强化意识形态立场也就失去

---

① 王金胜:《陈忠实文学年谱(2010—2016)》,《中国当代文学研究》2020年第3期。

了历史意识。①这也影响了当代文学的作家传记、作家作品论研究。很多当代作家呈现出"文学思潮作家"的刻板形象与意识形态化倾向,比如,20世纪90年代新历史主义化的陈忠实,80年代改革小说写"陈奂生上城"的高晓声等。作家的整体性,特别是作家在不同时代创作的内在联系,作家与时代环境的关系,往往被简单化处理了。

王金胜的《陈忠实论》,通过扎实的分析论证和资料准备,摆脱了将陈忠实定义为90年代保守主义思潮或新历史主义思潮作家的印象。他试图在社会主义文艺体制,特别是新人培养体制的变异、作家主体与时代的关系上考察陈忠实的创作。他将陈忠实在"十七年"、"文革"与新时期、21世纪的创作作为整体来观察,注重研究其内在的联系性和突变性的关系:"陈忠实的写作贯穿'十七年''文革''新时期'直至新世纪,是一个与共和国文学同步成长和发展的作家,是具有很强的典型性和普遍意义的作家,如果仅从政治层面批评或从艺术层面有限地肯定其'十七年'和'文革'时期的写作,或将《白鹿原》之前的写作都看作为这部长篇所做的'前期'准备的话,那么,对于作为当代代表性作家之一的陈忠实来说,难以说得到了公正公平的学术待遇,对于忠实研究和当代文学史研究来说,则或许是一个重大缺失。有意识地将陈忠实及其创作纳入社会主义文艺制度、作协体制和机制的场域中进行研讨,有着充分的学理和学术层面的必要性。"②这对我们来说,都是很有启发的。再比如,1976年3月,陈忠实参加《人民文学》"学习班",将柳青的发言通过小说中人物之口加以"转述",写成"反潮流"小说《无畏》并刊于《人民文学》1976年第3期。陈忠实这篇以"反走资派"为主题的小说在"四人帮"垮台后被审查,并撤销其公社党委副书记职务。《无畏》类似蒋子龙的《铁锹传》,都是所谓"文革"小说,常被当成"作家污点",在作家研究中被模糊处理。王金胜认为,这个节点,恰是陈忠实"弃政从文",从"业余工农兵作家"转变为"现代作家"的开始。其文本形态和价值转换,在其后的创作中依

---

① 罗岗:《解释历史的力量——现代"文学"的确立与〈中国新文学大系(1917—1927)〉的出版》,《开放时代》2001年第5期。

② 王金胜:《陈忠实论》,作家出版社2021年版,第112页。

然发生着影响。由此,我们看到,陈忠实并非20世纪90年代全球化多元化体制询唤出来的、一个反体制的、将欲望书写与保守自由主义结合的"儒学中国"或"传统中国"的作家。而恰恰相反,他是社会主义文艺体制内部变法,从"人民文艺"的概念过渡到"中国文艺"的产物。陈忠实几个时期的创作,除了断裂性和变革性,也有着不为人知但真实存在的联系性。

再次,以文本研究与具象化时代考察结合,以微观作家心态史与时代宏观背景结合,在文学史视野下,进行更广阔的作家论研究,这是王金胜的《陈忠实论》为现当代文学作家论提供的新研究范式。比如,王金胜以"生活体验、生命体验与感性体验"三结合,切入对陈忠实具体作品的文本分析,就是从创作主体审美体验出发的文本研究,有一定新意,也能让我们摆脱单纯从儒家文化、保守主义等视角谈论陈忠实的窠臼。比如,《陈忠实论》中,"1973年"被王金胜赋予了特殊意义。第五章《陈忠实1973:中国文学的写作、编辑和出版》,从何启治约稿陈忠实的长篇小说说起,结合1973年的时代语境,深入人民文艺"组稿"机制,谈文艺调整与陈忠实创作的关系,将1973年当作陈忠实创作的重要起点。这种研究思路非常有意思。又比如,第四章《文类重构与文学的当代形态》,王金胜将陈忠实的报告文学、散文与小说创作进行整体观照,看到这三类文体的结合,其实是共和国"人民文艺"文类秩序的重建。三类文体的杂糅,也深深影响并制约了陈忠实《白鹿原》的书写形态,以及他在现实主义、历史主义与社会主义文艺之间的挣扎与彷徨。这些研究观点非常新颖,论证也比较有说服力。再比如,柳青传统与陈忠实创作关系的问题。这也是一个似乎坚不可摧的"文学史定论",然而,通过细致的文本解读、扎实的史料再现,王金胜指出,陈忠实对柳青的模仿与学习存在着哪些差异性和误读。这些研究别开生面,也富于独立思考精神与启发意义。由此,通过陈忠实研究,王金胜比较好地实现了对当代文学史的整体化思考。以文学史考察作家,以作家反观文学史,这样的作家论颇有创见。

当然,《陈忠实论》也存在不尽如人意的地方。比如,对于"十七年"文学体制与"文革"体制下的陈忠实论述得比较精彩,对于新时期后的陈忠实和时代与作家关系的研究则略显不足。文学史研究有新意,但具体作品论解读比重略低,还有待深入开掘。对于《白鹿原》后的陈忠实,特别是进入 21 世纪之后陈忠实创作的解读，可以继续深入。陈忠实的创作困境，到底表现了体制内作家创作受到的哪些制囿？存在哪些内在冲突？而这些制囿与冲突又与全球化时代的中国想象有着哪些联系？这些"隐秘的角落"，也值得论者继续深入。总而言之，《陈忠实论》给我们的启发很多，特别是在如何处理学术研究方法与学术研究主体定位的问题上。王金胜将出版发表制度研究、文艺体制研究、文学史研究与作家创作主体研究、具体的文本细读研究进行有效结合，《陈忠实论》做出的探索值得我们肯定，并积极运用在当下中国现当代文学的作家论研究之中。

房 伟

反思视域下的中国"纯文学精神"
——评《纯文学的历史批判》

在北京大学出版社那套学术界久负盛名的"文学与当代史丛书"中,有一部是毕光明、姜岚二人的《纯文学的历史批判》[①](以下简称《批判》)。两位作者投身当代文学研究与批评三十余年,虽不能说是"著作等身",但亦屡屡有令人耳目一新、读来如醍醐灌顶之作面世。无论是在被众多权威选刊转载的频率上,还是在被学界同侪引用借鉴的次数上,该书都堪称"笑傲江湖"。这部二人多年来文学研究与评论文章结集,出版后即在现当代文学界获得好评。

读《山乡巨变》,读《红豆》,读《回答》,读《生死疲劳》……这样一组文章被作者汇编起来,并冠以"纯文学的历史批判"之名呈现于读者面前,想必会让一些对作者不熟悉的读者望文生义,以为作者秉持的立场是站在纯文学的对立面,目的是攻击甚至否定"纯文学"。作者显然已经预料到了产生这种误解的可能,因此在后记中专门对书名做了解释:"'纯文学的历史批判'不是'对纯文学的历史批判',而是'纯文学对历史的批判'。"这一解释看似如绕口令般拗口,却有着非常重要的意义,因为从中"可以看出我们所坚持的学术立场、所选取的研究对象以及看待问题的视角"。作者对"纯文学"的观点,集中体现在文集的第五部分"纯文学猜想"中。《理解纯文学》一文,作者开门见山地将"纯文学"与牡丹花中的"姚黄魏紫"相比,高度评价纯文学就像经过精心培育而更好看、

---

① 毕光明、姜岚:《纯文学的历史批判》,北京大学出版社2013年版。

更耐看的名贵品种一样,"能满足人们的更高的精神需求"①,因此理应被人们普遍喜爱;进而提出了他对近年来"纯文学不断遭到质疑,甚至受到批评"②这一反常现象的不解与思索。他敏锐地意识到,在20世纪的中国,文学观念并非无根的浮萍,而是深深扎根于权力的泥土中;一种文学观念的被提倡与被反对、被批评,深刻体现着现实中权力关系的变更。还是用种花来打个比方:杜鹃花虽然漂亮,却只能生长在偏酸性的土壤中,"换土"带来的,必然是花势的颓败乃至衰亡。纯文学被李陀等人以"造成90年代的文学不干预、不批判成了问题的社会现实"的理由加以质疑,这虽然是一种值得同情的社会关怀,却有脱离文学事实之嫌,甚至有恢复旧有的功利主义文学观和单一性文学生态的危险。虽未直言,但读者仍然可以深切体会到他对当代文学发展前景,乃至社会走向的忧虑,这种忧虑深处凝结的,是一种浓郁的理想主义情结。在这种情结的驱使下,作者抖擞精神,以战士的姿态投入论战,一针见血地将"李陀式的纯文学反思"所暗含的逻辑归纳为"如果搞纯文学,便是对现实的逃避,是完全回到个人,回到内心,纯文学是没有批判性的"③。有了这一理论上的归谬,再加上对某些批评活动"找不到多少具体对象(举来举去就是'个人化写作''下半身写作'等)"④的洞察,作者便能义正词严地摆明自己的立场。借着将文学分为严肃文学、通俗文学和纯文学三部分,作者在肯定各种文学类型在审美上都有其存在的合理性的同时,又明确指出在与现实和自我的关系上,它们之间有远近、雅俗之别,而严肃文学(即李陀等人所希望的文学方向)较多现实关怀,纯文学则更倾向于终极关怀,"无论是个体生命,还是社会问题,纯文学都把它放置到更大的时空范围里加以看取,从而更确切一些地衡定人生的意义"⑤。这种细致的类型划分与功能区别向我们明确昭示出,无论是哪种文学类型都没有贬低、否定其他类型的绝对理由,

---

① 毕光明:《理解纯文学》,《海南师范学院学报》(社会科学版)2006年第6期。
② 毕光明:《理解纯文学》,《海南师范学院学报》(社会科学版)2006年第6期。
③ 毕光明:《理解纯文学》,《海南师范学院学报》(社会科学版)2006年第6期。
④ 毕光明:《理解纯文学》,《海南师范学院学报》(社会科学版)2006年第6期。
⑤ 毕光明:《理解纯文学》,《海南师范学院学报》(社会科学版)2006年第6期。

相反，倘若生硬地认为某种文学类型在社会意义与价值上天然地就比其他类型优越，势必会严重影响文学的多样性和作家在创作类型、风格等方面选择上的自主性，重新回到多年前已经被残酷事实所基本否定的功利主义、实用主义的老路上去。

当然，在《理解纯文学》一文中，作者的语气非常平和，最多只是建议"要允许一部分文学不以对现实的揭露与批判为要务"[1]，此时他观念中的关键词可以说是"宽容"（例如，他认为"残雪的纯文学追求就应该得到宽容"）[2]；而在另一篇文章《纯文学及其研究的价值——对一种文学歧视的歧见》（以下简称《歧见》）中，则明确地认为当前存在着一种"文学歧视"，其中多多少少包含有一种愤怒之情。但他并未因此而放纵自己在文章中做情绪化、非理性的宣泄，而是一如既往地条分缕析，较前文而言更深入地分析这一文学歧视的历史渊源："一个历史的经验是，在20世纪中国文学史上，很多次发生在文学主张、选择和理论观点上的争端、冲突、矛盾与斗争，很多次本不应发生的对文学主体与文学生产造成严重伤害的文艺批判运动，都跟对文学缺少分类，对文学的功能认识过于单一，忽视文学可以、能够也应当满足多种社会诉求不无关系。"[3]

如果说在《理解纯文学》中，作者认为三种文学类型在社会选择中并无高下之分，那么在《歧见》中，基于"文学的灵魂——文学性"[4]这一核心出发点，他则旗帜鲜明地指出，在文学价值评判中三种文学类型是可以分出等级来的——纯文学因为对应于人的审美需求而具有更高的艺术等级，纯文学从来就不是权力话语也拒绝权力话语而具有另外两类文学不可相比的超越性，它以想象性的内心生活证明了人的自我生成本质。简单地说，就是可以认为纯文学因其最具文学性、最接近文学的灵魂而具有最

---

[1] 毕光明：《理解纯文学》，《海南师范学院学报》（社会科学版）2006年第6期。
[2] 毕光明：《理解纯文学》，《海南师范学院学报》（社会科学版）2006年第6期。
[3] 毕光明：《纯文学及其研究的价值——对一种文学歧视的歧见》，《文艺评论》2006年第2期。
[4] 毕光明：《纯文学及其研究的价值——对一种文学歧视的歧见》，《文艺评论》2006年第2期。

高的文学价值；纯文学的存在是所有文学作品的根基。这样一来，纯文学及其研究的价值便显现在了我们面前。因此，无论是在当下被一部分学者和批评家所质疑的纯文学创作，还是面对文化批评的空前压力下举步维艰的纯文学批评，都有其存在和发展的合理性、必要性，不仅亟须拯救，还要大力发扬。借李欧梵之言，作者阐明纯文学最核心的内容乃是"挖掘精神痛苦的深度，找出人类罪恶的根源，以此建立人类的尊严"①，即对真、善、美的终极追索。由此可以看出，在作者心目中，文学存在的内在意蕴的价值是要高于文学形式的。

作者并未满足于仅仅点明纯文学创作与研究的重要性。从自身的社会角色出发，他在《多元批评格局中的纯文学批评》（以下简称《批评》）一文的最后摆明了对当前文学批评现状的些许不满："当今的评论研究队伍，并不愿意承认我们这个时代、在我们身边就存在伟大的作家。我们缺少对他们的关心与爱。我们没有更多地给他们以鼓励和帮助。"②这一观点，与吴义勤先生在《我们为什么对同代人如此苛刻？》一文中发出的诘问竟如此相似，尽管他的出发点是要肯定当代文学的成绩并确认当代文学"经典"的存在。《批评》用一个饶有趣味的比喻来阐发作者的批评观：作品是人家的孩子，孩子生下来了，美丑本由不得父母，可我们不看人家的优点，专挑眼睛小了，嘴巴大了，鼻子塌了，脖子短了……这样的批评又有什么积极效果呢？这种像20世纪90年代初那段著名相声中爱挑毛病的人一样的"批评家"，显然缺乏应有的诚意、耐心，这种做法甚至有掩饰自身鉴赏能力不足的嫌疑。

作者将"纯文学猜想"这部分置于文集的最后，自有其用意，大概是想避免落入某些学术著作上来必有一大章绪论、将自己对某些问题的看法"主题先行"地强加于读者头脑中的窠臼。相较于理论上的宏观概括与某些观念上的针锋相对，作者更醉心于对具体的文学现象和文本进行细读。在作者的心目中，"理想读者"通过阅读此前四部分对当代文学具体现象与文本的深入剖析，书中的核心观点已经不言自明地呈现于他们的脑海

---

① 毕光明：《多元批评格局中的纯文学批评》，《文艺评论》2007年第5期。
② 毕光明：《多元批评格局中的纯文学批评》，《文艺评论》2007年第5期。

中，因而这一部分的几篇文章所起的作用应该是"锦上添花"而非"画蛇添足"。而那三十余篇凝聚着作者二十多年来深邃思索的研究文章，亦无一不体现着这一部分内容所明确宣示给读者的"纯文学观"。由此看来，文章的编选与次序的安排，貌似是小事，却可以看出一个人为文、为学，乃至为人的基本态度。

就毕光明、姜岚而言，这种态度是谦逊的，甚至可以说是有些内敛的，但在对学术观点的表达上，在对具体现象的观照和对具体文本的解读上，他们却丝毫不隐讳自己的立场与观点。他们力求对纯文学进行全方位、多角度的深入思考研究，将揭示作品思想底蕴、廓清理论迷思作为毕生努力的目标。而在研究方法与批评路数上，他们又有自己独到的见解。在他们的文章中，我们几乎看不到时下流行的那种对西方文学（文化）理论生吞活剥、囫囵吞枣的吸收与套用。他们的批评话语是朴实无华的，遍阅全书，似乎也仅有一篇从"元小说"角度出发解读鬼子小说《卖女孩的小火柴》的文章适合某些食洋不化的"学院派"批评家的胃口，但更多的文章中见不到从西方理论著作中抄下的大段引文。两位作者恰如传说中的武林高手，在对手令人眼花缭乱的兵器与招数面前显得气定神闲，带着几分"四两拨千斤""无招胜有招"的淡定从容。同时，他们在思想上的灵动飞扬，恰与某些在有意无意间将文学研究引入庸俗社会学歧途的学者思维的拘泥和滞重形成了鲜明对比，但又不排斥在审美批评与研究的同时吸纳哲学、历史学、社会学，乃至伦理学的思维方式与理论成果（突出表现在重新解读路遥的一系列文章中），以期对当下创作倾向做出有益的思索。

《文学面对现实的两种姿态——以"底层叙事"为例》一文，充分体现了作者在研究与批评上的特点。在肯定"底层"与"底层叙述"已经成为 21 世纪小说创作与评论中"凸显出来"的一个显著问题的同时，作者指出要认清当"底层叙述"升级为"底层叙事"，即文学写作的话语性加强以后所带来的文学分化。他曾在若干场合引用莫言对"为老百姓写作"和"作为老百姓写作"的区分（在"后记"中再次引用），并在对二者进行了详细而令人信服的区分。在他看来，"为老百姓写作"即为"沉默的大多数"代言，这是作为知识分子理所应当承担的责任，在这个问题上知识分子并没有太多的选择，可以选择的仅仅是代言时的表述方式。对于他们来说,"文学极有可能成为一种陷阱,它会诱使你从关注、思考并急欲解决现实社会问题的紧张焦虑中缓解出来,心态、看法与意向都可能发生变化"①。因此,他与孙郁、陈晓明等学者一样,肯定莫言所选择的"作为老百姓写作"的姿态——即去掉自己身上的身份优越感,把自己降解到和老百姓有着同样处境、心态、情感方式的状态,以此来最大限度地接近他们、倾听他们的心声,用"小叙事"绕开宏大叙事的弊端。作者并不仅仅满足于理论上的概括,而是在近年来的创作实践中为"高昂的代言人的宏大写作"和"低调的贴近普通人的'小叙事'"分别找到了代表作品——前者是曹征路的《那儿》,后者是方格子的《锦衣玉食的生活》和黄咏梅的《负一层》,并进而点出了《那儿》在实现思想主题时的生硬、作者与批评家对小说主题的过度阐释,以及那种"被愤怒左右的不无褊狭的文学观"。在毕光明"纯文学观"的无影灯映照下,《那儿》等小说过于鲜明的意识形态倾向性对文学性带来的巨大伤害,便在文学批评的手术台上暴露无遗。为了写底层而写底层,小说已然成为概念的产物(尽管曹征路辩解自己是"真诚地迷失在概念里")。而这种写作模式,其根源可上溯到20世纪30年代的左翼文学,因此对于这些作品的评价,也类似于对左翼文学的评价:艺术上存在让人触目惊心的硬伤,而在思想上,"《那儿》的备受关注,引起热评,主要不是小说为文学把握现实提供了多少新经验,而是它成功地促成了一次思想者的集会"②。而另外两篇作品,则因其"作为老百姓的写作"的低姿态,回避了悲天悯人的拯救者姿态,"邻居般地关心摄入他的小说世界里的主人公的命运遭际,跟他们一起体味生活的苦乐悲欢"③,由此提供了新鲜的创作经验,得到了毕光明的充分肯定。整篇文章,作者在秉持纯文学立场的同时并未表现出对于思索严酷社会现实

---

① 毕光明:《文学面对现实的两种姿态——以"底层叙事"为例》,《天津师范大学学报》(社会科学版)2006年第5期。

② 毕光明:《文学面对现实的两种姿态——以"底层叙事"为例》,《天津师范大学学报》(社会科学版)2006年第5期。

③ 毕光明:《文学面对现实的两种姿态——以"底层叙事"为例》,《天津师范大学学报》(社会科学版)2006年第5期。

的"严肃文学"作品的否定,同时又指出了一些作品在艺术上存在的缺陷;在分析与阐释的过程中,不套用现成的西方文学理论,不大段引用高深的理论著作原文,而是就事说事谈理,语言平实朴素,体现出难得的"接地气"的批评风格。

在考察《山乡巨变》的乡村叙事及其文学价值时,作者敏锐地发现了20世纪80年代初和21世纪初两个时段中存在对《山乡巨变》截然不同的两种评价,意识到作品中蕴涵的艺术创新价值,进而回溯周立波以农村干部身份亲自参与合作化运动的经历,以及毛泽东著作中有关农业合作化运动的论述,在一层一层的条分缕析中使作品中的"异质性因素"慢慢浮出水面。这种思维与行文方式,与整部文集的结构方式亦有异曲同工之妙。

若干年前,谢冕先生为毕光明所著的《文学复兴十年》,洪子诚先生为毕光明、姜岚夫妇所著的《虚构的力量:中国当代纯文学研究》作序时曾提到,在环境改变、众多学者茫然失措之时读到作者的这些文字,"我们的感觉又被唤回到那潮流拍岸、水沫盈袖的温馨和激动之中"[①],认为它体现了作者"一贯的、值得钦佩的特点。这就是对自己的工作的热情、执着,一种带有理想成分的敬业精神"[②]。两位先生所肯定的,是毕、姜二位作者在商业化大潮袭来时处变不惊、"弄潮儿向涛头立,手把红旗旗不湿"的镇定和对文学理想的坚守。时光荏苒,许多年过去,当年的惊涛拍岸并未偃旗息鼓,反有愈演愈烈之势,而这浪头中又夹杂着些新的冲击,但两位作者依然是"乱云飞渡仍从容"。在《批判》中体现出了他们对纯文学的坚定信念,对历史洞幽烛微的追索和对当下文坛与社会现状的思考。

---

① 谢冕:《文学复兴十年》(序),海南出版社1995年版,第1页。
② 毕光明、姜岚:《虚构的力量:中国当代纯文学研究》(序),社会科学文献出版社2005年版,第2页。

散文艺术中的抒情现代性

——评《现代抒情与抒情的现代性》

《现代抒情与抒情的现代性——中国现代散文艺术及其传媒语境研究》[①]（以下简称《现代抒情》），是青岛大学王金胜博士最新的研究成果。王金胜的研究视野非常广阔，他对中国现当代文学的"自我认同"问题有着很深的认识。近几年，他的研究领域又扩展到了现代散文理论研究。一直以来，散文理论研究都是文学研究的难点之一。其原因在于，散文的文体意识与意识形态相对疏离，在表征现代民族国家的叙事性上，不如小说、诗歌等文体那么明显。散文更多地表现出情感的个体性和多样的发散性。从抒情性的角度，阐释和理解当代散文是一种有益的尝试。20世纪70年代以来，陈世骧、高友工等海外学者在一系列论述中，将"抒情传统"视为中国文学的重要传统，乃至中国文学之特质。在其视野中，中国文学的"抒情传统"，与以史诗、戏剧、小说为主要文体的西方文学"叙事传统"相对照、并立，代表着中国文学、文化的内在神髓和精神理想。除了最具代表性的抒情诗的发达，散文无疑是抒发主体情思的另一重要文体。作为现代文体的散文，究竟有何"现代特质"，其艺术与历史文化思想究竟有何关联，"现代性"作为中国新文学的基质，对现代散文究竟有何艺术美学肌理上的渗透？在中国文学的现代性建构中，散文又如何在历史中迁流、演变？换一个角度看，现代散文之艺术、美学与其赖以产生和传播

[①] 王金胜：《现代抒情与抒情的现代性——中国现代散文艺术及其传媒语境研究》，中国社会科学出版社2017年版。

的现代报刊之间有何具体联系,后者如何建构现代散文艺术?《现代抒情》对上述问题进行了独到、深入的发掘与思考。

《现代抒情》突出的学术特色,是对中国现代散文的现代性内涵、特质、美学、修辞等进行了历史化考察。正如作者所指出的:"'五四'以来的散文之前所以被冠以'现代'并非仅含时间涵义,或仅被视为一个相对独立的历史单元/单位,关键在于,现代散文作为一种现代文学体裁,它在中国文学现代化追求的进程中,形成了其鲜明的现代特征。"专著对现代散文的现代性阐释就立足于这一基本观点。中国现代性的大历史语境决定了中国散文现代性品格的建构,决定了散文文体的特质与流变,因此对其分析和阐释也应在此语境中进行。专著将对现代散文"情""志"之真、体式结构、语言色调等艺术本体论的研究,与"五四"以来的人道主义话语和个人主义话语建立起了积极的联系,不仅对其中所蕴含的人道关怀和个体表现进行了有效阐释,从而凸显现代散文的个体性面向,展现散文作家作为现代人文知识分子心灵的"真"与灵魂的"深",而且充分肯定并发掘了现代散文文体创设的自觉性与艺术审美的自律性。在作者看来,对中国散文现代性的理解,并不能仅仅局限于民主、科学、自由、人、个体等理念的层面,毕竟无论是个性主义的阐释还是民族国家想象的阐释,都属于过于庞大的观念,未必能在具体的散文作家尤其是在具体文本中得到回应。在国族/个体、文学("纯文学")/历史、想象/纪实之间多有龃龉。中国现代文学尤其是散文,未必都具有詹姆逊所说的"民族寓言"性质。因此,《现代抒情》一方面并不孜孜于散文文本中寻找"现代中国历史"的普遍结构,另一方面又坚持历史化原则,将现代散文看作现代个人/国族主体借以建构自身的必不可少的重要表述形式。

即以《现代抒情》将散文视为抒情艺术而言,便有其特定的视角和观点。在这里,作者辨析了如下问题。第一,现代抒情不同于古典抒情。在进入现代之后,中国散文所包蕴的情思具有了现代性,尽管它在意境的营造、词句的锤炼,乃至美学趣味上会对古典诗文有所借鉴,但从总体上看,现代散文之情与思的内涵、品质,文体结构,文风等则迥异于古典散文。严格地说,现代散文以其现实性、世俗性、平民性和大众化,突破和超越了古典散文的文人化、贵族化、个人化和诗性。与"现代中国"或中国现代性纠缠在一起的现代抒情,不仅扩大了"情"的内涵,有着鲜明的"感时忧国"精神,比如以政论文、杂文、报告文学等为代表的对时事的关注和现实批判,有着"反传统"的基本立场和对"个人""自我"的深切感怀,而且更发挥出空前的思想与精神震撼力,乃至宏大的社会能量。第二,与此相关,"情"之表现的现代性。这体现在现代散文具有了更能体现作家个人/族群主体性的散文体式上,如艺术散文(美文)、絮语式小品、独语式小品、杂文、杂记、游记、传记散文、散文诗的"分类",在这文体"细化"的背后则是"人""个人""文学"的自觉;也体现在"叙事""说理"等因素对古典抒情美学模式的再造上。"现代抒情"不再是陶渊明、李煜、柳宗元、曹雪芹式的个人化、浪漫化、田园化、情操性或伤春悲秋、怜月惜花,而是或有浪漫主义根底,或有社会人生的投入,或有俗世生活的滋味。就此而言,专著界定的抒情理念,以及作者以此为视角对现代散文艺术的凝神观照,与海外学者王德威的"现代抒情"论有心神相通之处:"我认为'抒情'或'抒情性'不见得必须局限在一个文类里面,也就是不见得必须以(西方文学定义的)诗歌的形式来作为唯一依据。……抒情也可以扩展为叙事以及话语言说模式的一种……除此,我们也可以把抒情当作是一种审美的视景或者愿景——在现实人生之外,我们借用不同的艺术创作媒介,所投射的对于个人乃至群体的审美的观感,以及实现这样的一种审美观感的心志及行为。再扩而广之,我们也可以把抒情当作是一种生活的模式,一种对实践日常生活的方法或姿态。在很多情况之下,因为有了抒情的层面,平白的生活似乎就有了滋味。"尤其是对"抒情"政治性维度的特别强调:"一种抒情的审美观或生活模式也隐含了政治的维度,一种参与、干预或脱离政治历史情境的企图。"①专著对散文现代性、主体性内涵的阐发,对各体式散文形质及其历史性变异的剖析,皆立足于对中国现代性情境下抒情话语的重释。

《现代抒情》的另一突出特色是,对散文与传媒之关联进行的细致的个案研究。专著在借助原始资料文献还原现代散文的历史建构的基础上,

---

① 王德威:《抒情传统与中国现代性:在北大的八堂课》,生活·读书·新知三联书店2010年版,第71—72页。

运用现代传媒理论，对传媒与散文艺术之间深隐复杂的内在联系，以及不同时代、不同类型的具有典型性的文学报刊对散文艺术建构的不同影响，进行了细致的爬梳与考辨。涉及《晨报副刊》与艺术散文本体的理论建构、对"五四"杂文、科学小品的倡导和推动；《语丝》与知识分子话语的建构、与"独语"体、"絮语"体散文和小品散文的建构；《万象》散文的"现实性"、纪实性、趣味性、批判性文体美学，《论语》与幽默小品，《人间世》《宇宙风》与性灵散文，《现代》与现代散文作者生态的构建、现代散文文体特质及功能论争等重要内容。

专著对传媒与散文之内在关联的论析，对深入理解现代散文之文化精神和文体特质极富启示性。第一，现代传媒与社会现实有着极为密切的关系，这决定了现代散文自身的社会化、现实化、纪实性和公共性品格，相对于古典散文，现代散文无疑有着更多的现实面向，而现代报刊的新闻、报道、消息等新闻文体，会渗入对散文文体的形塑之中，其直接的表现便是催生了杂感、杂文、报告文学等新型散文文体。第二，现代传媒与读者大众关系至为密切，这使其具有古典散文作家所要竭力进行精英化文人化改造的平民化、大众化，乃至世俗化、娱乐性、趣味性、消费性特点。第三，现代散文思潮、流派、社团的生成与建设无法脱离现代传媒作为平台与载体的存在。《新青年》《晨报副刊》《语丝》《现代评论》《小说月报》《论语》《申报·自由谈》《现代》等报刊，提供了现代散文思潮、流派、社团形成和发展的物质条件、载体和文化氛围，建构了散文社团流派与现代散文文体、艺术、美感之形成与发展的内在关系，重构了中国散文的现代性质与特点。第四，现代传媒使散文作家获得了一种新的文体意识和审美观念。传媒通过现代性语境中对"古典散文"传统的"发现"、重构和对欧美散文作品与理论的译介，构筑了一个中外古今散文对话的平台，通过对自身内部资源的审视、选择及其与现实、历史、文化的多重对话，形成了中国现代散文自身的文体特征和文类细化。

概而言之，《现代抒情》注重文献资料梳理、作家作品分析和理论阐释结合，在历史的内在脉络中，对作为现代抒情话语的中国散文之现代性进行了多重视角的探究，深入检视了现代主体的"情感结构"与散文文本结构，以及中国现代性话语机制之间的呼应与参差对照关系，其"现代""抒情"的切入角度,体现着对一种以主体为导向和本位的现代性情感表现模式的切实把握。专著对这一模式如何走出其古典形态,穿越其借鉴的欧美资源,并在"现代中国"历史和话语情境下走向细化和分化等历史场景与过程的揭示,无论在理论观点还是学术方法上,都具有清晰的启示性意义,是现代散文理论研究领域不可多得的佳作。

一部"坦率"又"严肃"的传记
——评小谷野敦的《川端康成传：双面之人》

小谷野敦的《川端康成传：双面之人》，是近期国内翻译的一部"很有特色"的文学家传记。有关川端康成的传记，市面上已有很多，国内也有叶渭渠的版本。作为一个传记写作的中国同行，我非常好奇，这本传记和其他版本有什么不同？中国读者又能从中得到怎样的收获？一口气读下来，果然有很多"与众不同"的东西。

首先的印象，还是一如既往的严谨细致。这是日本学者一贯的风格。日本作家和研究者都注意记录和收集资料。川端康成的日记较完备，大量作品都有原型（如《雪国》），生前就有多人采访、写文章，还有人以此为题材写小说。比如，小谷野敦提到的《事故的原委》，就是臼井吉见以"川端之死"为题的，一部有纪实风格的小说。作者还被川端康成的遗孀告上法庭。而中国文坛，现代作家如留学日本的周氏兄弟，日记等资料较丰富，到了当代，由于种种禁忌，文学家日记材料稀少，这也造就了中国当代作家传记写作的难度。小谷野敦的传记考证翔实，细致绘制了茨木中学、浅草六区等学习工作的地方的地图，以便读者认识川端康成的生活环境。中国的传记作家，很少有人能为"某个悬案"采取"上穷碧落下黄泉，动手动脚找东西"不计成本的追求真理的态度。比如，为调查"郁达夫之死"，日本传记研究者铃木正夫自费亲身前往苏门答腊考察，虽结论尚存疑，但精神值得赞颂。

小谷野敦的传记也有令人敬佩的刻苦精神，他对资料的择取也很精当。比如，对《伊豆的舞女》与川端康成、伊藤初代的情感事件，考察得非常详细。小谷野敦也注意"时代与作家"的关系，有大量资料作为旁证，表现时代变革与川端康成创作的复杂关系，如川端康成和"新感觉派"的崛起，川端康成和日本电影的关系，川端康成与《文艺春秋》《中央公论》等报刊的关系，川端康成与文学笔会等文学机构的关系，川端康成与芥川奖等评奖制的关系，川端康成与北条民雄、三岛由纪夫等后辈的关系、与片冈铁兵等同辈的关系、与谷崎润一郎等前辈的关系等。令人印象深刻的，还有对川端康成"世界旅行"的描述，特别是他在中国旅行的材料。通过小谷野敦的讲述，我们更清晰地看到了川端康成的文学活动，且了解了大正与昭和时期文学制度的变化（如稿费、杂志发行等文学生产体制），政治与文学的复杂关系，不同时期日本文学受到的外国影响，雅俗之变对日本文学的影响（如掌篇小说、一日元本等形式对日本通俗文学和严肃文学的双向刺激）。理解川端康成这样有"日本文坛总理大臣"称号的作家，能让我们更好地认识日本文学生态。同时，作者又避免了对"川端家谱"的琐细考据，也就避免了一般传记作家拿家世说事，拉杂不清，离题万里的毛病，将目标更集中于川端康成本人。

其次，这本传记紧紧围绕川端康城的精神特质展开，即"双面之人"。这本传记切中川端康成本人，甚至日本文化内在悖论的重要特征。川端康成生于明治晚期，跨越大正与昭和两个时代，也见证了日本崛起、战败到再启程的过程。他敏感多变的性格，时刻体现出"两面之人"的撕裂。这既是他本身气质使然，也有着环境的作用。他怜爱身世孤苦的女人和落魄潦倒的文人，又对某些青年作家冷酷无情；他对金钱毫不在意，又不断追求经济效益；他生性孤独感伤，又热衷于人际交往；他热爱幽居，又不断疯狂地旅行搬家；他对政治反感，又多有涉及，甚至晚年卷入东京知事选举；他对极左和极右都反对，但和这两派人物都有密切交往；他对性欲极端迷恋，又对家庭关心忠诚。"公家文化"与"武家文化"的冲突，日本私小说传统与西方现代文学精神的冲突，对日本文化的崇拜和反思，对西方文化的迷恋与警惕，并存于他的思想之内。由此，川端康成相比之谷崎润一郎、芥川龙之介、菊池宽、三岛由纪夫而言，更能代表日本在东方与西方、传统与现代之间徘徊不定的"矛盾文化人格"。

再次，"秉笔直书"的学术理性与"实事求是"的传记态度。谈到文学家传记写作，读者总抱有复杂期待。有的读者期待了解作家生平，有的希望知道作品原型，或作家的复杂思想与艺术精神。还有的期待通过作家去体验历史变迁和国家兴衰。总体而言，传记写作也属于史学范畴，但文学家传记因兼有文学功能，常要在历史性与文学性之间艰难寻找平衡点。文学家传记，往往易出现两种流弊，一是过于晦涩枯燥，专注琐碎细节，或抽象思想辩驳，成为"纯粹"学术研究传记，普通读者阅读较困难；二是过于传奇化，单纯追求故事刺激性，缺乏严谨性和学理性。诸如罗曼·罗兰的"巨人三传"这类总结艺术家超人气质的传记作品，尤瑟纳尔的《三岛由纪夫，或空的幻景》这类思想型传记，往往要求传记作家和传主都要有卓绝的思想和艺术高度，传记本身可以说是强有力的"再创造"，读者也被要求有相当的知识水平和阅读耐心。这难免导致对传主存在一定的"浪漫化倾向"。这些问题，即便在罗兰和尤瑟奈尔的书写中也在所难免。小谷野敦追求的是，"忠实"还原作家生活，"真实"体现作家艺术上的成败，直言不讳地指出传主人格的复杂。他所写的既不是仰慕的"粉丝传记"，也不是俯视的"批判性传记"，而是要在其中体现平视的，理性严肃的学术思维。小谷野敦反对将文学家传记变为作品论合集："作品论不是学术研究。在其他领域的研究者看来，文学作品的作品论论文只是'感想文'，这基本上没说错。把驹子说成植物，把叶子想成动物，也只是凭一时印象。即便起初印象没有错，那也不是学者，而是文艺评论家和作家写的评论，文艺评论不是学术研究。"

小谷野敦毫不客气地剥掉我们赋予作家的感性光环，用大量考证扎实的证据，努力还原作家的真实人格与真实人生。小谷野敦揭示了川端康成性格之中的矛盾，甚至是虚伪暗黑的一面。比如，他对青年作家的不同态度。对川端康成的死亡，小谷野敦坦率地介绍了他在生命最后阶段与女佣的纠葛，及与臼井吉见官司的原委曲折。他剖析川端康成晚年对死亡和异性的迷恋，三岛由纪夫之死对他的打击，及孤独忧郁心理的发展，分析是精到准确的，也表现出非常精微的洞察力。他也批评了川端康成文学的弊病，比如，川端康成不爱读书，文人趣味掩盖了学识不足；他行文重复，自我抄袭，不能驾驭历史题材小说，长篇小说结构中也有重大缺陷。小谷野敦甚至认为，川端康成并非"东方哲人"，而是有着典型的代表现代日本中产男性的，甚至有些中庸的精神面貌。这种判断大胆泼辣，也与我们一般的看法有差异。

总之，小谷野敦的《川端康成传：双面之人》给我们以很多启发，也为读者展示了丰富复杂而又真实可信的川端康成形象。这本偏于学术性的传记，既有着严谨的行文风格中，又有着相当的可读性，文笔简洁幽默，平实准确，言辞犀利，从不回避"人与事的纠葛"——哪怕写到当下现实文坛对川端康成的两极评价，也直言不讳，而不是含含糊糊，吞吞吐吐。如果说"不满足"之处，还是觉得作者文笔有点"硬"，有些地方略显粗暴。如果多点悲悯，多些理解与同情，将"文艺家川端康成"幽深的文艺境界与"现世的川端康成"的种种矛盾品行分析相结合，可能会达到更好的效果吧。

重铸"参与"与"对话"的批评力量
——评何平的《批评的返场》

何平教授是一位活跃在文坛多年的优秀批评家。他保持着鲜明的批评精神,且始终保持着敏锐的批评活力。批评家热闹的时候,大概是20世纪80至90年代到21世纪的前几年,那时批评家队伍繁盛,新的批评方法让人眼花缭乱,出现了一大批才华横溢的批评家。何平老师也是在那个时代成名,开始驰骋于文坛之上的。近些年来,随着批评的学院化与文学生态的转变,批评家队伍虽然依然繁荣,不断有新鲜血液的加入,但批评受关注的程度却不断下降。这种情况下,《批评的返场》(译林出版社)凝聚着何平对当下文坛的真知灼见,也是近些年来批评界的一份美好收获,寄托着时代转型语境下,批评家们的深刻思考和坚守。

不可否认,在当下社会,"文学批评"越来越遭受公众的质疑。批评正在变得"声名狼藉",且"价值暧昧"。批评权力大众化,批评权威被嘲弄,批评的有效性被质疑。我们是否还需要文学批评?我们需要有怎样的"介入性"的"返场"文学批评?文学批评的困境,正是文学普遍困境的一部分。正如豪泽尔所言,文艺批评更关心的是对艺术作品的正确解释,而不仅是对作品的美学价值做出判断。然而,当文学生态与批评权力发生了巨大改变,"正确的解释"也就成了一件暧昧可疑的事情。文学变成了更多元、碎片化且互相冲突的存在,用何平的话说,就是"文学分众化""圈层化"与"审美降格"并存。21世纪第一个十年之后,网络文学的出现,对批评界形成了巨大冲击——尤其是对20世纪80至90年代成名的很多批评家。甚至可以说,无法阐释的"失语困惑",让新时期成长起来的批评家们熟悉的概念、范式、对象、批评语言都遭到了无情挑战，而网络文学本身的海量信息，其部落化的类型细分，也加大了批评家关照其整体的难度。有的批评家试图在通俗文学传统中寻找武器，有的斥之为"垃圾文艺、没有丝毫价值"，有的则转移阵地至传播学、产业学与后现代哲学。然而，何平却能勇敢而睿智地面对网络文学，他对"文学性"的坚守，他对新文艺思潮的敏锐和宽容，他在方法论上所持有的传承与创新结合的措施，都让他的网络文学批评有了独特价值——上承批评审美传统与社会批评传统，下启"媒介融合"意义上的方法论创新。《二论网络文学就是网络文学》就是一篇颇具代表性的文论。他坚持从文学本位立场研究网络文学，尖锐地指出："当网络文学被狭隘地理解为网文平台的网文，'文学'被偷换概念成'IP'之后，其实，传统文学和网络文学之'网文'的'共识'已经和文学越来越没有关系了。"① 他不仅雄辩地指出了目前网文研究的症候所在，而且将之与时代、与文化语境相连，发出了让网文研究回归文学本身的呼唤。这些清醒的真知灼见，既抵制了对网络文学研究的偏见，又破除了盲目迷信网文研究独特性的妄执，有效地与当下流行的网文研究话语拉开了距离，对真正树立"文学化"的网络文学批评大有裨益。

何为"批评的返场"？何平说："重建文学批评的对话性，本质上是重建文学经由批评的发现和发声回到整个社会公共性或至少与民族审美相关的部分，而不是一种虚伪的仪式。"这大概也可以看作是何平的批评理念。他反对单纯的学院化批评写作，而试图在"对话"与"参与"的维度上重建批评的公共性，让批评重新回到大众公共空间，成为参与公众文化生活的"有效话语实践"。他不无担忧地指出，新入场的年轻学院批评家，"没有长期批评文体自由写作的前史与野蛮生长的人生经历"，而大多被规训于"知网"论文写作系统。从这一点而言，何平是一位有"雄心抱负"的批评家。他不仅是一个写批评文章的批评家，而且是一个将文学活动与文学批评、文学社会的介入相结合，并力求在实践中对文学现场进行深度介入，对作家创作进行"解释"与"引导"的批评家。在这本集子中提到的，由何平发动的"上海—南京双城文学工作坊"，就是试图以文学策展的方

---

① 何平：《批评的返场》，译林出版社2021年版，第45页。

式，集中火力形成对批评热点的创制。其中"文学冒犯与青年写作""文学与公共生活"等话题，都引发了文坛的广泛关注。他的批评文章独树一帜，更有别于一般的学院派批评家，平易晓畅，说理透彻，严谨的理论阐释与飞扬激情的批评语言结合，形成了有机介入的状态。这无疑也体现了他对"野生"的自由批评状态的追求。他不甘心成为术语与概念的囚徒，而试图在活生生的文学现场之中寻找鲜活的批评语言，并进而与当下的社会生活发生联系。长篇论文《作为"文学共同体"的多民族中国当代文学》，以及《改革开放时代中国文学的命名、分期及其历史逻辑》，都是体现了这一特点的"在文学史视野之中重审当代文学"的优秀文论。而在这些文论之中，展现了何平从整体观上理解中国当代文学，并试图在"文学共同体""改开时代"等关键词之下，以"融合再生"的态度，重新打造当代文学史叙述的努力。这种新的尝试，对于克服围绕当代文学形成的话语壁垒、破除种种概念的限制、以新视角介入社会公共空间，都是很有启发性的。比如，他对于改革开放时代文学的性质，认定为"继承了左翼文学、延安文学、改革开放之前三十年中国社会主义文学传统的基础之上表现出一定的新特质的社会主义文学"[①]，回避了启蒙与革命、新时期与"文革"等一系列纠缠的命题，扩大了"社会主义文学疆界"，有助于我们理解中国文学想象主体性问题，以及其内在逻辑实质问题——尽管这种处理方式也还在探索之中，但他表现出的理性务实态度令人称赞。

何平教授身上总有一种"青年批评家"的激情，这一点也特别让人羡慕与敬佩。从年龄上讲，何平老师属于"60后"批评家，但有意思的是，我们这些后辈看来，他的批评视野非常宽广，不仅能对"60后"批评家关心的话题做出回应，且时刻处于"先锋"与"前沿"，能及时对新出现的文学思潮、作家和作品，特别是青年作家进行敏锐的发现、持续的关注和有效的指导。不仅我这样的"70后"，而且"80后"、"90后"的作家与批评家，都能与何平老师进行良好沟通，而感受不到"代沟"的存在。现当代文学研究领域，有着一条"隐性"的法则，即一个批评家的"大好岁月"，就是博士毕业到四十岁的这段时间。博士毕业之前是学识的积累

[①] 何平：《批评的返场》，译林出版社2021年版，第111页。

期，主要以练笔为主，而过了四十岁，批评敏锐度下降，精力与热情也跟着下降，对纷繁复杂的文学现场也很难保持过去那样的批评能力，因此，也就渐渐淡出批评领域，转入文学理论，或者思想史、史料研究等领域的研究。我自己也是这样，二三十岁时，看到有意思的作家和作品便跃跃欲试，忍不住想写点东西，过了四十岁，就有些"写不动"了，不自觉地想往其他领域转移。其实，往深里想，这里还存在着一种潜在心理，就是随着年龄增长，我们对"批评精神"的信仰坚守的动摇。一年有成千上万的作品，披沙拣金，深海拾蚌，我们的工作到底在多大意义上是有效的？我曾自诩，要通过批评实践做一个"美与力"的发现者。然而，这些年我越发看到内心增长的对批评的虚无情绪。从这一点而言，何平老师可以称得上是一个真正的"批评的信徒"。这本批评集的序言中，何平说："我们不能放弃批评的传统，必须意识到现代批评与知识分子的使命，必须在审美批评之上延伸至社会批评和文明批评。"① 何平对青年作家持续的关注与发现，是令人尊敬与注目的。何平持续在《花城》杂志开办"关注"栏目，他对年轻作家的作品非常熟悉，对他们的创作个性也很是了解。这些鲜活睿智，又富有耐心的批评文字，激活了文学现场，激励了青年作家，又给我们留下了宝贵的第一手的"中国文学的私人档案"（何平语），万玛才旦、三三、大头马、段爱松、黑鹤等一大批青年作家的成长，得益于何平艰苦细致的批评工作。

　　希罗多德曾在《历史》中这样为人们描述"幸福"："哲人梭伦见到了吕底亚的国王克洛伊索斯，解释了什么是幸福。一是英勇地战死，二是两个兄弟，最后死在一起。幸福就是拥有最多的东西，并保持到临终。""批评者的幸福，就是将知识与生命相联系，将批评与心灵相联系，将文本与灵魂相联系。"② 这也许便是批评家的宿命。何平以"永远的批评激情"扎根于当代中国文学丰富复杂的实践，做出了自己独具特色的贡献。由此而言，《批评的返场》既是新的入场，也是新的出发。

---

① 何平：《批评的返场》，译林出版社2021年版，第5页。
② 房伟：《批评的自白书》，《南方文坛》2012年第1期。

跟随夏烈看网文趋势
——评夏烈的《中国网络文艺的常识与趋势》

夏烈是中国网络文艺研究专家，曾拜读过他的一些文章。一次机会，我收到了他的大作《中国网络文艺的常识与趋势》。说实话，这类书的写作难度很大。越是"常识"的东西，越难以清晰准确地描述，写出大家能满意的结论。比如，"何为网络文艺""网络文学是否有价值""如何认识网络文学的文学性""网络文艺与传统文艺有何关系"这些问题，就是在学术界，也是"吵吵闹闹"了很多年，难以达成共识。而涉及"趋势"这个说法，难度更大，这需要综合理论研究、产业政策研究、传播学研究等诸多领域，才能有前瞻性地指出中国网络文艺的发展趋势和问题症候。从这个意义而言，夏烈的中国网络文艺研究应该值得学界重视。

中国网络文艺已经发展了数十年，却依然是争议很大的新兴潮流，随之而来的网络文艺研究更是"炮火连天"，这既是学术界和大众文化、国家意识形态与产业导向对这一领域的不同定义和外部认知所导致的，也取决于"中国网络文艺"这一新兴学科本身前所未有的"复杂性"。这也导致中国网络文艺研究现状，是"话题大于研究""产业大于学术""热点大于焦点"。我曾戏言，中国网络文艺研究，是一个"火锅式"的研究场域。传统大学的学科分类，中国现当代文学、通俗文学、文艺美学、传播学、社会学、文化产业，甚至横跨到应用学科的大数据研究、数字分析等学科，都参与到这个新兴研究场域，各说各话，彼此间缺乏共识。甚至在"常识"领域，各阶层和不同团体相互之间的隔阂误会也很多，既缺乏清晰准确的学理建设，更缺乏长久的理论前瞻式预测。结果就是，网络文艺研究学术会议，都是几路人马的大杂烩，"炒来炒去"，这一桌菜也难以炖熟，更遑论做出别致的"美味"。究其根底，网络文艺研究实际上挑战了现有大学的学科设置，更迫切地提出了"跨界融合"的吁求。

传统的文科学术研究讲究精耕细作，学者数十年坐冷板凳，在自己的园地开自己的花，结自己的果，一个人老死于一个山头，结果产生的问题，就是周作人所言的"专门家多悖"，眼界越来越狭隘。网络文艺研究出现之前，文科学术已遭遇了这样的危机。然而，中国长达数千年的学脉之中，早就有"通人"传统。比如，"五四"一代学者，很多人具有通人气质，鲁迅、郭沫若、钱锺书等，都是兼跨几个领域的、具有杂学意味的学者。我们所执着的专业岗位，其实不过近百年才在中国出现的、现代大学专业意识形态的产物。可是，通人也不容易，这也是所谓"博识家多妄"，搞不好没成"通人"，反而成了"野狐禅"。所以，学界中人大多也老老实实，专心种自己的地，心无旁骛，也就和时代越来越远。这也导致了对于有限的学术资源惨烈的厮杀和无聊的门户之见。我曾碰到一位研究宋代城市文化的历史学者，因为将学术兴趣转移到了唐代，受到了别人的质疑与攻击。

网络文艺的出现，其意义不仅在于文艺传播媒介的改变引发的艺术形态的转变，更在于媒介转变汇集了多种知识体系，在广泛的跨界与融合的基础上，出现了全新的研究命题。这里包含研究方法的革命，也包含文艺意识和文艺价值、文艺审美等多方面跨界融合，这也是我们实现新文艺形态革命的重要契机。可是，在现代大学研究的利益机制和知识生产机制面前，真正能实现这种跨界融合的学者少之又少，有这种强烈意愿的学者更是少之又少。大家还是按照"高层次论文—高层次项目—高层次获奖"的套路，心安理得地获得体制内学术的好处，缺乏挑战这种秩序的意志力。但研究的最大乐趣，还在于追求真理、探索未知，穷究未知之规律和秘密。当代文学研究要搞好，特别是在当代网络文化语境之中，既要有专业的钻研精神，精益求精，务求精深细致，也要有杂学精神；既不以专家的偏狭对待新事物，不厚古薄今，也不将学科边界变为阻挡追求真理的壁垒。

夏烈的《中国网络文艺的常识与趋势》，在沟通学界、官方、产业与大众方面做出了有益尝试，语言简练干净，准确凝练，说理晓畅。作为一名大学教授，夏烈的身份和经历在学院派体制之中是非常独特的。他曾在文联部门和文学刊物工作，也曾亲身经历网络文学新媒介的崛起，而在文学出版和文学策划等领域，他也多有涉足，身兼多项政府文化决策顾问之职，而今又在高校进行学术研究与教学工作。这种多方面的跨界与融合的历练，也造就了夏烈非常开阔的学术视野和一般学者难以企及的"现实敏锐性"。微信、微博、抖音、豆瓣、直播、电竞，这些大众耳熟能详的领域，夏烈都能清晰准确地描述它们的媒介传播特质，及其带来的种种机遇和问题。即便是在短视频领域，他也并没有法兰克福学派对文化工业的恐惧和对碎片化艺术生存的抵制，而是敏锐看到了新兴事物所蕴含的巨大艺术动能和未来的可能性。他甚至展望，将短视频艺术与全息技术结合，用于未来的文学教育。由此，我看到了一个"灵活通达"的学人形象。法兰克福学派对文化工业的批评，在中国的后发文化语境中，既给了我们应对文化市场经济的有力理论武器，也暗合中国千百年来文人化知识分子的"中古"心态——道德拯救意识、帝王师心态、文化垄断的贵族自傲——而如何正视大众文化需求，进而使之成为一种影响社会发展、反映大众呼声的"真文学""活文学"，我想这才是当下中国网络文艺研究者的迫切任务之一。

夏烈的一个核心观点，即在于文艺形态的雅俗之变，都要有一个从低级向高级，从大众形态向精英形态的转移。低级形态更能符合大众口味，而在新的媒介平台之中，目前的低级文类蕴含着巨大的文艺革命动能，更能展示新的艺术民主和自由。他对网络文艺的一个重要期待，也在于如何利用批评的介入性，促进这种文艺形式变成更有效与更高级的"文类"。雅俗之变，更类似于一种人类文艺心理的"钟摆定律"，而由"俗"变"雅"，是文类上升的必然路径。由"俗"变"雅"的过程，反映了精英场域对大众情感和想象方式的象征能力的汲取和提升。网络文学的兴起，实际是晚清以来第四次重大的雅俗之变。第一次发生于"晚清新小说"的兴盛；第二次发生于20世纪20至30年代通俗小说的大发展；第三次是20世纪60至70年代开始，从港台开始的华语通俗文学的繁荣；最近的一次，则是21世纪初开始的大陆网络文艺。乐府之于拟乐府，话本之于拟话本，弹词之于拟弹词，都意味着文人吸取民间大地的养料，学习民间的形式与体裁而脱胎的品种。知识精英文学崇尚永恒，而大众通俗文学祈盼流通。

雅俗之变，虽有古今之别，但在当代似乎又钟摆一般，在"五四"新文学与网络文学之间形成了新的雅俗之争。而这种雅俗之争，在现代文学以来，持续表现为新文学/通俗之争，这种"通俗"大部分来自港台，内地（大陆）类型文学并不成气候。要到网络媒介转换的刺激之时，各种文类才能获得大的发展。

夏烈对于雅俗之变的敏锐把握与理论前瞻性令人佩服。他进而提出四个观点，即网络文艺是中国文艺发展的新方向，是中国文化产业的新支柱，是青少年思想道德教育的新阵地，是国家意识形态塑造的新契机。他认为，类型文学的"后发机遇"，知识产权的宽松，"70后"与"80后"的"媒介机遇"，是中国网文兴盛的三个成因。他仔细梳理了网络文学发展的几个阶段，及出现的不同网络文学形式，不同代际在接受网络文学时的接受特质。他通过《甄嬛传》与《芈月传》产业策划的真实案例，分析影视强势媒体对网文发展的作用，"IP"概念对多媒介的融合。在文化产业方面，他提出了如何利用网络文艺实现弯道超车的问题。他分析了网络文学资本化的过程之中，其资本吸纳能力的变化在整合游戏动漫与影视等优势文化资本产业方面的发展。特别是和传统文学相比，网络文学利用新媒介的内在产业轨迹，这些都给我们认识网络文艺提供了很多启发。

在国家意识形态塑造上，夏烈在沟通官方、大众文化方面的工作也很有益处。比如，他会向文艺工作管理层介绍，基、宅、腐、萌、佛系、丧文化等概念的内涵及形成的语境特征。在网络文学"走出去"的方面，他也有着广泛的了解和介入。比如，他熟悉北美、俄罗斯和欧洲的中国网络文学翻译网站。他结合习近平总书记的文艺座谈会讲话，《中共中央关于繁荣发展社会主义文艺的意见》等经典文献，提出了我们如何利用网络文学优势，塑造社会主义核心价值观，打造对外形象，实现国家文化发展战略的问题。他对网络文学发展的浙江模式，以及网络文学发展二十年的变迁进行了清晰梳理，介绍了文学期刊的传统文学、商业出版的市场文学、网络新媒体文学的"三分天下"之说的形成。

作为一个高校的文学批评从业者，我对夏烈所说的网络文艺带来的"故事红利""观念再造"与"想象力重建"等观点也非常感兴趣。夏烈对于学院派批评的指责非常尖锐："学院文学批评接近于烦琐、无趣与自我封闭的知识生产",他分析了网络文学时代前后文学批评生态的变化,对"职业批评家"与"红包批评"的分析也令人信服。他也借用毛尖的话,"用写作的方式从事批评",提出了对"野生批评"的期待。目前而言,批评观念的再造与批评想象力的重建,更有待于青年批评家的意识转变,以及对高校体制束缚的反思。夏烈的网络文艺批评实践,让我们看到了青年学者可贵的勇气与开阔的视野。